L'INFORME PHAETON
(El diari secret de Noè)

Albert Salvadó

Dedicat a Zofia (per ser única), a Albert (per tot allò que em va ensenyar i per la seva inestimable amistat) i a S.L.S. (Ah!)

ISBN: 978-99920-1-914-6
Dipòsit legal: AND.188-2012

ÍNDEX

I ARA QUÈ?

Aquest matí Irene m'ha tornat el manuscrit, m'ha mirat als ulls, ha bellugat el cap i ha fet:

—Diran que t'has begut l'enteniment.

—Tu saps que tot és veritat —li he respost.

El dia que vaig decidir escriure aquesta història, em vaig adonar que tot encaixava. Tot el que havia estudiat, escoltat i imaginat. Fins i tot el més petit detall tenia a veure amb el descobriment que canviava completament la idea que tenia del món i de la història. Durant força temps he estat cec i sord, fins que, finalment, em vaig adonar que la casualitat és la paraula que emprem quan desconeixem les causes, sense tenir en compte que a la vida i a l'univers tot està relacionat.

Fa més de quinze anys, a la mort del meu pare, li vaig dedicar un assaig on vaig definir la llibertat no pas com la facultat de fer o desfer al nostre antull, sinó com la capacitat d'acceptar els esdeveniments i entendre'ls. Quinze anys més tard descobreixo el vertader significat de les meves paraules. La vertadera llibertat és la de tots plegats, de la humanitat sencera, que és qui de debò decideix. Mai no serà la *meva* llibertat, perquè quan li afegeixo un qualificatiu o un possessiu, deixa de ser «la llibertat». Qualificar és limitar. I l'univers no té límits, igual que la imaginació i el poder creador de la humanitat.

En el pròleg d'aquell assaig filosòfic vaig escriure:

De cada deu persones que vegin aquest llibre, una se sentirà atreta per ell; de cada deu persones que se sentin atretes per ell, una el comprarà; de cada deu persones que el comprin, una l'acabarà de llegir; de cada deu que l'acabin de llegir, una l'entendrà; de cada deu que l'entenguin, una en traurà cert profit; i de cada deu que en treguin profit, només una seguirà caminant. Per aquesta darrera, una entre un milió, s'ha escrit aquest llibre. Només per a ella, perquè tal vegada, un dia, aquesta persona em donarà la mà i em conduirà més enllà d'on jo he pogut arribar.

Fa una estona, quan he posat el punt i final, m'he sentit com el corredor d'una marató després de creuar la meta: enormement cansat, però immensament feliç i satisfet.

No he tornat a veure cap d'aquells misteriosos companys d'aquest viatge encara més estrany que ells, i em demano: Què succeirà quan algú llegeixi aquesta història? Continuarà sent igual la vida? Potser pensi que aquest relat és fruit de la imaginació i de la fantasia; o, tal vegada, sigui una entre un milió, reflexioni i segueixi buscant.

Després de tot el que ha succeït, una cosa queda perfectament clara: a partir d'ara, la meva vida mai no tornarà a ser el que ha estat.

1.- UNA NOTA

Jo sóc...
la veu que pronuncia la paraula.
Jo sóc...
la mà que escriu el missatge.
Jo sóc...
el record de la història.
Jo sóc...
de la mateixa manera que tu ets
i altres van ser
i altres són
i altres seran.

«Si jo fos ric...», cantava el personatge Topol a la pel·lícula El violinista damunt la teulada. Jo mai no he cantat aquesta frase, però recordo que una nit, quan era jove, a les tres de la matinada, estava assegut al tercer graó d'un petit tram d'escales, em sentia estrany i d'una revolada em vaig posar dempeus, vaig aixecar els braços, vaig mirar cap amunt, lluny, ben lluny, on el cel deixa de ser infinit, i vaig cridar:

—Vull ser savi!

Després vaig deixar caure els braços, vaig seure i vaig reflexionar: si jo fos savi... I no vaig saber què més hi havia d'afegir. Encara avui, quan ho recordo, continuo dient: si jo fos savi... I em demano: Què faria? I no trobo una resposta adient.

Aquest mateix pensament em va venir al cap quan vaig sortir a la magnífica terrassa de l'àtic que Lluïsa i Àlvar tenien a l'avinguda Diagonal de Barcelona. Abandonaven Espanya per marxar a Itàlia, concretament a Brescia, i feien una festa per acomiadar-se.

Aquell àtic tenia una terrassa que envoltava tot l'apartament, farcida de plantes i amb unes vistes damunt la ciutat que t'arrabassaven el cor: era l'enveja de tothom. Vaig cercar un racó i vaig respirà l'aire de la nit. La temperatura era agradable, tot i que notava el cansament i la mala llet que duia dintre. Havia estat un dia força complicat. Al matí no vaig aconseguir fer res de profit. Em vaig passar dues hores cercant un document que havia d'enviar a Hisenda i, quan finalment el vaig trobar, va sonar el telèfon. Trucaven del taller. Podia passar a recollir el cotxe, però havia de fer-ho immediatament, perquè just aquell divendres al vespre tancaven i dilluns era festa. Vaig sortir esperitat i aquí vaig perdre la resta del matí. Al vespre tampoc no vaig tenir gaire més sort i ara sentia nostàlgia de la meva taula de treball, el territori de caça que em proporciona les dades que em serveixen per escriure i que sempre està feta un nyap. I arribades les vuit del vespre, Irene m'havia trucat per dir-me que hauria d'anar sol a la festa de Lluïsa i Àlvar. Tenien problemes a l'empresa. En fi! Que la disculpés, que ja trucaria la Lluïsa i ja aniríem a veure'ls a Itàlia

Hauria jurat que no hi havia ningú més en aquell racó de la terrassa, quan vaig escoltar una veu que feia:

—Ah! Vostè és l'escriptor...

Em vaig girar i em vaig trobar un home d'uns seixanta anys, ben vestit, amb corbata, calb, un xic gras i un somriure als llavis. Vaig pensar que era un d'aquests que idealitza un home per la seva professió. En el meu cas, escriptor.

—Sí, sóc escriptor, però no sóc *l'escriptor*.

—L'escriptor de novel·la històrica, volia dir.

—No és pas l'única cosa que he escrit, encara que la major part de la meva obra pertany al relat històric. Hi ha altres col·legues de professió que també conreen el gènere, i molt bé, per cert. Així que tampoc sóc *l'escriptor de novel·la històrica* — vaig insistir. No em trobava de gaire bon humor.

—Em permet que em disculpi pel meu error? —somrigué —. Davant vostè i davant dels seus col·legues.

Em vaig adonar que havia estat desagradable amb algú que feia tota la fila de gaudir d'una educació exquisida.

—Sóc jo qui es disculpa, si em permet. No he tingut un bon dia.

Em va caure bé aquell home, que em va confessar que li agradaven les meves novel·les perquè d'elles es desprenia el meu afany per cercar alguna cosa al meu interior. Escoltar paraules com aquestes sempre és agradable. Vam seguir xerrant, vam filosofar una mica sobre el significat de la nit, la soledat, els astres, la recerca de la identitat i la llibertat de pensament i, en un moment de la conversa em va explicar que l'any 1614 Galileu Galilei...

—...responent a les acusacions d'un sacerdot, va escriure una carta on deia que vivia convençut que els textos bíblics no poden prendre's per científics, sinó que cal interpretar-los en funció dels nous coneixements. Per causa d'aquestes idees, l'any 1633 el van condemnar a cadena perpètua i van cremar la seva obra «Diàlegs sobre els dos sistemes màxims». La sentència va ser llegida públicament a totes les universitats.

—Sí, una història ben trista que va significar la condemna d'un gran científic —vaig dir.

—El van condemnar per estimar la ciència i per abraçar el coneixement per damunt de la falsa fe. No obstant això, a començaments de 1634, poc després de la condemna del genial científic, un grup d'alumnes seus es va aplegar per crear la Comunitat Científica Universal. Ho sabia?

—No em sona —vaig reconèixer, sorprès per la dada.

—És una societat secreta que ha perdurat durant segles i que avui dia continua mantenint viva i amb major força que mai la flama del desig de coneixement. Els seus membres l'anomenen familiarment CCU. S'estimen més utilitzar les sigles en comptes d'anomenar-la la Comunitat, per exemple. És menys esotèric i sempre es pot prendre per una empresa o alguna cosa per l'estil. Sense ser-ne conscients, els que perseguien qui sentia passió pel coneixement sense límits, van fer una de les majors contribucions al progrés de la humanitat.

—Això és força interessant —vaig respondre, amb l'esperança que continués el seu relat.

Al llarg de la seva exposició, vaig sentir que aquell home coneixia molt a fons el tema. Les dades i la riquesa de detalls amb què adornava la seva història em tenien fascinat. Em confessà que em parlava d'allò perquè la història constituïa una de les seves passions. Llavors em vaig interessar per saber on podia trobar més informació sobre CCU.

—No és fàcil entrar-hi —va dir— Calen unes condicions especials i algú que ens acompanyi i ens presenti.

Anava a demanar-li si ell pertanyia a aquesta societat secreta quan va aparèixer Àngela i ens va interrompre. Aquell home es va disculpar amb l'excusa d'anar a buscar alguna cosa per beure. Vaig voler retenir-lo, però la meva amiga va preguntar per la meva esposa, «On és Irene?». Li vaig dir que no havia pogut venir, vam intercanviar les frases de rigor, ens vam interessar per les nostres respectives vides i ens vam acomiadar amb la promesa de trucar-nos un dia d'aquests. Vaig entrar a l'apartament i vaig cercar l'home que havia despertat tant d'interès en mi, però no el vaig trobar.

Cap a quarts de dotze em vaig acomiadar de tots i vaig marxar amb un munt de petons i d'abraçades per Irene.

Vaig arribar a casa gairebé a la una de la matinada. Irene dormia.

L'endemà vaig trucar el meu amic Àlvar per interessar-me per aquell estrany convidat.

—No em sona gens ni mica. Espera que pregunto a Lluïsa.

Em vaig endur una sorpresa quan em va dir que era un desconegut.

—Ahir es va colar més d'un i ens van buidar el moble bar. Però, com no teníem intenció d'emportar-nos-el a Itàlia, no plorarem per això —va fer broma.

—Mentre el joc de coberts d'argent segueixi intacte... —li vaig tornar la broma.

«Llàstima!», vaig pensar, i em vaig oblidar del tema.

Pocs dies després, un matí, vaig anar al despatx que utilitzo per escriure, i que es troba tres carrers més avall. Aquí ningú no pot presentar-se ni entrar-hi sense el meu permís, excepte Anna, la dona que un cop per setmana dedica dues hores del seu temps, i bona part de la seva paciència, a netejar. És el meu cau sagrat, on hi tinc la taula de treball, que és plena de llibres, carpetes, anotacions... Ja fa dies que he oblidat de quin color és la fusta. Anna té prohibit tocar res del seu lloc. Si ha de treure la pols, ho aixeca i ho tornar a deixar com estava. La llibreria és l'altre lloc sagrat. Pel que fa a la resta, disposa de tota la llibertat. Per aquesta raó, de tant en tant, dedico una estona a restaurar la decoració original.

En arribar vaig trobar una carta a la bústia. No duia remitent. Vaig esquinçar el sobre i vaig trobar una nota escrita a mà. Vaig llegir:

> *En record d'una conversa molt agradable. Si desitja continuar investigant, li suggereixo: partir de Galileu Galilei, veure Alquímia i Boyle, descobrir CCU, estirar de Cordes i atrapar Phaeton... Futur.*

13

Evidentment només podia pertànyer a l'home amb qui vaig estar parlant a la terrassa dels meus amics de Barcelona. Com havia trobat la meva adreça?

La nota va revifar el meu desig de saber més coses sobre CCU i vaig decidir investigar cadascun dels suggeriments que hi apareixien.

A Galileu, ja el coneixia. Si més no, una part important de la seva vida. De manera que em vaig centrar en Robert Boyle. A les poselles de la llibreria hi tinc enciclopèdies i em va semblar un bon punt d'arrencada. Després d'obrir i tancar diversos volums vaig trobar una dada força interessant. El científic anglès publicà l'any 1661 «*The Sceptical Chymist*», que va causar vertadera sensació i va tenir tanta repercussió que va afectar el futur de la química i de l'alquímia, fins al punt que significà la fi de l'alquímia com a ciència i l'empenyé cap a un racó de les ciències ocultes. «Per què?», em vaig demanar. El més lògic hauria estat que l'alquímia hagués evolucionat fins esdevenir química, però la realitat és que algú o alguna cosa, sense gaire soroll, la treu de circulació. D'altra banda, la Pedra Filosofal era, segons expliquen, el catalitzador que convertiria el plom en or. No obstant això, no hem de perdre de vista que aquest és el missatge extern i que existeix un altre significat ocult: el despertar de la consciència superior de l'ésser humà. Tenint en compte que l'Església, en aquells dies, sempre anava a la cacera de fantasmes, no seria impensable considerar que algú, en aquells anys, entre 1633 i 1661, hagués descobert alguna cosa que posava en perill moltes altres coses i, vista la trista experiència de Galileu, tal vegada va tenir la brillant idea d'amagar el seu descobriment fent que l'alquímia esdevingués ciència oculta. Potser van ser els deixebles de Galileu, constituïts en societat secreta. Per què no?

El meu estrany informador m'havia dit que CCU encara existia. Em vaig demanar quin interès tenia la seva existència, si vivim en una època on gaudim de llibertat d'expressió, podem qüestionar les religions. L'Església Catòlica, no fa pas gaire, ha demanat perdó i ha reconegut que el procés a Galileu va ser un error monumental. I és clar que, potser, allò que van descobrir els alumnes de Galileu podia ser tan especial que van decidir que calia mantenir-ho en secret. Així hauria perdurat fins al segle XXI.

Aquí veia clarament el germen d'una magnífica història. Havia de trobar més informació sobre CCU.

*** ***

Una setmana més tard havia obert el ventall de possibilitats de recerca i havia remenat les enciclopèdies, les biblioteques, les biografies i Internet i havia preguntat a amics i coneguts, però no apareixia cap rastre de CCU enlloc.

Ja era a punt de llençar la tovallola i dedicar-me a una altra cosa quan vaig rebre la trucada de Paco Vallejo. Ens havíem conegut feia uns mesos en un sopar i m'havia donat el seu número de telèfon. Vaig contactar amb ell perquè recordava que m'havia explicat que es dedicava a les antiguitats i que sentia daler per l'estudi de societats secretes.

—CCU apareix a mitjans del segle XVII en un escrit que es guarda a la biblioteca del Vaticà —em va dir—. No he pogut veure l'original, però he trobat una citació entre uns papers perduts en una vella casa, el contingut de la qual vaig comprar fa algun temps com a antiguitats. La citació és molt curta i l'escrit està gairebé fet pols, però s'endevina clarament CCU i es llegeix una frase que diu que era alguna cosa així com una secta. No hi diu res més.

Vaig somriure. Paco acaba de proporcionar-me la prova que CCU no era un invent d'un il·luminat, sinó que, si més no, havia existit alguna cosa en el segle XVII que responia a aquestes inicials i que l'Església s'havia interessat per això.

Li vaig agrair la trucada i li vaig explicar que anava darrere d'una idea per a una nova novel·la. També li vaig dir que, si trobava alguna cosa més, i volia trucar-me, li estaria profundament agraït. Abans de penjar em suggerí que mirés per algun dels fòrums especialitzats.

No era pas una mala pensada. De manera que els dies següents em vaig dedicar a cercar tot tipus de fòrums dedicats a temes esotèrics, societats secretes, misteris... I en tots ells vaig demanar si algú sabria dir-me alguna cosa sobre CCU.

Finalment, una tarda, vaig rebre una trucada telefònica, al despatx, i una veu masculina, que parlava un castellà sense cap mena d'accent i que semblava una persona culta, em va demanar si parlava amb la persona que es bellugava per tots els fòrums emprant el nom de Boyle Le Mariotte. Llavors em va citar per dimecres al carrer Diputació cantonada amb el passeig de Gràcia i va penjar sense gairebé deixar-me parlar.

Durant tot el cap de setmana li vaig estar donant voltes. Com havia aconseguit el meu número de telèfon? Jo no l'havia consignat en cap dels meus missatges. Vaig contemplar seriosament la possibilitat de no anar-hi o d'amagar-me en un portal per veure què hi passava. Però, no sabia ni quin aspecte tenia el meu misteriós interlocutor.

Irene es va adonar que alguna cosa em rondava pel cap i em va demanar si me'n passava alguna.

—Estic amb una idea que... —i li vaig explicar una història.

Qualsevol li explicava la veritat! Hauria volgut acompanyar-me. Ella és així.

Vaig seguir donant-hi voltes. Si es tractava d'un boig, les meves possibilitats de sobreviure eren nul·les. Coneixia la meva adreça, el meu número de telèfon, el meu nom i possiblement el meu aspecte, a més que podia esbrinar fàcilment que tinc una filla casada, la marca i el model del meu cotxe, el número de matrícula, els meus costums... Però, algú que em cita en un lloc tan concorregut com el passeig de Gràcia no crec que sigui per engegar-te un tret. De manera que vaig decidí anar a la cita.

*** ***

16

Dimecres a les onze en punt del matí, em vaig plantar a la cantonada del carrer Diputació amb el passeig de Gràcia i em vaig dedicar a observar totes les persones que es movien al meu voltant.

Poc després, un Citroën DS 23, el famós *Tiburón*, de color negre es va aturar a un parell de metres de mi. Ja se'n veuen pocs i a mi els cotxes clàssics sempre m'han cridat l'atenció. El conductor va sortir, va obrir la porta del darrera i va fer un gest tot convidant-me a pujar-hi. Vaig mirar a cantó i cantó i em vaig assenyalar a mi mateix. Sí, era jo, qui cercava.

A l'interior del cotxe m'esperava un home d'uns seixanta-cinc anys, amb el cabell pràcticament blanc, el rostre amb una pell rosada, típica de qui mai no pren el sol en cap platja, el nas recte, el mentó equilibrat, els ulls clars i un somriure que descobria unes dents perfectes. «Massa perfectes per ser seves», vaig pensar.

—Endavant, si us plau —em va dir, alhora que assenyalava el seient. Era la mateixa veu que havia escoltat per telèfon.

Vaig pujar-hi, em vaig seure en aquell tou sofà. Amb raó el *Tiburón* en el seu temps va ser anomenat el palau de la carretera. Vaig acceptar la mà que m'oferia. Ell va estrènyer la meva amb fermesa i seguretat. La seva mirada era directa, característica d'algú que està acostumat a dirigir. Vestia fosc i duia una corbata llisa, blava, sense estridències. No lluïa cap anell ni rellotge ni cap joia ni ulleres ni el més lleu signe distintiu. Res que em permetés treure'n alguna conclusió o fer cap conjectura sobre la seva procedència o la seva personalitat. Vaig tenir la sensació de trobar-me davant d'un vi de qualitat, embotellat sense etiqueta, d'aquestes rares collites que trobes gràcies a un amic i que no són a l'abast de tothom.

—És vostè igual que a les fotografies —va dir, sense apartar els seus ulls de les meves pupil·les.

—Quines fotografies? —vaig preguntar sorprès. «Potser

m'havien estat seguint?», vaig pensar.

—Les dels diaris —va contestar i somrigué àmpliament.

Aquell home parlava un castellà acadèmic, sense accent. Tampoc feia cap olor de colònia. Tots els trucs que havia imaginat per obtenir alguna informació resultaven inútils.

—De vegades, les fotografies no capten l'ànima de les persones. No obstant això, aquest no és el seu cas —em va dir—. Totes les imatges li fan justícia.

—No és la fotografia, la que capta o deixa de captar l'ànima d'algú, sinó el fotògraf —li vaig respondre en català.

—Té raó. És l'habilitat i la sensibilitat de l'artista —em va contestar en castellà.

M'havia entès perfectament i no havia fet el més petit gest d'estranyesa, però resultava evident que no canviaria d'idioma ni em proporcionaria cap pista. Utilitzar el català hauria acotat molt el territori.

El cotxe va arrencar. El xofer tenia instruccions precises sobre la nostra destinació. Es tractava d'un home d'uns quaranta anys, alt, prim, amb el cabell negre, unes celles espesses damunt d'un nas aguilenc i que lluïa un espès bigoti que dissimulava una cicatriu que li dividia en dos el llavi superior. També vestia fosc i emprava guants.

Lentament, vam pujar pel passeig de Gràcia cap a l'avinguda Diagonal.

—Diuen que podem confiar en vostè —va comentar el meu interlocutor, donant a les seves paraules la mateixa entonació que hauria utilitzat per parlar del temps.

—Qui ho diu?

—La gent.

Aquells preàmbuls m'estaven posant neguitós.

—Puc preguntar qui és vostè?

—Un amic que, tal vegada, li pot proporcionar respostes.

—Per què m'ha trucat?

—No faci preguntes absurdes ni perdi el temps —em va contestar—. És vostè, qui em busca a mi.

—Em porta molt d'avantatge. Vostè sap qui sóc jo, on visc i que estic buscant respostes. Fins i tot, potser sap sobre mi molt més del que puc arribar a imaginar. I això em té neguitós.

—No ha de témer res. Sóc un amic.

—Què és CCU?

—CCU? —va demanar.

—Comunitat Científica Universal —vaig respondre amb convicció, i vaig assentir repetidament.

—És una forma de referir-se a totes les persones que es dediquen a la ciència —em va contestar.

—Si, tal com diu, és un amic li prego que no jugui amb mi —em vaig queixar.

Em va mirar, va assentir lleugerament, va somriure de nou i es va fer cap enrere, al seient, recolzant-hi bé l'esquena.

—Com ha arribat fins a CCU? —va preguntar.

—Algú, a qui només vaig veure en una ocasió i de qui desconec el nom, em va parlar de l'existència de CCU i em va fer arribar aquesta nota —vaig explicar i vaig treure de la butxaca una fotocòpia de la nota que havia trobat a la meva bústia, setmanes enrere. L'hi vaig lliurar.

—«En record d'una conversa molt agradable. Si desitja continuar investigant, li suggereixo: partir de Galileu Galilei, veure Alquímia i Boyle, descobrir CCU, estirar de Cordes i atrapar Phaeton... Futur» —va llegir en veu alta—. Molt interessant. I què n'ha tret, de tot això? —em va preguntar, allargant-me la nota.

—Pot quedar-se-la. És una fotocòpia. L'original l'he deixat a casa. Quant a què n'he tret, doncs veurà: crec que CCU és una societat secreta creada per deixebles de Galileu, amb la finalitat de poder treballar sense patir la persecució per part de l'Església. Van trobar alguna cosa força interessant relacionada amb l'alquímia. Llavors van decidir que havien d'ocultar-la i impedir que algú més seguís el seu camí. De manera que van aconseguir que Robert Boyle escrivís una obra que va significar la fi de l'alquímia i el seu pas a la clandestinitat.

—Ha lligat vostè Galileu, Boyle, Alquímia i CCU, però aquí llegeixo altres tres noms dels quals no me n'ha dit res: Cordes, Phaeton i Futur.

—Per més voltes que li dono, si no sé què van descobrir els seguidors de Galileu, no sé com estiraré les cordes que em relacionen tot això amb Phaeton, moment que imagino que se m'obriran les portes del coneixement sobre el futur.

—Per què creu que se li obriran aquestes portes? —va preguntar, somrient.

—És el més lògic. «Partir de Galileu Galilei, veure Alquímia i Boyle, descobrir CCU, estirar de Cordes i atrapar Phaeton... Futur». El procés parteix de l'alquímia i arriba a Phaeton, personatge mitològic, fill d'Heli (senyor del Sol) i de Climenea (filla d'Oceà), que aconsegueix que el seu pare li concedeixi permís per conduir el carro del sol durant un dia i llavors pren les regnes dels cavalls celests. Quina relació guarda amb Galileu, amb Boyle i amb l'alquímia? —vaig preguntar, vaig fer una lleugera pausa, que ell no va interrompre, i vaig prosseguir—: Crec que no vaig lluny d'osques amb allò que he imaginat, sobre el descobriment d'alguna cosa immensa, potser fins i tot terrible. Phaeton, segons la mitologia, va estar a punt d'incendiar la Terra.

»D'altra banda, la paraula futur apareix després d'uns punts suspensius. Primer vaig creure que era la signatura de l'escrit, que l'autor de la nota havia escollit aquesta paraula per definir-se a ell mateix, perquè està escrita en majúscula. No obstant això, no tan sols els noms propis, sinó també els comuns, estan escrits en majúscula: alquímia, cordes i futur. A més a més, recordo que, en diverses ocasions, al llarg de la conversa, havia repetit amb insistència: «Per a què serveix estudiar la història si després no mirem cap al futur?». De manera que és lògic pensar que la paraula futur representa la conclusió de tot el procés anterior.

»Qui va escriure aquesta nota és, sens dubte, algú culte — vaig assenyalar l'escrit que encara sostenia a la mà—. Si para atenció, veurà que la lletra és equilibrada, les erres tenen forma d'impremta, no va oblidar ni un punt ni una coma...

—Suposo que vostè creu que estic en disposició de proporcionar-li els llaços que uneixen les tres paraules que falten —em va dir, mirant-me als ulls.

—Suposa correctament. En cas contrari, vostè no hauria contestat els meus insistents missatges llançats a l'aire ni jo seria aquí —vaig respondre en to d'evidència.

—Suposant que CCU existeixi, que sigui, tal com diu, una societat que persegueix el coneixement i que jo accedeixi a explicar-li el que vostè creu que és el futur, què farà?

—No ho sé —vaig contestar amb absoluta sinceritat—. Allò que em va empènyer a iniciar aquesta aventura va ser la història que pot trobar-s'hi al darrere. Un tema fascinant per una novel·la. Comprèn? Però... —vaig dubtar.

—Però... —em va convidar a seguir parlant.

—El futur s'ha escrit mil vegades, s'ha publicat altres tantes i no recordo que el seu coneixement hagi servit mai per corregir el rumb de la nau —vaig confessar.

—Així ha estat, així és i potser així serà —va dir, acompanyant les seves paraules amb un somriure trist—. Els profetes parlen d'una forma tan críptica i tan ambigua que la interpretació resulta difícil i complicada.

—Això també sempre ha estat així, segueix sent-ho i em temo que en el futur res no canviarà —vaig replicar—. Un profeta que fos capaç de predir el futur amb tot luxe de detalls moriria aixafat per una multitud que li exigiria el número guanyador de la loteria —vaig fer broma—. No pretenc ser un nou profeta. En tinc prou de trobar explicacions en el passat i projectar-les. Aquest ha estat al llarg de la meva vida el meu vertader objectiu: saber, conèixer i comprendre.

—No hi ha dubte que és un bon camí per assolir una bona meta.

—Això vol dir que m'ajudarà?

—Significa que ens sembla vostè sincer i que potser ens

decidim a donar-li un cop de mà. Depèn de vostè, de si accedeix a jugar amb les nostres regles.

De sobte, aquell home havia deixat de parlar en singular i parlava en plural.

—Les nostres regles? —vaig fer—. Qui són vostès?

—Els que podem i volem ajudar-lo.

—Entesos. Quines són aquestes regles?

—Podrà copiar o transcriure íntegrament tot el que li deixem. Però, ens ho haurà de tornar tal com l'hi hem deixat. Fins i tot la carpeta. A més a més, ens comunicarà el que trobi. Si no ens torna alguna cosa o considerem que les conclusions a les quals arriba no tenen el nivell adient, la nostra relació haurà conclòs —va dir, mirant-me als ulls—. Per últim, si tallem la nostra relació, vostè es compromet a acatar la nostra decisió i a oblidar la nostra existència. No insistirà, no tornarà a buscar-nos ni a posar-se en contacte amb nosaltres, no comunicarà ni explicarà ningú el que hagi viscut ni el que hagi sentit ni el que hagi llegit ni res de res. Serà com si res d'això hagués succeït.

Em vaig quedar en silenci, valorant les seves condicions.

—Em dóna la seva paraula d'honor? —va insistir.

Vaig respirar fondo. Aquell home em coneixia millor que no pas jo havia suposat en un principi, perquè havia utilitzat els termes paraula d'honor. I pel to amb què havia pronunciat la frase, no tenia el més petit dubte que sabia molt bé que la meva paraula és una cosa molt seriosa. Sagrada! Sempre procuro complir-la estrictament. És gràcies a això que al llarg de la meva existència he pogut entrar en llocs on ben poca gent hi ha estat, he llegit coses que el gran públic té prohibides i he conegut personatges que romanen en el més absolut anonimat.

—Té la meva paraula que compliré fidelment totes i cadascuna de les condicions que ha exposat —vaig respondre, i vaig afegir—: Però, només aquestes condicions. Respecte a totes les altres, siguin quines siguin, tindré plena llibertat.

—Entesos.

—I quan acabi, podré escriure el que vulgui i de la forma

que desitgi —vaig acabar.

—Entesos. Però, jo decidiré si ha acabat o no.

—Accepto.

—Aquesta carpeta és per vostè —va dir, i va assenyalar la bossa de darrere del seient davanter, el que estava davant meu—. A veure què és capaç de fer amb ella.

Em vaig inclinar i la vaig agafar. Es tractava d'una carpeta de plàstic, negra i prima, de la grandària DIN A4.

—Aquí ens separem —em va anunciar, abans que jo cometés la indelicadesa d'obrir-la i examinar-ne el contingut.

El cotxe es va aturar. Ens trobàvem al carrer Balmes, a l'altura de Rosselló.

—Com puc posar-me en contacte amb vostè? —vaig preguntar, just abans de baixar.

—Disposa d'un Web. No és així? —va dir, i jo vaig assentir—. Quan hagi acabat d'estudiar el que li he donat, insereixi un asterisc en el títol d'alguna de les seves obres dins el seu Web. Llavors, nosaltres ens posarem en contacte amb vostè. Alguna cosa més?

—M'agradaria saber el seu nom.

Em va mirar amb un somriure als ulls.

—Vostè em cau bé —em va contestar, amb carona de nen entremaliat—. El meu nom és senyor Contacte —va fer.

Li vaig donar la mà i vaig baixar. L'automòbil va engegar i jo vaig memoritzar la matrícula.

2.- UN COMENÇAMENT

L'explosió demogràfica, la multiplicació de les mega polis i dels transports aeris van fer que l'Home no es conformés tan sols amb la creació. Un nombre creixent d'individus només es preocupava pel seu benestar personal i material. L'Home disposava de tot fins a la sacietat, però sempre desitjava més i més. No deixava de produir fins i tot el que no necessitava i com més en tenia, més en reclamava.

Vet aquí la primera frase que vaig llegir en els pocs fulls que contenia la carpeta. Uns minuts més tard ja m'ho havia llegit tot. Eren un conjunt de frases que parlaven de desastres i de cataclismes, de foc i de destrucció. «Aquest és el futur que ens espera?», em vaig demanar.

Quan vaig arribar a casa, la taula ja era parada i el dinar a punt. Em sentia cansat. Irene traginava amb la sopera i es dirigia al menjador. Quan passà per davant meu, va parar la galta per tal que la hi besés. Em va dir que havia de tornar de seguida a la feina. Ens vam seure i, mentre ella em servia, m'informà que havia trucat l'Ariadna per informar-nos que a l'Artur l'havien nomenat cap de departament.

—Adéu! Has entrat en fase creativa —va fer en veure que no reaccionava.

Quan arribo a aquest estat, el món s'atura fins que no torno a la realitat quotidiana, cosa que pot succeir l'endemà o al cap de dos mesos. De la meva aventura, evidentment, no li'n vaig dir res. Havia donat la meva paraula d'honor. No obstant això, em vaig alegrar pel nostre gendre.

Irene em va explicar tota la conversa i els problemes que Ariadna tenia amb el seu nou treball com a professora de biologia. La vaig escoltar durant uns minuts i després vaig tallar amarres i em vaig dedicar a navegar pels espais infinits de la imaginació. El senyor Contacte em tenia absort.

L'endemà vaig fer una trucada el meu amic Xavier i li vaig proporcionar la matrícula i les dades del Citroën. Em va prometre que em diria alguna cosa de seguida. Vaig penjar i em vaig dedicar a les frases contingudes a la carpeta negra.

Finalment, tip de no entendre-hi res, se'm va acudir copiar-les per separat, una a cada full, i distribuir-les damunt la taula. Dalt de tot la primera frase, la que parlava dels transports aeris. Després vaig fer-ne grups. A un costat les que parlaven de diluvis, a un altre les que esmentaven foc. Més tard vaig canviar l'ordre i les vaig posar en l'ordre com estaven escrites als fulls, però en horitzontal. I així vaig assajar diversos criteris, cercant alguna relació amb la primera de totes, però no en treia l'entrellat.

Estava tan capficat amb les frases que quan va sonar el telèfon vaig fer un bot. Vaig despenjar. Era el Xavier.

El Citroën pertanyia a una companyia de lloguer de vehicles de luxe i cotxes clàssics, em va dir, i me'n va donar el nom i el telèfon. Vaig penjar somrient. El senyor Contacte es pensava que era molt intel·ligent, però el pobre no sabia amb qui s'hi jugava les garrofes.

Envalentit pel meu petit èxit, em vaig centrar en les frases. Potser se m'havia passat per alt algun detall important.

Cap al migdia seguia a les fosques i enutjat. Vaig dinar a casa. Irene seguia convençuda que havia entrat dins del meu univers paral·lel. I no s'equivocava, perquè, quan vaig tornar al despatx, sentia el desfici que m'ataca quan sospito que hi ha alguna cosa davant meu i no sóc capaç de veure-la.

Vaig girar del revés tots els trossos de full que havia construït amb totes les frases copiades, excepte la primera, que la vaig deixar de banda perquè pensava que n'era la conclusió. Les vaig barallar i les vaig numerar aleatòriament. Després les vaig distribuir damunt de la taula en ordre numèric. Vaig girar la número u i vaig començar a llegir en veu alta. Una hora després em vaig donar per vençut. No deixava de demanar-me quina relació tenien amb la primera i què pretenia el senyor Contacte que fes amb tot allò.

*** ***

El dimecres següent, tal com tenia previst, vaig viatjar a Barcelona. No havia aconseguit treure'n res en clar i havia arribat a la conclusió que el senyor Contacte m'havia pres el pèl. Somiava amb descobrir la seva identitat, anar-lo a veure i clavar-li un moc sense que ell pogués retreure'm res. Jo havia estat prou hàbil com per donar-li la meva paraula de respectar les condicions pactades, però només les pactades. I entre elles no es trobava la de no seguir la pista a l'automòbil.

Vaig acabar la gestió que constituïa l'objecte d'aquell desplaçament i em vaig acostar a l'empresa de lloguer de vehicles. A recepció només hi havia una noia d'uns vint anys, que em va informar que el gerent no hi seria en tota la setmana. Em va demanar el nom, li vaig donar i va somriure.

—Estava dubtant. Pensava «segur que és ell»...

Quina bona estrella, la meva! Aquella noia acabava de llegir una de les meves novel·les i vam estar comentant-la. Li vaig explicar que la setmana anterior, per error, m'havia quedat amb una carpeta d'un home que em va acostar fins a l'aparcament on jo tenia el meu cotxe, perquè no hi havia manera de fer-me amb un taxi. Ambdós sortíem del mateix lloc, ell tenia el cotxe a la porta, me'l va oferir, el trajecte va durar uns pocs minuts, em va dir que l'havia llogat... El número de la matrícula acabava en vuitanta, vaig afegir, el recordava molt bé perquè és l'any que va néixer la meva filla. En fi! Que per a alguna cosa sóc novel·lista, oi?

—No puc donar-li aquesta informació —em va contestar, i de seguida va afegir—: Però, si vostè la llegeix... —i va anar a buscar la fitxa.

La tragué, la va mirar per cerciorar-se que era la que cercava, la va girar i va fer un gest de disgust.

—Quin dia diu que ser? —va preguntar.

—Dimecres de la setmana passada. Pel matí.

—Segur? —va insistir.

—Tan segur com que ara estem parlant.

—Llavors, vostè i jo no estem parlant —va dir, i assenyalà la fitxa.

Vaig llegir: REVISIÓ. I vaig arrufar el front.

—És impossible. Em va portar des de gairebé la plaça Catalunya fins a Balmes cantonada Rosselló.

—No seria un altre cotxe? En tenim quinze més.

—I algun d'ells és un Citroën DS 23 negre i la seva matrícula acaba en vuitanta?

—N'hi ha tres, de Citroën, els tres són negres, però cap dels altres té una matrícula que acabi en vuitanta.

Vaig tornar a mirar la fitxa. No hi havia cap dubte respecte a la data de la revisió. Fins i tot havien anotat el nom del taller, que jo vaig guardar a la memòria. O el senyor Contacte era molt més llest del que jo imaginava o algú mentia.

Vaig donar les gràcies i em vaig dirigir al taller.

A l'entrada hi havia una noia. Vaig demanar per l'encarregat i li vaig explicar la mateixa història que a la noia amb petits canvis: ara era jo que m'havia oblidat una carpeta a l'interior del Citroën.

Va consultar una fitxa i va cridar per l'intèrfon un home que es deia Paco. Poc després es presentà un mecànic vestit amb una impecable granota blava. Em va dir que ell havia realitzat la revisió, però que no havia trobat res a l'interior del cotxe. També m'informà que el cotxe havia entrat a revisió a les nou del matí, que només el va treure per provar-lo i el van recollir l'endemà a dos quarts de deu. Es va ofendre quan li vaig preguntar si algú hauria pogut agafar-lo sense que ell se n'assabentés. Els aparcàvem al pati del darrere i l'única sortida era per recepció, on sempre hi havia un empleat.

Allò no tenia ni cap ni peus. Si el cotxe no havia sortit del taller, com l'havia pogut utilitzar el senyor Contacte?

*** ***

L'endemà, em vaig tancar al despatx i vaig mirar amb ràbia totes aquelles frases. Si el senyor Contacte volia jugar amb mi, acceptava el repte. No m'agrada que se'n riguin, de mi.

Durant els dies següents les vaig llegir mil vegades. Me n'anava a dormir amb elles, hi somiava, m'aixecava amb elles, m'afaitava amb elles, menjava amb elles... Fins que vaig ser capaç de recitar-les sense deixar-me'n una coma.

Una tarda em van abordar dos predicadors mormons amb camisa blanca, pantalons foscos, el cabell curt, una etiqueta al pit amb el seu nom i un castellà forçat que pretén ser absolutament correcte. Vaig aixecar la mà per evitar-los, però un d'ells portava la Bíblia abraçada contra la camisa i un paper amb un text que va atreure la meva atenció.

> *El nivell de les aigües va créixer tant que van quedar cobertes totes les muntanyes més altes de la Terra; per damunt dels cims més alts encara hi havia set metres d'aigua. Es van ofegar tots els éssers vius sobre la Terra: ocells, animals domèstics i feroces, bèsties que s'arrosseguen i tots els homes.*

Ah! Aquell era un dels paràgrafs que contenia la carpeta

del senyor Contacte. Em vaig interessar per saber d'on ho havia tret i va somriure feliç. Es podia llegir al seu rostre que donava gràcies a Déu per haver recompensat la seva tenaç tasca enviant-li un possible feligrès. Vaig aguantar que em clavés el seu discurs sobre la bondat de Déu i la maldat de l'home, fins que per fi va dir:

—Fixi's en aquest text. És la paraula de Déu revelada als homes en el Gènesi, capítol 7, versicles 19 a 21.

El vaig deixar amb la paraula a la boca. Ni tan sols li vaig donar les gràcies. Vaig sortir cames ajudeu-me cap al despatx, vaig entrar-hi en tromba i me'n vaig anar de patac a la biblioteca. Vaig prendre l'exemplar de la Bíblia, el vaig obrir pel Llibre del Gènesi i... allà hi era!

Vaig cercar totes les frases que feien referència a un possible Diluvi. Algunes parlaven de grans pluges, d'aigua, que la terra va quedar submergida; altres relataven que la terra sencera va ser sacsejada, que el nord esdevingué el sud; altres dibuixaven un panorama esperpèntic en què cel i terra xocaven o que la terra es plegava sobre ella mateixa; en altres el cel esclatava o la terra s'obria per empassar-se tota l'espècie humana; també hi havia diluvis de foc; o, en altres, s'explicava que la temperatura va augmentar tant que els que s'acostaven a l'aigua per refrescar-se morien bullits. Però cap d'elles, excepte la que acabava de llegir, pertanyia a la Bíblia.

Vaig reflexionar: si hi ha un paràgraf que era còpia de la Bíblia, les altres frases i paràgrafs bé podien ser còpia d'algun altre llibre o tractat o text antic.

Dies i dies llegint, preguntat, cercant, consultant, fins que van aparèixer els primers resultats.

Va ser un Cataclisme de foc i aigua. El sud es va convertir en el nord i la Terra va bolcar.

Pertanyia al Papir Harris, trobat a Egipte. «Cal tenir una bona dosi d'imaginació per escriure que la Terra bolqués, que el nord es convertís en sud i a l'inrevés», vaig pensar. No obstant això, la frase posseïa tanta força que inexcusablement havia d'acaparar la meva atenció. Més encara que hi havia una altra que resava:

La Terra es va bellugar endavant i endarrere, a dreta i esquerra, movent-se en tots sentits.

La frase era de Plató, de la seva obra Timeu. I ambdós textos relataven un fet similar. Magrat tot, no m'era tan sorprenent. Grècia havia begut de les fonts d'Egipte i bé podia ser que Plató hagués copiat el text.

No obstant això, em demanava què pot haver de tan poderós que pugui sacsejar tot el globus terrestre amb tanta violència i qui quedaria damunt la faç de la Terra. Vaig pensar en el Diluvi Universal i en Noè, i vaig pensar que els dos successos guardaven alguna relació.

Galileu havia deixat escrit que no s'han de prendre els textos bíblics per científics, sinó que cal interpretar-los en funció dels nous coneixements. El Diluvi Universal m'obria un gran interrogant: D'on va sortir tanta aigua? I on va anar a petar després? Perquè el nivell de les aigües va baixar. I l'aigua no apareix ni desapareix com per art de màgia.

Poc després vaig identificar una altra frase, dea la tradició peruana, que explicava:

Durant cinc dies i cinc nits, el sol no va aparèixer al cel. Mentrestant, l'oceà, abandonant el litoral, va tornar i es va llençar damunt el continent amb un estrèpit espantós. Tota la faç de la Terra quedà coberta.

Allò em recordava el que els periòdics havien escrit i el

que les televisions havien mostrat sobre el gran tsunami de l'any 2005 a Indonèsia, que va matar més d'un quart de milió de persones. I aquí parlaven de cinc dies i cinc nits i que tota la faç de la Terra va quedar coberta. Allò començava a tenir sentit. Un Diluvi Universal és absurd, però un tsunami ja és diferent i l'efecte pot ser tant o més devastador. Començava a sospitar que aquelles frases es referien a un únic succés.

Em vaig submergir en les altres frases i vaig perdre el món de vista. Cada nou descobriment representava una sorpresa majúscula.

> *Un grunyit va crebantar cel i terra, i els rius es van desbordar al seu pas per les ciutats. Un mes més tard, va ressonar novament, enorme aquesta vegada, i la Terra va quedar a les fosques sota una pluja incessant i espessa..*

Text que pertanyia als indis d'Amèrica del Sud. I vaig continuar cercant més onades.

> *La Terra va quedar a les fosques, quan una llum viva va il·luminar tot el nord... Però era una onada, alta com una muntanya, que avançava a tota velocitat.*

Era un text dels indis Choctaw d'Amèrica del Nord. I també parlava d'una onada tan alta com una muntanya.

> *Avançava la paret d'aigua, eixordadora. Es va elevar fins al cel, trencant-ho tot. D'un sol cop, el terra es va aixecar, es va plegar, es va capgirar i va caure. La bella Terra, la llar dels homes, es va omplir del lament dels moribunds*

Resava un poema llegendari lapó. Era al nord d'Europa,

però la descripció era molt similar, la d'un tsunami gegantí!

> *Els llampecs esquinçaven el cel i el tro produïa un estrèpit tan gran que els homes es van quedar petrificats. Llavors el cel va esclatar... En la seva caiguda, els fragments ho van aixafar tot, matant tothom. Terra i cel van bolcar. Res viu no va quedar damunt de la Terra..*

Acabava de fer un salt fins al Brasil. «Quina expressió tan viva, tan eloqüent, tan audaç!», vaig pensar. «Llavors el cel va esclatar». És a dir: una descripció perfecta que alguna cosa immensa se'ns va venir al damunt.

> *La major part de la humanitat va morir en un diluvi. Els supervivents van ser llavors víctimes d'una onada de calor a la qual va seguir un fred intens i una glaçada.*

Tornava a ser a Amèrica del Nord, a les tribus Tlingit. Però hi havia una novetat: un diluvi, seguit d'una onada de calor i després un fred intens i una glaçada.

Vaig cercar un mapamundi, vaig prendre totes les frases i, a mesura que anava identificant el lloc físic, les situava amb agulles.

> *La Terra es va abrasar, es va partir en falles profundes i es va eixugar. Les grans ciutats van desaparèixer i la immensa explosió va reduir a cendres nacions senceres. Boscos i muntanyes van ser presa de les flames. Mentre Líbia, cremada per la calor, esdevenia un desert. I els rius!... El Don, el Ganges, l'Eufrates i el Danubi eren en flames; les sorres d'or del Tajo es van fondre sota la calor. El Nil va deixar de fluir, el seu delta va vomitar*

pols. Igual que les aigües del Rin, del Roine, del Tíber i dels rius de la Tràcia... Pertot arreu hi havia enormes falles obertes. Aquí, un mar desapareixia: allò que al vespre encara era una vasta extensió d'aigua, ara només era una platja de sorra seca. En un altre lloc, del fons dels mars sorgien noves illes que s'afegien a les Cíclades trencades i disperses...

Explicava Ovidi a la seva obra Metamorfosi. I parlava de tota Europa, des de les aigües del Tajo, fins al Nil, passant pel Rin, el Roine i el Tíber. Vaig clavar un bon plec d'agulles.

Els indis Warao explicaven:

Sorgits d'una convulsió tel·lúrica, els volcans escopien foc amb tanta violència que les estrelles van empal·lidir. Va sobrevenir llavors un altre Cataclisme on es va veure de sobte aixecar-se una paret de les muntanyes i al mar llançar-se sobre les planures i submergir-les.

Aquí apareixia la barreja d'ambdós elements: els volcans que escopien foc i el mar que es llançava sobre les planures i les submergia. A un i a l'altre costat de l'Atlàntic. Més agulles.

Canadà, Colúmbia Britànica:

Es van formar núvols enormes i la calor va ser tan forta que les aigües van bullir. I tots els que es van cabussar per refrescar-s'hi, van morir allà.

Un altre manuscrit maia afirmava:

El terra es va aixecar i es va enfonsar moltes vegades en llocs ben diversos. Quan va cedir, deu regions dislocades es van enfonsar a les aigües, arrossegant-hi milions d'habitants.

Vaig clavar una altra agulla al mapa. Havia començat a Europa, havia saltat l'Atlàntic i estava omplint d'agulles tot el continent americà. De Samoa, a la Polinèsia, vaig treure:

> *Llavors un miasma es va aixecar. El miasma es va tornar fum i el fum núvol. El mar es va inflar desmesuradament i, en una espantosa catàstrofe, el Continent es va enfonsar a les aigües. En el bell mig de la nit que embolcallava tot el món, la nova terra va sorgir de les entranyes de la Terra que havia estat empassada.*

Un altre salt prodigiós al llarg de la geografia i una altra agulla clavada al mapamundi.

> *Després d'un llarg temps, va aparèixer novament el sol. La faç de la Terra havia canviat... Tot el que havia existit abans havia estat destruït i la vida va partir de zero.*

Era de la tradició budista del Tibet. De sobte em trobava al cor d'Àsia. Acte seguit, una llegenda popular de la Xina:

> *Quan van sorgir les grans muntanyes, la Terra es va obrir i es va empassar gairebé mil milions d'éssers humans.*

Em va sorprendre la xifra. Tanta gent hi vivia llavors? Devia ser perquè el Maha-Bharata, a l'Índia, deia:

> *La Terra va esclatar i seixanta milions de ciutadans de les metròpolis van morir ofegats en una sola i espantosa nit.*

Vaig contemplar el meu bosc d'agulles. De nord a sud, d'est a oest, des de Lapònia fins a Egipte, des del Canadà fins al con sud del continent americà, des del Brasil fins a l'Índia, sense oblidar Xina, Amèrica Central o el Tibet, tot estava ple d'agulles i tots els relats deien que va tenir lloc un cataclisme de proporcions incalculables.

Primera conclusió que podia treure'n: en temps remots es va produir un succés espantós que va arrasar la Terra d'un extrem a l'altre.

Segona conclusió: el relat de les diferents tradicions resultava més complet, més clar, més lògic i més coherent que el relat proporcionat per la Bíblia.

Durant dies i dies em vaig sentir perdut. No era capaç de treure'n cap conclusió que em satisfés i vaig pensar que ja havia arribat al punt on volia conduir-me el senyor Contacte.

Una nit em vaig despertar. Havia tingut un d'aquests pensaments que es troba a la frontera que separa el son de l'estat de vigília. Vaig encendre el llum de la tauleta de nit, vaig cercar un tros de paper i vaig anotar: «buscar text». Acabava d'adonar-me que l'únic text que no havia identificat era aquell que encapçalava el document. Com parlava de transports aeris, havia imaginat que no formava part del passat. Vaig apagar el llum i em vaig adormir altre cop.

Una setmana més tard no sabia ni per on anava i, com últim recurs, se'm va acudir connectar-me a Internet, a un fòrum de temes històrics. Vaig escriure el paràgraf i vaig preguntar si algú podia dir-me a quin text antic pertanyia.

Aquella mateixa tarda m'arribà la resposta. Un habitual del fòrum em comunicava que es tractava d'una tradició oral Hopi que podia trobar a «El llibre dels Hopi» de Frank Waters.

Vaig cercar el llibre i em vaig quedar bocabadat. Feia segles i segles que els Hopi parlaven que:

L'explosió demogràfica, la multiplicació de les mega polis i dels transports aeris van fer que l'Home no es conformés tan sols amb la creació. Un nombre creixent d'individus només es preocupava pel seu benestar personal i material. L'Home disposava de tot fins a la sacietat, però sempre desitjava més i més. No deixava de produir fins i tot el que no necessitava i com més en tenia, més en reclamava.

Si m'haguessin dit que allò havia aparegut en un periòdic d'aquell mateix matí, m'ho hauria cregut sense piular. Però... imaginar que formaven part de les llegendes Hopi i que les repeteixen des de fa segles... La veritat és que resultava francament difícil d'acceptar. Em demanava si era possible que hagués existit en temps remots una civilització tan avançada, capaç de col·lapsar els cels, produir una explosió demogràfica, construir mega polis, fabricar tot el que desitgés...

Què podia fer? I vaig posar un asterisc en un dels títols de les meves obres al meu Web.

3.- MILLOR PREGUNTEM ELS SAVIS

L'endemà va sonar el telèfon del despatx. Tinc activat el sistema per identificar el número de trucada, però va aparèixer el missatge de «número privat». Vaig reconèixer la veu del senyor Contacte. Li vaig fer un resum d'allò que havia trobat.

—Per què em truca, si va per bon camí? —va fer.

—Perquè no tinc ni la més petita idea del que busco.

—Jo pensavaa que vostè volia saber.

—Sí, però vull saber alguna cosa —em vaig queixar.

—No, no —el vaig sentir repetir, i gairebé podia imaginar-me'l negant amb el cap, assegut dins del Citroën—. Saber alguna cosa és conèixer i vostè va dir que simplement volia saber. Si reflexiona, veurà que hi ha una gran diferència.

—Necessito ajuda. M'he perdut.

—Entesos —va acceptar—. Einstein deia que «en els moments de crisi, és més important la imaginació que el coneixement».

—Unes paraules molt boniques, però...

—Per altra banda, «mites i llegendes són les veus del passat que m'imploren que no l'oblidi» —vaig escoltar que reia.

—Maleït sigui tot! Doni'm alguna cosa més que paraules —li vaig exigir.

—Busqui a Tiahuanaco —em va contestar, i va penjar.

Em vaig quedar amb l'auricular a la mà, enfadat i

frustrat. Vaig reaccionar i vaig trucar Mateu, un bon amic de la companyia telefònica per tal que em proporcionés el número de telèfon de qui m'havia trucat. Quinze minuts després el tenia de nou a l'aparell. Segons ell, no havia rebut cap trucada.

—Com que no! He estat parlant amb un home...

—Fa més de dues hores que no reps cap trucada.

—És impossible!

—Tinc a la pantalla les trucades fetes i rebudes pel teu número i en tot el matí només hi ha la que tu has fet i ara, quan pengi, apareixerà aquesta, que t'he fet jo —va dir.

—Podries enviar-me per correu electrònic les trucades que he rebut l'últim mes?

—T'envio totes les fetes i totes les rebudes durant els tres últims mesos. D'acord?

Vaig penjar i vaig contemplar la carpeta negra. Cinc minuts després rebia la llista promesa. La vaig repassar i vaig anar identificant totes les trucades que coneixia. Després, vaig situar en el temps les que no coneixia i vaig deduir qui podia ser la persona. La primera del senyor Contacte, la que va servir per concertar la cita, no existia.

En menys de quinze dies havia rebut una trucada que no constava enlloc, havia pujat a un cotxe que no circulava per Barcelona perquè estava al taller, havia tingut una cita amb algú a qui ningú no havia vist, havia rebut una altra trucada que tampoc no podia localitzar ni demostrar... Ah! Però, tenia la carpeta. Vaig somriure i la meva ment de novel·lista es va posar en marxa. Podia cercar empremtes i... vaig recordar que ell no va tocar la carpeta. Jo, amb les meves mans, la vaig treure de la bossa del seient del Citroën.

*** ***

Vaig seguir el consell del senyor Contacte, vaig cercar informació sobre Tiahuanaco i vaig descobrir que es tracta d'un antic port de mar situat a la serralada de les Andes, a gairebé quatre mil metres damunt del nivell del mar. Qui l'havia construït i què hi feia allà, sense aigua?

Vaig trobar teories per a tots els gustos: des de la que apunta que Tiahuanaco va ser construït fa uns pocs milers d'anys, uns quatre o cinc mil a tot estirar, passant per la que considera que en té cent mil i arribant a la que diu que era un port de mar que va ser enlairat fins a aquella altura.

Els geòlegs classifiquen les muntanyes en velles i joves. El que sembla prou generalitzat és que tothom, o gairebé tots, arriben a la conclusió que els nostres avantpassats van veure néixer els cims més alts: el massís de l'Himàlaia, els Alps, els Pirineus, les Rocalloses i les Andes. O sigui, que no eren tan antigues.

No obstant això, molts geòlegs de seguida afegeixen que aquest fenomen no es va produir de cop. Afirmen que les muntanyes més altes del món van sorgir del sòl a la velocitat de dos a quatre centímetres per any. Llavors tindrien raó els que afirmen que Tiahuanaco va ser construïda fa més de cent mil anys, perquè aquest és el temps que es triga a créixer quatre mil metres (que són quatre-cents mil centímetres) a raó de quatre centímetres per any. Impossible, vaig fer No existien ciutats fa mil segles.

«Però... i si la causa del seu enlairament fins als quatre mil metres hagués estat una altra?», se'm va acudir pensar. No deia Einstein que, en temps de crisi, val més la imaginació que el coneixement? Doncs, jo estava vivint una profunda crisi.

Vaig continuar cercant informació. No tots els geòlegs estan d'acord amb que les muntanyes van sorgir lentament. Vaig llegir al llibre *The Mystery of Atlantis* de Charles Berlitz:

> *Arqueòlegs sud-americans situen la construcció de Tiahuanaco en una època quan el terreny estava uns 4000 metres més baix que l'actual [...] La seva teoria es recolza en les transformacions de la serralada de les Andes inscrites als dipòsits*

calcaris o en les línies del nivell deixades per les aigües del mar als penya-segats i a les muntanyes, que mostren que aquesta part de les Andes va ser aixecada, amb el llac Titicaca, provocant la destrucció i la mort de la ciutat. [...] Aquests arqueòlegs situen la despoblació de Tiahuanaco en una època compresa entre els 10 o 12 mil anys dels nostres dies.

I després vaig llegir a *Doomsday 1999* del mateix autor:

Encara que Tiahuanaco estigui avui a una altitud de 4000 metres, massa elevada per viure-hi, els seus dics i els seus molls mostren que en un altre temps va ser port de mar i que va ser aixecada a aquesta altura amb la creació de les Andes, fa 11.000 anys.

Vaig imaginar els nostres avantpassats més remots que veien com s'enlairava un port de mar (Tiahuanaco) amb tota la seva badia fins a gairebé quatre mil metres d'altura.

A *Colony Earth* de Richard Mooney vaig trobar:

L'abundància de fòssils marins sobre l'altiplà fa pensar que la regió va estar un dia a nivell de mar. Les relacions geològiques demostren que l'alçament de la planura és bastant recent. Degué produir-se fa uns 6000 o 8000 anys [...] Tiahuanaco estava possiblement en fase de construcció quan va sobrevenir la catàstrofe que va arrasar la Terra [...] Estimacions recents mostren no obstant això que la ciutat va ser fundada molt abans, la qual cosa la situaria abans del Diluvi.

I la gran sorpresa: la geologia tradicional diu, quan parla d'aquestes muntanyes, que «les roques que s'amunteguen entre els quatre mil i els vuit mil metres es troben en ordre invers a la seva edat. És a dir: les més antigues damunt de les més recents». Just a l'inrevés del que la lògica apuntaria. Això significaria que el massís de l'Himàlaia, el més alt del món, és també el més jove, sorgit de temps històrics.

Vaig aclucar els ulls i vaig imaginar que una arada removia la terra i deixava el que està sota damunt. «Una arada o un tsunami?», em vaig demanar. De fet, les onades de la platja, quan arriben amb força, ho capgiren tot.

Vaig buscar detalls tècnics i científics i vaig trobar més sorpreses:

1.- Només formats, els Alps van girar sobre ells mateixos i van ascendir cap al nord-oest centenars de quilòmetres.

2.- L'Himàlaia, en bloc, i tota la falda de les Rocalloses van recórrer... cent quilòmetres.

3.- Un massís de tres mil metres, Chief Mountain, va travessar la planura de Muntana i es va desplaçar seixanta quilòmetres.

4.- Enormes plaques de roca, dues vegades més extenses que el Gran ducat de Luxemburg, van ser catapultades més de cent quilòmetres com vulgars pedres.

Em vaig sentir marejat. Em demanava quina mà va ser capaç de realitzar aquesta proesa. Llavors se'm va acudir pensar que la violència inusitada d'un cataclisme tan fulminant com universal havia d'haver produït una matadissa increïble. Trobar les restes representaria una bona prova que anava per bon camí.

I les vaig trobar.

En qualsevulla part del món han aparegut centenars d'osseres gegantines. Des de l'estret de Boering a la Patagònia, des de Maine a Michigan i des de New Jersei, tot passant pel Brasil, Perú, Europa Central, Anglaterra, Alemanya,

Dinamarca, Sibèria i Xina, hi ha munts de coves i d'esquerdes que sobreïxen restes d'animals que es compten per milions. Ja sigui als vessants de la Muntanya Kinley a Alaska amb immensos dipòsits de restes de mamuts, mastodonts i bisons, la cova de Cumberland, l'esquerda de Chou-k'ou-tien, la cova de Sant Ciro a Palerm amb vint tones d'ossos d'hipopòtams, la cova de Vallonet a Mònaco on s'han trobat restes d'elefants, rinoceronts, lleons i fins i tot balenes, o l'illa Liakhov a Sibèria, per citar només els llocs més cèlebres, totes les osseres presenten les mateixes característiques: amuntegats en totes les actituds, sorpresos per la mort i aixafats encara que pesessin tones, apareixen membres i trossos escampats.

Però, encara n'hi havia més. Els geòlegs havien trobat als dipòsits sedimentaris, quantitats de fòssils entre els que havien aparegut restes humanes, animals, plantes i estris, tot barrejat. Havien arribat a la conclusió que, perquè es produís un fet com aquell, va ser necessària la presència d'un medi aglutinant que ho mogués tot en la mateixa direcció i que tot quedés en un lloc, per ser sepultat per l'al·luvió. Fins i tot s'havien trobat fòssils d'insectes en els quals no es detectaven signes de desintegració; això apuntaria a una mort sobtada i d'un enterrament gairebé instantani, característic en un desastre ocasionat per una gran onada d'aigua, seguida d'un assentament de totes les partícules en flotació.

La carnisseria va ser tan impressionant que Charles Darwin va escriure: «El nostre esperit ens empeny a imaginar alguna catàstrofe terrible, perquè per matar tants animals de tota mena, no queda altre remei que sacsejar tot el globus terrestre». Aquestes paraules em recordaven sospitosament les que havia escrit Plató: «La Terra es va bellugar endavant i endarrere, a dreta i esquerra, movent-se en tots sentits».

Fins aquell instant mai no havia pensat en això, sinó que continuava imaginant allò havia après a l'escola: «va ser un càstig diví perquè l'home havia provocat la ira de l'Altíssim». Tanmateix, el senyor Contacte m'havia dit que «mites i llegendes són les veus del passat que m'imploren que no l'oblidi». I jo em demanava com s'havia produït un desastre tan immens.

Vaig buscar als textos antics. La major part dels relats del Gran Cataclisme atribueixen el desastre a la còlera divina. Ja fossin babilonis, asteques o guaranís, diuen que els déus «sentien fàstic per la malignitat de l'home», «estaven afligits pels seus vicis» o «vivien irritats per la seva ingratitud i el seu menyspreu per les lleis». El Déu de la Bíblia reacciona amb brutalitat per «la maldat, la corrupció i la violència de la gent».

Hi havia un altre detall sorprenent. Tothom,explicava que la paraula dels déus, o de Déu, va prometre solemnement que una plaga com aquella no s'abatria mai més damunt la Terra, fos quina fos la conducta de l'ésser humà.

Un dels relats que més em va impressionar va ser l'Epopeia de Gilgamesh. En ella s'atribuïa el Gran Cataclisme a un caprici: «Un Dia, els grans déus van decidir fer el Diluvi». Gairebé vaig esclafir de riure quan vaig arribar a aquest passatge. El text explicava que els grans déus es van reunir amb els seus consellers, i van deliberar sobre l'oportunitat de dur a terme l'operació del Diluvi. No podia creure el que estava llegint. Es va acordar executar-la i així es va fer, però alguna cosa no va rutllar i els déus van acabar movent-se enmig de la gran confusió, «s'arrossegaven com gossos» aixafats pel desastre que havien provocat «sense reflexionar», com ells mateixos reconeixien. Em vaig quedar bocabadat. Sempre havia suposat que els petits déus, potser no, però evidentment els grans eren immortals i summament poderosos. I van decidir fer un diluvi i els va sortir malament.

Després, vaig llegir als sumeris que el Cataclisme va ser el resultat d'un error humà. Llavors se'm va ocórrer pensar que la paraula déu, potser, no havia de prendre-la en el sentit bíblic, sinó que els déus, en aquells dies, havien de ser força més humans, capaços de cometre errors, segons es desprenia dels escrits i de les tradicions. Ja no em provocava tantes rialles l'*Epopeia de Gilgamesh*.

L'INFORME PHAETON

Vaig aclucar les parpelles i vaig bufar amb força. No parava de demanar-me cap a on volia conduir-me el senyor Contacte. Ningú no es pren tantes molèsties ni amaga d'aquesta manera la seva identitat només per fer broma.

De manera que vaig posar un asterisc en el meu Web i em vaig dedicar a esperar pacientment.

4.- EL PROJECTE PHAETON

Vaig arribar a l'aparcament del passeig de Gràcia cinc minuts abans de les onze. Ho recordo perquè vaig consultar el rellotge quan recollia el comprovant de la màquina. Vaig deixar el cotxe i vaig sortir a plena llum del dia. El cel es presentava clar i serè. Per cinquena vegada vaig fer un cop d'ull al meu telèfon mòbil. La bateria estava ben carregada i la cobertura era perfecta.

Durant gairebé mitja hora vaig estar caminant pel passeig de Gràcia, amunt i avall, tafanejant els aparadors de les botigues i consultant el rellotge cada cinc minuts.

M'estava comportant com un nen. Vaig respirar fondo. El senyor Contacte m'havia dit que em trucaria, però no quan. I, quan ho fes, el més probable és que em proposés trobar-nos en algun lloc a una hora que establiríem de mutu acord. Així que vaig decidir aprofitar el temps i fer una visitar a la meva agent literària. No em trobava lluny del seu despatx i podia acostar-m'hi caminant.

Vaig tenir sort i la vaig trobar. Vam estar xerrant una

estona, vam repassar alguns afers pendents i ella no em va preguntar si duia alguna cosa entre mans. Ens vam acomiadar a dos quarts de dues. Encara no havia rebut cap trucada i començava a inquietar-me. Vaig decidir que el millor era anar a dinar i em vaig dirigir cap al Mussol, situat a la Diagonal, costat muntanya, una mica més enllà de Via Augusta.

Una dona jove, menuda i morena, molt simpàtica, em va conduir escales avall, cap a la sala inferior, fins a una taula situada al costat de la paret, a prop dels lavabos. Em va deixar la carta i em va informar que m'atendria Manuel, un noi sud-americà i molt somrient, que es va acostar de seguida i em va preguntar què beuria. Una clara, li vaig respondre.

Mentre els meus ulls es perdien per l'univers de plats d'una carta molt generosa, la meva ment va rescatar de la memòria la conversa telefònica que un parell de dies abans havia tingut amb el senyor Contacte.

—El Diluvi Universal no el va provocar Déu, sinó la mà de l'home —li havia deixat anar i m'havia quedat en silenci.

Van transcórrer uns segons i, de sobte,, em va demanar si tenia previst atansar-me a Barcelona algun dia d'aquells i li vaig dir que divendres hi havia de fer coses, cap allà les onze, tot i que no era cert. I li vaig passar el meu número de telèfon.

—Ens posarem en contacte amb vostè —em va dir, i va penjar.

Però, fins aquell instant ningú no m'havia trucat.

Manuel, el cambrer, diposità la clara davant meu i em va demanar si ja havia triat. Anava a respondre quan va aparèixer al nostre costat una dona d'uns quaranta anys, si fa no fa d'un metre seixanta, més aviat plena, amb un ampli somriure, el cabell castany clar, els ulls blaus, la pell blanca, vestida amb una brusa blava i una faldilla negra, acampanada i per sota del genoll. Duia sota el braç una carpeta negra, de plàstic, idèntica a la que jo havia rebut de mans del senyor Contacte i que guardava al meu costat, damunt del banc de fusta que estava recolzat a la paret.

48

—Sento arribar tard —va dir, i el cambrer es va apartar.

Quan s'asseia se li va caure la carpeta al terra, just als meus peus. Em vaig ajupir de pressa i la vaig recollir

—És per a vostè —va dir ella somrient quan l'hi estenia, i va afegir—: A canvi de la seva, naturalment.

La vaig deixar al costat, vaig prendre la meva i l'hi vaig lliurar. Ella va assentir lleugerament i es va asseure.

—Amanida i ous estrellats? —em va preguntar.

Vaig acceptar, malgrat tenir ben present que Irene m'ho tenia prohibit per causa del colesterol. Però, un dia és un dia.

—Per beure, el mateix que el senyor —va dir la dona.

—I el senyor Contacte? —vaig demanar quan Manuel s'allunyava.

—Avui jo sóc la senyora Contacte.

Llavors vaig recordar les últimes paraules del meu misteriós interlocutor: «ens posarem en contacte amb vostè». Ens, en plural, i no havia dit que ho faria ell, personalment.

—Puc preguntar si he encertat? —vaig fer.

—A què es refereix?

—El Diluvi Universal va ser provocat per l'home i CCU ho va descobrir fa gairebé quatre-cents anys.

—Sí, a la primera part; no tinc resposta per la segona —va contestar—. No obstant això, haig de felicitar-lo. Arribar a que el Diluvi Universal va ser provocat per la mà de l'home, amb les poques dades que li hem facilitat, no era pas senzill.

—He tingut molta sort —vaig dir, traient mèrit a les meves investigacions.

—La sort no existeix i la inspiració és el resultat final d'un bon treball —va replicar ella—. Picasso ho tenia força clar.

—No obstant això, Napoleó, quan havia de nomenar un general, primer preguntava si era home de sort —vaig replicar.

—Així va acabar. Jo, personalment, m'estimo més la intuïció que la sort.

Tenia davant una persona acostumada a no confiar en l'atzar i a investigar amb mètode. Això em va agradar.

—Em tenen desconcertat. Jo únicament volia saber alguna cosa sobre CCU i vostès...

—Això no és el que m'ha dit el senyor Contacte —em va interrompre—. Segons les seves paraules, vostè desitja saber, sense més.

—Sí, però m'agradaria conèixer alguna cosa sobre CCU

—Doncs, haurà de preguntar en un altre lloc.

—Quin és el següent pas? —vaig dir, canviant de tema.

—Hem decidit donar-li un cop de mà —va respondre, i em va somriure—. Suposo que sap que existeixen, si més no, 83 relats basats en l'esquema del Diluvi Universal i que tots ells fan esment d'un «salvador previsor», del qual la figura més representativa és el venerable Noè.

—No sabia que en fossin tants.

—Què en sap, de Phaeton?

—Del mite? —vaig preguntar, i ella va assentir. Li vaig fer un resum del mite grec del fill d'Heli, tal com ja havia fet dies abans amb el senyor Contacte.

—Em meravella la seva capacitat de síntesi —va dir en acabar jo la meva exposició—. N'ha tret alguna conclusió, d'aquesta història?

La conversa es va interrompre mentre Manuel ens deixava al davant les amanides. Després reprengué.

—Ja l'any 600 aC, els historiadors egipcis tractaven els grecs de «nens que ignoren la història i les ciències del passat» i il·lustraven les seves acusacions amb exemples. Els deien que «hi ha una història que vau retenir: és la de Phaeton. Però la vau convertir en un mite, quan resulta que és una realitat!». L'herència cultural, llegada pels nostres avantpassats, ens permet seguir la pista grega i descobrir que mai no hem tingut en compte aquest text egipci. Per nosaltres únicament forma part de la mitologia que explica que Phaeton era un nen malcriat i idiota que volia jugar a conduir el carro del sol. Seria alguna cosa així com el fill de papà que fa divuit anys, es treu el permís de conduir i el primer dia agafa el Ferrari del seu estimat progenitor —va dir, va fer una pausa mentre menjava amanida, va somriure i va prosseguir—: No perdem de vista que els crits del passat —Aquesta frase em resultava familiar—. Què hi ha de debò en aquesta història o llegenda? Doncs... únicament el sol damunt un carro estirat per cavalls celestes.

—Com diu? —Vaig deixar anar una rialleta.

—Podem caure fàcilment a la temptació de pensar que els nostres avantpassats tenien una imaginació desbordant. No obstant això, li recordo que Einstein deia que...

—Sí, sí... la imaginació i tota la pesca.

—Vostè posseeix una formació tècnica de grau superior, malgrat que ha acabat escrivint novel·les. De manera que no li costarà gaire esforç seguir els meus raonaments. Resulta terriblement perillós prendre un relat al peu de la lletra i oblidar el seu esperit. Quan avui en dia diem que el sol a l'estiu es lleva per l'est a les sis del matí i que jeu per l'oest a les vuit de la tarda, sabem molt bé que es tracta d'una imatge o d'una manera de parlar. Evidentment, el sol mai no es lleva ni jeu com faig jo quan arriba la nit. Això només té lloc als contes infantils o a les pel·lícules de dibuixos animats. D'aquí a molts segles, quan algú trobi un escrit d'aquesta època, que ara vivim, que parla que el sol jeu i es lleva, potser convertirà el relat en... un mite? No creu que això és justament el que fem nosaltres amb els relats dels nostres avantpassats?

Va callar i va centrar la seva atenció a l'amanida. A mi mai no se m'havia acudit reflexionar sobre aquell tema i menys en aquells termes.

—No veig on vol anar a petar —vaig dir, animant-la a seguir.

—Doncs és molt fàcil —em va respondre amb un somriure infantil—. Els astrònoms calculen la posició dels cossos celestes sobre el model geocèntric, malgrat que sabem prou bé que no són una colla d'ignorants, com els que van condemnar Galileu, i que no creuen que la Terra és el centre de l'Univers. És simplement una posició del punt de vista, el dels observadors terrestres per als que tot desplaçament d'un objecte al cel, amb relació a la Terra, és percebut com un moviment relatiu. Però tan sols és percebut per poder comprendre millor i som conscients d'això — va dir, i jo vaig assentir en silenci—. És lògic suposar i acceptar que els nostres avantpassats utilitzaven el mateix mètode per entendre's. Quan deien conduir el carro del Sol, volien dir conduir el carro de la Terra amb relació al Sol. I què significa conduir un carro?

—Controlar la seva trajectòria i la seva velocitat —vaig respondre.

—Exacte! —va exclamar— I prendre les regnes dels cavalls celestes seria... posar-se als comandaments del planeta.

—Pilotar un planeta? —vaig estar a punt d'aixecar la veu, però ella va alçar les celles i em va fer un gest amb la mà perquè em calmés.

Vaig mirar la gent que ocupava totes aquelles taules del restaurant. Si sabessin de què estàvem parlant, segurament ens prendrien per un parell de sonats.

—Amb quin objecte?

—Aquí arriben els ous estrellats —va dir ella.

Manuel va retirar els plats d'amanida i els va substituir pels ous estrellats. Em demanava on m'havia ficat i amb qui estava tractant.

—Obté permís del seu pare per conduir el carro durant un dia —vaig dir—. Durant un dia —vaig repetir lentament—. Això equival a una volta. És a dir: seria tant com controlar la rotació de la Terra —vaig meditar, i vaig guardar un curt silenci, abans de formular novament la pregunta—: Per què volia controlar la rotació de la Terra?

—Vostè és novel·lista i també ha escrit contes infantils. De manera que li encantarà escoltar un de molt interessant —va dir ella—. Hi havia una vegada una dona que vivia a la Polinèsia i tenia un fill. Cada nit, abans d'anar a dormir, li explicava una llegenda hawaiana molt antiga. Tan antiga que ningú no sap d'on va sortir... «La mare del semidéu Maui estava molt enutjada perquè la seva bugada no tenia temps suficient per eixugar-se. El Sol corria molt de pressa i *els dies eren massa curts*. El seu estimat fill el semidéu Maui va decidir atrapar el Sol per les cames i deixar-lo lligat a un arbre...» Quin conte, oi? —va exclamar, va fer un mos i continuà—: Ara faig un salt ben lluny, enmig de les tribus Shoshone, que viuen a Utah, a Colorado i a Nevada, a Amèrica del Nord. També és de nit i una dona, també agenollada al costat de la màrfega del seu fill, li explica: «un dia un conill gegant va decidir atrapar el Sol i aturar la seva cursa perquè brillés més temps perquè *els dies eren massa curts...*»

—«Els dies eren massa curts ».

—Curiosament, en ambdues llegendes, nascudes en dos punts tan allunyats de la Terra, el sol sempre acabava escapant-se, no sense abans calar foc a la cua del conill que fuig espantat o a l'arbre al qual va ser lligat. I les flames s'escampen pertot arreu —va respondre ella.

—Phaeton va perdre el control del carro del Sol, es va acostar massa a la Terra i va estar a punt d'incendiar-la sencera —vaig meditar en veu baixa.

—Una altra curiosa coincidència. Aquesta vegada a Grècia.

—Però, quin objecte tindria dominar la rotació de la Terra? —vaig preguntar novament.

—Si fem cas de les llegendes hawaiana i shoshone, més que dominar la rotació de la Terra, pretenien aturar-la per tal que el sol brillés més temps damunt d'ells.

La vaig mirar desconcertat.

—Em disculpa un moment? Haig d'anar al lavabo —em va dir, i es va aixecar.

Em vaig quedar meditant les seves darreres paraules. Potser existia una explicació perquè algú pretengués controlar la rotació de la Terra... No sé... estabilitzar el temps, per exemple. Però aturar-la completament era absurd.

—Prendrà alguna cosa per postres? —vaig sentir que feia la veu de Manuel.

—Esperaré per veure què vol prendre la senyora.

—La senyora se n'ha anat —em va contestar—. L'he vist sortir fa poc.

Vaig mirar la cadira i em vaig adonar que havia agafat la carpeta que jo li havia tornat. S'havia escapolit per les escales que hi havia al costat dels lavabos, les que donen gairebé directament al carrer.

Vaig agafar la meva carpeta, la que ella m'havia lliurat i la vaig obrir. Només hi havia un full i una sola frase:

Si la Terra és la nostra mare, la Lluna és la nostra àvia.

Aquella dona m'havia dit que volien donar-me un cop de mà i l'única cosa que em donava era una estúpida frase.

En arribar al carrer em vaig sentir atordit. Igual que el senyor Contacte, ella tampoc havia tocat la seva carpeta. La duia sota el braç i havia estat molt hàbil deixant-la caure als meus peus per tal que jo, sempre galant, la recollís. Segur que no hi havia cap empremta.

5.- UN TRENCACLOSQUES GEOGRÀFIC

L'endemà, en arribar al despatx vaig prendre un full en blanc i recapitular sobre tot el que disposava fins aleshores.

1.- Després d'una conversa amb un desconegut, se m'acut investigar i escriure sobre CCU, una suposada societat secreta nascuda al segle XVII.
2.- Aconsegueixo entrar en contacte amb qui crec que pertany a dita societat i em proporciona una carpeta amb unes frases ben estranyes.
3.- De sobte trobo que preconitzen que el Diluvi Universal el va provocar la mà de l'home.
4.- Apareix una altra persona i em parla del mite de Phaeton i que els nostres avantpassats van voler aturar el moviment de rotació de la Terra.
5.- Ara resulta que la Lluna és la nostra àvia.

Vaig acabar d'escriure els cinc punts, els vaig llegir i van aparèixer les preguntes. Quina relació tenia la Lluna amb Phaeton? A què treia cap aquella història de mare i àvia? Per què els nostres avantpassats desitjarien aturar el moviment de rotació de la Terra? Aturar la rotació de la Terra implicaria deixar a les fosques una part. Absurd, vaig fer.

No sabia ni per on havia de començar i vaig recordar que tant el senyor com la senyora Contacte deien que mites i llegendes són les veus del passat. Potser el millor seria arrencar amb les llegendes hawaiana i shoshone. De manera que em vaig cabussar en els textos antics i vaig descobrir que aquesta història del Sol immobilitzat sovinteja en totes les tradicions. Josuè, a la Bíblia, ja havia ordenat el Sol que s'aturés per poder concloure una batalla. Per als Xinesos, va haver-hi un temps en què el dia solar valia deu dies sencers; a Iran parlen d'un Sol congelat en el seu zenit durant tres dies; quant als peruans, diuen haver conegut cinc dies sencers de ple Sol seguits de cinc jornades senceres de foscor. En tots tres casos, el fenomen, segons la tradició, es va produir just després d'un Gran Cataclisme que, evidentment, tots esmentaven. Novament em trobava que els mateixos mites i tradicions es donaven la mà per crear un cinturó mundial.

Durant dies vaig devorar tot el que queia a les meves mans i que guardava alguna relació amb el tema.

Una tarda vaig llegir que l'any 400 aC Sòcrates li havia dit al seu estimat deixeble Simmies: «Vista des del cel, la Terra sembla una pilota feta d'una dotzena de peces de cuir cosides entre elles». Vaig somriure. Encara acabaria descobrint que el futbol va ser inventat per Sòcrates. No et fot!

Vaig consultar el rellotge i vaig recordar que aquella nit teníem un sopar. Teresa i Miquel, un matrimoni que havíem conegut en un altre sopar, ens havien convidat a casa seva. De manera que vaig posar punt i final i vaig marxar.

Irene i jo vam discutir si era millor dur una ampolla de vi o una caixa de teules de Santa Coloma de Farnés. Vaig argumentar que Miquel ja hauria previst el vi per al sopar, que ella tindria pensades les postres i que el millor era obsequiar-los amb unes pastes originals per al cafè. Però, va guanyar ella i ens hi vam presentar amb una ampolla de Rioja.

Abans de seure a taula, mentre elles acabaven de preparar el sopar, nosaltres vam veure les notícies a la televisió. Parlaven d'un terratrèmol ocorregut a Àsia.

—Un terratrèmol és terrible —em va dir el meu amfitrió, assenyalant la pantalla del televisor—. Quan xoquen dues plaques tectòniques...

Va resultar que Miquel era geòleg i em va deixar anar una lliçó magistral, que va tallar en l'instant que van aparèixer les nostres respectives i vam seure a taula per gaudir del sopar.

Acabat el sopar, Teresa ens va oferir cafè i es va girar cap al seu marit per preguntar-li on havia posat les pastes. Es produí un silenci sepulcral durant el qual Miquel va posar cara d'espant. S'havia oblidat de comprar-les. Vaig pensar que li cauria una bona esbronca, però la sang no va arribar al riu i jo vaig mirar Irene i vaig somriure triomfant.

Ens vam acomiadar cap a les onze amb la promesa de repetir l'experiència.

Devien de ser les tres de la matinada quan em vaig despertar sobtat, vaig fer un bot, em vaig dirigir al petit estudi, vaig connectar l'ordinador i em vaig posar a cercar a Internet. Sempre he cregut que els coneixements floten a l'interior del nostre cervell com petits fats i petites fades que volen per l'aire. De tant en tant, dos d'ells es llancen una mirada, se somriuen, s'aturen, xerren... i estableixen una relació que dóna lloc a una nova idea. És el que anomenem la inspiració.

I allà era! L'any 1977 Poltack i Chapman van escriure:

Segons la tectònica de plaques, la litosfera, l'escorça exterior de la Terra, està formada per una

*dotzena de plaques rígides que es desplacen sobre
la seva superfície...*

Miquel, durant les seves magnífiques explicacions sobre
els terratrèmols, havia dit que existien... dotze plaques! I aquest
minúscul detall va quedar imprès en algun racó del meu
subconscient i em va despertar quan va xocar amb la frase de
Sòcrates, que deia: «Vista des del cel, la Terra sembla una pilota
feta d'*una dotzena* de peces de cuir cosides entre elles».

Déu meu! Tenint en compte que ambdós textos, el de
Sòcrates i el de Poltack i Chapman, estan separats entre si per...
vint-i-tres segles... no podia deixar de sorprendre'm que el filòsof
sabés que la Terra és un trencaclosques amb dotze peces. Estem
parlant de plaques tectòniques, que no poden veure's a simple
vista. A més, en temps de Sòcrates no sabien volar.

Vaig cercar un mapamundi i el vaig observar amb
deteniment. Amb una ullada em vaig adonar que Amèrica del
Sud es pot unir a Àfrica per Madagascar, que la punta de Deccan
(l'Índia i Sri Lanca) s'emmotlla de meravella al contorn de
Somàlia, mentre que Groenlàndia i les illes del Gran Nord
formen un conjunt amb Canadà. Tot això a simple vista. Sense
gaire esforç. Vaig trobar que alguns científics havien jugat a
encaixar-los com si fossin peces d'un trencaclosques, fins que
l'any 1915, un astrònom alemany, Alfred Wegener, va demostrar
que les peces formaven un tot, un gegantí continent que va
batejar amb el nom de Pangea (paraula composta d'arrels
gregues i que significa «el conjunt de les terres», per oposició a
l'oceà, que és el conjunt de les aigües). No obstant això, no li van
fer cas. «Aquesta pot ser la solució al trencaclosques, però
mostri'ns la mà que va desencaixar Pangea», li deien.

Alfred Wegener va dedicar tota la seva vida a cercar
aquesta mà i va morir sense haver-la trobat. Però la mà, per a
ell, evident va existir.

Em vaig sentir corprès pel que vaig trobar. La calor
interna de la Terra fa ascendir cap a la superfície enormes boles

incandescents, com quitrà fos. Quan atrapen l'escorça, el pes de les plaques aixafa aquestes boles i les transforma en corrons que s'expandeixen en totes les direccions a la recerca d'una esquerda per on escapar. En els seus desplaçaments, els corrons arrosseguen les plaques que xoquen entre elles i deformen el dibuix del mosaic. Per aquesta raó els continents es desplacen lentament, al llarg de milions d'anys, i una bona colla de científics diuen que «va haver-hi un temps en el qual el Sahara es trobava al Pol Sud i l'Oceà Antàrtic a l'equador». Pangea, per a ells, va ser un instant en què van coincidir tots els continents en el seu etern ball i s'aplegaren.

Altres científics no hi estan d'acord, amb aquesta teoria, i diuen que el possible gegantí continent que Wegener va batejar amb el nom de Pangea, no va ser el resultat fortuït de la col·lisió de continents errants. «No reconstruïm un trencaclosques sacsejant la taula», argumenten i sostenen que l'escissió de Pangea va ser deguda a un accident únic a la història de la Terra, probablement una gran catàstrofe. Però que, en un principi, Pangea sempre va ser un únic continent.

Una teoria científica contemporània afirma que la gran escissió de Pangea va ser deguda a un gran cataclisme, mentre que, per altra banda, el papir Harris, trobat a Egipte, diu: «Va ser un Cataclisme de foc i aigua. El sud es va convertir en el nord i la Terra va bolcar». Potser els nostres avantpassats no contaven fantasies quan parlaven del naixement de les muntanyes i dels volcans. Fins i tot, el Cataclisme i la ruptura de Pangea potser van ser... un únic succés.

I així em van donar les sis del matí, hora en què em vaig ficar al llit, cansat i amb el cap a punt d'esclatar. Quinze minuts més tard sonava el despertador i Irene es llevava. Vaig amagar el cap sota el coixí i vaig mirar d'oblidar-me de l'existència del món.

La resta del matí vaig dormir com un nadó. Per la tarda

vaig trucar el Miquel per consultar-li algunes coses de geologia, deriva de continents... Em va convidar a anar a casa seva.

Mitja hora després estàvem asseguts al seu sofà. Se'l veia content per tenir algú que l'escoltés, encara que primer li explicaria el que estava buscant.

—Pangea! —va exclamar, quan vaig haver acabat la meva exposició sobre el continent únic—. Hi ha teories per a tots els gustos.

—Ja me n'he adonat —vaig assentir—. Hi són els que sostenen que va tenir lloc un gran cataclisme que va trencar Pangea i els que afirmen que l'ésser humà no va poder ser testimoni de la fi de Pangea perquè aquesta va emergir i es va disgregar molt abans de l'aparició dels humans sobre Terra.

—S'ha calculat l'època en què es va produir la ruptura del gran continent —em va contestar. Es va aixecar i va anar a buscar un llibre tècnic i va cercar—. Aquí: «Fa prop de 125 milions d'anys, Amèrica del Sud va començar a separar-se d'Àfrica, i la Península Ibèrica es va apartar d'Amèrica del Nord».

—Com poden afirmar-ho?

—És el resultat de l'estudi dels corrents tèrmics en els fons oceànics —va dir, i va cercar una altra pàgina—. El càlcul teòric de la conducció tèrmica es fa mitjançant una simple equació que prediu el flux de calor transportat per la placa, seguint la fórmula: $q = 11.3 / \sqrt{t}$. En aquesta fórmula, q és el flux de la calor emesa per la placa a l'oceà, en funció de l'arrel quadrada de l'edat t del fons oceànic, i sent t el nombre de milions d'anys. Mesurem el flux de calor del fons oceànic i tenim la quantitat de milions d'anys. Així de fàcil.

—I estem parlant de 125 milions d'anys —vaig dir.

—Més o menys —em va contestar, i va cercar una altra pàgina, on hi havia un petit quadre amb xifresr—: Hi ha petites discrepàncies, quant a la quantitat de milions d'anys que fa que van començar a separar-se els continents.

Vaig llegir:

60

Le Pichon , Dietz, Holden	*200 milions*
Haroun Tazieff	*170 milions*
John Gribbin	*150 milions*
Hennig & al.	*136 milions*
Wegener	*135 milions*
Behrman	*100 milions*
Fieldhouse	*85 milions*

—Depèn del sistema que s'utilitzi per mesurar i per calcular —em va contestar, amb un somriure—. Cal tenir en compte que, quan es belluguen xifres tan grans, la precisió mai no és absoluta i els càlculs són aproximats —em va explicar—. Tot i que 125 milions és la xifra més acceptada, si parlessis de 115 o de 136, estaríem dins d'un ventall acceptable. Un deu per cent, amunt o avall, entra dins del possible.

Vaig prendre'n nota i ens vam acomiadar.

L'endemà, em vaig tancar al meu despatx i vaig tirar mà dels textos antics. Vaig trobar que per als egipcis, el Cataclisme va tenir lloc cap a l'any 9600 aC Si me'ls creia, resultava que l'any 2000 de la nostra era, s'havien complert 11600 anys des que va tenir lloc la catàstrofe. Entre 11600 anys i 125 milions, hi havia una gran diferència. Alguna cosa no hi quadrava.

Em vaig passar tot el matí donant-li voltes i arribat el migdia me'n vaig anar a dinar a casa.

—Tu et recordaries d'alguna cosa que hagués succeït fa 125 milions d'anys? —vaig preguntar a Irene, durant l'àpat.

—No em recordo ni del que va passar fa tres dies —em va respondre.

—No em refereixo a tu o a mi, sinó a la humanitat.

—La humanitat no existia fa tant de temps.

—I onze mil sis-cents anys?

—Potser, si hagués quedat algun rastre...

Aquí va sonar el telèfon i es va tallar la conversa.

A la tarda, en arribar al despatx, em vaig treure la jaqueta i em va caure a terra el paper on havia anotat les dades que m'havia proporcionat Miquel. El vaig recollir i el vaig desplegar.

Em dirigia cap a la taula, quan em vaig aturar de patac. Em vaig precipitar sobre la calculadora i vaig fer una petita comprovació.

L'havia encertada! 11600 elevat al quadrat és, en números rodons, 134 milions. Xifra que queda situada dins de la forquilla de tolerància que Miquel havia establert d'un deu per cent amunt o avall. El límit superior d'aquesta forquilla seria 136 milions d'anys. Vaig agafar el telèfon i vaig trucar el Miquel per demanar-li per què la fórmula per calcular l'edat de Pangea, utilitzava l'arrel quadrada del temps.

—Perquè és lògic!—va fer—. L'arrel quadrada de 125 milions és... 11.180. És impossible que Pangea existís fa tan poc de temps. De manera que cal utilitzar l'arrel quadrada.

—I si Pangea s'hagués disgregat a causa d'un enorme cataclisme fa uns dotze mil anys?

—No, no, no. És impensable, home! —va exclamar.

—Coneixes Tiahuanaco? —li vaig preguntar.

—És un cas força curiós...

—Creus que es va enlairar fins a quatre mil metres d'altitud lentament? Existien ciutats fa mil segles?

—Bé...

—Això és el que es triga a ascendir quatre mil metres a raó de dos centímetres per any —li vaig dir.

Vam quedar de veure'ns un parell d'hores més tard. No tenia cap dubte que havia despertat la curiositat de Miquel.

Començava a veure el joc de la senyora Contacte i, per descomptat, del senyor Contacte. M'estaven induint a descobrir per mi mateix la veracitat de la seva teoria sobre que el Diluvi

Universal va ser causat per la mà de l'home. Tanmateix, necessitava un argument de pes que em permetés apostar pels onze mil sis-cents anys.

Cap a les sis de la tarda Teresa em va obrir la porta de casa seva.

—Què li has fet, al Miquel? —em va demanar.

—Jo? —em vaig estranyar.

—Allà el tens —va assenyalar cap al menjador—. Ha ocupat la taula i sembla boig.

Ella es va quedar a la cuina i jo em vaig dirigir al menjador. Miquel em va mirar amb el front arrufat i uns quants llibres sobre la taula del menjador.

—Passa, passa! Mira —va exclamar, i va venir cap a mi amb un text a la mà—: «Resulta sorprenent veure com els continents han conservat la seva forma original. Si avui poguéssim reunir-los, Groenlàndia s'inseriria perfectament en les costes nord europees; Amèrica del Nord s'arrupiria entre el gep africà, Espanya i França; Amèrica del Sud coincidiria impecablement amb la costa africana». Què me'n dius?

—No ho sé. Acabo d'arribar —em vaig queixar.

—No te n'adones? —va fer—. Si admetem una erosió de cinc quilòmetres en sis milions d'anys en tots els punts del planeta, després de 125 o 136 milions d'anys l'erosió hauria estat de l'ordre de cent quilòmetres, no hauria estat uniforme i res no encaixaria —va assenyalar el mapamundi que havia desplegat a la taula, i va afegir—: No obstant això, tot continua encaixant de meravella.

—Llavors, estem parlant d'un fet ocorregut fa uns 11.000 anys i no 125 milions —vaig dir, a poc a poc.

—És possible. En 11.000 anys, naturalment, no es produeix una erosió de quilòmetres —em va contestar.

6.- RECONSTRUIR PANGEA

Després de dos dies retallant mapes per reconstruir Pangea, em vaig aturar a reflexionar. No resultava tan fàcil com semblava de bon començament. Un arqueòleg reconstrueix una àmfora a partir d'uns trossos perquè els seus coneixements històrics i la similitud amb altres àmfores trobades li permeten fer possible el prodigi de tornar a uns trossos de fang cuit la corba que els unia. Però Pangea era un exemplar únic, irrepetible. No hi havia res que se li pogués comparar.

Exhaust, gairebé a punt de llençar la tovallola, vaig rebre una trucada de Miquel. Em va demanar per on anaven les meves elucubracions. Li vaig dir que mirava de reconstruir Pangea, però que no me'n sortia. Els mapes no encaixaven.

—No has aplicat el teorema d'Euler —va fer—. Estàs tractant amb geografia. Has d'introduir el moviment rotatori i la plasticitat dels continents. Segurament has començat per Àfrica i Amèrica del Sud.

—Són les que més bé encaixen —vaig fer.

—Doncs són les últimes peces que cal encaixar. T'espero a casa.

Vaig sortir cames ajudeu-me. Quan vaig arribar al portal de la casa del Miquel, vaig trucar al timbre de l'intèrfon i vaig escoltar el cop de la tanca automàtica que alliberava la porta. Vaig pujar i vaig trobar la porta oberta. Vaig escoltar la veu del

Miquel que venia d'una de les habitacions. El vaig trobar assegut davant l'ordinador amb un mapa a la pantalla i fletxes que il·lustraven el desenvolupament del procés.

—Observa —em va dir, manipulant el ratolí—. La costa africana és el primer exemple de sentit giratori. De baix a dalt: Àfrica lliscaria fins a posar Somàlia en línia amb la Península àrab, amb la qual cosa Madagascar encaixaria dins del buit de Moçambic; la punta de Deccan (l'Índia i el Sri Lanca reunits) envoltaria Somàlia. Llavors, Karachi es posaria damunt la banya d'Àfrica. Tots aquests desplaçaments són l'expressió del mateix moviment observat sobre arcs de cercle concèntrics, en aplicació del teorema d'Euler: «tot desplaçament de plaques rígides a la superfície de la Terra d'una posició a una altra pot ser efectuat en una sola rotació».

La impressora va escopir la primera imatge.

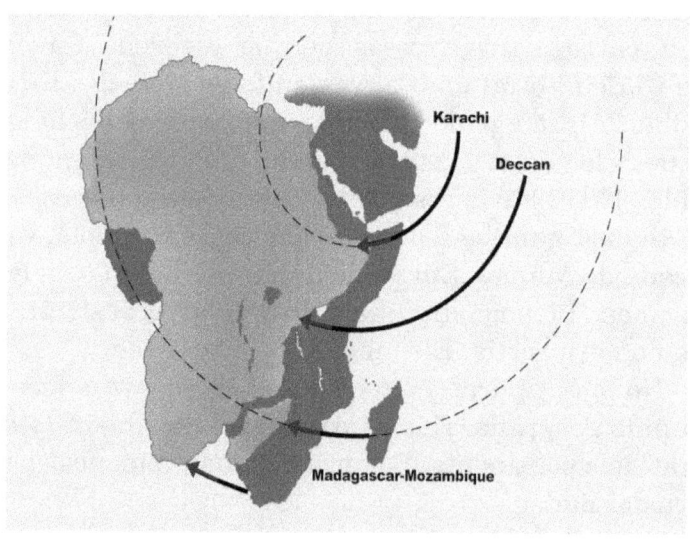

—I què succeiria amb Austràlia? —va dir, alhora que apareixia la segona imatge—. Austràlia recuperant Nova Zelanda i Tasmània, podria recórrer l'Oceà Antàrtic sencer per arribar a la seva cita amb Kamchatka, enfront del Cap de Bona

Esperança.
Va imprimir la segona imatge i me la va donar.

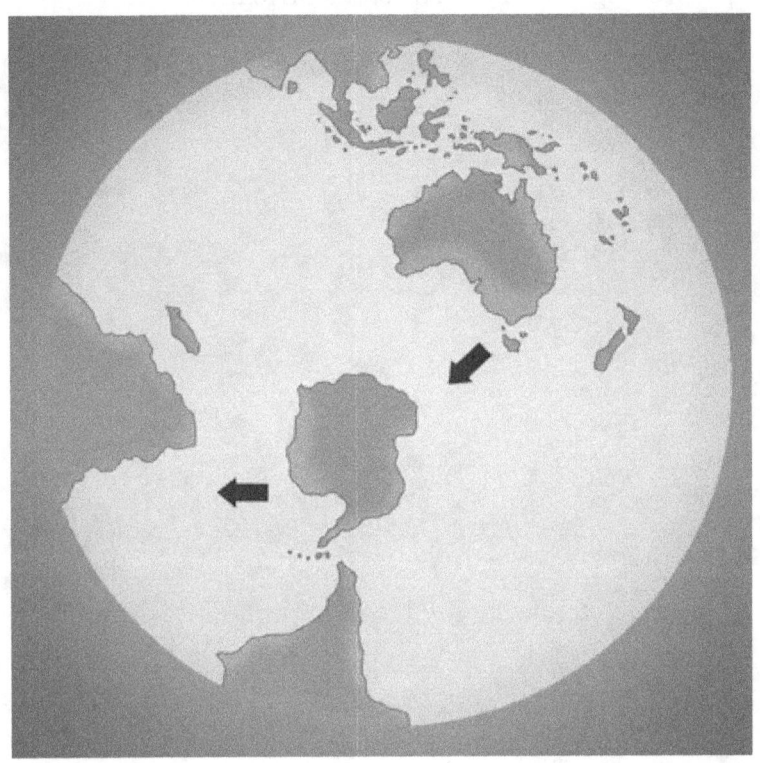

—Aplicant idèntics principis, de rotació i plasticitat... —
va continuar parlant, i va aparèixer la tercera imatge, mentre
manipulava el mapa—: Kamchatka seguiria l'arc d'un cercle
major i es cabussaria, en ple sud, fins als confins de les terres
australs. Arrossegada en el mateix sentit, Àsia s'enganxaria a
Àfrica. Per causa de la tracció, Europa giraria, s'estiraria i
s'aixafaria, amb la qual cosa Itàlia enfonsaria la seva bota a
l'Adriàtic, mentre que Grècia i Turquia se soldarien, tancarien el
Mar Negre i s'acostarien a Egipte; llavors el Mediterrani
s'eixugaria i no seria més que la bocana d'un gran port; Espanya
es replegaria en cisell sobre França, des de les Landes fins a

Finisterre, tancant així el golf de Gascunya; Gran Bretanya i la península Escandinava es reclinarien cap al nord-est i el perfil d'Europa prolongaria el de les costes africanes.

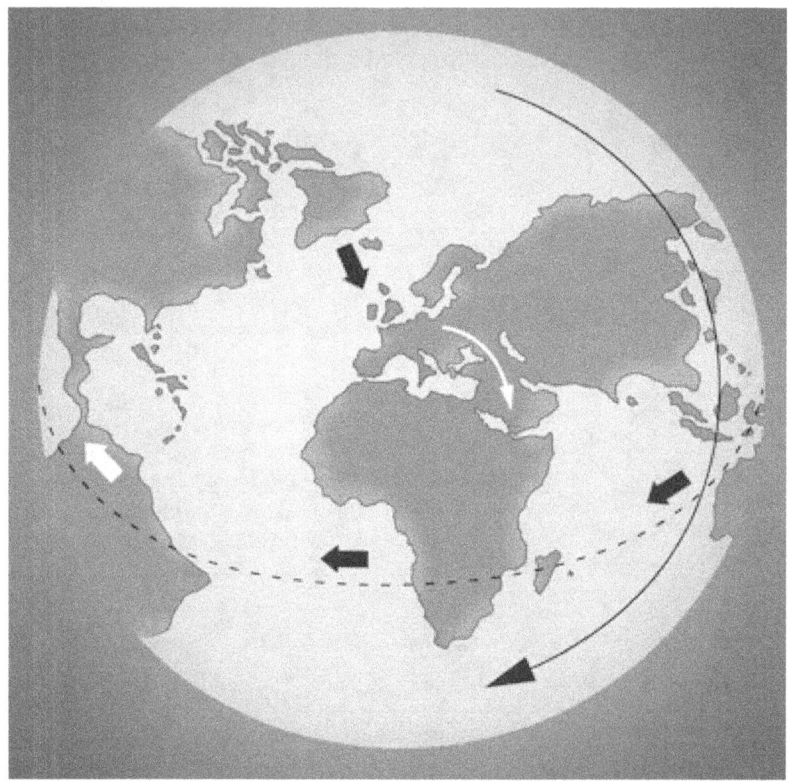

Em vaig quedar meravellat davant del que estava apareixent i em vaig adonar que quedava un últim pas per poder contemplar el resultat final.

—Ara, l'enorme massa continental que formen els blocs afro-euro-asiàtic i l'austral-antàrtic reunits, prosseguirien la seva cursa fins que es trobessin amb el continent americà. Sí, això és! —va cridar, entusiasmat, amb la quarta imatge a la pantalla—. La barbeta d'Àfrica es posaria damunt l'espatlla brasilera. En l'extrem sud, la Terra del Foc s'uniria a l'Antàrtida. Amèrica del Nord agafaria Groenlàndia i l'arxipèlag que la voreja per acabar atracant contra Europa. No queda més que realitzar l'últim moviment, en sentit giratori, que l'acostaria una mica més al Pol Sud, on es detindria, i...

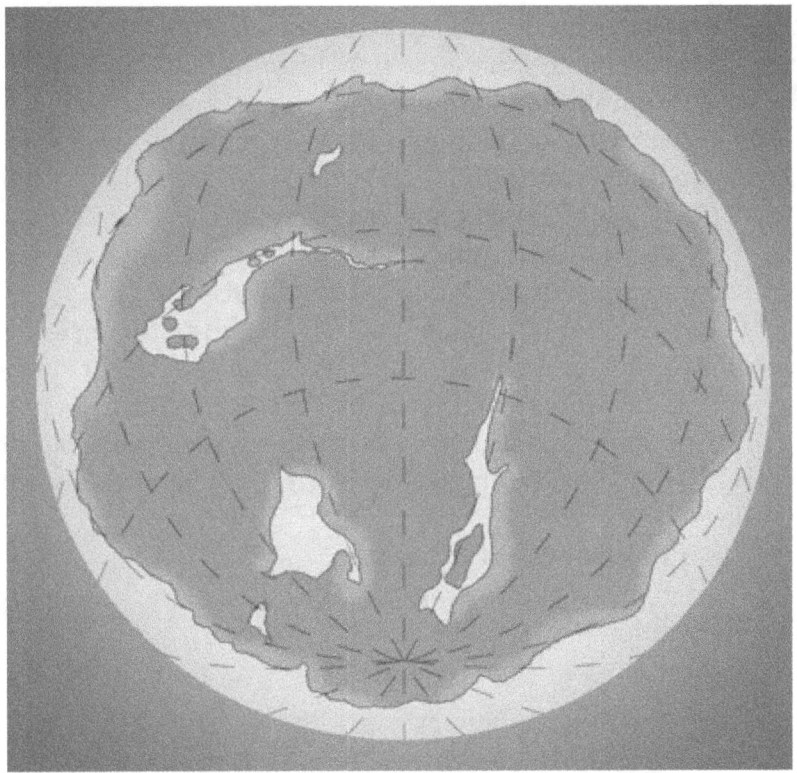

Oh! Ja havia reconstruït Pangea!

—Te'l regalo —em va dir, alhora que em donava l'últim full que havia imprès—. Amb aquesta teoria, pots arribar a escriure una novel·la de ciència ficció molt interessant.

—Com es va crear Pangea?

—La Terra estava molt calenta i expulsava lava. La lava es va solidificar i van aparèixer els continents. És el més lògic.

—I ja està? —vaig insistir.

—Sí. Déu va separar la terra de les aigües —va somriure divertit—. S'obre un volcà, expulsa lava, es forma una muntanya fora de l'aigua i ja ets déu.

—I la Lluna? Com es va formar?

—Hi ha diverses teories. La més acceptada és que la Lluna és un tros de la Terra que va ser expulsat quan tot estava en formació —va contestar en to d'evidència.

—Llavors, la Terra va parir la Lluna —vaig apuntar.

—Contemplat sota aquest punt de vista, sí.

—Llavors, si la Terra és la nostra mare, la Lluna no pot ser la nostra àvia —vaig dir.

—Seria, en tot cas, la nostra germana.

Vaig sortir d'allà amb els fulls a la mà i em vaig trobar enmig carrer, caminant i examinant els dibuixos.

Quan ja havia fets unes passes, em vaig aturar de patac. La reconstrucció de Pangea quadrava amb les tradicions més antigues. Els babilonis descrivien la Terra com un disc envoltat d'aigua. Fins aquell instant, no havia pensat que els babilonis parlaven de Pangea i sempre m'havia rigut de la seva ignorància i havia exclamat: «Pobres desgraciats! Mira que imaginar-se la Terra com un disc envoltat d'aigua...»

Com havia pogut estar tan cec? I, d'altra banda, ¿com sabien els babilonis que havia existit Pangea?

7.- EL DISC I EL PLANETA AIGUA.

Després del que acabava d'aconseguir gràcies a Miquel, vaig pensar que la meva capacitat de sorpresa s'havia exhaurit. Per això vaig pensar que havia arribat el moment de posar un nou asterisc en el meu Web i tornar a parlar amb el senyor Contacte. Tanmateix, la carpeta només contenia la frase «Si la Terra és la nostra mare, la Lluna és la nostra àvia». Allò havia de ser la clau d'alguna cosa força important i resultava evident que la senyora Contacte me l'havia donat perquè desxifrés el misteri que amagava. En cas contrari, res no hi lligava.

Tornar a molestar Miquel, em va semblar excessiu. De manera que vaig prendre un llibre d'astronomia i vaig cercar una imatge del conjunt Terra-Lluna. La vaig observar durant més d'una hora, formulant-me mil i una preguntes, fins que se'm va acudir utilitzar un truc que sempre m'ha obert unes portes molt especials. Quan em sento perdut davant d'un personatge determinat, quan no sé com solucionar una situació d'una novel·la, agafo una cadira, assec imaginàriament en ella el meu personatge i li pregunto per les seves intencions o pel que sent o pel que farà o pel que sigui. Naturalment, sempre ho faig a porta tancada i sense que ningú no em vegi. No goso ni imaginar el que pensaria qui em descobrís parlant, discutint o cridant a una cadira buida, però a mi em funciona. De manera que vaig situar una butaca davant del meu escriptori.

Vaig intentar seure la Lluna, però no vaig trigar gaire a descobrir que m'era força difícil imaginar-me la Lluna asseguda en aquella cadira. No tenia cames ni cul. Només tenia cara. I tampoc no podia seure-hi la Terra.

Vaig retirar la cadira, vaig baixar la persiana, vaig apagar el llum i vaig deixar el despatx a la penombra. Em vaig seure còmodament vaig centrar la mirada en el bell mig de l'estança i vaig fer l'esforç d'imaginar-me la Lluna girant al voltant de la Terra, allà, flotant al centre de la sala.

Mitja hora després vaig encendre el llum, vaig pujar la persiana, vaig admetre el meu fracàs i me'n vaig anar a casa.

Estàvem sopant. Que ningú no em demani què era el que la meva esposa m'explicava, perquè jo tenia la Terra i la Lluna donant voltes i més voltes a l'interior del meu cap. Vaig agafar l'ampolla per servir-me vi, però estava tan maldestre que el vaig abocar damunt les estovalles.

—Ai, la taula! —va cridar ella.

Instintivament, amb la punta dels dits en forma de pinça vaig agafar les estovalles pel lloc on havia vessat el vi i vaig estirar cap amunt per tal d'evitar que el vi taqués la fusta d'aquella taula que havíem estrenat la setmana anterior. Les estovalles va lliscar per formar una petita muntanya sota la meva mà, però el moviment va ser massa brusc i els vasos van bolcar, amb la qual cosa va ser pitjor el remei que la malaltia.

—Què has fet? —va fer Irene, duent-se les mans al cap.

—Sóc el déu de les estovalles i acabo de separar la terra de les aigües —vaig respondre, i ella es va quedar mirant-me, sense saber com havia de reaccionar.

En només uns instants, mentre contemplava atònit com

el vi s'escampava damunt les estovalles i la meva mà estirava la tela cap amunt, em vaig imaginar Pangea sorgint de les aigües. Però, no a través d'un volcà, sinó xuclada des del cel.

Irene anava a protestar, però jo li vaig relatar el que se m'acabava d'ocórrer en aquell instant. Va quedar tan sorpresa pel meu entusiasme que les estovalles va marxar camí de la rentadora i la taula va estar eixuta en un parell de minuts.

L'endemà, dissabte, al despatx, després d'uns càlculs, gairebé un joc de nens, vaig arribar a la mateixa conclusió que ja havia intuït la nit anterior. Era lògic pensar que la Terra, per causa de la seva composició, de la rotació i del camp gravitacional, hauria de ser una pilota totalment coberta per una capa d'aigua amb un gruix aproximat de 2,4 quilòmetres. Tots els continents, amb les muntanyes més altes, poden submergir-se completament dins dels oceans i desaparèixer. És un tema de volumetria. Hi ha més aigua que terra emergent. Per tant, la lògica apuntava que el planeta Terra, en un altre temps va ser, indubtablement, el planeta Aigua.

Vaig cercar informació i em vaig trobar que, dels 4.600 milions d'anys d'edat que els científics atribueixen a la Terra, 4.165 milions van ser sota l'aigua. I, tal com les investigacions apunten, no va ser fins al període Silurià (fa 438 milions d'anys) que van aparèixer les primeres plantes, sense fulles, trobades com a fòssils a Austràlia. Per tant, havia d'acceptar que allò que expliquen totes les tradicions es cert i que Pangea va sorgir de les aigües. Déu va separar la terra de les aigües.

No va serr cap sorpresa comprovar que la ciència, en aquest cas, confirmava plenament el que deia la tradició, perquè tots els estudis apuntaven que fins al període Ordovícic (fa 505 milions d'anys) la vida només era marina. Així ho indicaven les restes fòssils de les roques d'aquest període. No hi havia rastre de vida terrestre fa més de 505 milions d'anys del present. O sigui que durant més de 4.000 milions d'anys, la Terra va ser només el planeta Aigua, i després va sorgir la terra seca.

Els textos explicaven amb tot luxe de detalls que l'empenta continental va crear llacs i rius que es van repartir pertot arreu i van fer fluir corrents de vida que va aparèixer de forma inesperada gràcies a la calor del Sol damunt les aigües poc profundes. La nostra estrella produïa variacions de temperatura de forma més ràpida i efectiva que en el medi marí. Les plantes van ser les primeres d'adaptar-se a les noves condicions. El regne vegetal sempre ha precedit l'animal. Després, la vida animal va sorgir de les aigües i es va adaptar a un medi amfibi, va poblar els pantans i els llocs molt humits, per preparar-se per a la gran aventura del sòl sec.

«La vida és dinàmica, la vida és una amant possessiva que ho desitja tot, ho vol tot, ho posseeix tot, ho comprèn tot, ho estima tot... Sovint m'he quedat meravellat en veure en quins recòndits racons pot aparèixer una planta, just enmig de les roques, sense gairebé disposar d'uns grans de sorra, penjada del barranc, sense aigua...», vaig pensar.

Vaig descobrir que durant tot el període Devonià (fa 408 milions d'anys), la massa continental no va deixar de créixer. La paleo climatologia indicava que la terra estava calenta i era semiàrida, tal com caldria esperar d'uns antics fons marins que de sobte s'exposaven a l'aire i al Sol i s'assecaven. El Continent va començar a verdejar i en el Carbonífer (fa 360 milions d'anys, menys de 100 milions d'anys després que les primeres terres haguessin emergit), la vegetació era tropical i desbordant, el clima càlid i humit i les estacions gairebé inexistents. La vegetació va cobrir tot el continent de boscos.

A mesura que llegia i llegia, assistia atònit a una retirada de les aigües, tal com demostraven les restes paleogràfiques: durant el període de l'evaporació, les terres emergents van tenir forma de deserts. I el Triàsic (fa 248 milions d'anys) ho confirmava: es registrava una extensió de les terres salades i de les zones desèrtiques i, com el clima era càlid, l'erosió va ser producte de la dessecació. Però, al final de 200 milions d'anys, el gran continent va estar acabat i damunt de Pangea es va estendre l'imperi dels rèptils que s'adaptaren al sòl sec i al Sol i conqueriren la terra.

Quatre mil milions d'anys d'experiència sota el mar constituïen un bagatge que calia saber aprofitar. A escala geològica, els últims 435 milions d'anys respecte als més de 4000 milions que els científics li concedien a la Terra, eren poc més d'un mes extraordinàriament animat dins un any de calma absoluta, si mantenia les proporcions.

Però, quedava per resoldre el gran enigma: Què és el que va fer emergir Pangea de les profunditats marines fa poc menys de 500 milions d'anys?

8.- EL SATÈL·LIT INCONGRUENT

La Bíblia diu: Déu va separar la terra de les aigües. Jo havia pessigat les estovalles i les havia separat de la taula. La ciència em mostrava que tots els continents tenien com a origen una escorça oceànica molt antiga. Fins i tot, al cim de l'Himàlaia es troben fòssils marins que així ho testifiquen. Però, si jo era el déu de les estovalles, qui va ser el déu de la Terra, el déu de Pangea? Si ja coneixia el mecanisme, ara només havia de trobar la mà capaç de fer el mateix amb l'escorça terrestre i hauria trobat aquest déu.

Em vaig centrar en els textos antics, fins que vaig trobar que els amerindis anomenaven a la Lluna «la nostra àvia». Per què? Se'm va ocórrer que el millor era trucar el Miquel i demanar-li que em donés un cop de mà per trobar la meva àvia.

Es va quedar en silenci en escoltar la meva petició.

—És que es diu Lluna, però, segons els amerindis, és la nostra àvia —li vaig aclarir.

Va esclafir de riure i em va explicar que la Lluna és un cas únic dins del sistema solar. Cap altre satèl·lit se li pot comparar: el seu diàmetre és set vegades el que li correspondria en bona lògica científica. I la seva massa... no diguem. Cap satèl·lit actua amb el seu planeta com la Lluna ho fa amb la Terra, perquè el sistema Terra-Lluna forma un conjunt que es comporta com un planeta doble. No obstant això, no és la grandària de la Lluna que la converteix en un satèl·lit completament incongruent, sinó la seva òrbita.

Em va dir que els satèl·lits que no s'han vist modificats des de la seva formació, giren gairebé en el pla equatorial del seu planeta. Únicament els separen escassos graus de diferència, si és que arriba. No obstant això, la Lluna dista molt de seguir les normes. La seva òrbita s'aparta del pla equatorial de la Terra i s'acosta al pla equatorial del Sol. Em vaig quedar bocabadat quan vaig escoltar que el seu grau d'inclinació es mou entre els 18,5 ° i els 28,5 ° en períodes de temps d'uns divuit anys. Per aquesta raó, hi ha astrònoms que creuen que la Lluna no va néixer de la mateixa matèria de condensació que va formar la Terra, sinó que es tracta d'un planeta independent que va ser capturat més tard.

—No em diguis —el vaig interrompre—. L'altre dia em vas explicar que la Lluna havia nascut de la Terra.

—No —va negar amb certa energia—. Et vaig dir que aquesta és la teoria que compta amb més adeptes. Però, els que parlen que la Lluna no procedeix de la Terra, sustenten la seva teoria en el fet que la inclinació de l'òrbita Lunar està desviada només 5° respecte de l'eclíptica, que és el que esperaríem d'un cos que arribés des de l'exterior. És a dir: un planeta escapat d'algun lloc, capturat per la Terra i convertit en satèl·lit.

—Si la Lluna va ser un planeta, què va poder succeir perquè deixés de ser-ho i esdevingués un satèl·lit?

—Entre Mart i Júpiter graviten els anomenats petits planetes. En recordo algun noms: Ceres, Pales, Juno, Vesta i també Eros, Ícar, Apol·lo, Adonis, Hermes, Hidalgo, Barcelona, Hispània... Uf! —va fer—. Existeixen dotzenes de mils que componen al voltant del Sol el cinturó dels asteroides. S'hi han comptat més de quaranta-quatre mil, el diàmetre dels quals sobrepassa el quilòmetre; han estat catalogats uns sis mil i coneixem amb precisió l'òrbita d'uns dos mil. Són, més que probablement, les restes d'un planeta que va explotar i que segueixen sempre idèntic camí.

—I dius que va esclatar? —vaig fer, animant-lo a continuar.

—Va projectar els trossos del seu món en totes direccions. Alguns d'aquests asteroides descriuen òrbites francament excèntriques. Per exemple: durant el periheli, Ícar es troba més proper del Sol que el mateix Mercuri; durant l'afeli, Hidalgo coqueteja amb l'òrbita de Saturn; dels setze satèl·lits de Júpiter, almenys set són uns asteroides recuperats o capturats pel gegant; Tritó i Nereida poden haver estat adoptats per Neptú; Mart, d'altra banda, en va recollir dos, segons les imatges enviades pel Mariner 9 i pels Vikings. Les proves demostren que són del mateix tipus que els asteroides i la seva superfície presenta similituds amb la de la Lluna.

—Seria la Lluna un satèl·lit del planeta desaparegut? —vaig preguntar.

—Per què no? —em va contestar—. En esclatar el planeta mare, privada del seu centre de gravitació, potser es va convertir en planeta amb relació al Sol, però en descriure una òrbita excèntrica, possiblement va acabar per acostar-se tant a nosaltres, que va acabar per satel·litzar-se. Aquesta és una altra teoria acceptada per un bon plec de científics.

L'endemà, al vespre, després de passejar durant tot el matí, vaig arribar al despatx. Desitjava repetir un experiment i enfrontar-me novament a la Terra.

Vaig abaixar la persiana i em vaig seure a la penombra observant atentament el centre de l'estança. La meva imaginació va fer la resta i vaig poder visualitzar la Terra i la Lluna. De mica en mica, vaig començar a notar curioses sensacions. Em veia a mi mateix, em sentia surant enmig del buit i ja no tenia cames. El meu cos era rodó i... jo era el planeta. Aquell planeta primitiu, envoltat completament d'aigua. Estava suspès al buit, però no tenia por.

—El meu nom és Aigua. Sóc el planeta Aigua —vaig dir

en veu alta.

Llavors em vaig adonar que alguna cosa canviava al meu interior. Durant la meva visió, vaig mirar al meu voltant i vaig descobrir que un altre planeta s'acostava cap a mi a una velocitat impressionant i vaig veure que el meu gran oceà es movia amb violència, produint enormes tempestes i marees gegantines. Un espectacle grandiós, colossal!, que no era més que una mostra en superfície del que estava succeint més avall, sota l'escorça terrestre. Amb l'aparició de l'intrús, el centre de gravetat del conjunt no era el mateix que el meu en solitari i els meus budells patien canvis impressionants per adaptar-se a la nova realitat que provocava pertorbacions difícils d'imaginar. Tot això amb l'objecte de recuperar el meu equilibri. Ara, el meu centre de gravetat, grosso modo, es trobava a uns dos mil quilòmetres sota l'escorça terrestre, sota la meva pell, la qual cosa significava que se situava a quatre mil quilòmetres del centre geomètric. Per tant: ell girava al voltant d'aquest centre de gravetat i jo, el planeta Aigua, també.

En aquell instant vaig saber que era vital que jo, el planeta Aigua, em mogués en resposta a l'atracció gravitacional de l'intrús, de la mateixa manera que ell havia de reaccionar davant l'atracció de la meva massa, si volíem sobreviure.

Tot patinava, el meu motor intern s'escalfava i jo necessitava expulsar aquell excés de calor i d'energia, i no vaig trobar una altra via que estendre'l per tota la meva massa mitjançant convecció. Per causa del terrible augment de la temperatura interior, la meva massa es va tornar molt més mal·leable, va ascendir, va arribar a l'escorça, va deformar la meva pell, i vaig sentir que em deformava fins al punt de perdre la meva esfericitat. Llavors vaig notar que la pressió interna augmentava perillosament, fins a l'extrem que podia esclatar i acabar amb el conjunt. No obstant això, jo desitjava sobreviure i lluitava per aconseguir-ho. Finalment, vaig descobrir que el meu atacant també mirava d'adaptar-s'hi i ambdós vam decidir que podíem cantar a l'uníson. Només necessitàvem temps per acoblar-nos l'un a l'altre.

Després de milions d'anys, el sistema de dos planetes va trobar el seu punt d'equilibri, encara que ambdós astres mostràvem els estigmes de l'aventura. Jo havia perdut la meva perfecta esfericitat i havia adoptat forma de pera aixafada al pols. A més a més, acusava una inflor de l'hemisferi austral. Em vaig mirar i vaig descobrir que acaba de donar a llum a Pangea. El déu de les estovalles esdevingut déu de les terres emergents. Ja no era el planeta Aigua, sinó la Terra. Quant a la meva veïna, més discreta, guardava el seu infant en forma de gep a la seva part oculta i em mirava sempre amb la mateixa cara.

Lentament, vaig sentir la meva respiració, les imatges van anar desdibuixant-se i vaig començar a notar els braços, les mans, les cames, els peus... tot el meu cos. Finalment, vaig obrir els ulls, em vaig estirar, em vaig aixecar, vaig encendre el llum i vaig aixecar la persiana. Era gairebé fosc i una esplèndida Lluna plena brillava dalt del cel.

Si tot havia succeït tal com jo acabava de somiar, tenia clar que sense la Lluna, nosaltres, els éssers humans, no existiríem. Ara podia entendre els Amerindis i captar el sentit que s'amagava darrere de les seves paraules: si, per a ells, la Terra és «la nostra mare», la Lluna és «la nostra àvia». Ella va separar la terra de les aigües. Ella va ser la mà que va estirar les estovalles, cap amunt. I hi havia un altre detall curiós: la Terra, sent un planeta, en masculí, té nom de dona; i la Lluna, sent un satèl·lit, en masculí, també té nom de dona. Perquè la Terra és mare i la Lluna és àvia.

Me'n vaig anar cap a casa, ni tan sols vaig sopar i em vaig ficar al llit. Irene em va preguntar si em trobava bé i li vaig respondre que més bé que mai. Força estona després, crec que la vaig sentir lliscar sota els llençols i abraçar-me. Aquella nit vaig dormir com un nen de pit.

L'endemà vaig arribar al despatx amb la sana intenció de posar l'asterisc al meu Web.

En l'instant de connectar l'ordinador vaig tenir un

pensament fugaç: els babilonis no anaven tan lluny d'osques ni eren tan ignorants al dir que «totes les terres emergides del planeta, reunides en un casquet esfèric gairebé no cobreixen una cara de la Terra». I allà tenia el dibuix de Pangea per demostrar-ho. El famós disc envoltat d'aigua. I, mentre entrava al servidor per modificar el Web, vaig recordar amb un somriure que, per als habitants de Pangea, el Sol brillava més temps sobre l'oceà que sobre la terra. «Corria massa de pressa sobre la seva illa»... Pangea era la seva illa.

Vaig posar l'asterisc, vaig apagar l'ordinador i vaig decidir prendre'm el dia lliure. Me'l mereixia.

Vaig sortir a passejar. Feia un dia esplèndid. Vaig alçar la vista cap al cel. Tot començava a tenir sentit: dominar la rotació de la Terra, frenar la cursa del Sol i aconseguir que brillés per més temps. L'ideal seria que la Terra, imitant la Lluna, presentés sempre la mateixa cara cap a l'astre rei perquè Pangea conegués així la llum eterna. Aquí em vaig aturar de patac. La LLUM ETERNA era un concepte que apareixia a totes les grans religions.

Llavors, l'ambició de Phaeton d'aturar el carro del Sol per tota l'eternitat, no m'havia de sorprendre gens ni mica. Fill del Sol, nét d'Oceà, Phaeton simbolitza amb la seva aventura la recerca de la llum eterna damunt de la Terra. Però, què hi tenia a veure tot això amb el futur? «Partir de Galileu Galilei, veure Alquímia i Boyle, descobrir CCU, estirar de Cordes i atrapar Phaeton... Futur».

Vaig tornar al meu despatx i, en l'instant d'introduir la clau al pany, va sonar el telèfon.

9.- L'ILLA TROPICAL

A les onze del matí, a les acaballes del mes de març, el passeig de Ribes Roges de Vilanova apareixia gairebé desert. El senyor Contacte m'esperava al costat del quiosc. Ens vam tocar la mà i li vaig tornar la carpeta.

—És molt més agradable si passegem vora el mar —em va dir, assenyalant la platja—. Em permet? —va preguntar somrient, mentre es canviava la carpeta a la mà esquerra, que fins aquell instant havia mantingut a l'esquena i que llavors vaig descobrir que sostenia un bastó—. He patit una torta, el meu metge no pot atendre'm fins aquesta tarda i necessito ajuda per fer segons quin exercici.

—Vol que porti la carpeta?

—Si em recolzo en vostè, no necessito utilitzar el bastó —em va contestar mostrant-me que podia agafar el bastó i la carpeta alhora.

Se'l veia feliç. Una felicitat serena, sense cap tipus d'eufòria, pròpia de qui se sent a gust, que sembla no necessitar res més. Quan mirava el mar apareixia als seus ulls una espurna de nen entremaliat que m'induïa a pensar que estava a punt de fer alguna cosa sorprenent. Vam caminar cap al sud-oest, cap a Ribes Roges, lentament, al seu ritme.

—Parli'm de CCU —vaig dir.

—Ha llençat vostè la tovallola? —em va preguntar.

—No, no. Al contrari, el que vostès m'han fet descobrir m'interessa molt, però...

—Em refereixo a les seves incursions com a detectiu aficionat —va aclarir, somrient divertit—. Sí, home. Els seus intents per mirar d'esbrinar qui havia llogat el cotxe.

—Oh! —vaig fer—. Tot en vostès em té intrigat. Com aconsegueixen que les seves telefonades no deixin cap rastre?

—Ha intentat rastrejar-les?

—Sense cap resultat. Un gran tècnic no ha estat capaç d'encertar amb una explicació mitjanament creïble.

—Perquè simplement és un gran tècnic i els tècnics, per molt bons que siguin, van per darrere dels que tenen imaginació —em va respondre.

—Novament la imaginació —vaig dir, somrient.

—Suposo que ja s'ha adonat que no n'hi ha prou amb tenir-la. Cal deixar que s'elevi fins a l'infinit. No posar-li ni traves ni límits. Llavors apareix l'inconcebible, l'impossible, l'inaudit, l'increïble, que, per descomptat pot ser real.

—Què van descobrir els deixebles de Galileu?

—El camí que condueix a la Pedra Filosofal.

Em vaig aturar i el vaig mirar. Ell em va empènyer lleugerament perquè continuéssim caminant.

—Fixi's que he dit que van descobrir el camí, no pas la Pedra Filosofal —em va explicar—. Es van esglaiar tant amb el que van veure, que van decidir esborrar les traces perquè ningú més no trobés aquest camí.

—Per això l'alquímia havia de ser proscrita —vaig apuntar, i ell va assentir.

—Van cercar algú que els donés un cop de mà i van trobar Robert Boyle, l'eminent científic anglès, que va formular la llei de Boyle-Mariotte sobre la compressió de gasos.

—Boyle va ser membre de CCU?

—Va ser un instrument per aconseguir que l'alquímia desaparegués del món visible i esdevingués ciència esotèrica. Li van proporcionar algunes indicacions i ell, amb el seu talent, va fer la resta. Va escriure i va publicar el 1661 *The Sceptical Chymist* i ja està: l'alquímia estava ferida de mort.

—Ara ja veig la relació entre Galileu, l'alquímia i Boyle i he descobert que CCU existeix, però de quines cordes haig d'estirar per arribar a Phaeton?

Va deixar anar el meu braç i es va recolzar a la barana de pedra. Va respirar lentament i profunda, va retenir l'aire als pulmons i després el va deixar anar fins que el seu cos es va encongir. Davant nostre s'estenien cinquanta metres de sorra que acabaven per cabussar-se a l'aigua del mar.

—Sol! —va exclamar obrint els braços com si volgués atrapar tot el que l'envoltava—. Amb una òrbita situada a una distància privilegiada de l'astre rei, la Terra està sotmesa a un clima idealment propici per al naixement i l'evolució de la vida.

—Està responent la meva pregunta?

Ell em va mirar, va somriure i després va tornar a contemplar el mar.

—Durant mil milions d'anys, el Sol escalfà aquestes mateixes aigües, encara que en aquella època eren les de l'únic oceà que cobria tot el planeta i que va captar tota la seva energia per edificar una vida cada vegada més rica i complexa —va dir —. Fa 435 milions d'anys, Pangea, la gran illa, va sorgir de les aigües per influx de la Lluna. A partir d'aquell instant, durant cent milions d'anys, la gran illa es va cobrir de boscos i va aparèixer la vida animal terrestre. S'imagina el gran miracle que suposa veure aparèixer una vida que es mou, que posseeix la capacitat de desplaçar-se? És un prodigi únic.

—És l'inici del camí cap a la llibertat —vaig dir.

Ell va obrir els ulls i em va mirar gratament sorprès.

—No se m'hauria acudit millor manera d'expressar-ho.

Imagini's la formidable força de l'evolució que, sense detenir-se ni un instant, conquereix aquest nou espai i fa un increïble malbaratament de desbordant imaginació per poblar-ho. No hi ha prou adjectius per donar tan sols una lleugera idea del que representa. És una explosió gegantina de vida, l'exuberància de la qual salta sense parar al llarg de desenes i desenes de milions d'anys, cobrint tots els racons possibles. Aquesta prodigiosa aventura té lloc gràcies al Sol, al rei del firmament. El culte al Sol anima totes les tradicions de totes les latituds, perquè magnòlies, figueres i coralls abundaven a Canadà, a Groenlàndia, a Alaska o a l'Antàrtida, que en aquells dies es trobava coberta de boscos gegantins. Hipopòtams, rinoceronts, elefants i jaguars vivien a Anglaterra. Tot l'hemisferi nord gaudia d'un clima tropical i el gel era desconegut a Pangea.

—No nevava sobre el planeta? —em vaig atrevir a interrompre'l.

—No. La distribució de les terres no tenia res a veure amb els actuals continents. N'hi ha prou amb uns quants principis de climatologia per veure-ho —va explicar—. Els raigs del Sol no arriben a la superfície de la Terra de manera uniforme. Són gairebé perpendiculars entre els tròpics, però tenen una notable obliqüitat al pols, on han de travessar una capa atmosfèrica més important que els absorbeix més. Aquest petit detall explica que la temperatura baixa a mesura que augmenta la latitud. Com més al nord o més al sud de l'equador, més fred fa. No obstant això, la quantitat total de calor solar que la Terra rep i absorbeix és més que suficient per mantenir l'equilibri. Si els corrents oceànics procedents dels tròpics ascendissi cap al nord i descendissin cap al sud i atrapessin les regions polars, la formació de glaç resultaria totalment impossible.

—No obstant això, avui dia, al nord hi ha un oceà Àrtic poc profund envoltat per continents que li tallen l'arribada de corrents càlids —vaig intervenir—. De manera que comença a refredar-se i acaba per cobrir-se de glaç, que no absorbeix, sinó que reverbera la llum solar, i el cercle es tanca. El fred engendra encara més fred.

—Ni més ni menys —va assentir ell—. L'albedo, la fracció de la llum solar que és reflectida novament a l'espai, exerceix un paper crucial en aquesta escalada. Els càlculs demostren que si l'oceà Àrtic no estigués recobert de glaç, la temperatura de les seves aigües pujaria uns quaranta graus centígrads —es va girar, va somriure i va tornar a contemplar el mar—. Quant a l'oceà Antàrtic, a cavall del Pol Sud, els corrents càlids no poden arribar fins a l'interior de la Terra. De manera que també es refreda, apareix el glaç i l'espiral del fred segueix el mateix camí que al nord. Perquè el planeta es mantingués lliure de glaç, les masses continentals haurien de permetre la lliure circulació dels corrents tropicals fins a les regions polars. Això és, justament, el que succeïa a Pangea. El Gran Nord pangeà no arribava al paral·lel 40, i hi feia més calor del que avui pugui fer a Nàpols o a Barcelona, situades també en aquestes mateixes latituds.

Va fer un silenci, respirà fondo i somrigué.

—Tampoc podem oblidar que el vent, que és aire en moviment, arrossega la calor i el fred —va dir—. La calor de l'equador i dels tròpics tendeix a anar cap als pols, i els corrents d'aire fred són retornats cap al centre del globus. El resultat d'aquests intercanvis es tradueix en un vals que fa girar i girar els corrents d'aire i els passeja per tota la superfície de la Terra per aconseguir una distribució més equitativa de la calor solar. Els especialistes diuen que «aquest model teòric s'aplicaria al nostre planeta si no existissin les irregularitats degudes als continents que separen les masses oceàniques ni les serralades que formen un obstacle natural». Però, el vent damunt Pangea afavoria la regulació climàtica quasi ideal. No hi havia serralades, que van aparèixer després del Gran Cataclisme. Els indis d'Amèrica del Nord ho han plasmat a les seves llegendes: «Al començament, el Sol era més poderós i la Terra gaudia d'un clima més càlid i més regular».

—Encara no m'ha demanat quines han estat les meves

conclusions.

—Per telèfon ja em va avançar la més interessant, em va explicar perquè la Lluna és la nostra àvia i com havia arribat a aquesta deducció a través d'unes estovalles.

—No obstant això, hi ha un detall força especial.

Em va convidar a continuar parlant mentre em mirava amb molt interès i li vaig relatar el que havia viscut durant el temps que vaig estar assegut a la penombra del meu despatx visualitzant al centre de l'estança el planeta Aigua fins que vaig sentir que jo era el mateix planeta, com veia aparèixer un intrús al meu voltant, la lluita per sobreviure, com es desencadenaven les tempestes, el meu estat interior, el naixement de Pangea, el retorn a l'equilibri...

—Magnífic! —va exclamar, i va aplaudir—. No ens hem equivocat amb vostè —va somriure—. Ja ho entendrà més endavant. Ara no podem perdre el temps, perquè som a punt d'entrar en una altra dimensió i tot s'accelerà.

Vam abandonar la barana i vam continuar caminant lentament.

—S'adona de l'immens regal que ens ha concedit el planeta Aigua esdevingut planeta Terra? —va preguntar de sobte, aturant-se—. L'últim element de tot aquest còctel tan precís i tan preciós de la vida, l'aigua, es troba en abundància. Ocupa més dels dos terços de la superfície de la Terra. I, per si fos poc, ella constitueix el regulador climàtic per excel·lència. El mar s'escalfa lentament i triga molt més que la terra a agafar temperatura, però la conserva durant molt més temps. Les regions costaneres són sempre més temperades que les regions interiors. A l'estiu les aigües emmagatzemen calor que deixen anar lentament durant l'hivern, mentre que les regions interiors es regulen gràcies als núvols, que no són una altra cosa que aigua en trànsit que acaba descarregant sobre el terra. L'aigua es present pertot arreu! —va exclamar, descrivint un gran cercle amb la mà, amb el braç sencer—: Sota el Sol dels tròpics, l'aigua en evaporar-se absorbeix una gran quantitat de calor que s'emmagatzema dins dels núvols. Quan el fred condensa el vapor en gotes d'aigua, la calor latent s'allibera i escalfa l'atmosfera. Els núvols són el vehicle de transport de la calor de les regions calentes cap a les zones fredes, la carícia sobre el rostre. L'absència de serralades a Pangea facilitava enormement l'esglaonament regular de les pluges i concedia el Gran Continent les condicions d'un model teòric ideal. Extenses planes i arrodonits tossals s'alternaven amb amples valls que albergaven rius mandrosos. I pertot arreu s'estenia la catifa tornassolada dels verds suaus fins als verds maragda d'una vegetació que s'amuntegava gairebé amb luxúria.

Em va agafar amb força pel braç i em va encarar cap a la platja, assenyalant les onades que s'acostaven a la sorra. Llavors em va deixar anar i es va recolzar a la barana. Jo també m'hi vaig recolzar.

—Si acluquem els ulls un instant i imaginem com era Pangea... No estem veient el paradís on va aparèixer l'ésser humà?

Vaig respirar fondo i vaig aclucar els ulls. A poc a poc, les imatges es van tornar nítides. Tan nítides com el dia que em vaig sentir planeta Aigua. Vaig obrir els ulls de la meva ànima i vaig contemplar el que se'm mostrava: palmeres i cocoters feien d'ombrel·les damunt les immenses platges de sorra blanca que acabaven per cabussar-se suaument en el blau turquesa d'aigües poc profundes i puntejades de cales, de llacunes i de badies. La brisa, càlida i agradable, acariciava el meu rostre i vaig sentir que els meus peus deixaven el terra i que el meu cos perdia pes fins que s'enlairava i volava transportat pel vent. Darrera de les platges vaig poder veure com s'estenia la línia densa i tancada d'un bosc equatorial que albergava un mar interior. Era gran com els mars dels Sargassos i de les Antilles aplegats i desembocava al Mediterrani, que no era més que un llac que donava al vertader mar per un pas estret, parafrasejant la descripció que els historiadors egipcis van fer a Soló. Passat el Tròpic de Capricorn, vaig descobrir els boscos de baobabs i les sabanes vorejades per falgueres arborescents que conduïen, d'eucaliptus en oliveres, fins a les ribes d'un segon mar, que omplia el gran canó submarí que transcorria des de Gabon a Namíbia, que en la meva visió vaig anomenar mar de Namib. Més cap al sud, els boscos de sequoies de l'Oceà Antàrtic precedien els d'alzines, de freixes i de faigs, separats per les planes sobre les estepes i els pantans australians. I pertot arreu, l'abundor de fruits, el desenfrenament floral i la calor dels tròpics suavitzada pels vents alisis.

—I és clar que és un paradís! —vaig cridar, vaig obrir els ulls i em vaig trobar davant de la platja.

El senyor Contacte havia desaparegut i damunt la barana de pedra hi havia una carpeta negra, idèntica a les dues anteriors. La vaig obrir cuita-corrents. Encara sort! No era la que jo li havia tornat, sinó una altra de diferent.

10.- EL JARDÍ DE L'EDÈN

Com havia aconseguit desaparèixer? Caminava recolzat en un bastó i hi havia més de cent metres abans d'arribar al passeig i altres cent per tornar amb la carpeta i altres cent més per desaparèixer novament. Ara m'hauria de conformar amb desxifrar un misteri, llegir textos, imaginar l'inimaginable... Havia dit que no s'havien equivocat amb mi, però seguia sense saber què n'esperaven, de mi.

Vaig començar a caminar cap al passeig Marítim. Per un moment havia imaginat que la barrera que interposava entre nosaltres començava a esquerdar-se i que ja confiava en mi. De fet així semblava, des del moment que em va saludar amb cordialitat, com l'amic que s'alegra de veure't. No obstant això, ara no sabia què creure.

Vaig arribar al cotxe, i em vaig asseure al volant. Vaig obrir la carpeta. Al seu interior hi havia dos fulls. Un era una nota. No anava signada.

> *Sento haver desaparegut d'una forma tan abrupta, però no puc de cantar més ràpid del que*

va la música. Tothom, des del primer fins a l'últim, des del més gran fins al més petit, no som altra cosa que mers instruments i servim a un univers infinit. El dia que siguem conscients d'aquesta gran veritat, deixarem d'anar contra el vent, perquè haurem après a utilitzar la seva força en profit de tothom. De què serviria que jo li expliqués que hi ha coses increïbles, si vostè no les troba ni les veu ni les sent ni les viu?

Al segon full hi havia unes frases críptiques.

«Qui va expulsar l'home del Paradís?
Hi havia 5 ciutats, 8 reis.
Van regnar allí 241200 anys.
El Diluvi les va escombrar.
Però abans, Caín esdevingué el precursor.
Encara que, deu van ser els patriarques.»

Vaig llençar la carpeta damunt el seient dret. No em venia de gust jugar a les endevinalles. Vaig arrencar el cotxe.

En arribar a casa, Irene em va demanar com m'havia anat.
—No ho sé —vaig contestar.
—No has trobat el que cercaves?
La vaig mirar als ulls. Havia donat la meva paraula d'honor de no dir ningú el que estava succeint. No obstant això, necessitava confiar en algú, esbrinar si m'estava tornant boig i tot era producte d'una imaginació completament desbocada o si aquella història era real. Vaig decidir que Irene era molt més que ningú. L'estimava i necessitava el seu silenci, la mirada que ho diu tot i que convida a parlar.
—Seu, si us plau. Haig d'explicar-te una cosa.

L'endemà, vaig fer balanç del viatge a Vilanova. Irene tenia raó. M'havia dit que aquest misteriós senyor Contacte havia confirmat les meves deduccions, m'havia proporcionat algunes dades que desconeixias i continuava confiant en mi el suficient com per donar-me una altra carpeta. Quant a les preguntes que se m'havien quedat al tinter, temps hi hauria per trobar-ne respostes. En aquesta vida cal saber tenir paciència, havia fet, després d'escoltar el meu relat.

Per on havia de començar?, em vaig demanar amb la carpeta oberta, contemplant aquelles frases.

El senyor Contacte deia en la seva nota que no podia cantar més de pressa que la música. Això significava que hi havia una música, que és tant com dir que hi ha una partitura i un llibret. Primer m'havia proporcionat unes llegendes perquè jo arribés al Diluvi Universal. Després, havia orientat les meves passes fins a separar la terra de les aigües i, finalment, m'havia parlat de l'aparició de la vida i de l'arribada de l'home. Indubtablement, estàvem ficats de ple en el Gènesi. De manera que el millor seria tornar a l'inici.

Des de la meva més tendra infància, havia sentit dir que Adam i Eva, els nostres primers pares, vivien al Paradís, d'on havien estat expulsats per haver mossegat la poma. Durant la pubertat, aquesta història de la poma va adquirir tints més aviat salaços, va alimentar en els meus companys i en mi bromes de dubtós gust i al final havia acabat per quedar-me tan sols amb la imatge d'una Eva temptadora que ens va escamotejar la nostra herència: el Paradís.

Ara sabia que tota aquella història era pur folklore. O, més exactament, un típic exemple d'una mitologia popular que desnaturalitzava els fets fins a convertir-los en una caricatura que no es mantenia dempeus de cap de les maneres. Així que vaig prendre la Bíblia i vaig començar a llegir el Gènesi.

El relat del Gènesi no parla en cap moment del paradís

terrenal, sinó del Jardí de l'Edèn i em vaig demanar os és la diferència. *Edèn,* en hebreu, vol dir *plana* i en aquesta plana, ens diu la Bíblia, s'alçava l'arbre del Coneixement.

Vaig recordar haver llegit alguna cosa en algun lloc. Vaig remenar a la biblioteca fins que ho vaig recordar. Era el Llibre d'Enoc. El vaig obrir i vaig passar els fulls. Allà estava. Al capítol 32, versicles 2-5, diu que era «l'arbre de la ciència, els fruits del qual il·luminen la intel·ligència de qui s'alimenta d'ell». A més a més, Enoc, en el seu relat, s'admirava davant aquest arbre: «Era semblant al tamarinde, i els fruits, d'una bellesa notable, semblaven grapats de raïm; el seu perfum embalsamava els voltants. I vaig exclamar: Que bell arbre! Quin espectacle tan deliciós! Llavors l'àngel Rafael, que era al meu costat, em va respondre: aquest és l'arbre de la ciència, del que van menjar el teu vell pare i la teva vella mare; aquests fruits els van il·luminar; els seus ulls es van obrir...»

Em vaig aturar. Déu va expulsar l'home del Paradís?, em vaig demanar. Si més no, la primera frase continguda a la carpeta preguntava qui ho havia fet. Fins aquell instant mai no hi havia hagut cap pregunta entre les frases que m'havia donat el senyor Contacte.

Vaig tornar a llegir el que El Llibre d'Enoc deia de l'arbre de la Ciència. No hi veia enlloc cap prohibició ni cap tabú respecte als seus fruits, sinó l'origen de la Font del Coneixement. Per haver menjat de l'arbre de la plana, Adam i Eva van adquirir la intel·ligència. Vet aquí el que hi deia! Podia assimilar-ho a l'instant de l'aparició de l'Homo Sapiens i confirmar les modernes teories sobre l'evolució de l'home.

Evolució va ser la paraula clau que em va servir per començar a cercar dades als llibres i vaig trobar que, segons la ciència, fa cinc milions d'anys, els simis, o grans mones, eren els mamífers més evolucionats de la Terra. Proveïts d'un sistema nerviós força desenvolupat, atents, observadors, amb una memòria excel·lent i un sentit molt agut de la imitació, i de l'aprenentatge, poblaven el bosc tropical i vivien en bandades de trenta o quaranta individus.

Ja tenia un punt de partida i tot un món per explorar.

Una setmana després havia trobat muntanyes de dades.

Una tarda, vaig abandonar el meu lloc davant la taula completament enterrada sota els llibres, les llibretes i les notes, vaig apagar el llum i em vaig estirar al sofà.

A poc a poc em vaig relaxar, vaig tancar els ulls i la meva ment va ordenar els coneixements que havia adquirit, però no d'una forma freda i científica, sinó que barrejava dades objectives amb emocions: contemplava el que havia llegit com si es tractés d'una història o d'escenes que podia tocar.

Vaig tenir una visió. Jo contemplava un grup d'aquests simis que es distingia dels altres per haver evolucionat una mica més. Vivien al terra, als límits del bosc. El mascle dominant feia un metre setanta i pesava uns setanta quilos; la femella tenia un període de gestació de vuit mesos i mig, al final dels quals paria un petit ésser. La mare, el pare i tota la tribu s'ocupaven d'ell durant els cinc o set anys següents al seu naixement, que és el temps que durava la seva infància i la seva adolescència. L'educaven i el formaven en la vida social del grup. L'ensenyaven a escollir i a rentar els seus aliments, a utilitzar fulles tendres per a la seva higiene íntima, branquillons i tiges llargues per capturar tèrmits i formigues i a utilitzar un pal per fer caure les nous, que després trencava amb una pedra. També aprenia a jugar, a fer enrabiar un rival i a defensar-se d'un agressor a qui intimidava o a allunyar-lo llançant-li pedres, així com la manera d'improvisar un llit a la caiguda de la tarda. I, finalment, li mostraven els matisos d'un llenguatge emocional molt extens.

Un dia, aquest simi va gosar abandonar el seu bosc familiar i va baixar a la plana. La sorpresa i sentir-se més vulnerable el van empènyer a aixecar-se i a mantenir-se dempeus per poder estar a l'aguait de qualsevol perill. De mica en mica, a mesura que passaven els anys, la posició vertical va comportar el progressiu desplaçament del buit occipital, pas obligat per a la medul·la espinal cap al cervell, fins a la mateixa base del crani, que ara havia d'equilibrar-se. Era un problema de pura enginyeria, de física, de forces i d'equilibri. Les artèries que fins aleshores havien discorregut per un forat ben estret, es van engrandir i van transportar més sang, que es va traduir en més oxigen, més energia i més vida. Llavors, el cervell es desenvolupà, va créixer, va adquirir més pes i els ossos de la base del crani i de la columna vertebral es van enfortir i s'emmotllaren per evitar que l'augment de pes del cervell arrossegués el cap i el fes caure cap avall.

Començava la més gran de les revolucions mai no imaginades, que va durar mil·lenis. Vaig veure que el cervell del simi triplicava el seu volum i el seu embolcall, mentre que l'escorça cerebral, que recobria els plecs, multiplicava la seva superfície per nou. Vaig recordar que és a l'escorça on es processen les informacions sensorials captades pel sistema nerviós. En augmentar la superfície, es va multiplicar el nombre de les neurones, i sobretot les seves connexions, les sinapsis, amb la qual cosa la capacitat de raciocini, la memòria i el poder mental van créixer exponencialment.

Vaig obrir els ulls i em vaig dirigir a la taula A la llibreta de notes havia escrit que el professor Albert Jacquard resumia d'una manera prou imaginativa el funcionament del cervell: «Està constituït per un nombre que va de deu a quinze mil milions de neurones. Cadascuna d'aquestes neurones està en comunicació amb diversos milions d'altres neurones. És a dir, el meu sistema nerviós central és l'equivalent a dues o tres vegades el nombre actual d'habitants de la Terra. I és com si cadascun d'ells tingués davant seu diversos milions de telèfons que el connecten amb altres habitants. ¿Podeu imaginar el nombre de xarxes que es necessitarien per posar-se en contacte i la quantitat de comunicacions i diàlegs possibles? El seu nombre és aproximadament de cent mil milions».

Però, allò que resultava veritablement admirable i sorprenent d'aquesta formidable arquitectura biològica era que el mecanisme bàsic és tan sols el resultat d'un assaig sistemàtic de mòduls nerviosos que existeixen en tots els mamífers. La diferència entre el cervell de la rata, de la mona o el nostre només és la quantitat. Posades així les coses, el nostre cervell, aquest magnífic artefacte natural que guarda la facultat de raonar, és a dir la nostra intel·ligència, no era ni més ni menys que el fruit de l'estada dels nostres avantpassats al Jardí de l'Edèn. Vet aquí l'arbre de la Ciència, del Bé i del Mal que tant va meravellar Enoc.

Tanmateix, no deixava de demanar-me què era el que va empènyer el nostre avantpassat a abandonar el bosc i establir-se a la plana. Al bosc tenia tot allò que necessitava i vivia feliç.

Vaig remenar les notes. Yves Coppens havia escrit: «El simi habitava una regió en la qual s'iniciava un canvi climàtic important. El bosc començava a disminuir i deixava el seu lloc a una sabana cada vegada més oberta. Menys arbres, menys fruits. Es veu, doncs, forçat a afegir la carn al seu menú i surt a caçar a la plana».

Vaig admetre que era explicació senzilla i lògica, però hi havia alguna cosa que no acabava d'encaixar. No tenia clar que el nostre avantpassat fos vegetarià.

Beneïdes notes! Allà estava. Encara que menjava fruits, arrels i verdures, també enriquia el seu menú amb proteïnes animals: formigues, tèrmits, aranyes, erugues i altres sucosos insectes, sense oblidar els ous i els ocellets que robava dels nius, les reinetes, els llangardaixos i altres petits rèptils. No tenia perquè modificar els seus hàbits i esdevenir caçador. A més, podia endinsar-se al bosc a mesura que desapareixia.

Només obrir la porta de casa, Irene em demanà si havia fet progressos en la meva investigació. Li vaig explicar que Motoo Kimura, un especialista en genètica conegut arreu del món, diu que «els factors fonamentals de l'evolució són essencialment determinats per l'estructura de les molècules i les seves funcions, i no per les condicions medi ambientals». O sigui que els canvis es deuen essencialment a condicions interiors, i no a canvis externs. Això em recorda el que moltes pràctiques de filosofia oriental preconitzen: els canvis sempre comencen des de l'interior i es manifesten a l'exterior.

—És pura filosofia iogui —va fer.

Ella porta anys practicant ioga.

—Això m'ha fet pensar en cercar la raó de la migració al cervell o a l'interior del mateix simi, en allò més fondo del seu ésser, potser en l'àmbit cel·lular, fins i tot en el seu material genètic? —vaig seguir explicant—. De fet, els estudis de l'anàlisi molecular comparat mostren que nosaltres compartim amb un ximpanzé més de noranta-nou per cent del material genètic. La diferència només és un parell de cromosomes. El professor Albert Jacquard va demostrar que les cartes dels cromosomes de l'home i del ximpanzé, resulta que nosaltres tenim 46 cromosomes, o 23 parells, que és el mateix, mentre que el ximpanzé té 48 cromosomes o 24 parells. Ell en té dos de petits que nosaltres no, però, nosaltres tenim un de gran que ell no té.

—Aquesta és tota la diferència, entre ells i nosaltres? —va preguntar, sorpresa.

—La diferència encara és més petita. Si se'ns acut enganxar els dos petits cromosomes del ximpanzé, un a l'altre, obtindrem exactament aquest cromosoma gran que nosaltres tenim i ell no, amb les mateixes bandes en idèntiques posicions.

—I això fa que siguem tan diferents dels ximpanzés? —em va preguntar, encara més sorpresa.

—És com si s'unissin dues paraules, de significat completament diferent, i aparegués una nova paraula el significat de la qual no hi té res a veure amb les de partida —vaig dir.

—Com per exemple: *rata*, que és un petit rosegador, i *fia*, que és la tercera persona del present d'indicatiu del verb fiar, però, quan s'uneixen apareix *ratafia*, que és un licor fet d'ametlles amargues. —em va deixar anar d'una tirada.

—Exacte! —vaig dirt. L'exemple era meravellós.

El nou substantiu *ratafia* prenia un significat que no té absolutament res a veure amb les paraules que el componen, encara que les lletres siguin les mateixes, disposades en els mateixos llocs i en idèntic ordre. Però... hi falta un espai entre ambdues. I aquí es troba la gran diferència. De la mateixa manera, la nova combinació genètica potser era la portadora del caràcter de mobilitat i de la curiositat, que desencadena un procés de nous descobriments. El professor Jacquard deia que «l'home és un animal molt mòbil i molt nòmada. Quan es troba davant d'un riu o d'una muntanya, el seu desig és travessar-los i descobrir el que hi ha al darrere».

—El gen de la morbositat —va fer Irene.

Estava realment inspirada. Potser aquesta va ser la raó que va impulsar el nou simi a abandonar el bosc, que coneixia a la perfecció, i a aventurar-se a la plana, que li era desconeguda, però que posseïa un poder d'atracció irresistible. Per tant, no va variar l'entorn, sinó el seu interior, el seu desig de conèixer. Va menjar del fruit de l'arbre de la Ciència, del Bé i del Mal. El seu coneixement del medi era encara purament sensorial. Continuava sent un simi, però ja no era simi qualsevol. El seu univers tàctil acabava als palpissos dels dits; el dels perfums i els sons anava més enllà. De sobte, es va produir el miracle: es va incorporar i va caminar dempeus, la seva vista arribava fins a l'horitzó que retrocedia sense parar, el món s'engrandí i el simi, posat dret, fet home, intuí que tot el que la seva vista abastava podia ser seu.

—El que no acabo d'entendre és quina relació pot existir entre l'aparició de l'ésser humà sobre la Terra i el Diluvi Universal —va dir Irene.

—Jo tampoc. Però, segur que existeix —vaig respondre.

11.- ADAM I EVA

L'endemà vaig fer un descobriment: només tenia visions al meu despatx i enlloc més. «Som a punt d'entrar en una altra dimensió i tot s'accelerà», m'havia dit el senyor Contacte, a Vilanova, amb aquella mirada tan especial, clavada a la llunyania, mentre contemplava el mar. El cert és que notava que tot el meu ésser estava més alerta, des de la ment, passant pels sentiments, fins a la meva pell o el meu sistema nerviós.

Vaig apartar de la meva ment totes aquestes reflexions i em vaig centrar en el Gènesi. Just en arribar al capítol 2, versicle 5, on diu «el Senyor va prendre l'home i el va posar al jardí d'Edèn per conrear la terra», se'm va acudir pensar que l'autor d'aquestes línies havia fet una notable simplificació de la història. Tota una ostentació de síntesi.

Vaig aclucar els ulls i el meu interior s'il·luminà per contemplar una vegada més l'Edèn-Pangea, el meravellós jardí tropical. Pertot arreu creixien arbres i plantes. L'aliment era abundós i variat i estava sempre a l'abast de la mà. Per què, llavors havia de conrear? Adam i Eva, home i dona, ja amb nom i cognom, podien dedicar tot el temps a gaudir de la vida mandrosament i a menjar tot el que els vingués de gust.

No obstant això, van menjar de l'arbre de la Ciència, del Bé i del Mal i aquest fruit despertà en ells la necessitat d'explorar el món que els envoltava. El gen del morbo, tal com l'havia definit jocosament. «Els seus ulls es van obrir —diu la tradició—, i el que van veure els va deixar meravellats». I és clar! Ja no n'hi havia prou d'omplir l'estómac. Necessitaven alguna cosa més. En aquella exuberància tropical, tot era nou, i hi havia tantes coses per descobrir... Se sentien com nens sepultats per una infinitat de regals. Un nomadisme lúdic els arrossegava a descobrir noves sorpreses, sense límit. La plana els atreia i van abandonar el bosc.

Me'n vaig anar mentalment amb ells a explorar, a descobrir i a sentir noves sensacions. Després, de mica en mica, el joc es va tornar més subtil. Del pur plaer sensorial i golafre va néixer l'alegria d'observar, de comparar i de comprendre. La curiositat creixia a mesura que experimentaven i va sorgir la necessitat d'assignar un nom a cada cosa, a les plantes i als animals, i memoritzar-los perquè poguessin entendre's quan compartissin vivències amb els altres. Anaven a compartir-ho tot, perquè eren un de sol, encara que en fossin molts.

Van ordenar els coneixements que s'acumulaven, havien d'organitzar-se per guardar-ho i transmetre-ho. Tot s'havia d'inventar-ho i donar un sentit a tot el que els envoltava. El nomadisme va deixar de constituir un simple joc i, conclosos els passeigs capritxosos i els recorreguts a la babalà, l'exploració es va dirigir cap a la conquesta. Anhelaven comprendre i de la comprensió va néixer un altre desig: el de dominar. Quan un lloc els agradava, s'instal·laven. Van domesticar el foc i cuinaren els seus aliments. Fabricaren eines i estris, caçaren petits animals i pescaren al riu. Vivien en petits grups d'uns quaranta individus. Quan la població sobrepassava aquesta xifra, el grup s'escindia; jo em quedo, tu te'n vas; jo me'n vaig, tu et quedes I es llançaven a l'aventura de la colonització. Diu el Gènesi (1,28): «Sigueu fecunds i prolífics, ompliu la Terra i domineu-la. Sotmeteu els peixos del mar, els ocells del cel i tota bèstia que es mou damunt la Terra».

Vaig sentir que a Pangea el temps dedicat a la recerca de l'aliment es reduïa a la mínima expressió. Fins i tot la caça i la pesca, practicades en un perímetre limitat, no els exigien gaire esforç. L'oci ocupava la major part del temps, repartit entre els jocs i l'educació dels nens. La vida social s'orientà cap a la comunicació: les gestes i els descobriments eren objecte de comentaris animats, tothom explicava les seves troballes i invencions i discutien sobre ells al capvespre.

Encara avui, si acluco els ulls, puc contemplar, amb absoluta nitidesa, la visió que vaig tenir de l'escena d'un grup d'homes, de dones i de nens asseguts a la gatzoneta davant del mar, a la sorra de la platja. Era última hora de la tarda i el Sol s'amagava. En silenci, contemplaven el riu que no té una altra riba i una veu parlava. Era l'home de cabells grisos, l'ancià que sap. Relatava el que havia succeït durant el dia, feia el resum d'allò que havien après perquè ningú no ho oblidés. Els nens repetien les paraules de l'ancià, amb idèntica cadència, i les repetien també amb el desig de no oblidar-les. Després, la seva veu es tornava més profunda i recitava la història dels dies llunyans. De les goles s'escapava un llarg murmuri que s'alçava com una onada i que acabava per convertir-se en un esclat d'aplaudiments espontanis que anaven adquirint ritme. I el ritme esdevingué música, la paraula cançó, la cançó poesia i la poesia memòria col·lectiva que a partir de llavors seria la tradició recitada generació darrere generació.

De sobte, em vaig adonar que va ser amb la música, amb el cant i amb la poesia que l'ésser humà inventà la cultura.

En ben poca estona, vaig reviure, a marxes forçades, la història dels meus avantpassats, de tots aquells que m'havien precedit i que havien fet possible la meva existència. Però, ensems, estava revivint el meu naixement, la meva educació i la meva evolució fins a esdevenir aquest personatge que escriu històries. Sí! Perquè la història de l'evolució de l'ésser humà és la història de tot el que existeix. Les civilitzacions neixen, es desenvolupen, fructifiquen, envelleixen i moren; els imperis segueixen idèntic camí, igual que els països, els pobles, les societats, els grups, les famílies... fins a arribar al mateix individu.

I vaig sentir un immens plaer.

12.- ELS FILLS D'ADAM

Als homes actuals, els Homo Sapiens Sapiens (dues vegades Sapiens), ens agrada anar de pressa, cremar etapes. Posseïm un grau de curiositat tan desbordant que anhelem viure moltes vides, i acabem per substituir qualitat per quantitat. Quan hem viscut un dia farcit d'experiències ens sentim feliços. Les hores, llavors, apareixen més plenes. És el reflex del nostre interior, del desig de posseir com més coses millor i de viure com més anys millor i de sentir com més experiències millor i... més... i... més... Sense límits! Tanmateix, aquesta obsessió per viure potser ens impedeix contemplar la pròpia vida i gaudir-ne amb plenitud.

Hi ha tribus prehistòriques que han conservat vestigis d'una forma de vida que de ben segur va existir i vaig imaginar que segurament era així com vivien a Pangea. Necessitava conèixer més sobre el tema i vaig trucar Anna Isabel, historiadora i especialista en tribus ancestrals.

—Per fi escriuràs alguna cosa que paga la pena? —em va dir quan vaig arribar a casa seva.

—Per una vegada que et demano ajuda, podries ser una mica amable.

—Entesos —va cedir—. Passa i xerrarem una estona.

Crec que em tracta així perquè quan era jove s'havia fet il·lusions amb mi. Ara viu amb la seva tieta. No ha tingut sort ni fills ni aventures ni amants... ni res que pugui alegrar-li la vida a una dona. Irene i ella es coneixen i es toleren, però no gaire més. Les dones tenen un sisè sentit molt desenvolupat, encara que Anna Isabel no hauria d'inquietar cap altra dona. Ni té cura del seu aspecte ni s'arregla. S'ha engreixat molt i sembla una taula de braser.

La vaig seguir fins al menjador, on la seva tieta s'estava asseguda al sofà.

—Tu ets...

—Sí, és ell —va fer Anna Isabel, la va ajudar a aixecar-se i la va acompanyar a la seva habitació.

Em vaig sentir fatal davant d'aquella expulsió. Jo n'era la causa.

—Què puc fer per tu? —em va preguntar, quan ens vam quedar sols.

—M'estic plantejant com vivien Adam i Eva.

—Caram! —va exclamar—. Te'n vas molt enrere.

Vaig obrir les mans amb els palmells cap amunt i vaig arronsar les espatlles. Va somriure.

—Adam i Eva, l'Homo Sapiens prehistòric, en tota lògica, portaven una vida semblant a la que podem trobar entre els indis de l'Amazònia —va dir—. «Ni sembren ni recol·lecten», cosa que no impedeix el refinament. La seva vida és plena de luxes: terrissa, escultura, confecció de menudeses i joies, pentinats, maquillatges, ungüents, màscares, balls i cants. Coses senzilles que expressen la placidesa de viure i l'art de saber aprofitar cada instant. Són com nens, dic quan els miro amb els meus ulls de la meva alta i refinada civilització. Potser sigui cert, però no puc oblidar que Picasso va confessar que li havia costat tota una vida aprendre a pintar com un nen. I ells ja són com a nens. Vistes així les coses, juraria que ens porten un notable avantatge, encara que nosaltres posseïm cotxes, televisors i telèfons.

—L'ésser autèntic.

—Naturalment! —va fer, i va prosseguir—: Aquesta tendència a privilegiar el luxe, l'art i el plaer és característica de les cultures anomenades primitives que malbaraten tot el que tenen, admiren la generositat, troben natural l'hospitalitat i condemnen l'estalvi com un signe d'egoisme —va aplegar les mans i se les va acostar a la boca, com si resés—. Oh, Déu! Em resulta cada vegada més evident que, com més pròxims ens trobàvem de la natura, més la copiàvem en tot allò que té d'espontània, en la seva explosió de vida i, per dir-ho d'alguna manera, en la seva creativitat. Una flor plena de bellesa al matí, pot estar marcida al migdia i podrida al vespre. Però n'hi ha tantes, de flors, absolutament belles i resplendents! La natura dóna i pren a un ritme tan gran que la seva imaginació sembla desbordar-se a cada moment. Per a ella, la mort no és més que un instant passatger, perquè tot forma part del gran joc d'aquesta vida constant que es perpetua a ella mateixa, però que no pertany ningú en particular. Nosaltres, ben al contrari, ens passem el dia pensant en la nostra vida, el nostre treball, la nostra casa, els nostres diners, els nostres... les nostres... els nostres... les nostres...

—Mai no se t'ha acudit escriure poesia? —li vaig preguntar, bocabadat davant d'aquell discurs.

—En aquesta societat materialista i absurda? Ningú m'entendria. Només cal contemplar-nos i observar qui ens envoltava per descobrir que som l'*Homo Sapiens Sapiens Meu Meu i sempre Meu*. Som la societat de la mirada perpètuament dirigida cap endins, dels ulls que miren amb afany de posseir. Si això m'agrada, ha de ser meu. Ràpid: l'escriptura de propietat! Per contra, era sense angoixa ni preocupacions materials que Adam i Eva, l'home primitiu, vivien damunt la terra. «Contempleu els ocellets del camp. Ells ni sembren ni recol·lecten i no obstant això...»

Mentalment vaig fer un salt de milers d'anys cap enrere i vaig contemplar aquells simis, ja evolucionats, que s'havien multiplicat i havien poblat tota la Terra. Adam i Eva ja estaven pertot arreu. Encara impregnat del seu passat de simi, el primer pangeà no tenia cap instint de propietats. Després de tot, el món era molt gran i les riqueses abundaven pertot arreu. Viatjava i no podia endur-se la terra amb ell.

«Potser estic explicant quimeres?», em vaig demanar. I la resposta va aparèixer immediatament. Quan els anglesos colonitzaven Amèrica del Nord, van voler comprar les terres als indis, i els pobres no entenien res. «Com voleu comprar-me una cosa que no és meva? —deien—. La terra pertany al Gran Esperit, a Manitú».

—Quan es trobaven dos grups dels que avui en dia considerem primitius, s'ignoraven cortesament i cadascú seguia el seu camí —vaig sentir que continuava dient Anna Isabel, que s'havia posat dempeus i estava al costat del moble bar—. Et serveixo alguna cosa?

—Aigua, gràcies.

Es va dirigir cap a la cuina i va tornar amb una ampolla i un vas. Després va obrir el moble bar, va agafar una copa i es va servir un conyac.

—No obstant això, no exclouen la bona convivència, que té lloc gràcies al bescanvi d'idees. Aquest plantejament no té res a veure amb les imatges que han mostrat en moltes pel·lícules sobre la prehistòria, on tot és desert, penúria i lluita salvatge —va dir, i va riure—. Molts animals, la primera vegada que ens han vist, a nosaltres, els humans, no han fugit, sinó que ens han ignorat i fins i tot s'hi han acostat. És ara, després de conèixer-nos, que fugen espaordits. En qualsevol parc de Suïssa o del Canadà, els esquirols s'acosten sense por per tal que els obsequiem amb una avellana o una nou. En canvi, als Pirineus mai no ho faran. No fa gaires anys, ens els menjàvem amb arròs, i ha quedat enregistrat a la seva memòria genètica. Si els nostres avantpassats haguessin fet el mateix als Pirineus, els animals ho portarien enregistrat als seus gens. Comprens?

—Tant de temps dura una idea ficada en un gen?

—El gen és el registre més poderós que existeix. No hi ha cap tecnologia que pugui superar-lo.

—Com era la vida social dels nostres avantpassats?

—En aquells llunyans dies, cada vegada més sovint, els grups s'unien per afinitat, fins que un clan acabava convertint-se en tribu i l'estat sedentari esdevenia permanent —em va explicar—. Això succeïa sobretot allà on creixien el blat, l'arròs o el blat de moro salvatges. Recol·lectaven allò que la natura els oferia. La terra els regalava tot el que necessitaven, perquè necessitaven únicament el que tenien. Per què desitjar més?

—Un detall força important —vaig dir.

—Representa el gran secret de la felicitat. Els camps naturals, que disposaven de molts recursos, afavorien l'agrupació i de mica en mica, van aparèixer els pobles. Aquí va néixer el concepte de societat.

—Va ser un gran salt —vaig assentir, i vaig continuar raonant—. Quan el simi va abandonar el seu bosc i es va establir a la plana, on l'esperava la intel·ligència, responia a un imperatiu genètic; l'evolució va ser un fet biològic. Però, quan l'Homo Sapiens, animal profundament social, va inventar la societat, va afegir un acte reflexiu i mental; l'evolució es convertia llavors en un fet cultural.

—Molt bé! —va exclamar, aplaudint sobre la copa—. Més que un salt, va ser tota una revolució. Llavors va aparèixer el cap, el que mana els altres. A partir d'aquest instant, l'evolució ja no depenia d'una substitució de gens en una població, sinó de l'intel·lecte que, d'ara endavant, es faria càrrec del timó. Ja havia assolit l'estadi que li permetia evolucionar fins a l'infinit, perquè infinita era la seva imaginació. Posseïa un cervell, una diminuta eina que aplegada a totes les dels seus congèneres esdevenia el cervell col·lectiu de tota una espècie que multiplicava per milions i milions les seves possibilitats i li conferia la facultat de crear damunt del que un altre ja havia creat, aconseguint així que les idees creixessin sense parar. De sobte, esdevingué el motor del creixement i de l'evolució constants —em va mirar i va somriure—. Nosaltres som la darrera baula de la llarga cadena que creix sense aturar-se.

Ara m'adonava que CCU amb aquelles carpetes, que contenien frases aparentment absurdes i inconnexes, no feia res més que despertar la meva consciència de gènere, de natura, de planeta i d'univers. Em convidava a evolucionar. És així, amb la ment ben oberta, que vaig poder contemplar com apareixia la vida en aquell grup d'habitants de Pangea i com tenia lloc la construcció de les primeres cases.

—La nostra evolució ha estat producte de la curiositat. I de la mà de la curiositat va arribar la imaginació. Vet aquí el que preconitzava Einstein —vaig dir, sorprès que, per primera vegada, Anna Isabel i jo teníem una conversa que em revelava una persona a qui desconeixia per complet.

—Imaginació —repetí ella—. Encara avui, en la part més amagada de Nova Guinea, els papús tallen un gran arbre, curosament escollit al bosc, el porten amb gran alegria al poble i ho celebren amb cants i balls abans d'esculpir-lo. Les seves eines són destrals i ganivets de pedra. Quan, després de setmanes d'intens treball, el tòtem és exposat a la vista de tothom, l'obra és més que sorprenent. L'arbre ha esdevingut la figura d'un home estès sobre la seva esquena amb el rostre serè. Del seu ventre emergeix una ala gegantina. Dreta com la vela d'un vaixell, representa la flama de la imaginació creadora de l'home. I emergeix del seu ventre, com si la parís.

Allà, assegut en aquell sofà, envoltat per uns mobles vells, tan vells com la seva tieta, no tenia cap dubte que la imaginació creadora constituïa la clau de la història, la de tots nosaltres. De tots els éssers vius, nosaltres som els únics que no hem estat creats per ocupar un espai ecològic reduït on complir una funció precisa. Constituïm les úniques criatures que hem estat alliberades de l'esclavitud de tota especialització. Podem fer allò que desitgem.

A Pangea, igual que ara, eren lliures d'emprendre qualsevulla cosa, perquè posseïen la més poderosa de les eines: la imaginació. I la primera cosa que havien de fer era perfeccionar aquesta preciosa eina, perquè d'ella depenien la supervivència i la continuïtat de l'espècie.

—Van menjar la fruita de l'arbre de la Ciència, del Bé i del Mal —va dir Anna Isabel.

En aquell precís instant, va arribar la gran revelació i vaig exclamar sorprès:

—No hi ha cap pecat en aquest gran pas endavant! No va ser cap error menjar de la fruita de l'arbre de la Ciència, del Bé i del Mal.

—Per descomptat, que no! Només hi havia alegria i excitació davant d'una eina tan fantàstica, de possibilitats pràcticament infinites. Cal desfer-se del clixé absurd i estúpid de l'humà prehistòric d'intel·ligència limitada, vestit amb pells, amb un garrot a la mà i deixant anar grunyits que ressonen sota la volta de les humides coves —va avançar el seu cos i em va assenyalar amb el seu dit índex—. Mai no hem estat una caricatura. En cas contrari, avui ja no existiríem —es va fer enrere i es va empassar la copa de conyac d'un sol glop.

Jo em vaig beure dos vasos d'aigua.

—No oblidis que la diferència entre el primitiu Homo Sapiens i l'actual Homo Sapiens Sapiens Meu Meu i Sempre Meu, és a favor del primitiu, que vivia inventant-ho tot i la seva alegria per descobrir novetats era constant, mentre que en l'actualitat estem perdent la capacitat de sorprendre'ns i els estímuls cada vegada han de ser més grans, més espectaculars i més esglaiadors —conclogué.

Li vaig agrair la seva ajuda, m'acompanyà fins a la porta i ens vam acomiadar amb una forta abraçada. Crec que mai, en tota la meva vida, no l'havia abraçada.

Mentre caminava pel carrer, vaig somriure divertit. Dins la meva ment acabava d'aparèixer una escena imaginària increïble: un home amb dos pals lligats amb un cordill, plantava un al terra, estirava el cordill i amb l'altre pal traçava una línia que de sobte descobria que no tenia ni principi ni fi: el cercle. Quin joc tan excitant! En la meva visió, vaig contemplar el seu rostre i vaig veure que allò que en un principi havia constituït una sorpresa, esdevenia plaer. Aquell home va repetir l'experiment una i altra vegada, fins que va aparèixer la reflexió. Quina altra figura podia treure del seu improvisat instrument? Va traçar un altre cercle i, quan va haver acabat, va enfonsar el pal exterior en un punt de la circumferència i el va utilitzar, aquesta vegada, com a centre d'un nou cercle que tallava el primer en dues parts... El joc va prosseguir cercant els punts d'intersecció de les circumferències i aquell home, en aquest precís instant, descobrí, sense ni tan sols proposar-s'ho... l'hexàgon regular inscrit. I va córrer per mostrar els altres el seu joc. «Oh, quina meravella! Oh, què divertit! Oh, què bé!», cridaven al seu voltant.

No obstant això, amb aquell dibuix, l'home acabava d'experimentar el plaer de la investigació i del pensament pur. Era l'inici de la geometria. I ell encara no sabia ni què era la geometria, ni què representaria molt més tard. I tothom es va retirar a dormir entre rialles i bromes, sense adonar-se de l'enorme pas que acabaven de donar, creient que tan sols havien descobert un joc molt divertit amb un cordill i un parell de pals.

13.- CAÍN, EL PRECURSOR

Tu qui ets? Caín? —va fer aquell frare, el de l'escola on m'havien enviat els meus pares. I jo guardava silenci, amb el cap baix i espantat—. Digues-me! Vols que a partir d'avui et diguem Caín? —insistí.

—No —vaig respondre tímidament.

L'única cosa que havia fet als meus vuit anys per merèixer allò va ser defensar-me i clavar un parell de mastegots a un company que em treia de polleguera, amb tan mala fortuna que va sagnar pel nas.

Vaig recordar aquell episodi, just quan m'afaitava i no me'l vaig treure del cap durant en tot el desdejuni, fins al punt que Irene em va demanar si em passava alguna cosa i li vaig respondre que pensava en Caín.

—Segons el senyor Contacte, Caín va ser un precursor.

—De què?

—Encara no ho sé, però ja ho esbrinaré.

En arribar al despatx, vaig reprendre les frases que m'havia donat el senyor Contacte. Ja tenia clar que la resposta a la pregunta de qui va expulsar l'home del Paradís tenia ben poc a veure amb Déu. Resultava evident que Déu no va baixar ni va renyar ningú, ni va enviar cap àngel brandant una espasa de foc.

Vaig llegir amb atenció:

Hi havia 5 ciutats, 8 reis.
Van regnar allí 241200 anys.
El Diluvi les va escombrar.
Però abans, Caín esdevingué el precursor.
Encara que, deu van ser els patriarques.

A qui li podia agradar dir-se Caín?, em vaig preguntar. Aquella ignomínia era pitjor que una puntada de peu a l'estómac. Si els meus pares m'haguessin posat aquest nom, els hauria odiat per haver-me condemnat a patir una vergonya tan gran. Era un nom massa dur i pesant com per carregar amb ell. Caín era el sinònim per excel·lència d'assassí. No obstant això, el to emprat a la frase de la carpeta no anava en aquest sentit. Per què el senyor Contacte cridava la meva atenció sobre aquest personatge bíblic? Potser m'estava indicant que mai no havia llegit els textos bíblics correctament?

Vaig prendre la Bíblia i vaig cercar els fets que es relaten en el Gènesi, al capítol 4. Després d'analitzar-los sota tots els punts de vista que se'm van acudir, vaig arribar a la conclusió que, eliminats els comentaris i les consideracions morals, el que allà es relatava en essència era:

Versicle 2
«*Abel tenia cura dels ramats, Caín conreava la terra* »
Versicle 8
«*Caín atacà el seu germà Abel i el va matar* »
Versicle 17
«*Caín va construir una ciutat* »

Aquestes tres línies bé podrien haver sortit de la ploma d'un historiador modern. Seguien escrupolosament l'esquema clàssic de l'evolució de la societat: a un costat els pastors nòmades (Abel), a l'altre costat els homes sedentaris que conreen la terra (Caín). Amb el temps, l'agricultura amb els seus encerclats acaba per dominar i mata el nomadisme per construir pobles i ciutats que desemboquen en la civilització urbana. Vet aquí la història de la humanitat, des dels primers dies fins avui, repetida fins a la sacietat.

Aquell era el gran crim de Caín, el primer agrònom i el primer urbanista sedentari, tot i què, després d'analitzar-ho sota aquest punt de vista, la seva aventura resultava exemplar i, sota aquest nom maleït per tots els temps, podia amagar-se una etapa crucial de la història.

Va ser així com vaig arribar a demanar-me per què l'ésser humà plantaria cereals si els trobava en abundància en estat salvatge i si res ni ningú no l'obligaven a fer-ho. Només li calia estendre la mà i prendre l'aliment. Què era allò que el va empènyer a capgirar l'ordre natural de les coses i a dominar el que mai abans ningú no havia gosat?

Vaig abaixar la persiana i em vaig seure a la penombra. Faig aquest ritu cada cop que necessito meditar i cercar dins dels arxius de la meva memòria més profunda, que es comporta com una esponja i absorbeix milers de dades.

De mica en mica, la meva ment es va il·luminar i vaig contemplar l'escena d'un grup de dones i d'homes vivint a la plana, gaudint del que la natura els oferia.

Em vaig relaxar. «Què els va empènyer a abandonar el bosc?», em vaig demanar. La curiositat, sens dubte, els va fer baixar fins a la plana, la seva intel·ligència, la seva capacitat d'adaptació i la seva portentosa imaginació els va permetre viure-hi i l'observació, l'anàlisi de les coses i dels éssers i els descobriments els va conduir al gaudi de noves experiències. La fita, per tant, era el plaer, conscient o inconscient. Tant és! Però per descobrir es necessita temps, aquest bé que resulta limitat i que cal saber administrar. I com l'administraria? Doncs, si es veia obligat a invertir gaire temps en les seves necessitats peremptòries, no podria dedicar-lo a allò que desitjava: al seu plaer. De manera que, desitjava temps lliure per deixar anar lliurement el seu afany d'experimentar, de tafanejar, de descobrir i de meravellar-se. Va ser així com amb intel·ligència i enginy els nostres avantpassats van inventar la llei del mínim esforç.

—I és clar! —vaig exclamar, sorprès pel que acabava de descobrir.

Al llarg de la meva joventut, quan estudiava, m'havien repetit mil cops que l'Homo Sapiens havia començat la seva carrera com caçador. No obstant això, les imatges que ara apareixien davant meu negaven aquesta afirmació. Aquells homes caçaven, però per gust, no pas per necessitat. En el seu imaginari cistell d'anar a plaça, que la natura els proposava cada dia, la caça finalment representava tan sols un extra, una llaminadura ocasional. Seguir la pista i realitzar una batuda no constituïen els seus punts forts. A diferència dels carnívors professionals, malgrat que disposava de llances i fletxes, no gaudien de les qualitats requerides. El zoòleg Desmond Morris deia dels primitius que «el seu olfacte era massa feble, la seva oïda no era prou fina i el seu físic no estava preparat per suportar una llarga cursa de fons ni per realitzar una arrencada fulgurant i mantenir-la durant cinc-cents metres». I en vist de l'escena que apareixia davant dels meus ulls interns, li donava la raó.

Resultava massa evident que aquells éssers no posseïen les qualitats d'altres mamífers que s'havien especialitzat. Ells, igual que nosaltres, eren els especialistes de res i els amants de tot. Per aquesta raó es van fer caçadors furtius. Fabricaven un reclam, tiraven el llaç i preparaven trampes. Realitzaven treballs poc fatigosos que requerien, en canvi, una bona dosi d'enginy, d'intel·ligència, de refinat sentit de l'observació i de la comprensió del món animal, del seu comportament i dels seus costums. I en aquest terreny, l'ésser humà, naturalment, era invencible perquè disposava d'una gran eina: la imaginació.

Quan per fi aparegueren els pobles, la seva experiència i el seu coneixement de la fauna ja eren mil·lenaris. No anava, doncs, a treure'n partit, d'això? La nova societat no sorgia tan sols de la suma dels clans que la componien. Hi havia un factor addicional. Aquells homes i dones havien d'harmonitzar les disparitats, posar en comú les habilitats i el coneixement i distribuir les responsabilitats. En definitiva: necessitaven organitzar-se de cara a la nova forma de vida. I l'organització requereix imaginació, mètode i disciplina.

El gran invent de la casa, l'hàbitat particular, era un exemple evident d'intel·ligència i d'imaginació. Quatre parets asseguraven la intimitat sense aïllament i la bona convivència exempta de promiscuïtat. Construïen, treballaven dur per aconseguir un hàbitat, una casa, una intimitat i un espai propi per sentir-se més segurs, per ser feliços i poder fer més coses divertides. És el mateix que nosaltres hem perseguit al llarg dels segles i continuem perseguint en l'actualitat. No podien perdre el temps amb preocupacions menors, susceptibles de distreure'ls de la gran obra en comú que els permetria gaudir de tots els plaers i disposar de tot el temps del món. És així com la caça esdevingué una distracció i va ser sacrificada de cara al progrés.

Tot i així, el plaer de la bona carn no va desaparèixer. L'Homo Sapiens era prou refinat com per ser llaminer. El més probable és que somiés amb cuixes d'anyell torrades que desitjava tenir constantment al seu abast, igual que succeïa amb els fruits, els cereals i les verdures. Llavors, després d'algunes expedicions, uns quants quadrúpedes i alguns ocells van abandonar per sempre la plana salvatge i lliure per acabar confinats en un tancat o dins d'una gàbia.

Vaig somriure davant el que m'oferia la vista. La primera aplicació de la llei del mínim esforç segurament va resultar espectacular: la domesticació i la ramaderia dels animals els

117

permetria no haver de sortir a perseguir-los per caçar-los. Ja els tindrien al costat. Serien pastors. Serien Abel, tal com apuntava el relat bíblic.

En principi, la idea els va semblar excel·lent i tothom va aplaudir la iniciativa i la va imitar. Jo també ho hauria fet. Però, quan la van dur a la pràctica, es va plantejar un problema immediat: el de l'alimentació dels animals encara salvatges que, apartats del seu medi natural, no podien procurar-se la subsistència per ells mateixos. Ostres! Amb això no hi havia comptat ningú. Havien de proveir-los d'aliment, convertir-se en la baula que uneix la natura i l'animal. I com aconseguir-ho si cada espècie tenia la seva dieta particular? El temps invertit en la recerca, la collita i el transport de les racions diàries excedia amb escreix el que abans consagraven a la caça. L'operació, per tant, no resultava rendible i ja no els semblà una excel·lent solució.

Veia aquells homes que negaven amb el cap, enutjats, perquè sortien perdent, perquè, a més a més, els papers s'havien invertit: ara ells vivien al servei de l'animal i ja no disposaven de temps lliure. «Quin invent!», es lamentaven. S'havien equivocat amb el seu plantejament? Existia solució o haurien de deixar novament lliures els animals?

Lluny d'acovardir-se, la natural curiositat d'aquells homes i dones i el seu desig d'experimentar posaven davant seu un nou repte. Per a qui té imaginació, no hi ha res que sigui impossible.

I llavors ho vaig veure clar. Va ser aquí on Caín entrà en escena amb una proposició genial: acostar l'aliment als animals per no perdre tot el temps en anar a cercar-lo.

—Com acostarem l'aliment? —van preguntar.

—Conreant-lo al poble —respongué Caín—. Substituint la natura i engendrant vida on vulguem.

La Bíblia diu que Caín conreava la terra. Imagino que els començaments van ser tímids, més semblats a la jardineria que a una altra cosa. Però, esdevingueren el gran experiment que va ser el precursor de l'agronomia. Conreaven pensant en la ramaderia. La seva intenció era fabricar la carn. I anaven a fer-ho amb el menor esforç possible. És a dir: amb intel·ligència i amb imaginació. Les seves dues grans armes.

Contemplava l'escena i vaig descobrir que aquell pas significava alguna cosa molt més important que no només satisfer el desig de menjar carn i disposar de temps lliure. Aquell pas significà l'expulsió definitiva del Paradís, perquè acabaven d'entrar en un camí sense retorn: el camí del progrés.

La resposta a la pregunta del senyor Contacte era clara: Déu no va expulsar l'home del Paradís, sinó que va ser l'ésser humà qui va marxar, qui va donar l'esquena a la vida plàcida perquè sentia la necessitat d'experimentar, d'investigar i de conèixer: l'arbre de la Ciència, del Bé i del Mal.

A partir d'aquell instant tot s'accelerà. La domesticació dels animals va conduir a un altre concepte: la dietètica. Mentre aquells éssers primitius vivien al seu aire, salvatges i lliures, els animals es movien sense parar, desplaçant-se contínuament a la recerca de fruits madurs, arrels tendres i llavors fresques. Però, tancats en un corral, menjaven el que el nou granger els portés. L'ésser humà era el seu nou déu, el seu pastor i el seu amo.

Amb el temps van descobrir que, si calia tenir en compte totes les varietats de règims, la frescor dels productes i el ritme d'ingestió per a cada espècie, caurien irremeiablement en el més horripilant dels esclavatges, quan allò que ells desitjaven era més llibertat. Llavors, a través de l'estudi i de l'experimentació amb diverses plantes, van arribar a substituir unes dietes per unes altres, van reduir les varietats, van harmonitzar els règims, van experimentar diverses combinacions i finalment van donar amb la fórmula que els permetia elaborar aliments simples i uniformes de bona qualitat que, a més a més, podien emmagatzemar per no haver de sortir quan el temps no acompanyava. Anys d'investigació, de paciència, d'estudi i ja havien donat un nou salt. Apareixia l'univers de l'experimentació científica. I encara no sabien ni el que era la ciència...

Enmig de la penombra del despatx, contemplava els nostres avantpassats i els veia absolutament meravellats i atònits en descobrir que, allò que de bon començament havien projectat i desenvolupat per satisfer els seus capricis de mantenir vius els animals per després menjar-se'ls, podien aplicar-s'ho a ells mateixos. Van seleccionar i conrearen les verdures, els fruits més saborosos i els cereals més rics i van modificar la seva alimentació que deixà de dependre únicament de la collita diària i del que la natura posava al seu abast. Les collites els permetien planificar activitats cada cop més variades i enriquien la vida social fins a un punt desconegut. Els recursos augmentaren, els pobles creixeren, van crear aldees i convidaren els seus amics i parents a degustar els seus productes. I els altres els van permetre degustar els seus. Perquè, ara, ja eren *els meus* productes, *els teus* productes i *els seus* productes, conreats a *la meva* terra, a *la teva* terra i a *la seva* terra.

La Bíblia segueix dient: «Llavors Caín va fundar una ciutat...»

Em vaig quedar bocabadat. Havia condensat en un matí tota la història d'una evolució que havia durat milers i milers d'anys.

Aquella era la història de Caín, de la creació d'un concepte revolucionari. Amb l'acte d'establir un lloc on reunir un cert nombre d'homes amb afany sedentari, Caín afermava la seva voluntat d'implantar una cultura urbana. Mitjançant l'intercanvi d'idees, de coneixements i d'experiències de gent vinguda de tot arreu, la comunitat s'enriquí, excità la seva imaginació i engendrà al seu interior el desig de descobrir i d'explorar nous camins. La ment col·lectiva multiplicà per mil la capacitat individual. En ben poc temps la ciutat esdevingué generadora de pensament. El nomadisme pastoral encarnava la soledat del pastor, la petitesa del grup comparada amb la força de la cultura de masses. Fatalment i inexorable, havia de desaparèixer.

La Bíblia conclou el seu drama: «Caín va matar Abel...»

Però jo era conscient que es tractava d'un crim virtual. Mai no va ser un crim físic i els tribunals de la història han d'acceptar-ho.

Per haver entès que l'evolució d'ara endavant s'erigiria en un fet social, per haver obert els ulls de la societat perquè descobrís que existia la unitat i la unicitat de l'espècie humana, Caín va ser un precursor, va ser el creador de la societat urbana, i el seu nom havia de ser rehabilitat en l'esperit de la història. No pas per casualitat, la tradició popular deia que el seu nom, Caín, procedia del verb hebreu *qâna*, que significa procrear.

—Quin millor títol per a Caín el Precursor, que Caín el Creador? —vaig cridar, posant-me dempeus d'un salt.

I aquí vaig obrir els ulls. La frase del senyor Contacte era real. Tan real com la fam que feia cantar els meus budells i com el terrible cansament que sentia. Havia viatjat milions de quilòmetres a través de milers i milers d'anys. Necessitava descansar, alimentar-me i reposar forces.

14.- LA LLISTA DELS REIS

Irene em va mirar sorpresa quan li vaig dir que Caín era un nom que sonava bé. No hi havia cap nom femení que estigués proscrit, tots eren masculins; Caín, Llucifer...

—Eva va carregar amb la culpa del pecat original. Et sembla poc? —em va contestar.

Sí, però el seu nom no estava proscrit. Hi ha un bon munt de dones que es diuen Eva.. Fins i tot resulta un nom en part morbós. Sents que criden Eva i ja t'imagines una dona seductora i... nua.

—La Bíblia i altres escrits diuen que Caín va fundar una ciutat, que és tant com dir que va fundar la civilització urbana. I això va ser abans del Diluvi Universal —vaig dir.

—I què?

—Doncs que la història no quadra —vaig respondre—.Si Caín va fundar la primera ciutat i ho va fer abans del Diluvi, significa que existia una civilització urbana molt abans de l'any 4000 a C, que és quan els historiadors situen el naixement de les ciutats, a Sumèria.

—En què es basen els historiadors per dir que les ciutats van aparèixer a Sumèria fa sis mil anys?

—No hi ha cap rastre de civilització urbana abans de l'aparició de Sumèria.

—Quina importància pot tenir que existissin ciutats abans o després del Diluvi?

—Em temo que molta més de la que ens imaginem —li

vaig contestar amb un somriure picardiós.

L'endemà vaig trucar Anna Isabel. Era a la biblioteca i no tenia gaire treball. De manera que em rebria.

Em va convidar a seure en una cadira que prèviament va netejar de llibres. Vaig obrir les meves notes i li vaig mostrar el que havia escrit un parell de dies abans:

> a.- *El relat bíblic no té valor científic.*
> b.- *No hi ha cap rastre de civilització urbana abans de l'aparició de Sumèria.*

—Avui toca parlar de la Bíblia? —em va preguntar.

—No exactament —vaig contestar, amb un somriure—. Aquests són els dos arguments principals de molts historiadors posen damunt la taula quan tractem la història antiga.

—Els dono la raó: el Gènesi no és cap manual d'història.

—No obstant això, convindràs amb mi que el Gènesi no fa altra cosa que relatar la creació del món, amb els animals i l'home, abans de parlar del Diluvi —vaig replicar, i vaig seguir mostrant-li les meves notes—. Idèntic esquema que he trobat al *Popol-Vuh* maia, el *Rig-Véda* indi i l'epopeia sumèria *Enouma-Elish*.

—On vols anar a petar?

Vaig respirar fondo.

—Els japonesos tenen un refrany que diu: «La primera vegada que ens trobem és casualitat, la segona és coincidència, però la tercera ja és una declaració de guerra» —vaig dir—. I resultava altament sospitós que totes les tradicions relatin el mateix.

—Per què, llavors, t'has estimat més prendre la Bíblia, en comptes de qualsevol altre text, dels que has esmentat? —em va preguntar, alçant una cella.

—Al contrari que els altres relats esmentats, que

apareixen farcits de violència, on la divinitat lluita contra les forces del caos en combats mítics d'un simbolisme delirant, en el text bíblic es relata amb una exquisida sobrietat i resulta d'una modernitat sorprenent —vaig contestar.

—Ah, sí? —va exclamar ella, no gaire convençuda.

Anna Isabel, encara que soltera i amb pinta de rata de sagristia, no es fa gaire amb la religió cristiana. És atea convençuda i anticlerical acèrrima.

—Així és —vaig assentir, i li vaig mostrar unes altres notes, mentre li explicava—: Al Gènesi es tracen les línies mestres de la història de la Terra tal com la concebem avui, amb tot el planeta recobert per l'oceà (Gènesi, 1,7) d'on sorgeix el gran continent (Gènesi, 1,9); la vegetació surt de l'aigua i s'estén per la terra seca (Gènesi, 1,12); la vida animal, ja present sota les aigües, també envaeix la terra ferma i cobreix els cels (Gènesi, 1,20); finalment, apareix l'ésser humà (Gènesi, 1,27). Després, sempre en l'ordre correcte, el despertar de la consciència (Gènesi, 2,15), la invenció de l'agricultura (Gènesi, 4,2), la civilització urbana (Gènesi, 4,17)... —em vaig aturar un instant i vaig concloure—: El nombre de coincidències és tan aclaparador que no només és l'atzar. Evidentment, el fil del relat segueix una lògica tan indiscutible, que prou que mereix alguna cosa més que el menyspreu d'un historiador.

—Explica'm quina en portes de cap. Sense deixar-te'n res.

Vaig passar pàgina i li vaig mostrar la frase que havia rebut del senyor Contacte:

Hi havia 5 ciutats, 8 reis.
Van regnar allí 241.200 anys.
El Diluvi les va escombrar.

—Vull solucionar aquest enigma i m'ensumo que té molt a veure amb la Bíblia —vaig dir.

Va llegir la frase i em va mirar.

—I qui t'ha dit que té a veure amb la Bíblia? —em va

contestar, rient-se.

Va entrar a la biblioteca i va tornar al cap d'uns minuts. Duia un llibre obert per una pàgina concreta.

—Llegeix —em va ordenar, i va assenyalar el final del text, que era en vers.

> *Hi havia 5 ciutats,*
> *8 reis.*
> *Van regnar allí 241.200 anys.*
> *El Diluvi les va escombrar.*

Em vaig quedar bocabadat.

—Correspon a la llista dels Reis Sumeris, que enumera les sèries de dinasties que van conèixer les ciutats sumèries, amb el nom dels reis, la durada dels seus regnats i alguna que altra breu nota sobre les seves gestes més notables —em va explicar—. Un document que té mes de quatre mil anys d'antiguitat. Com pots veure, no és cap endevinalla.

—La llista dels reis sumeris —vaig repetir, lentament, procurant assimilar el que acabava d'escoltar—. I és important? —se'm va acudir preguntar.

—El seu descobriment va aixecar entre els investigadors un entusiasme sense precedents i literalment es van abocar damunt del que s'amagava en desenes de taules cobertes de signes cuneïformes, còpies d'un text anterior i original que havia desaparegut i que pertanyia a la més remota antiguitat —em va dir, assentint repetidament—. Quan la llista va ser totalment reconstituïda, transcrita fonèticament, traduïda a diverses llengües, analitzada i comentada, van arribar a la conclusió que no servia. Encara que fiable en la seva part històrica coneguda, la resta resultava bastant inútil.

—Per què?

Em va prendre el llibre de les mans i va cercar un altre full concret. Després, me'l va passar novament perquè el llegís.

—Aquí tens els quatre arguments esgrimits pels

especialistes.

> *1. El text comença amb aquestes paraules: «quan la reialesa va ser atorgada pel cel». Evidencia, per tant, el seu fons mitològic.*
> *2. Evidentment, la durada dels regnats i la longevitat dels reis, ambdues fabuloses, no poden ser preses seriosament.*
> *3. D'altra banda, hi ha massa dates expressades en xifres rodones, la qual cosa convida a prendre-se-les amb una certa cautela i a no concedir-les-hi un valor exacte.*
> *4. Finalment, la importància concedida a les ciutats no es correspon en absolut amb les dades que s'han obtingut dels estudis arqueològics.*

Em vaig quedar pensarós. Si el senyor Contacte em conduïa fins a una llista de reis que els especialistes consideraven inútil, segur que hi havia alguna cosa més.

—I tu que en penses, d'aquests arguments?

—Tinc la meva teoria.

Va somriure, obrí el calaix de l'escriptori, va prendre llapis i paper i va escriure:

«*La reialesa atorgada pel cel*»

—Què en pensarà, de la nostra història actual, un cronista de l'any 3000? —va dir, i sense esperar la meva resposta, va afegir—: Trobarà escrit multitud de vegades, en lletres de motlle, el terme «reialesa per dret diví». L'any 1910, per exemple, Guillem II proclamà que la corona imperial li havia estat «tornada per Déu, únicament, i no pels parlaments, les assemblees o el desig popular». Molt més propers en el temps, durant la Segona Guerra Mundial, milions de japonesos van morir pel seu déu, l'emperador Hiro-hito, la rebe... rebe...

rebesàvia del qual va ser, segons diuen, la deessa que va crear el món. No obstant això, no se'ns acut l'aberració de posar en dubte la realitat de la història de França, d'Alemanya o del Japó. Per tant, l'argument utilitzat per desqualificar la llista sumèria resulta massa simplista i fàcilment rebatible. No cal donar-hi més tombs.

—Ets resolutiva —vaig somriure.

Ella va escriure:

«*Durada dels regnats i la longevitat dels reis*»

—Si se m'acut realitzar una simple operació de càlcul elemental, bé puc exclamar: vuit reis en 241200 anys, suposa una longevitat de més de trenta mil anys per a cada rei. Ridícul! Oi que sí?

—Més que ridícul, absurd —vaig assentir.

—¿No serem nosaltres, els que estem fent el ridícul si ens burlem del sumeri que va redactar aquesta història? —em va preguntar, i va prosseguir—: Potser, abans de proferir unes exclamacions com aquestes, resultarà més intel·ligent i adient rellegir els textos de l'època que parlen de com era l'educació escolar en aquells dies. Els estudis estaven marcats per la seriositat i la disciplina sota una estricta organització. En aquella època, els estudis més llargs, assimilables als universitaris actuals, difícils i complexos, eren els d'escriba —em va mirar i va inclinar el cap a un costat—. Per poder estudiar, l'aprenent d'escriba havia de disposar de mitjans econòmics. Com és natural, la majoria d'estudiants provenien de famílies acomodades, cultes i poderoses: governadors, ambaixadors, alts funcionaris, oficials superiors, sacerdots i escribes. «El fi perseguit era assolir la perfecció en l'art difícil i altament especialitzat de l'escriptura cuneïforme i en la mestria de la seva gramàtica».

—De manera que l'escriba encarregat d'elaborar La Llista dels Reis, no podia ser un pobre ignorant incapaç d'entendre el que escrivia —vaig raonar.

—Era ben conscient que molts altres estudiarien els seus escrits i havia d'aplicar-se i explicar-se molt bé, perquè els seus lectors no admetrien xifres tan aberrants pel que toca a longevitat humana —va somriure i em va fer l'ullet—. L'error no procedeix de la mà de l'escriba, sinó de la meva manera de llegir literalment, com si un text antic mai no pogués admetre un altre sentit que el purament literal de les paraules, quan en l'actualitat accepto un llenguatge molt ric que admet tota mena de matisos, imatges, jocs, dobles sentits, etcètera... Comprens?

—Ja me n'adono, ja —vaig assentir.

—En els llibres de text actuals figuren des del regnat de Carles V o Felip II o Jaume I, passant pel regnat dels grans saures, i arribant al regne vegetal. ¿Potser un estudiós de l'any 5000 es farà un fart de riure en llegir que existeix el Rei Sol, el rei dels estius, el rei del rock i el rei dels idiotes, o tal vegada serà capaç de distingir-ne perfectament el significat? ¿Potser no sabrà que una corona no té el mateix significat damunt el cap d'un rei que a les mans d'un dentista? Perquè, si no ho sap, pot arribar a imaginar (estúpidament!) que està en presència d'una llegenda mitològica. ¿I jo em ric dels escrits de fa milers d'anys i titllo d'ignorants als escribes d'aquells llunyans dies?

—I si, en comptes de la frase que hi ha escrita a La Llista dels Reis Sumeris, escric...?

Hi havia 5 ciutats.
8 períodes
van cobrir 241.200 anys.
El Diluvi les va escombrar.

—No estaria gens malament —va dir Anna Isabel.
Llavors va prendre novament el llapis i va escriure:

«*Les xifres arrodonides*»

—En principi tenen raó —va acceptar—: Mentre que la llista proporciona tota mena de detalls sobre els esdeveniments propers al moment de la redacció, tracta a l'engròs cada període que precedeix el Diluvi.

—L'argument és bo? —vaig preguntar un xic decebut.

—Depèn —va fer—. Si el comparo amb el que nosaltres fem a les enciclopèdies actuals, no hi ha dubte que es produeixen situacions divertides. Per exemple, llegeixo: «El 21 de juliol de 1969 a les 03:56, hora de Madrid, Neil Armstrong va posar el peu damunt la Lluna». Magnífica precisió! Al minut! Els cronòmetres ho van registrar a la mil·lèsima de segon. Després, cerco una entada d'història i llegeixo que «La civilització de Creta va aparèixer l'any 1550 aC». Quina casualitat! No el 1552 ni el 1549, sinó el 1550. Jo diria que o és molta casualitat o... potser una xifra arrodonida. No és així?

—Per descomptat —em vaig animar.

—Un altre cas: «El Mesolític va tenir lloc al voltant de l'any 10000 aC». Home! Aquí parlem del voltant de... És a dir: més o menys 10000. No és un arrodoniment? —va desplegar els braços i va negar amb el cap—. En menys de dotze mil anys, els textos actuals ja arrodoneixen les xifres i no em sorprèn. No obstant això, l'escriba sumeri jugava amb xifres de gairebé dos-cents cinquanta mil anys, vint vegades més grans, i el considero gairebé un inútil perquè les arrodonia. Home!

—I l'últim argument? —vaig dir, i ella va escriure:

«Les cinc ciutats»

—Tampoc s'aguanta per enlloc —va fer—. Si dic que París, Londres, Barcelona i Nova York, en temps remots, haurien estat situades aquí o allà, evidentment no penso, de cap manera, que la plaça de la Concorde, Trafalgar Square, el parc Güell o Central Park existien fa deu mil anys. D'acord?

—Entesos —vaig seguir el seu raonament.

—Les ciutats de què parlava l'escriba sumeri eren unes

ciutats-estat, conegudes pels seus lectors d'aquella època que sabien, a més a més, que no existien en temps tan llunyans. Servien com a vehicle per l'analogia i el lector contemporani de La Llista dels Reis comprenia perfectament que:

Hi havia 5 nacions.
8 períodes
van cobrir 241.200 anys.
El Diluvi les va escombrar.

—La prova la trobo precisament en dos punts recalcats pels mateixos analistes —em va dir—. El primer és que, per l'autor, Babilònia era un regne únic. La capital podia canviar de lloc, però no hi havia més d'un rei alhora. El segon es basa en una anàlisi d'estil que demostra que l'escriba situava un darrere l'altre esdeveniments que eren simultanis en el temps. Els regnes van ser contemporanis. Per tant, la meva conclusió resulta evident: si en una nació no hi havia més que un rei alhora, estava en presència de nacions diferents.

—Espera, espera, que m'estic perdent —li vaig dir.

—Té —em va allargar el llibre—. Emporta-t'ho, llegeix-te'l i veuràs que el que dic és cert.

Vaig sortir d'allà amb el cap que em rodava. El passeig fins al despatx em va aclarir les idees i, en arribar, vaig obrir el llibre. Segons aquell text, el més antic dels regnes va arribar fins a 108.000 anys abans del Diluvi i es va dividir en tres períodes de 43.200, 28.800 i 36.000 anys. El segon va cobrir 64.800 anys, dividit en dos períodes de 28.800 i 36.000 anys. I les nacions tres, quatre i cinc no van tenir subdivisions i les seves durades respectives van ser de 28.800, 21.000 i 18.600 anys. Vaig situar tot aquesta informació en un gràfic per tal obtenir un quadre cronològic replet d'informacions, i va aparèixer la taula 1.

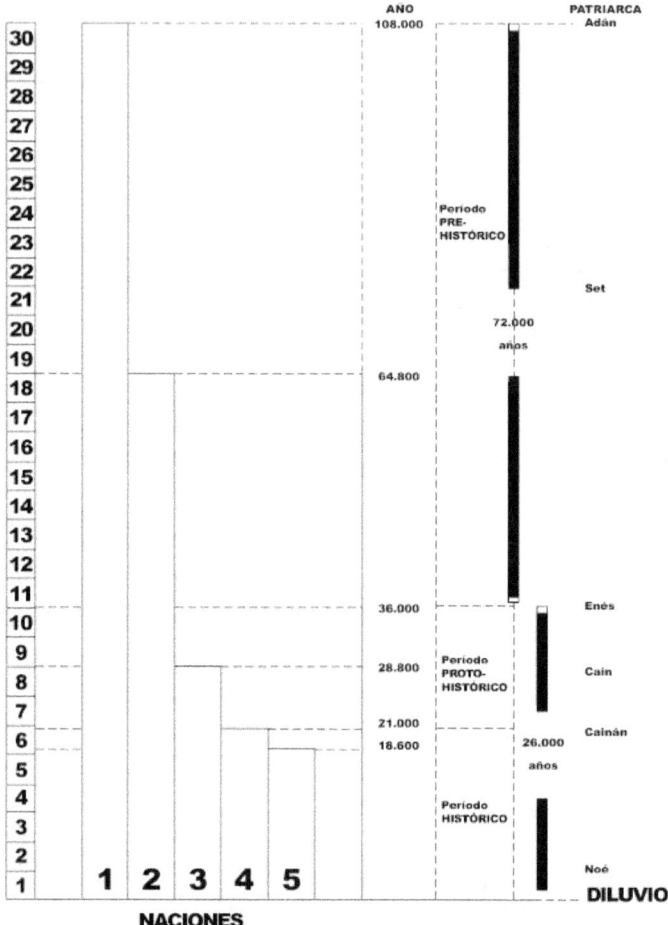

Tabla I

La primera constatació era que, si seguia el raonament d'Anna Isabel i situava les nacions en paral·lel, la durada màxima resultava ser de 108.000 anys. Però l'escriba havia comptabilitzat molts més: 241.200. Per què? Potser m'havia equivocat en algun punt?

Em vaig dedicar a calcular. Els 108.000 anys de temps

lineal cobrien de fet cinc períodes d'història paral·lela. I la suma de totes les durades de tots els períodes paral·lels donaven precisament 241.600 anys. Per tant, quan el Diluvi va posar fi a tot, van ser 241.600 anys de cultures diverses que van desaparèixer. No van ser 241.600 anys d'història lineal. El meu càlcul seria similar si hagués de sumar, per exemple, la durada de les principals cultures i civilitzacions que han florit durant els seixanta últims segles. Així, la civilització xinesa ha cobert la totalitat dels seixanta segles, la cultura jueva quaranta, l'occidental i la japonesa vint cadascuna, la islàmica catorze, i encara hauria d'incloure Mesopotàmia, Índia, Egipte, Grècia, Roma, Bizanci... En resum, més de 29.000 anys de cultures particulars s'inscriuen en 6.000 anys d'història.

Tot això semblava coherent, però quedava un punt fosc en els meus càlculs. ¿Si, tal com deien molts historiadors, s'havia procedit a un arrodoniment grosso modo (o potser seria millor dir groller), per què llavors l'escriba sumeri parlava de 108.000 i no 110.000 anys? Per què no arrodonia 28.800 a 29.000 o fins i tot millor a 30.000, que encara és més rodó?

—Ets un nen molt llest —vaig escoltar el riure de l'Anna Isabel a l'altre costat del telèfon.

—Què vols dir?

—Els sumeris utilitzaven el sistema sexagesimal de numeració que va donar lloc a l'hora de 60 minuts i a la circumferència de 360 graus. De manera que per mesurar el temps es van basar en una unitat de mesura, el *sar,* que equival a 3.600 anys —em va respondre.

Mentalment vaig fer el càlcul. En *sars,* 108.000 anys són exactament trenta i 28.800 anys corresponen a vuit *sars* i com és natural no necessitaven arrodonir-los. I és clar!

—Però la norma no es compleix amb les dues últimes nacions —em vaig queixar.

—I és clar, que no! —va fer ella—. L'allunyament en el temps desdibuixa els detalls de la història i els esdeveniments pateixen la globalització de la distància. És el que succeeix amb les tres primeres nacions. Lla seva història en nombres enters de *sar,* només poden pertànyer a un temps llunyà, a la prehistòria. En canvi, les dues últimes nacions pertanyen al perímetre històric.

Vaig consultar el gràfic que havia dibuixat.

—Llavors, la línia que separa els últims períodes de les dues primeres nacions marca la frontera entre deu *sars* d'història d'una banda, i vint *sars* de prehistòria per l'altre —vaig dir.

—Una relació d'un a dos que correspon prou bé a una lògica d'evolució i de progrés —em va contestar—. Quant a la tercera nació, sorgida des del segon *sar* de la prehistòria, però encara comptada en nombre enter, es troba fora del perímetre històric i no pot pertànyer més que a la protohistòria.

Em sentia exhaust. Però, havia aconseguit dibuixar el panorama proposat per La Llista dels Reis durant els 108.000 anys que van precedir el Diluvi. El que col·locava el llistó en uns 120.000 anys dels nostres dies, amb l'aparició d'Homo Sapiens.

Vaig somriure feliç. Tenia davant dels meus ulls la cronologia de la història, des d'Adam fins a Noè i sentia un immens respecte pel senyor Contacte.

Bé! Ja podia dormir tranquil i preparar-me per tenir una bona conversa amb el meu misteriós amic. I aquesta vegada seria ben diferent.

No obstant això, quan arribava a casa vaig recordar que quedava una frase per analitzar: «Encara que, deu van ser els patriarques». Ostres! La meva entrevista hauria d'esperar una mica més.

15.- LA LLISTA DELS PATRIARQUES

Em vaig estimar més no tornar a molestar Anna Isabel i cercar estudis que es referissin a ambdues civilitzacions. Vaig descobrir que l'arqueologia demostrava que els primers capítols del Gènesi van beure de les fonts de Mesopotàmia. La Bíblia i la tradició sumèria tenen un fons comú, aplicant-hi una anàlisi de sistemes narratius simètrics.

Després d'aplicar el sistema al capítol 5 del Gènesi, totalment consagrat a la família d'Adam, em vaig adonar que tenia la mateixa disposició que la Llista dels Reis Sumeris. La genealogia des d'Adam fins a Noè, coneguda sota el nom de La *Llista de Patriarques*, podia superposar-se amb la sumèria.

1   *Adam*
2   *Set*
3   *Enós*
4   *Cainan*
5   *Mahalaleel*
6   *Jared*

7   *Enoc*
8   *Matusalem*
9   *Lamek*
10 *Noè*

Dels deu, quatre els coneixia: Adam, per ser el primer; Enoc, per haver llegit el seu famós llibre; Matusalem, símbol de longevitat; i Noè, per causa de l'arca i del Diluvi. Els altres... ni em sonaven.

Durant mil·lennis tota aquesta història havia format part de la tradició oral que les tribus nòmades del Pròxim Orient es transmetien de pare a fill. Però, què va poder succeir quan van decidir donar-li forma literària? Forçosament van utilitzar l'estil d'aquell moment i van mirar d'atorgar-li un matís més ric i literari, perquè mantenir viu un relat és un treball que ocupa generacions senceres. Més tenint en compte que cadascuna té la seva idea del passat. que interpreta i comenta segons l'època i que acaba adaptant-ho a l'esperit del seu temps. De manera que, difícilment, el relat escrit era el reflex exacte del relat original. El meu raonament estava d'acord amb la Traducció Ecumènica de la Bíblia, que diu en la seva Introducció al Gènesi: «Els progressos de l'arqueologia revelen... que els escriptors que van posar a punt i van revisar els primers capítols del Gènesi no van ser simples copistes, sinó que van adaptar les seves fonts i les van refer d'acord amb les tradicions del seu poble».

Em semblava prou evident que cada autor havia aportat el seu granet de sorra i que els dipòsits s'acumulaven en estrats, tal com revelava l'anàlisi literària. Vaig identificar així les tres capes que formen el Gènesi; tres tradicions que s'havien amalgamat al llarg dels segles.

La primera, anomenada Yahvista, magnificava el Senyor. En la segona, Elohista, més sòbria, menys optimista, Déu es fa més distant. Però era la versió Sacerdotal la que formava el marc del relat. Amb ella, la història arrenca amb l'origen del món, de la vida i de la humanitat, «mascle i femella», i ho repeteix amb insistència.

Em vaig quedar meravellat en veure que des de l'Homo Sapiens fins a la invenció de l'agricultura i la civilització urbana els mil·lennis es van succeir i les generacions es van multiplicar. No obstant això, la llista de patriarques només comptava deu generacions. Si sumava els anys de cadascuna de les dinasties, tenint en compte que era l'edat atribuïda als patriarques, el total resultava ridícul.

Llavors, després de l'experiència extreta de la llista de reis sumeris, em vaig dir: «Heus aquí, precisament el càlcul que no haig de fer i l'error que no he de cometre». La font del redactor de la Bíblia va ser la mateixa de l'escriba sumeri. Tanmateix, no podia parlar de ciutats i de regnes a uns pobres pastors que vivien sota una tenda i que mai no havien vist res que no fossin els llocs on pasturaven els seus ramats i per a qui *setanta vegades set* representava un nombre impensable. El redactor de la Bíblia va variar el llenguatge i el va adaptar als que l'escoltaven i va escollir homes notables perquè fossin els patriarques, als que va dotar de longevitats prodigioses.

Jo no podia cometre un error tan groller. Els patriarques i reis simbolitzaven èpoques i les longevitats constituïen una forma d'establir llargs períodes de temps. La intenció de la llista bíblica no va ser cronològica, sinó genealògica. Llavors em vaig dir: «Si ambdues llistes expliquen la mateixa història, els patriarques d'una haurien de trobar-se a l'altra».

Vaig prendre la taula que havia construït amb els reis sumeris. A la part alta del quadre sumeri establert a la Taula 1 havia d'inscriure, evidentment, el nom d'Adam. El primer de tots.

El comentador del Gènesi diu, respecte a la família de Set, que es tractava «probablement de nòmades anomenats Sutu en els textos cuneïformes». Van ser els que van marxar a la conquesta de Pangea, els fills d'Adam que encarnaven el nomadisme. Era lògic, per tant, associar el nom de Set a l'aparició de la segona nació.

El Gènesi (4,26) diu que amb Enós «comencem a invocar el nom del Senyor». Amb l'aparició dels pobles i de la societat sedentària van començar a buscar un sentit a les coses, als éssers i a la seva relació amb l'univers. La filosofia, la recerca metafísica i el sentit de l'absolut van treure la humanitat de la prehistòria. Va ser l'aparició de la Tercera nació, del tercer estadi de la humanitat.

A continuació, el següent punt de referència per establir la continuïtat reposava en el constructor de la primera ciutat, que saltava de l'estadi de poble a urbs. I amb l'aparició de la ciutat s'obria la civilització urbana, la cultura i el que anomenava perímetre històric, que arrencava on l'escriba va deixar de comptar en nombre enter de *sar*. Per tant, Caín podia correspondre, perfectament, al període en què va sorgir la quarta nació, el quart estadi de la humanitat.

Vaig seguir a poc a poc, meravellat. Caín conreava la terra i després va fundar una nació. La Bíblia subratlla aquest fet. L'agricultura, doncs, va aparèixer amb la tercera nació i Caín esdevingué el pont entre l'agricultura i la cultura, entre la tercera i la quarta nació.

Finalment, des de Cainàn, el quart de la llista, fins a Noè, el desè, quedaven cinc patriarques més que conduïen fins al desastre final: el gran cataclisme.

De sobte vaig tenir un pensament fugaç. El senyor Contacte m'havia parlat de saber, no de saber res en concret. I és gràcies al fet de saber que l'ésser humà evoluciona. Era aquí, on em dirigia, cap a un nou estadi de l'evolució. Potser per aquesta raó el senyor Contacte m'havia demanat en la nostra primera trobada si pretenia convertir-me en un profeta. És absurd erigir-se en profeta, perquè és a través de la contemplació del passat que podré entreveure el futur.

I en aquest punt em vaig connectar a Internet i vaig introduir un asterisc en el meu Web.

138

16.- L'EQUACIÓ TROPICAL

Vaig arribar al vestíbul de l'Escola d'Enginyers de la Universitat Politècnica de Barcelona uns minuts abans de l'hora prevista i vaig somriure en recordar vells temps, quan allà hi havia un camió Pegaso obert per la meitat i mostrant impúdicament totes les seves interioritats, mentre jo, el dia que em vaig matricular de primer curs, el contemplava embadalit imaginant-me que algun dia, en aquella escola, aprendria a construir aquella meravella de la tècnica.

Feia un parell de dies que havia rebut la trucada del senyor Contacte i, en aquesta ocasió, estava convençut que li havia guanyat la partida. Va ser increïble. Just en arribar al portal on tinc el meu despatx, vaig veure un home damunt d'una escala de mà que manipulava la caixa dels telèfons. Li vaig demanar si hi havia algun problema i em va respondre que només era una avaria

Quan entrava al despatx, sonà el telèfon. Era el senyor Contacte. Li vaig fer cin cèntims de les meves investigacions i em va citar dos dies més tard, a la plaça Urquinaona.

Ens acomiadem i ja era a punt de penjar el telèfon quan

vaig tenir la inspiració.

—Hi ha una cosa més —li vaig dir, abans que pogués tallar la conversa—. Ja sé com s'ho maneguen perquè no quedi rastre de les trucades.

—Ah, sí! —el vaig sentir força interessat.

—El seu home és a baix, manipulant la caixa de telèfons —li vaig explicar—. I he parlat amb ell.

—I què li ha dit? —va preguntar més que sorprès.

—No ha calgut que em digués res. He lligat caps i he descobert que el sistema és molt simple —li vaig explicar—. Es desconnecten els fils del meu telèfon i es connecten a un telèfon mòbil, que fa de centraleta. D'aquesta manera el telèfon que hi ha damunt la meva taula es converteix en un terminal de la improvisada centraleta. Vostè truca al telèfon mòbil del seu company, que em truca a mi com si es tractés d'un telèfon interior. Quan despenjo, ell ens posa en comunicació. Així, resulta evident, que cap central de telèfons no pot registrar cap trucada al meu telèfon, perquè mai no s'ha produït. Els fils del meu telèfon no estan connectats a la xarxa.

—Té vostè una imaginació portentosa. Absolutament fora de normes —el vaig sentir dir, com si medités—. No ens hem equivocat. Vostè és la persona que buscàvem.

—Com diu? Que vostès em buscaven? Per què?

—En comptes de veure'ns a la plaça Urquinaona, millor vingui al vestíbul de l'Escola d'Enginyers de la Universitat Politècnica de Barcelona —va dir, tot canviant el to.

—Un moment. No ha contestat la meva pregunta.

—Allò que hagi de saber, ja ho sabrà quan arribi el moment —va fer, i va penjar.

Vaig sortir del despatx, vaig baixar les escales i vaig buscar al suposat tècnic, però havia desaparegut. Segurament el senyor Contacte l'havia avisat.

I allà era jo, enmig del vestíbul de l'Escola d'Enginyers,

somrient, feliç i satisfet per la meva actuació.

—Crec que vostè em busca a mi —vaig sentir que deia una veu darrere meu.

Em vaig girar i em vaig trobar amb un home d'uns quaranta-cinc anys, prim i desmanegat, moreno, amb el cabell despentinat, ulleres i una bata blanca oberta.

—Perdó?

—Sóc el nou senyor Contacte.

El vaig mirar fit a fit i vaig descobrir l'etiqueta que duia penjada a la butxaca superior de la bata: J. Planes. Si més no, en aquesta ocasió, el senyor Contacte tenia nom i cognom.

—La J significa Josep o Joan? —vaig preguntar.

—Jacint, com el mossèn —em va contestar.

—Quin mossèn?

—Mossèn Cinto Verdaguer —va fer, i em va dedicar un ampli somriure.

«Ostres! Aquesta vegada el senyor Contacte ens ha sortit simpàtic», vaig pensar.

—Parlarem més tranquil·lament dalt, al despatx —em va dir, i em va indicar el camí dels ascensors.

Quin personatge! Amb la seva triomfal presentació ja m'havia deixat fora de combat. Si aquell era el nou senyor Contacte... La veritat: jo m'estimava més qualsevol dels dos anteriors i, si em deixessin escollir, triaria l'original.

El vaig seguir. Feia una bona colla d'anys que no entrava a l'escola d'enginyers de la UPB. Em va fer gràcia comprovar que, encara que els ascensors seguien al mateix lloc, no eren els mateixos. Els havien canviat. I es notava. Anaven més de pressa i l'aturada era més suau. Un altre detall era que els llargs corredors dels finestrals també havien desaparegut i aprofitaven fins a l'últim racó. Les necessitats creixen i l'espai no és elàstic.

Un cop a dalt, el meu mossèn Cinto es va aturar davant d'una porta on es llegia un rètol que deia: Química Inorgànica. Allò em portava molts i molt bons records.

—Posi's aquesta polsera, si us plau —em va dir, alhora

141

que m'allargava una anella metàl·lica—. És un nou sistema de control de presència que estem experimentant —em va explicar —. La meva és de professor —es va apujar la màniga i me la va mostrar—. La seva, de convidat.

Me la vaig posar. Llavors, va obrir la porta i em va convidar a entrar. Vaig aixecar la mirada i vaig sentir un lleuger mareig que em va obligar a recolzar-me a la porta.

—Es troba bé? —em va preguntar Planes.

—No sé què m'ha passat —vaig dir, aclucant els ulls.

—Respiri fondo —em va aconsellar, i em va agafar pel braç—. Potser és sensible a algun dels reactius.

El mareig va desaparèixer amb un parell de respiracions i més refet, vaig entrar a l'estança. El laboratori de química inorgànica no havia canviat massa en tots aquells anys. Les superfícies de treball, les piques, les aixetes, les entrades de gas per als encenedors Bunsen, les prestatgeries farcides de reactius...

En va conduir fins al despatx envidrat del fons del laboratori. Vam entrar-hi i va tancar la porta. Es tractava d'un despatx típic d'escola d'enginyers: impersonal, ple de papers i carpetes i amb un desordre ordenat. Hi havia un escriptori i una taula rodona amb muntanyes d'informes i estudis i quatre cadires que es notava que havien estat rescatades o robades d'altres departaments, perquè ni una era igual. Em va convidar a seure en una de les cadires, just la que tènia al davant una carpeta negra com la que jo duia a les mans.

—No disposo de gaire temps —va dir mentre s'asseia i em demanava amb la mà que li entregués la meva carpeta—. Aquesta, la que té al davant, és per a vostè.

—M'ho imaginava —vaig respondre.

La vaig agafar i per un instant vaig sentir la temptació de llençar-se-la damunt perquè la toqués.

—Perdoni —va dir i, davant la meva sorpresa, va agafar la carpeta de les meves mans, la va obrir, va mirar al seu interior, la va tancar i me la va tornar—. Pensava que m'havia oblidat alguna cosa, però no.

Aquell home acabava de trencar-me tots els esquemes. Per primera vegada un d'ells tocava la carpeta. Li vaig mirar les mans, no fos que portés guants quirúrgics. No en duia.

—El senyor Contacte m'ha dit que és vostè especial, que ha anat molt més enllà del que esperava i a una velocitat impressionant —va dir i em mirà com a una bestiola rara.

Em vaig sentir analitzat de cap a peus.

—Abans m'ha dit que vostè era el senyor Contacte. Quants senyors Contacte hi ha?

—Els que calgui. Jo sóc el nou. Comprèn? L'altre és l'antic —va respondre, i va deixar anar una rialleta divertida—. Bé! Anem al gra. A partir d'ara les coses es compliquen una mica i haurem de donar-li més d'un cop de mà. Fins al present, vostè ha seguit el camí de les llegendes i dels textos antics. No obstant això, ara, cal ficar-se en altres terrenys. Li prego que em dediqui tota la seva atenció, perquè, per poder acceptar el que segueix, més que imaginació i més que fe, necessitarà una bona dosi d'humilitat.

—El senyor Contacte, l'antic, em va prometre que em donarien un cop de mà i al final sóc jo qui ho ha fet tot. Si es tracta de la mateixa mà, començo a tremolar.

—Havíem d'assegurar-nos que vostè era digne de conèixer —em va respondre.

—De conèixer què o a qui?

—De conèixer! —va exclamar, estranyat— Tant és! —va dir, fent un gest amb la mà, com si espantés un fantasma, i va prosseguir—: Vostè centri's en el que ara li explicaré i no perdi detall, perquè haurà d'admetre la idea de l'existència de qualsevulla possibilitat. Fins i tot d'una tecnologia punta en un període que sempre ha qualificat de prehistòric, amb totes les connotacions que aquest epítet comporta: pells, cavernes, grunyits... Comprèn? I no li resultarà senzill. La nostra arrogància, la dels científics actuals, és àmpliament coneguda. Pot vostè prendre nota de tot el que vulgui.

—Ningú no em va advertir que hauria de prendre apunts —vaig respondre.

—Si obre la carpeta, trobarà uns fulls en blanc.

Vaig obrir la carpeta i els vaig trobar. Estaven separats de la resta, que en aquesta ocasió eren uns quants.

—Sento l'enrenou que significa, però he de recordar-li que ens ha de tornar tots els fulls. De manera que, quan arribi a casa seva, si desitja conservar els seus apunts, haurà de transcriure'ls a altres fulls —em va informar.

—M'ho han recordat cada vegada, però jo no he vist que en cap moment comprovin el contingut de la carpeta que els torno —li vaig contestar.

—S'arriscaria a perdre-ho tot només per la satisfacció de posar-nos a prova? —va replicar.

Vaig agafar l'estilogràfica de la butxaca, li vaig treure el caputxó i vaig fer una ratlla per comprovar que funcionava. M'havia quedat sense tinta i no disposava de recanvis. Vaig fer un cop d'ull a la taula i vaig prendre un bolígraf platejat. Era molt bonic i a més a més funcionava.

—Molt bé! —va exclamar—. Veurà: hi ha un bon nombre de treballs que han fet un inventari dels artefactes i altres objectes inesperats que s'han trobat en diverses excavacions. No obstant això, a la vista de l'escassa importància que se'ls ha concedit, sembla que els científics en general no sentim gaire atracció per aquestes curiositats. Fa tota la fila que no ens preocupa en absolut la seva presència en un context que és estrany a la tècnica. El títol d'un d'aquests treballs, *No som els primers*, resumeix una situació que gairebé juraríem que atempta contra el nostre orgull.

—Els vestigis dels extraterrestres? —vaig preguntar.

—Extraterrestres? Bajanades! —va fer.

En aquell instant es va obrir la porta i un estudiant va entrar sense demanar permís, es va dirigir a l'escriptori, va prendre uns documents i va sortir sense badar boca.

—No els faci cas. Avui dia, les coses són així —m'explicà

144

el senyor Planes, traient-li importància al fet.

—Juraria que ni ens ha vist.

—Anem al gra, que no disposo de gaire temps —va dir, donant per tancada la qüestió—. Vostè volia saber. No obstant això, per saber, primer cal acceptar que no sap. I per això es necessita una ment ben oberta, sense cap condicionant: ni moral ni religiós ni intel·lectual ni cultural ni res de res.

—Entesos —vaig assentir.

—Magnífic! —va dir, fregant-se les mans—. Som ben pocs els que estem disposats a reconsiderar la història anterior a la Història. M'explico amb claredat? —va preguntar, es va aturar un instant, va aixecar les celles i, sense deixar que respongués, va prosseguir—: Els cent últims anys han estat tan pròdigs en invencions i descobriments que vivim convençuts que res del que ara ens meravella no va poder existir mai. I, no obstant això, sabem que la nostra capacitat mental, la de l'ésser humà, existeix des de fa ni més ni menys que 120.000 anys —va explicar d'una tirada, gairebé sense respirar.

—Pot anar més a poc a poc? —vaig pregar. Necessitava prendre notes.

—Per descomptat. Perdoni, perdoni —va dir, i va respirar fondo—. Hi ha coses que m'entusiasmen fins a tal extrem que perdo el món de vista.

Era un tipus tan estrany que bé podien haver-lo tret d'una comèdia. Em podia petar de riure només imaginant-lo amb els seus alumnes. Segur que començava parlant de química i podia acabar filosofant sobre l'essència de l'ésser.

—Em meravello de veure que entre el punxó de l'escriba sumeri que enregistra el primer signe cuneïforme damunt d'una tala d'argila, i la bota d'Armstrong que deixa la seva petjada damunt el pols lunar, el recorregut és prodigiós. En només sis mil anys! —va recitar, gairebé com una oració. De sobte va obrir els ulls i em va mirar fixament—. ¿I em creuré que en els vint-i-un mil·lennis anteriors, entre la construcció de la primera ciutat pangeana i el Gran Cataclisme els meus avantpassats no van ser capaços de res més que no fos conrear la terra i caçar? Puc realment imaginar que res del que he fet en l'últim segle va poder fer-se llavors? En altres paraules: ¿Haig d'acceptar un entumiment perpetu i persistent de la imaginació creadora de la meva espècie? Seria tant com creure'm al capdamunt de la gran piràmide del coneixement i, en conseqüència, caure a l'abisme de la ceguesa. No està d'acord amb mi?

Aaquell home estava com una regadora. De sobte s'havia quedat com una estàtua, mirant-me fixament.

—Ho sento, però no puc respondre la seva pregunta. La seva capacitat verbal excedeix la meva capacitat de comprensió i de prendre notes —em vaig queixar.

—Ja torno a cantar més de pressa del que va la música —va dir, i a mi aquella frase em va sonar—. Li posaré un exemple. Força especialistes, eminents homes dedicats a l'estudi de la història de l'evolució de les societats, viuen persuadits que els antics concebien la Terra plana i quadrada, situada al centre de l'univers i amb una edat d'alguns milers d'anys. No obstant això, per mi, un plantejament com aquest, és una manifestació d'incultura. Sòcrates i Pitàgores ja sabien que la Terra és rodona. Els Xinesos ja ho deien fa més de tres mil anys i Chang Heng, en el primer segle de la nostra era, fins i tot citava la inflor austral: «la Terra és un ou l'eix del qual despunta cap a l'estrella Polar». Se n'adona? Surya Siddhârta li calculava un diàmetre prou precís, Rig Véda donava la seva composició interna i el tercer llibre de Maha-Bharata ens ha revelat la seva edat: 4.320 milions d'anys.

—Aquesta xifra està molt pròxima a la calculada pels homes de ciència actuals —em vaig sorprendre.

—Bravo! —va cridar i va aplaudir.

Vaig mirar cap al laboratori. Sortosament no hi havia ningú. L'estudiant que havia entrat al despatx se n'havia anat.

—Paga la pena subratllar aquesta xifra, perquè mentre ens felicitem pel descobriment d'isòtops radioactius la desintegració dels quals ens permet avui fixar per fi l'edat de la

Terra sobre uns 4.600 milions d'anys, resulta que ells ja havien donat una xifra de 4.320 milions d'anys. Una coincidència més que notable. No creu? No obstant això, sembla que ens ha passat inadvertida. Com van aconseguir, aquella gent, calcular l'edat de la Terra en 4.320 milions d'anys? Només 280 milions de diferència! Fins i tot gosaria dubtar de qui té raó: Ells o nosaltres?

No vaig saber què respondre. A més a més, estava massa ocupat prenent notes. Però sí que em vaig adonar que 4320 és múltiple de 60. És a dir: estava calculat en base sexadecimal.

—Que haguem ignorat l'obra més important de tota la literatura hindú i possiblement del món sencer, tampoc sembla sorprendre ningú. Total, només és un conte èpic i colossal de cent vint mil versicles repartits en dinou llibres. Però poètica, al cap i a la fi —va seguir amb la mateixa grandiloqüència, gesticulant— En canvi, si la determinació de les dates és conseqüència de la utilització d'isòtops radioactius... Ah! Llavors, ja és una altra cosa. Perquè ho diu un aparell i no un llibre que forma part de la mitologia universal. No obstant això, si ells van ser capaços de saber tot el que sabien, i que coincideix amb el que avui hem descobert gràcies a la tècnica, he d'admetre l'existència d'un rellotge estratigràfic antediluvià i d'una tecnologia punta prehistòrica. No està d'acord amb mi?

—Si és així, és molt probable que tingui raó —vaig respondre.

—I és clar que la tinc! —va exclamar, aixecant les mans amb els dits ben oberts—. Pangea, amb la seva cronologia antediluviana, deixà molt més temps a la intel·ligència per poder crear, posar a punt i perfeccionar una tecnologia punta igual, o superior, a l'actual, però que partia de premisses diferents —va fer, de sobte, i a mi no se'm va escapar que el seu llenguatge havia variat sensiblement.

Parlava amb un to que donava peu a entendre que ell era l'univers sencer. Em va semblar d'una pedanteria increïble.

—Nascuda amb el carbó, la tecnologia actual només viu

amb els ulls posats en el petroli, dues energies fòssils, mortes. La meva incursió en el terreny nuclear té el mateix regust de cendres: la fissió o mort d'un nucli atòmic. Tal com van les coses, i tot i l'orgull que sento davant dels meus progressos tècnics i científics, jo, l'home actual, corro el risc de passar a la història com la civilització més necròfaga de tots els temps. No faig res més que manipular cadàvers i restes fòssils: carbó, petroli, fissió nuclear...

Em vaig quedar mirant-lo.

—Bé! —va cridar, i es va posar dempeus.

Va començar a caminar pel despatx, pel poc que quedava d'espai lliure, amb les mans a l'esquena.

—Pangea sabia què és la ciència, havia après a utilitzar conceptes abstractes, dominava molts coneixements i la natura, des de l'inici, traçava la línia mestra marcada per les energies inesgotables i netes, fonts de la vida sobre la Terra: l'aigua i el Sol. Aquesta realitat, aplegada a l'experiència actual sobre el progrés tecnològic, ens permet imaginar l'evolució de la societat pangeana —es va aturar, em va mirar, em va assenyalar amb el dit i va dir—: No ho dubti —va assentir lentament, va tornar a creuar les mans a l'esquena, va arrencar novament a caminar i va prosseguir amb el seu discurs—. La civilització urbana contribuí decisivament al desenvolupament de la raça humana. L'Homo Sapiens esdevingué doblement Sapiens: conscient de la seva capacitat per pensar, consagrà la major part del temps a l'exercici d'aquesta facultat. L'oci, considerat des de fa temps com una patent de la intel·ligència, es va fer virtut cívica. Concediren prioritat a les arts, les ciències, la dialèctica i els canvis. Les ciutats assenyalaren el triomf del sedentarisme. Les caravanes solcaren els camins. Ja disposaven de mapes! —va estavellar el puny contra la superfície de la taula.

Sortosament tampoc no hi havia ningú al laboratori.

—Neix el comerç i es practica obertament l'intercanvi d'idees. És el moment de les grans expedicions, de les temptatives de circumnavegació. Envien vaixells i més vaixells per explorar el que hi ha més enllà de les aigües. Apareixen milers de Cristòfol Colom que solquen l'oceà —va dir, passejant-se amunt i avall pel despatx. Es va aturar de nou i va somriure —. No obstant això, el dia que confirmaren que estaven sols damunt del planeta, que no hi havia més terra a l'altre costat de l'oceà, s'oblidaren de les grans aigües, assimilant-les al caos i al buit. Tota la seva atenció se centrà en la gran illa per aconseguir el fi suprem de l'evolució: la societat única, humana i planetària. Entre les ciutats, les nacions i els imperis s'establiren lligams cada cop més estrets. Astronomia, matemàtiques, física, química... tot progressà i es difongué. Però les distàncies eren un fre per la comunicació. No és la mateixa conclusió a què ha arribat vostè?

—Això sembla —vaig assentir. Qui gosava contradir-lo!

—Va ser un element simple, abundant i a l'abast de la mà, que proporcionà el gran primer pas tecnològic. El gran salt de la humanitat! —va fer un curt silenci i els seus ulls es van engrandir com si estigués presenciant l'escena—: Van descobrir que la canya de sucre, aquest vegetal que trobaven a qualsevol racó, era el resultat de l'equació tropical.

Aquell home era tot un poema. Va prendre un full de paper i va gargotejar:

Energia vital = sol + aigua

—Aquesta equació, fins aleshores ignorada, obrí les portes de tot un univers. Havien utilitzat la canya de sucre per escalfar les cabanyes, després havien bullit la seva tija a la marmita per omplir els estómacs i, més tard, havien passat a alimentar les seves primeres calderes tèrmiques, encara elementals. Fins que van descobrir el sucre i van extraure el primer carburant: l'etanol. La motorització dels transports va començar aquí. Amb aquest descobriment, l'agroquímica fa la seva espectacular entrada i reforça un programa terriblement seductor i ambiciós: fabricar carburant a partir de fruits, a partir de tubercles i fins i tot de cereals —va aclucar els ulls i va tancar els punys amb energia—. Quina meravella! El jardí tropical pangeà era un immens dipòsit d'energia acumulada en els vegetals per la fotosíntesi: l'energia solar. I aquesta és il·limitada! El Sol sempre és present —va obrir els ulls i es va acostar fins gairebé fregar-me.

Allò era una representació teatral com feia molts anys que no en presenciava cap. Un monòleg que ja hauria volgut Hamlet per a ell. Increïble!

—A partir d'aquest mateix instant van dedicar tot el seu interès i tot el seu enginy a comprendre com actua aquesta energia i com dominar-la. L'aventura s'inicià d'una forma molt discreta, amb aplicacions domèstiques puntuals: acumulació d'aigua calenta, bombes d'irrigació, bótes de dessalatge d'aigües salobres... Comoditats molt útils, per cert, però ben lluny de les possibilitats que oferia la força que les alimentava. La gran aposta va ser la producció de vapor d'aigua en quantitats suficients com per generar electricitat. Les calderes de les primeres centrals roncaren gràcies a la fotosíntesi. Acabaven de fer un altre salt espectacular —va fer un nou silenci.

Havia de ser tot un espectacle assistir a les seves classes. Juro que jo pagaria entrada per assistir-hi.

—Puc arribar a suprimir la baula intermèdia i extreure l'energia directament de l'equació tropical? Seria tant com dir que la meva equació tropical es converteix en...

I va escriure en el seu full de paper:

Font d'energia = sol + aigua

—Ah! Si trobaven la solució podrien crear una nova font d'energia basada únicament en dos elements: el Sol i l'aigua. El repte era magnífic.

Em va mirar fixament i somrigué.

—La concentració de raigs solars produeix calor en quantitats increïbles. Van dirigir els raigs de Sol cap a un espai molt petit per medi d'un mirall parabòlic i van produir temperatures molt altes. Oh! És el principi del forn solar. Se n'adona del fàcil que resulta tot? Aviat aparegueren centrals-mirall que seguien el curs del Sol i concentraven els seus raigs en un forn on l'aigua esdevenia vapor. Un bescanviador, una turbina, un alternador i... Ja està! El cercle es tancà. Únicament aigua i Sol. A partir d'aquell instant, els salts van ser progressius, continus i absolutament espectaculars. Se n'adona del fàcil que resulta tot?

La porta del laboratori s'obrí i va entrar un grup d'alumnes.

—Oh! Se m'ha acabat el temps —va dir, em va agafar pel braç i em va obligar a aixecar-me—. No es deixi cap paper ni res de res.

Literalment em va empènyer fins a la porta, passant de pressa per davant dels alumnes, als que ni tal sols va saludar. Jo sí que vaig dir bona tarda, però ningú no em va respondre.

—Quan podem veure'ns novament? Queden moltes coses per aclarir —li vaig dir.

—No pas tantes —em va respondre, arrufant els llavis i negant amb el cap—. Bàsicament l'hi he explicat tot i la resta ho trobarà a la carpeta —va obrir la porta, va fer un cop d'ull. No hi havia ningú. Llavors em va empènyer fora—. Ah, la polsera! —va exclamar i em va indicar el canell.

Me la vaig treure, me la va arrabassar de la mà i em va donar amb la porta als nassos. Vist i no vist.

De sobte vaig tornar a sentir la sensació de mareig que m'havia assaltat en entrar. Vaig respirar fondo un parell de vegades i la sensació va desaparèixer. «M'ha fet fora!», vaig exclamar al meu interior, completament desconcertat. Vaig caminar unes passes i em vaig creuar amb una dona d'uns trenta i pocs anys que es dirigia cap a la porta del laboratori.

Vaig arribar als ascensors. Em sentia perplex i em vaig adonar que m'havia quedat amb el bolígraf. Aquell boig no m'havia deixat temps de res. Es tractava d'un bolígraf d'argent, de qualitat. No podia quedar-me'l, encara que aquell maleducat s'ho mereixia. De manera que, vaig desfer el camí, vaig obrir la porta del laboratori i vaig entrar amb una certa timidesa. Alguns alumnes em van mirar. «Sembla que alguna cosa ha canviat», vaig pensar, perquè, si més no, algú s'adonava de la meva existència.

La dona que havia entrat va venir cap a mi cordant-se una bata blanca.

—Busca algú? —va preguntar.

—El senyor Planes.

—Voldrà dir la senyora Planes —va fer, somrient.

—No. Jacint Planes —vaig aclarir.

Ella es va tombar cap als alumnes.

—Jacint Planes? —va preguntar en veu alta.

Van sonar algunes rialles.

—No és cap alumne —vaig dir, un xic incòmode—. És el professor que ocupa el despatx del fons.

—Aquell és el meu despatx, el meu nom és Júlia Planes i, com pot veure, no sóc cap senyor —em va respondre.

Ostres! Lluïa la mateixa bata, amb la mateixa etiqueta, que l'home amb qui havia parlat: J. Planes. Encara que a ella li estava molt millor i les mànigues eren de la seva mida.

—És alt i prim —vaig explicar—. Moreno, amb el cabell esvalotat. Segurament l'ha vist perquè no fa ni un minut que ens hem acomiadat a la porta. Fins i tot recordo que aquests dos nois no s'han mogut d'aquí —vaig assenyalar dos alumnes—. Ells ens han vist.

Ella es va girar cap als dos alumnes i els va interrogar amb la mirada, però ells van negar amb el cap.

—No hi havia ningú quan hem arribat —va dir un d'ells.

—Com que no hi havia ningú! —vaig exclamar—. Hem passat per davant vostre, camí de la porta i us he dit bona tarda.

—Potser heu vist un fantasma alt i prim en companyia d'aquest senyor? —va preguntar ella.

Aquesta vegada les riallades van ser més sonores i jo em

152

vaig sentir ridícul. Aquella dona semblava sincera i els dos alumnes, també.

—Perdoni la meva insistència. Potser hi ha una altra porta de sortida? —encara vaig gosar preguntar.

—No. Aquesta és l'única.

Em vaig fregar el front desconcertat.

—Es troba bé? —em va preguntar.

La meva cara devia ser tot un poema.

—Juro per totes les forces de l'univers que jo he estat en aquest despatx no fa ni dos minuts —vaig dir amb veu baixa, i vaig aixecar la mà sostenint el bolígraf i assenyalant amb l'altra cap al despatx.

—És igual que el meu —va dir ella, mentre em dirigia una mirada sorpresa.

—I si fos el seu? Llavors, em creuria?

Tots els alumnes ens miraven.

—Què? Comencem o anem a prendre un cafè? —va fer la senyora Planes.

Es va escoltar un murmuri general i els flascons de reactius van abandonar les prestatgeries per situar-se damunt les superfícies de treball, mentre s'encenien els Bunsen i les carpetes d'apunts descobrien els secrets agafats a classe.

—Acompanyi'm, si us plau —em va pregar la professora.

La vaig seguir fins al despatx. Ella va cercar damunt la taula, just al mateix lloc on jo havia trobat el seu bolígraf.

—És seu. No ho dubti —vaig dir—. M'he quedat sense tinta a la meva ploma i l'he agafat de damunt d'aquesta taula.

—Què feia vostè al meu despatx? —em va preguntar, enutjada—. Ningú no hi pot entrar sense permís.

—No he entrat sense permís. L'home que estava amb mi me l'ha donat —li vaig explicar.

—Si ha agafat alguna cosa d'aquest despatx es pot ficar en un bon embolic —va dir ella, i va començar a aixecar papers i carpetes per comprovar que no hi faltava res.

—Li juro pel més sagrat d'aquest món que l'única cosa

que he agafat és el bolígraf i que ara mateix l'hi torno —vaig respondre i vaig dipositar tímidament el bolígraf damunt la taula, en la mateixa posició que l'havia trobat.

Ella continuava passejant la mirada pels documents i em vaig adonar que estava a punt de ficar-me en un bon embolic.

Què podia explicar-li? Que anava darrere CCU, que havia tingut entrevistes amb gent ben estranya, que Phaeton va ser real, que...? I què més? M'hauria pres per un boig o per un idiota.

Em vaig disculpar el millor que vaig saber, encara que per la seva cara vaig deduir que no s'empassava ni una sola de les meves paraules, vaig respirar fondo i vaig abandonar aquell lloc el més ràpid que vaig poder.

17.- LA SOLUCIÓ H$_2$O

Vaig explicar Irene la aventura a l'escola d'enginyers. En acabar el meu relat, s'havia quedat bocabadada.

—Et juro que no ho he somiat —li vaig dir—. Jo he estat en aquell despatx. La prova és el bolígraf. I he parlat amb el nou senyor Contacte, es digui Planes o no. La prova és la carpeta que tinc al meu poder. No sóc el boig de «Una ment meravellosa» —vaig dir, recordant la pel·lícula protagonitzada per Russell Crowe.

—Ell és molt més maco que tu —em va somriure.

—Em creus?

—Doncs, i és clar, que et crec! Ni tan sols una ment meravellosa seria capaç d'inventar una cosa així..

L'endemà, des del despatx, vaig trucar el meu amic de la companyia telefònica per saber si algun tècnic havia vingut per reparar una avaria a l'escala. Vaig haver d'insistir i apel·lar a la nostra vella amistat, a més a més de prometre-li que li pagaria un bon dinar. Em va trucar una hora més tard. El veí del tercer segona havia tingut un problema amb la línia.

Em vaig sentir ensorrat. La meva explicació sobre la improvisada centraleta i tota la pesca, només era fruit de la meva «portentosa imaginació».

Vaig agafar la carpeta i la vaig examinar amb atenció. Li vaig donar voltes i més voltes, vaig fer un cop d'ull als seus cantells, la vaig palpar pertot arreu i la vaig posar horitzontal, davant dels meus ulls per corbar-la. En aquell precís instant va sonar el telèfon i jo vaig fer un bot a la cadira.

—Com es troba? —vaig escoltar que feia la veu del senyor Contacte. De l'original.

—Tan desconcertat que m'he plantejat seriosament abandonar i oblidar-me de vostès i de tota aquesta història de CCU —vaig dir sense rumiar-m'ho dues vegades.

—Seria una llàstima, quan ja ha fet la part més difícil —va replicar.

—Ja sé que puc perdre-ho tot, que me'n penediré, que mai més no podré localitzar-los, etcètera, etcètera, etcètera... Però, si no sé cap a on vaig, no vull seguir. Queda clar? No permetré que em tornin boig i, per altra banda, ja sóc una mica gran per anar fent el ridícul i jugant a les desaparicions a l'estil del mag Houdini..

—Ningú no pretén cap d'aquestes barbaritats —va dir, i pel to vaig deduir que somreia.

—Llavors, expliqui'm què va succeir ahir.

—Li vam fer una petita demostració.

—Demostració, de què? —vaig preguntar, completament desorientat.

—La seva explicació sobre com aconseguir que no quedi rastre d'una trucada, va ser fascinant. És la més senzilla que mai no he escoltat. Però, el més curiós, és que té una lògica indiscutible. Si jo li hagués dit que estava en un error, que nosaltres no actuem així, no m'hauria cregut. De manera que havia de mostrar-li fins on és possible arribar amb el poder de la ciència —em va contestar—. A partir d'ara entrarà en un terreny que requereix acceptar explicacions impossibles de creure. El que hem fet amb vostè, amb aquesta petita broma, és una mostra ínfima de les possibilitats que s'obren al futur de la humanitat.

—Vol dir que aquell parell de joves no han mentit quan van dir que no havien vist ningú, que no ens havien vist, al senyor Planes i a mi?

—Així és.

—Però vam ser allà. O no?

—Sí, però no en el mateix pla de vibració.

—Com diu?

—Encara és massa aviat com perquè li reveli segons quines coses. Li prego que no abandoni, que segueixi endavant, que obri la carpeta i que estudiï el seu contingut amb deteniment. No li demano que cregui sense més ni més. Només pretenc donar-li el que vostè em va demanar: saber.

—Perdoni, però no me'l crec —vaig dir—. Fa uns dies, en la nostra darrera conversa, em va dir que vostès m'havien buscat a mi. Jo li vaig demanar per què i no em va voler respondre. No pensa que necessito alguna cosa més per seguir creient en vostè? —vaig exclamar, enfadat.

Es va fer un silenci i vaig escoltar la seva respiració.

—Vostè guanya —va dir—. Volem que sigui el nostre Redactor Final.

I va penjar.

Em vaig quedar amb el telèfon a la mà, sense saber què fer. Respirava; d'això n'era conscient. La carpeta seguia davant meu; d'això també n'era conscient. El telèfon era a la meva mà; no en tenia cap dubte. Per tant, la conversa que acabava de tenir amb el senyor Contacte, amb l'original, havia estat real. O no? Vaig prémer el botó recuperador de trucades. Segons el meu telèfon, jo no havia rebut cap trucada.

L'INFORME PHAETON

La primera frase que vaig llegir als fulls que vaig treure de la carpeta deia:

L'aigua, amic meu!, va respondre el personatge creat per Jules Verne per la seva obra L'Illa Misteriosa, escrita el 1874.

Recordava perfectament l'obra, que guardava a la meva biblioteca particular. La vaig cercar i vaig rellegir el text. L'aigua! Aquesta seria la font energètica del futur, segons l'escriptor. I Jules Verne va morir amb una aurèola de visionari molt ben guanyada, a pols, després de meravellar-nos amb les seves projeccions del que podia ser, i ha estat en gran manera, el futur de la humanitat. Amb la seva portentosa imaginació (la seva sí que era portentosa de debò) ell va donar la volta al món en vuitanta dies, va viatjar a la Lluna i va tornar, es va submergir a les profunditats marines a bord del Nautilus, un enginy capaç de mesurar-se amb les balenes, i va crear un món de fantasia que ha esdevingut realitat.

Vaig continuar llegint els fulls que tenia a les mans. En ells s'explicava que nosaltres, els éssers humans que avui poblem la Terra, vivim lligats al petroli, perquè les regles econòmiques que hem creat així ens obliguen. Només per aquesta raó, per condicionants econòmics. No obstant això, hi havia una afirmació més que sorprenent: fa disset mil anys l'aigua ja era la font d'extracció d'energia per excel·lència.

De sobte em vaig adonar que aquell escrit utilitzava el mateix llenguatge que havia escoltat en llavis del nou senyor Contacte, d'aquell personatge desmanegat amb pinta de professor despistat que s'aixecava, gesticulava i adoptava mil cares diferents. Deia:

Jo, l'habitant de Pangea, observo l'univers, el planeta i la vida que cobeja. Perquè sento plaer en l'observació i he nascut per crear. Llavors

158

descobreixo que la vida i l'evolució sorgeixen quan està present un element increïble: l'aigua. Ella és la clau que obre la porta que separa la matèria inert de la matèria vivent; ella posseeix la propietat de dotar d'intel·ligència les molècules i ordenar-les; ella és el ciment que enganxa els maons, que són les cèl·lules, del nou edifici, que és l'organisme viu. Jo sóc, en la meva major part, aigua; el meu cos és aigua en les seves tres quartes parts; el meu planeta, encara que l'anomeni Terra, té la major part de la seva superfície coberta d'aigua; l'aigua regula la temperatura de la vida; l'aigua és el gran dissolvent... L'aigua! I aquesta energia vital, aquesta aigua tan abundosa, mai no s'exhaureix, sinó que es transforma, s'evapora, es parteix, es recombina, desapareix i apareix, però sempre torna a la terra. És com el Sol: inesgotable.

El que vaig llegir em va sorprendre per la força amb què estava escrit. Explicava que l'aigua és un còctel químic elemental: dos àtoms d'hidrogen per un d'oxigen (H_2O). Una combinació que penja d'un fil, d'un electró que realitza aquesta unió entre àtoms. Un simple electró que ho canvia tot. Dos gasos, l'hidrogen i l'oxigen, que, de sobte, es converteixen en un líquid extraordinari, capaç d'adoptar la forma de qualsevol recipient que el contingui, capaç de posar-se sobre qualsevulla superfície i mullar-la, capaç de dissoldre multitud d'elements, fins i tot metalls, capaç de perforar roques, capaç d'enfonsar-se a la terra, capaç de trobar camins gairebé on no n'hi ha, capaç de... l'inimaginable.

Aquest electró que uneix els àtoms per donar-li forma de molècula, crea uns llaços que es mantenen en constant tensió i que produeixen un equilibri que puc trencar per separar novament els gasos. L'hidrogen, aquest àtom que aporta el seu electró per unir-se a l'oxigen, és un gas extraordinari, extremadament discret, incolor i inodor; crema sense flama, produeix una quantitat de calor absolutament increïble, i no deixa residus tòxics. I per si fos poc, és la baula dèbil de la cadena que el lliga a l'oxigen per donar aigua.

La veritat és que la història que vaig llegir en aquells fulls resultava fascinant. Estava relatada com la gran aventura de tota la humanitat i, de sobte, a mesura que llegia, em vaig descobrir imaginàriament a Pangea, contemplant els nostres avantpassats que separaren oxigen i hidrogen pel primer procediment que se'ls va ocórrer: l'electròlisi. Resultava fàcil separar ambdós gasos amb energia elèctrica, però gastaven més energia en això que la que després obtindrien de la combustió de l'hidrogen.

Aquesta situació em recordava una altra ja viscuda dies enrere en una altra visió, també a Pangea, quan desitjaven disposar de carn i es van adonar que s'estaven convertint en esclaus dels animals. Tècnicament sempre hi ha una solució. I vaig veure que l'ésser humà tirava mà de l'observació, aquesta meravellosa arma que li havia permès arribar fins allà. Aigua i Sol... Sol i aigua... I entre ells? La natura, evidentment!

Sí, la solució tornava a confrontar aigua i Sol per provocar una reacció tèrmica, com en els processos anomenats de cicle tancat. Per tant, van recórrer a un procediment natural, a través de la fotosíntesi, amb la llum del Sol. Però una fotosíntesi, revisada i corregida per la química. És així com van descobrir que una alga blava, l'Anabæna cylindrica, situada en un medi químic adequat, produeix hidrogen a partir d'aigua i a partir de llum; d'altra banda, mitjançant un enzim generat per les plantes, també podien descompondre l'aigua per extreure'n l'hidrogen. Els mètodes no faltaren. Simplement, calia buscar la font inesgotable d'energia: el Sol.

Vaig respirar fondo i per un instant vaig abandonar les meves visions per tornar a la realitat del despatx. Em vaig aixecar i vaig caminar unes passes. Sent sincers, la producció industrial d'hidrogen resultaria un joc de nens comparada amb la immensa complexitat de la indústria petrolera. Les seves reserves, a cel obert, són gairebés il·limitades i el residu de la combustió d'aquest gas miracle és sempre... aigua. I el cicle recomença. El *cracking* l'assegurava el Sol i, a més a més, el subproducte no contaminant que resultava de l'operació era oxigen. Què més podien demanar?

L'únic problema seriós que es podia plantejar era el de l'emmagatzemamament de l'hidrogen, un producte molt volàtil, catorze vegades més lleuger que l'aire, en forma gasosa i que tendeix a escapar-se cap a les capes més altes de l'atmosfera.

No obstant això, van trobar una solució admirable: l'hidrogen en pols. O, més exactament, els hidrurs, que són uns compostos de metalls i d'hidrogen. Faig una barreja de pols de ferro i de titani, on fixo el gas hidrogen, el poso en tubs, els disposo com en una caldera i els escalfo lleugerament per alliberar hidrogen. Un procediment simple i pràctic, però que exigia un material pesat i enutjós, útil per centrals fixes, on la grandària i el pes de les calderes no importa, però no era el mateix en locomoció, excepte en grans vaixells.

Durant mil·lennis Pangea visqué d'esquenes a l'oceà. Els vaixells eren petites embarcacions de plaer i de pesca. Va haver-hi un temps en què varen construir grans vaixells, quan encara creien que hi havia una altra terra a l'altre costat de les aigües, fins que constataren que l'única terra que existia era Pangea.

La llegenda hawaiana deia: «La mare del semidéu Maui estava molt enutjada perquè la seva bugada no tenia prou temps per eixugar-se al Sol: aquest corria molt de pressa i els dies eren massa curts...»

Vaig somriure. Els dies eren massa curts a terra ferma, perquè l'oceà ocupava més superfície que el continent Pangea i el Sol esclafava durant més temps les aigües que la terra seca. Els càlculs demostraren que la quantitat de radiació solar rebuda per la Terra podia cobrir les necessitats energètiques d'una societat industrial sofisticada, sempre que es tingués en compte el globus terrestre sencer, comprès l'oceà, en les aigües del qual s'enfonsaven, es malgastaven i es menyspreaven les tres quartes parts del capital energètic que el Sol ens enviava.

De manera que Pangea va construir grans naus i les va enviar a l'altre costat del món, enmig de l'oceà. A poc a poc van aparèixer edificis flotants, gairebé ciutats, que equipats amb enormes turbines perseguien el Sol en la seva cursa al voltant del món, convertint l'aigua del mar en preciós hidrogen que desembarcava en els dics construïts als ports que abans eren de pescadors i que ara formaven part d'una cadena de producció. També organitzaren una immensa xarxa de distribució que s'estenia pertot arreu, van aixecar fàbriques, van començar a produir i a produir, van augmentar les seves necessitats fins que van caure en la necessitat de crear un consum artificial, van continuar produint més i més, van necessitar més combustible, van augmentar l'extracció, van construir noves plataformes... I tancaren el cercle que engreixaria i engreixaria sense aturar-se. A partir d'aquell moment Pangea va créixer sense límit. La meta era produir més, perquè la màquina no s'aturés mai.

Vaig obrir els ulls i la visió es va confondre amb la realitat. Estava vivint en dos universos paral·lels, separats per disset mil anys, però notava que els meus sentiments, els meus desigs i el meu comportament eren idèntics. Jo era l'habitant de Pangea; jo era l'home del segle XXI; jo era el que consumia sense parar; jo era qui cometria el major error de la història de la humanitat.

Em vaig descobrir suant, perquè m'adonava que si La Màquina del Temps, creada per la imaginació de H. G. Wells en la seva novel·la, em traslladés a mi, situat a l'època actual, a aquells dies, em trobaria tan a gust, em sentiria en un ambient familiar i gairebé ni hauria de variar la meva forma de pensar: el consum és el déu. Tant fa disset mil anys, com ara! En aquest punt vaig recordar que els indis hopi afirmaven:

L'explosió demogràfica, la multiplicació de les

mega polis i dels transports aeris van fer que l'Home no es conformés tan sols amb la creació. Un nombre creixent d'individus només es preocupava del seu benestar personal i material. L'Home disposava de tot fins a la sacietat, però sempre desitjava més i més. No deixava de produir fins i tot el que no necessitava i com més en tenia, més en reclamava.

Ells parlaven de mega polis i de transports aeris. Però és que l'Índia m'aportava dades precises sobre l'aeronàutica de l'època: Samerangana Sutrodhara dedica diversos capítols als vaixells aeris, la cua dels quals escup foc, i el Maha-Bharata es meravella davant la maniobrabilitat de les grans naus d'enlairament i aterratge verticals:

El secret de la fabricació dels Vimanes no pot ser desvetllat, i això no és per ignorància, sinó perquè els detalls de la construcció han de mantenir-se en el més gran secret per impedir que algú pugui fabricar un Vimana amb fins perversos. El cos del Vimana ha de ser fort i durador però de material lleuger com un ocell volador (...) Un sol home pot viatjar de manera meravellosa i ascendir molt alt pels cels. Pot construir-se un Vimana tan gran com el Temple de la Divinitat (...) pot desenvolupar-se per mitjà del foc controlat una potència equivalent al llamp. Molt aviat el Vimana ascendeix convertint-se en una perla al cel. Per medi dels Vimanes els homes poden ascendir als cels i els éssers del cel poden baixar a la Terra.

No calia ser cap llumener per descobrir que aquests aparells prehistòrics, descrits amb tant de detall, són ni més ni menys que el gran somni dels enginyers aeronàutics actuals. La companyia Lockheed va signar fa una anys un contracte amb la NASA per l'estudi de reactors comercials amb hidrogen, molt més perfectes que els que utilitzen un altre carburant. Boeing havia declarat: «Un cop resolt el problema de l'emmagatzematge, l'hidrogen proporcionarà una energia tres vegades superior a la del carburant convencional». I per l'avió supersònic, l'acord és unànime: cal fer-ho amb hidrogen, perquè aquí està el futur.

No obstant això, la realitat és que continuem extraient el petroli i fem créixer la indústria. Brama dins dels nostres motors i es mostra omnipresent en tots els aspectes de la nostra vida gràcies a la petroquímica: plàstics, detergents, teixits, colorants, cosmètics, desodorants, aliments, fems, plaguicides, municions, medicines... És present en qualsevulla de les nostres activitats i ens envolta pertot arreu. Vivim d'ell, amb ell i per a ell i ens ofeguem amb ell.

El nostre concepte de civilització i la nostra cultura se sustenten en aquest oli de pedra, el *petraoleum*, tal com l'anomenaven els nostres avantpassats, fins a l'extrem que ja ens resulta difícil imaginar un món modern sense aquest preat element mineral, fòssil, cadavèric i mort. Ell és l'Or Negre que ens permet edificar imperis i, al mateix temps, s'erigeix en font de muntanyes de conflictes, causa de milions de morts innocents, fosc objecte del nostre desig, de la nostra cobdícia, de la nostra manca d'humanitat i taca que s'estén sobre la nostra consciència per tapar-la i ofegar-la.

A Pangea descobriren que l'aigua i el Sol no pertanyen ningú, sinó que són a l'abast de qualsevol, i ambdós béns són gratuïts. «Per què privar-se de l'hidrogen?», em vaig demanar. I la pregunta era tan vàlida fa disset mil anys com ho seria ara.

En l'actualitat els detractors de l'hidrogen i fervents defensors del petroli parlen de problemes d'emmagatzematge i de transport. Però els seus arguments insulten la destresa i l'enginy tècnics més elementals. El petroli cru exigeix un munt d'esforços i grans mesures de seguretat en la prospecció, el refinat i l'ús posterior com a carburant.

El problema és força més senzill Hi ha milions de milions d'euros i de dòlars invertits en la indústria petrolera. Només imaginant la xifra farcida de zeros i més zeros a la dreta, ens marejaríem. De manera que no resulta difícil comprendre el gran interès que s'aboca a frenar la investigació en un domini tan competitiu com l'aigua corrent. Els perills de què s'acusava l'hidrogen, es deien Síndrome Hindenburg i, evidentment, eren artificials.

L'any 1937, a Lakehurst, a l'estat de New Jersey, el dirigible *Hindenburg*, impulsat per cent noranta mil metres cúbics de l'hidrogen, va esclatar en l'instant de l'aterratge. Les càmeres cinematogràfiques van filmar la terrible catàstrofe, que a més a més es va viure en directe a través de la ràdio. Va haver-hi trenta-cinc víctimes, que esdevingueren el principal argument per desacreditar l'hidrogen i el van convertir en un perill que ha quedat enregistrat per sempre més a la nostra memòria. No obstant això, els milers i milers de vides (no tan sols humanes) que han mort als pous de petroli, en accidents a les refineries, en desastres ecològics, en incendis produïts per combustibles del petroli... ningú no els té en compte.

Després de l'accident del dirigible *Hindenburg*, hem bombat més d'un bilió de metres cúbics d'hidrogen líquid a través de gasoductes i hem transportat milions d'hectolitres en camions cisterna amb totes les garanties de seguretat. I per si fos poc, segons els estudis de la NASA, l'hidrogen presenta un coeficient de seguretat molt superior al de la gasolina i un rendiment energètic tres vegades més gran.

L'any 1783 els germans Montgolfier van fer volar sobre París el primer globus aerostàtic i Lavoisier va separar l'oxigen i l'hidrogen de l'aigua. Dos segles més tard, la conquesta de l'aire va permetre conquerir l'espai, però continuem fent fàstics a l'hidrogen. En la cursa del progrés i del descobriment de les fonts d'energia, el carburant miracle, el carburant ecològic per excel·lència, es va quedar al calaix, oblidat, arraconat, vilipendiat i titllat d'assassí. I va ser destronat, gràcies a milions de dòlars, per un rival fòssil i contaminant.

L'hidrogen continua sent, tal com ha dit Donald Carr, un desconegut: «Encara ignorem l'essencial de la seva naturalesa, del seu comportament i del seu potencial aparentment il·limitat». Però ha reconegut que sabem menys encara sobre l'aigua: «H_2O és una fórmula química simplista que descriu una substància d'aspecte molt ordinari mentre que és un material sorprenent i complex, de comportament rar. Hi ha potser un altre líquid que es torni més lleuger en estat sòlid? És escandalós que amb tot l'aigua que ens envolta, encara no disposem d'una teoria fisicoquímica satisfactòria sobre aquesta substància meravellosa».

I l'aigua també és el Diluvi, la destrucció i la mort.

Em vaig adonar que necessitava sortir, respirar aire pur, caminar, oblidar-ho tot durant una estona. I me'n vaig anar a casa.

18.- EL REGNE DEL CEL

A casa, tranquil·lament asseguts, vaig explicar Irene la conversa telefònica amb el senyor Contacte. En acabar la seva expressió havia canviat sensiblement.

—A veure si ho entès bé —va dir, abaixant la veu, com si temés que algú ens estigués escoltant—. Tu i jo estem aquí, però no estem sols. El que succeeix és que no podem veure els que també hi són. No obstant això, ells ens veuen a nosaltres.

—Exacte! —vaig fer amb un somriure—. Jo veia els estudiants, però ells no em veien a mi, perquè jo vibrava en un pla diferent.

—Però, si tu vibraves en un pla diferent, ells també vibraven en un pla diferent del teu. Com és possible, llavors, que tu els veiessis a ells i ells a tu no?

—No tinc cap explicació.

Em va mirar i es va posar seriosa.

—Si algú, a hores d'ara, estigués aquí, al menjador, però vibrés en un pla diferent, podria veure el que jo faig ara —va reflexionar Irene—. Te n'adones què n'és, d'esgarrifós. Hem perdut la nostra intimitat. I si també poden llegir els nostres pensaments?

—No crec que arribin a tant —vaig somriure—. Els vaig donar paraula que no comentaria res amb ningú i ells confien en mi. Això significa que no saben res de la meva indiscreció.

L'endemà em va costar una bestiesa centrar-me en el meu treball. La conversa amb Irene em tenia neguitós.

Finalment, ho vaig aconseguir i vaig llegir que, a Pangea, es desenvolupà l'aeronàutica fins a extrems inaudits. La geografia particular de Pangea ho permetia. Creuaven tot el continent en ben poques hores. Els viatges a través de l'oceà només tenien interès per obtenir hidrogen.

Em vaig quedar meravellat. Les llegendes Hopi no feien altra cosa que relatar-nos el passat. A Pangea, la producció d'hidrogen va créixer i créixer. Globus aerostàtics, dirigibles, avions estratosfèrics... Tot formava part d'una cursa que anava polvoritzant marques. Fins que van fer el salt a l'espai.

Orgullosos de l'èxit, la conquesta espacial constituïa el gran objectiu de Pangea. Així ho demostrava la tradició xinesa. Dos llibres tibetans bategen aquestes màquines amb un nom molt bonic: perles de cel. Era la mateixa expressió, idèntica, que hi havia als textos de l'Índia: «Molt aviat el Vimana ascendeix convertint-se en una perla del cel».

Vaig recolzar el cap a la butaca, vaig tancar els ulls i vaig recordar que, en l'actualitat no falten dibuixos ni pintures ni gravats rupestres que representin astronautes. La col·lecció més formosa es troba a Austràlia amb els cosmonautes de Woomera i Nimingarra, de Queensland, de Kimberley, o del riu Glenelg. A Tassili des Ajjers, al Sàhara algerià, s'exhibeix un astronauta, el dibuix del qual ha donat la volta al món. Entre les celebritats, hi ha una parella de la Vall Camonica, a Itàlia, una figureta Dogu, del Japó, i un home de l'espai, d'or, a Perú. Sense oblidar els gravats de Xina Lake, a Califòrnia, o les de Fergana, a

Uzbekistan. Quant als coets espacials, els seus vols són evocats en els contes tradicionals d'Àfrica central, de Xina, de l'Índia i d'Amèrica. Al Perú, a Palenque, podem contemplar un baix relleu que ha deixat esmaperduts els científics de la NASA. Hi ha setze coincidències entre la representació de Palenque i una càpsula espacial actual. Amb major detall encara, podem cercar el famós manuscrit Troano dels Inques.

En aquell instant vaig pensar que allò que resultava sorprenent era que hi hagués qui pretenia veure en aquells dibuixos la prova de la visita d'extraterrestres, mentre que a les fotos dels cosmonautes actuals, amb els seus vestits i coberts per escafandres, reconeixien... a pobres terrícoles.

Vaig obrir els ulls, vaig abandonar aquest pensaments i vaig llegir una altra frase de la carpeta:

És present a la Bíblia, des del Gènesi, amb la història d'Enoc, el setè patriarca.

Vaig cercar el Llibre d'Enoc i vaig trobar que era l'únic patriarca que la Bíblia explica que «va desaparèixer perquè se'l va endur Déu» (Gènesi, 5,24). Els detalls es troben en el Llibre d'Enoc: ..«Enoc va ser tret de la Terra; i ningú no va saber on va ser portat ni què va ser d'ell» (capítol 12).

Aquí, en aquest llibre, vaig descobrir amb sorpresa que també es relatava el primer vol espacial. Tot era allà, descrit en aquelles pàgines que semblava que havíem relegat a l'oblit. «I heus aquí: els vigilants em van nomenar Enoc l'Escriba» (capítol 12). Enoc ho explicava amb tot ldetall: un enlairament entre un fum espès, foradat per vives llums; després, l'empenta de l'acceleració i la foscor de l'espai sideral; i finalment, l'arribada a una estació espacial on la nau entra «enmig de les flames». A l'estació, amb parets de vidre, els seus hostes el conviden a contemplar la Terra (capítol 14). «Ells, tots els que habiten els cels, saben el que succeeix aquí sota, miren la Terra, i de sobte coneixen tot el que succeeix allí». Li ofereixen l'oportunitat de contemplar «els tresors de la Lluna (...) tant la seva part oculta com la seva part visible» (capítol 41) i es queda a l'espai prou temps com per patir el mal dels cosmonautes, que també descriu. Els seus hostes el tornen a casa i li diuen: «Durant un any sencer et deixarem amb els teus fills fins que retrobis la teva força primera» (capítol 20). Una cop restablert, se n'anirà novament. En total, realitzarà cinc viatges.

Vaig seguir llegint una altra frase de la carpeta:

Va desaparèixer als 365 anys.

La Bíblia diu que va desaparèixer de la Terra a l'edat de 365 anys (Gènesi, 5,23). Curiosa xifra, vaig pensar, perquè correspon exactament a la durada en dies de l'any solar.

Vaig continuar furgant en els documents continguts a la carpeta. Hi havia uns dibuixos sorprenents, amb algunes frases no menys curioses, que comparaven allò que va succeir fa quinze mil anys amb el que estava a punt de ser una realitat en el temps present. Un paral·lelisme increïble. Entre els anys 1985 i 1996 es va pretendre posar en òrbita de satèl·lits estacionaris que captessin energia solar. La carpeta contenia el principi, descrit pel seu inventor, el doctor Peter Glaser:

Situats en una òrbita geostacionària per damunt de l'equador, amb uns panells gegantins compostos per milers i milers de cèl·lules fotovoltaiques, absorbeixen els raigs del Sol i els transformen en electricitat. Aquesta és expedida cap a la Terra a través d'un feix de microones que es capten per medi d'antenes que les transformen novament en electricitat".

No hi havia cap dubte: eren els *Solar Power Satellites*, també anomenats *Powersat*.

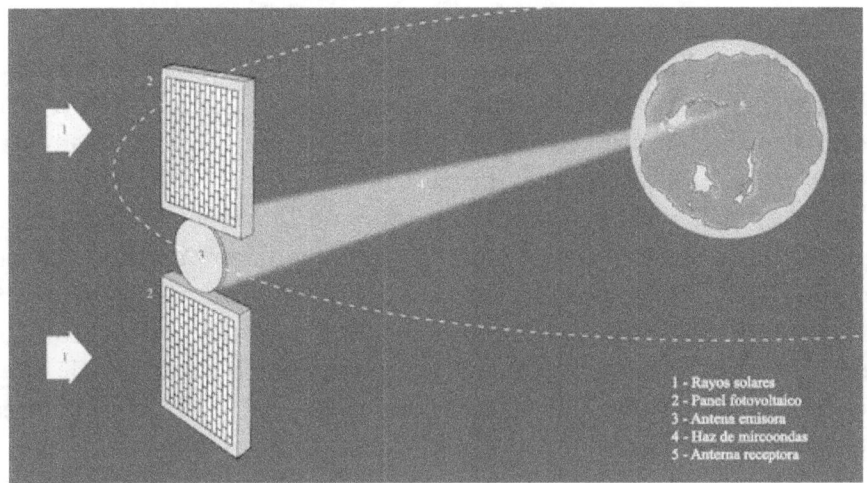

1 - Rayos solares
2 - Panel fotovoltaico
3 - Antena emisora
4 - Haz de mircoondas
5 - Antena receptora

Què hi pintava aquell dibuix en tota aquesta història?, em vaig demanar.

Segons els documents de la carpeta, l'astronàutica pangeana comptava amb diversos segles d'existència quan va aparèixer la primera central elèctrica a l'espai. I deia que el dibuix ens ha arribat fins a l'actualitat. Dues plaques solars es despleguen al voltant d'una central perforada per un ull, que és l'emissora de ràdio del feix de microones que es connecta amb la Terra i envia l'energia. Un sistema d'orientació permanent al Sol corona el conjunt. Em vaig quedar bocabadat quan vaig veure que el dibuix era la reproducció d'un detall pertanyent a l'anomenat Cilindre Assiri. Les famoses perles del cel.

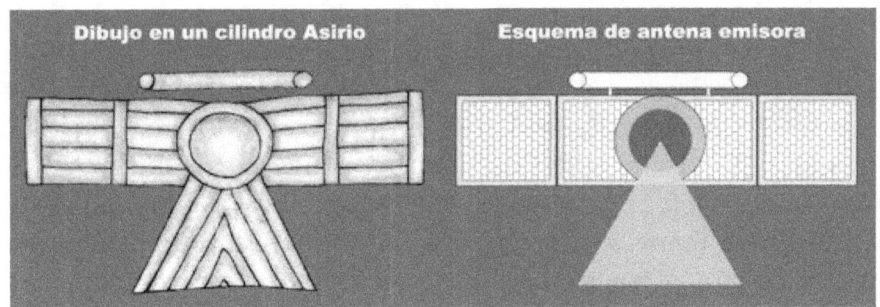

Dibujo en un cilindro Asirio   Esquema de antena emisora

Ara em semblava increïble que haguéssim pogut veure en aquell dibuix la imatge d'un avió. Era massa grollera. No obstant això, posseïa una precisió molt notable quan l'assimilava a una central espacial, tal com apareixia en el dibuix que hi havia al costat de la famosa antiga figura.

Vaig continuar llegint les notes de la carpeta. Explicaven que amb cinc satèl·lits d'aquest tipus podríem abastar, a un mòdic preu, tota l'electricitat que necessita un país com Anglaterra o Alemanya. Amb quaranta podríem alimentar un terç del consum previst als Estats Units per a l'any 2025. I un centenar farien arribar l'electricitat del cel fins al lloc més recòndit de la Terra.

Em vaig demanar per què no ho fem, i la resposta era evident. Si bé el Sol és gratuït, posar en òrbita l'enginy capaç de capturar la seva energia, resultaria terriblement costós. Així ho deia una altra frase escrita a la carpeta, que pertanyia a Donald Carr:

> La col·locació d'una estació satèl·lit costaria 500 vols de llançadores. Això representaria milions i milions de dòlars, molts més dels que puc disposar, però potser no tant com el programa Apollo, si aconsegueixo reduir el cost de les cèl·lules solars.

Tanmateix a Pangea la tecnologia formava part de la filosofia. El Sol era el motor màgic que feia girar el món. Aquesta ja era prou raó per llançar-se a la conquesta de l'astre des de l'espai. Però darrere del frenesí de proeses tècniques s'amagava una set encara més gran i més profunda, que segueix present avui dia. El doctor Santiago Ruffié, quan parla de l'evolució suprema, del fi últim de la humanitat ho fa amb aquestes paraules: «L'home i la seva consciència han empès fins al seu extrem màxim totes les possibilitats de l'organisme independent. Però encara queda per realitzar una última síntesi, aplegant totes les ments en una d'única, espècie de súper organisme dotat de poders nous i encara impossibles d'imaginar».

Em vaig adonar que aquesta suprasocietat, ja existia sota la mirada dels cosmonautes de Pangea, que havia fet el salt de l'organisme independent a la ment col·lectiva, a la ment única. Milions i milions de ments foses en una única imatge, en una sola mirada. Milions i milions de ments enfocades cap a un únic objectiu: la conquesta de l'espai.

De sobte tot va trontollar al meu voltant. Em vaig sentir transportat, emocionat i perdut, tot alhora. Fins aquell moment l'ésser humà només havia aixecat la mirada cap al cel, sense més, cercant la llum del Sol; ara sabia que era des dalt, que havia de contemplar la Terra, perquè des de dalt edificaria la societat com la imatge i el fidel reflex de Pangea, el gran continent únic, unit i organitzat. «Tots els que viuen als cels saben el que succeeix aquí. Miren la Terra, i de sobte coneixen tot el que succeeix allí», deia Enoc en el seu llibre.

Vaig obrir els ulls i em vaig quedar garratibat. Acabava de lligar-ho tot: Pangea no cercava la Llum Eterna sobre el planeta, sinó la font inesgotable i perpètua d'energia. Els dies eren massa curts i la bugada no tenia temps d'eixugar-se, deia el conte hawaià. L'única manera d'aprofitar tota l'energia de l'astre rei era aturar la rotació de la Terra perquè Pangea, el gran i únic continent es quedés perpètuament mirant cap al Sol. Per aquesta raó la mitologia grega explicava que Phaeton va demanar el seu pare que el deixés conduir el carro del Sol durant una jornada.

I és clar!, vaig fer. Tot encaixava.

19.- LA CIUTAT DEL SOL

Vaig pujar les escales d'una revolada, sense esperar l'ascensor. En arribar a dalt, vaig pensar que el cor m'esclataria. El meu cos ja no estava per a aquelles alegries. Irene feia poc que havia arribat i era al dormitori, canviant-se de roba.

—Ho he trobat —vaig dir, mostrant-li la carpeta—He trobat la raó! —vaig exclamar.

—De què estàs parlant? —va preguntar sorpresa per la meva irrupció.

—No perseguien la llum, sinó que volien tota l'energia imaginable. Per això van planejar aturar la rotació de la Terra —vaig explicar brandant la carpeta com si fos l'espasa de Jaume I el Conqueridor.

—Però, tu t'has vist la cara? —va fer, espantada—. Estira't al llit ara mateix. Segur que tens la tensió pels núvols.

Em va empènyer i m'obligà a estirar-me. Ho vaig fer, abraçat a la carpeta. Vaig respirar fondo un parell de cops i vaig aclucar els ulls, mentre ella em pujava la màniga, prenia el tensiòmetre i me l'ajustava al braç.

—És lògic —vaig dir—. Però, cal saber acceptar... No! —vaig fer, i vaig obrir els ulls per precisar—: Cal tenir la humilitat d'acceptar que va existir una altra civilització, molt anterior a la nostra, que va arribar fins a un nivell tan elevat de coneixement que va ser capaç de disminuir la velocitat de rotació de la Terra fins aconseguir que donés una volta cada l'any i es comportés respecte al Sol de la mateixa manera que la Lluna fa amb la Terra, que sempre ens mira amb la mateixa cara. Abans del gran cataclisme, els dies s'allargaren. El gran cataclisme, el Diluvi Universal...

—Quinze, nou i mig. Ho veus?

—Però, alguna cosa va fallar. Ho diu el mite de Phaeton. Va perdre el control del carro i el Sol va estar a punt d'incendiar la Terra.

Irene es va seure al meu costat i va posar el dors de la seva mà a la meva galta.

—Et vols calmar d'una vegada? —Gairebé va cridar.

—El que t'estic explicant és molt més important que una lleugera pujada de tensió. Estic en el bon camí.

—Siguis o no hi siguis en el bon camí, no et mouràs d'aquest llit en tot el que queda de dia —em va ordenar Irene.

Vaig fer l'esma de protestar, però en veure la cara que posava, no vaig gosar. Vaig assentir sense respondre i em vaig abraçar amb força a la carpeta. Irene va abaixar la persiana i va abandonar el dormitori, ajustant la porta. La vaig sentir dirigir-se a la cuina i trucar per telèfon per comunicar que aquella tarda no aniria a treballar. Prou que sabia que, tot just tancar la porta, arrencaria a córrer cap al despatx.

De mica en mica em vaig adormir profundament i vaig tenir un somni tan nítid com mai no l'he tingut. En ell apareixia Enoc amb un estrany vestit blanc. Es tractava d'un home d'uns cinquanta anys, alt i prim, amb el cabell clapat de brins blancs, el cutis pàl·lid i uns ulls foscos i profunds que em miraven amb simpatia. D'alguna manera em recordava el professor sonat que vaig trobar a l'Escola d'Enginyers. El nou senyor Contacte, tal com s'havia definit ell mateix. I quan vaig començar a escoltar la seva veu, amb aquell to tan particular i pedant, sentint-se humanitat sencera, Pangea, l'Univers i la vida, vaig saber que era la seva viva imatge.

Jo, Enoc, he parlat amb el meu pare, el gran Yered, un dels que va néixer del cel.

—El temps ha estat molt llarg per als que somiem amb passeigs galàctics, però, finalment, hem vençut —m'ha dit, ja ancià.

—Sí! —he fet—. Ha arribat el gran moment.

Ens ha costat desenes de generacions reunir tota la maquinària celeste que ens permetrà fer el gran salt. La tecnologia, sigui quina sigui, sempre està al servei de la Terra i de la humanitat. La Terra m'ha donat la vida i aquesta existeix només mercès a que els diferents organismes vivim en simbiosi. Les partícules elementals eren, en un principi, bacteris independents. Van començar a viure en simbiosi amb d'altres i aquestes relacions van ser essencials per a la vida de les cèl·lules animals i vegetals que van perdre la facultat de viure independentment. La societat humana, també segueix un procés similar al dels bacteris. L'ésser humà, abandonat a ell mateix ja no és res. Hem aconseguit que la comunitat dels homes, l'acumulació lenta del saber i de l'experiència tramesa de generació en generació, esdevingui l'element essencial que assegurarà el triomf i la supervivència de l'espècie. L'aventura espacial s'ha de posar, per tant, al servei de tota la humanitat. Es tracta del programa més ambiciós que mai no s'ha concebut, que comença amb la instal·lació de la Ciutat del Sol, la gegantina estació orbital que gira amb la Terra i es manté geostacionàries a trenta-sis mil quilòmetres per damunt de Pangea, sempre mirant cap a la gran illa. A aquesta altitud, cobreix el gran continent

*d'un extrem a l'altre i pot abastar tota la
humanitat amb una sola mirada. És l'eina ideal
per unir una societat que ha entès que el fi últim
de l'evolució no és l'individu, sinó la humanitat,
l'Ésser Superior, la gran ment col·lectiva, el
primer pas per assolir la Ment Universal.*

En aquest punt recordo que vaig tenir un pensament
fugaç, dins del meu somni. Vaig pensar que en l'actualitat, amb
un plantejament similar, George Orwell potser m'alertaria sobre
l'existència d'un súper Gran Germà. Potser, però no podia
oblidar que ell descriu una societat deshumanitzada per causa
de les tècniques totalitàries. És, de fet, l'expressió més dramàtica
de la seva aversió per una rebel·lió que ja va satiritzar: la del
proletariat. I vaig tenir la sensació que Enoc escoltava els meus
pensaments, perquè va prosseguir dient:

*Hi ha una humanitat lluny de la lluita de classes,
on els enfrontaments són inexistents. És més:
resulten impensables. ¿O potser no se m'acut una
altra forma de vida que no sigui el totalitarisme,
quan parlo de col·lectivitat, o el liberalisme
salvatge, quan em plantejo la salvació de la
personalitat individual?
Els extremismes provenen d'un únic error. Quan
caiem en el parany dels extrems, cerquem dominar
l'altre, perquè només reconeixem dues classes
d'individus: els guanyadors i els perdedors.
Llavors entrem de ple en un món dual, on alguna
cosa, el que sigui, o és blanc o és negre, o és sí o és
no, o és esquerra o és dreta, o és dalt o és sota. No
hi ha una tercera possibilitat. Mai no hi ha*

intermedis. Nosaltres conquerirem l'univers per al nostre servei, farem el salt més espectacular de l'evolució i aconseguirem la vertadera globalització, la que trenca totes les fronteres, no la que està al servei dels que dominen. No som simples formigues del niu que identifica el seu destí amb el de la col·lectivitat. Això constitueix una trampagrollera i significa tant com negar l'evolució i ignorar les dades que ens proporciona la biologia. És amb el nostre cervell que guanyem a pols la llibertat d'actuar.

Ara, quan per fi hem construït i instal·lat la Ciutat del Sol, observem la Terra des de dalt, l'analitzem, preveiem el que pot succeir, organitzem i governem. Hem aconseguit la unitat cultural, la unitat d'objectius i hem desterrat la divergència de creences. No hi ha religions. No creiem en l'existència d'éssers divins, perquè coneixem el nostre origen i el camí de la nostra evolució. Ja hem après que quan apareix el coneixement, desapareix la fe. Qui sap, ja no necessita creure.

A partir d'ara creixerem com a consciència col·lectiva i dominarem l'infinit. El camí no està traçat, es traça a cada moment, en funció de les passes que fem. Nosaltres establim el nostre futur.

Em vaig despertar. Irene no m'havia cridat. Havia estat un somni tan profund que havia perdut la noció del temps i el més probable era que gairebé no hagués anat més enllà d'uns minuts. Vaig seguir estirat, amb els ulls oberts i fixos a la foscor. Sentia una calidesa agradable, abraçat a la carpeta.

Allò que havia escoltat de llavis d'Enoc en el meu somni, semblava pura utopia. Vaig somriure. En l'actualitat podem caure amb facilitat en l'error de considerar que tot forma part d'una utopia, perquè ens resulta molt difícil imaginar un món de cooperació, exempt de violència, on el crim i el robatori són desconeguts on no hi ha rivalitats, on no existeixen ni la cobdícia ni el desig d'enriquir-se, on el treball i els béns es gaudeixen en comú, sense excloure'n la propietat privada.

«De debò és una utopia?», em vaig demanar en recordar haver llegit que al sud-oest dels Estats Units habiten els indis Zunyi. Són agricultors i pastors i viuen en l'opulència, malgrat que la seva fita no és posseir béns materials. De fet, se'ls fa estrany que algú persegueixi uns objectius tan baixos i tan absurds. Saben que ningú no s'emportarà res a la tomba i no els interessa ser el més ric del cementiri. Per descomptat que hi ha qui posseeix més que els altres, però la noció de fortuna queda molt diluïda, fins a l'extrem que un zunyi deixa de bon grat les seves joies a qui les hi demana, sigui amic o no. Els intercanvis de regals són freqüents, però no per fer gala de riquesa i, evidentment, no esperen cap reciprocitat. El treball és una obra en comú, col·lectiva, i l'èxit individual els deixa indiferents. No hi ha fortuna familiar ni especulació. Els diners s'obtenen per medi del treball, mai per l'explotació dels altres. La terra és propietat individual, però els litigis, que són rars, es dirimeixen ràpidament. La rivalitat en afers econòmics és considerada una aberració, de la mateixa manera que succeeix amb l'agressivitat i la falta de cooperació. L'arrogància és un horror abominable. L'home honrat té un tracte agradable, bon sentit de l'humor i un cor generós. Per descomptat que hi ha disputes, però no revesteixen major gravetat i mai no concerneixen qüestions econòmiques. La major part de les vegades es tracta de disputes entre esposos gelosos. No obstant això, en cap cas recorren a la violència.

També vaig recordar que els zunyi ignoren el concepte de pecat. I menys encara el pecat de la carn. Fins i tot la castedat està mal vista... No obstant això, els matrimonis són duradors.

Pels zunyi la vida és el valor suprem,: tot el que és viu, i no les coses o els béns materials, que no tenen vida. Tota la filosofia zunyi es recolza en unes poques paraules: respecte per la vida. A partir d'aquí, tot esdevé molt fàcil. El respecte per la vida condueix al respecte per la dona, que és la portadora de la vida, de la mateixa manera que la Terra nodreix les plantes.

Em sentia tan a gust que fins i tot resava perquè Irene no aparegués per la porta anunciant que la taula ja estava parada i que el dinar m'hi esperava. Vaig aclucar els ulls i em vaig deixar emportar novament per l'ensopiment.

Lentament la figura d'Enoc va tornar a aparèixer. Continuava somrient.

La dona és la mare-terra que engendra els homes. Del culte a la vida neix el model social que ordena la vida a Pangea. No és un matriarcat, que implicaria una superioritat de la dona sobre l'home, que no és el nostre cas, on la mare ocupa una posició predominant sense ser dominadora. El paper de dona engendradora del gènere humà és tan evident com universalment reconegut. No hi ha més que un continent, no existeix més que una terra i una forma de vida, perquè Pangea és única.

Vaig tornar a despertar-me, vaig obrir els ulls i va aparèixer Irene.

—Com te trobes? —em va preguntar, acostant-se i posant el dors de la seva mà a la meva galta.

—De meravella.

Em vaig llevar, vaig deixar la carpeta damunt la tauleta de nit i la vaig seguir fins al menjador.

—Ariadna i Artur passaran amb nosaltres el cap de setmana següent —em va informar—. Aquest no, Comprens? I dissabte, el del mateix cap de setmana, sopem a casa d'Anna i

Mateu.

Vaig fer que sí, amb el cap, tot i que tenia el pensament en un altre lloc.

Ens vam seure a taula i li vaig explicar que durant el Neolític van aparèixer ciutats i pobles d'Anatòlia que estaven totalment edificats sobre un motlle, el model del qual és Çatal-Hüyük, a Turquia, al sud de la península d'Anatòlia. Vaig seguir explicant-li que Çatal-Hüyük va ser una ciutat pròspera i comerciant, construïda cap a l'any 6000 aC.

—Era rica i no se n'amagava —li vaig dir—. I si es jutja pel nombre de figuretes, baixos relleus i pintures que s'hi han trobat adornant les seves parets, degué ser el cor d'una cultura matriu-centrista.

—Per això era rica i pròspera, perquè manaven les dones —va dir ella.

—He dit matriu-centrista. Matriu, amb una u final. No he dit matricentrista ni res que pugui assemblar-se a matriarcat.

—No és el mateix?

—Ni parlar-ne! —vaig fer.

Li vaig explicar que *matricentrista* és un terme encunyat al Perú per designar una societat en què el pare sempre desapareix i la figura de la mare esdevé pal de paller. D'altra banda, *matriarcat* és el pol oposat a patriarcat. En un cas domina la dona i en l'altre, l'home. Jo li parlava d'un altre concepte completament diferent. *matriu-centrisme* no ve de *mater* ni de mare, sinó de matriu, d'úter, que és el lloc on creix la vida. La vida neix a l'interior, creix i surt a l'exterior, perquè tot, en aquesta vida, surt de l'interior cap a l'exterior. Mai a l'inrevés. Les idees esdevenen realitat tangible quan s'exterioritzen; el fetus es converteix en nen quan neix a la vida exterior; els sentiments es descobreixen quan s'expressen, encara que sigui sense paraules. Per això, en el matriu-centrisme la vida representa el centre de la societat, des d'on surt a l'exterior. En el matriu-centrisme no domina ni l'un ni l'altra, perquè no es refereix ni al pare ni a la mare, sinó al lloc on apareix la vida, encara que hi ha un respecte absolut per la dona, que és el vehicle a través del qual es transmet la vida.

—Ah! M'agrada. D'on ha sortit aquest concepte?

—Me l'acabo d'inventar.

Es quedà mirant-me en silenci i li vaig explicar que bé podria ser el germen d'un nou tipus de societat. En procedir de matriu i no de mare, el terme matriu-centrisme es pot aplicar a qualsevulla cosa que neix: des d'una planta a un animal, des de la natura fins a l'univers. Tot té vida i tot mereix un respecte. Si respecto la vida, visc en harmonia amb l'univers; si respecto la vida, no hi haurà guerres; si respecto la vida, acabaré amb la violència...

—A Çatal-Hüyük, la ciutat que té vuit mil anys d'antiguitat, bé sigui sola o acompanyada per un home, en cinta o en el moment de parir, la dona, mai no apareix subordinada a ningú. Sovint fins i tot se la representa amb els raigs de la Deessa Mare, que emanen cap a l'exterior tota la seva energia interior. Una idea repetida pels primers cristians herètics i pels Evangelis Gnòstics. La seva importància, la de la dona, com a mare a Çatal-Hüyük s'expressa en el ritual funerari: el fill es queda amb ella, encara que hagi mort. La seva pell és enterrada sota el llit maternal, marcant així el parentiu directe de mare i fill. La idea de llinatge maternal és el tret més característic.

—Fins ara m'agradava, però això d'enterrar la pell del fill sota el llit de la mare... —va fer un gest de disgust.

Vaig somriure. Com podia considerar-ho una barbaritat, si justament era al contrari?

Li vaig dir que aquella gent consideraven que la dona és el vehicle a través del qual es perpetua la vida. En els vuit segles d'existència de Çatal-Hüyük, no s'ha trobat el més petit rastre de guerra ni cap vestigi de saqueig o de matança. Cap dels esquelets exhumats, i es compten per centenars, presenta el més lleu signe de violència. Una societat matriu-centrista, que respecta la vida per damunt de tot, sent la més viva repulsió contra tota forma de brutalitat

Però, encara n'hi havia més. Çatal-Hüyük, a més de matriu-centrista, va ser socialista. Erich Fromm ho deia ben clar: «Els fets parlen a favor d'una societat neolítica relativament igualitària, sense jerarquia, explotació o violència visibles. La distinció entre rics i pobres és poc marcada. Si la diferència social es tradueix per la talla i l'arquitectura dels edificis, mai no constitueix cap motiu d'ostentació. Res a Çatal-Hüyük condueix a creure en l'existència d'un cap. No hi hem trobat cap indici d'organització jeràrquica. Els coneixements, la destresa i l'experiència de tots els ciutadans van ser posats en comú; les activitats s'efectuaven en grup, seguint normes fixades per la comunitat». En les meves investigacions havia arribat fins al segle IV aC. Allà vaig trobar que Plató, que en el seu llibre *De les Lleis*, analitza tots els sistemes de govern i fa una ressenya històrica del seu desenvolupament progressiu, paral·lel al desenvolupament de la civilització. Allà explica que la civilització grega va fer un gir després del Diluvi: «Els que van sobreviure es van organitzar llavors en grups que tenien un règim patriarcal».

La pregunta era evident: si van fer un gir, com vivien i com s'organitzaven abans del Diluvi?

Çatal-Hüyük aparegué tres mil anys després del Gran Cataclisme, abans de la fundació d'Atenes, i segurament va seguir amb el sistema anterior: el matriu-centrisme. Un passat tan ric que Plató l'exalçà, tot dient que l'Estat Ideal és aquell en què... «el legislador només pot tendir a cercar el bé comú, la pau i la solidaritat mútua entre els ciutadans»; on el govern «protegeix l'interès de tot el poble, únic cas on la saviesa s'alia amb la llibertat per obtenir la concòrdia»; però, al mateix temps, l'individu «persegueix l'interès de l'Estat i no la seva única satisfacció». A més a més, afegeix, «res no serà construït sobre la diferència entre l'home i la dona».

Irene em va mirar sense moure un sol muscle de la cara i jo, encara no content amb la meva exposició, li vaig citar Igor Chafarevich, premi Lenin de matemàtiques, que estudià el fenomen socialista en el món al llarg de la història i va descobrir que «la realització efectiva de la Ciutat del Sol no és una innovació de l'edat industrial. La Història, des de l'ancestral Àsia fins a l'Amèrica precolombina, és un vertader magatzem de socialismes espontanis, apareguts sense l'ajut ni el suport de cap ideologia, sense el menor esforç intel·lectual». En els seus estudis hi havia exemples dels imperis asteca i inca, de les ciutats antigues de Mesopotàmia, de l'Egipte faraònic, de l'Índia i de la Xina. I sempre la mateixa idea fixa: una estructura mental que condueix de forma natural a un sistema social que tendeix a compartir.

—Potser pretens insinuar que tota la història que hem estudiat és falsa? —va fera i es va quedar mirant-me fixament.

Vaig respirar fondo i vaig arrufar el nas. La veritat era que Irene ho havia expressat a la perfecció.

—No hi havia caigut, en això, però ara que ho dius...

20.- EL PA NOSTRE DE CADA DIA

L'endemà em vaig aixecar amb l'energia renovada. Vaig arribar al despatx a les nou i em vaig posar a treballar.

Les notes contingudes a la carpeta eren clares i directes, completament diferents de les de les carpetes anteriors, en les que tot apareixia críptic. Vaig somriure. Per fi havien decidit ajudar-me de debò, perquè ja no es tractava d'endevinalles, sinó de frases perfectament intel·ligibles. Fins i tot hi havia paràgrafs sencers i referències a llibres i autors contemporanis. La tarda anterior havia repassat aquells textos amb molta cura i havia arribat a la conclusió que La Ciutat del Sol, la gran estació espacial que girava amb la Terra, per damunt de Pangea, i que es mantenia geostacionària com el sentinella perpetu, era més que un satèl·lit. Constituïa un símbol de l'estat mental de tot un món. L'estat mental de l'Homo Sapiens transformat en Sapiens Sapiens, dues vegades Sapiens, que imaginava la possibilitat de fer-se càrrec del planeta Terra. No des de la seva superfície, sinó des de l'alt.

A mesura que llegia, vaig imaginar com havia de ser contemplar Pangea des de la Ciutat del Sol: un espectacle magnífic. Segurament els conreus ocupaven gran part de la superfície i els boscos s'estenien al llarg i ample del continent.

Vaig llegir que arribar fins allà no havia estat un camí de roses. Havien assistit a enfrontaments, a guerres, a lluites per assolir el poder, però, finalment, havien entès que el poder individual i autoritari és una fal·làcia. El vertader poder és el creador, el que compartim tots. A partir d'aquell moment, el seu govern se sustentà en la justícia, en l'equitat i en una bona planificació. De manera que els dirigents contemplaven Pangea des de dalt i se sentien orgullosos.

Gairebé podia respirar l'aire que emanava d'aquells escrits i em vaig sentir a gust, fins que vaig ensopegar amb unes notes que em sorprengueren.

El jardí de l'Edèn, explicava aquell text, oferia gratuïtament tot allò que desitjaven i per obtenir-lo n'hi havia prou d'allargar la mà i prendre-ho, perquè en els primers temps hi havia poques boques per alimentar. Tanmateix, Pangea cada dia es multiplicava gràcies a l'absència de guerres i als avenços de la ciència Com més boques n'hi havia, més necessitats d'habitatge i menys camps per conrear. El bosc retrocedí davant l'empenta dels edificis i aparegué l'erosió. La quantitat de terra rica i fèrtil disminuí.

Aquella gent, amb uns coneixements acumulats al llarg de mil·lennis, van emprendre la titànica operació de realitzar estudis sistemàtics i profunds de la Terra i de l'atmosfera. Sondes llançades amb paracaigudes damunt de tot el continent, els van permetre enregistrar la temperatura, la pressió, la humitat, la velocitat i la direcció dels vents. Van obtenir muntanyes de mesures que, aplegades a la ingent quantitat de xifres i detalls que procedien de les estacions meteorològiques terrestres, van alimentar la immensa base de dades de la que extreien els valors que els ajudaven a construir els mapes de superfície i d'altura. Van establir models de simulació i els seus satèl·lits enregistraren el més petit canvi en els núvols, tant damunt la terra com damunt l'oceà. Res no escapà al seu control. Van crear nous models, els van processar, van corregir els seus algorismes i els van aplicar una i una altra vegada. Els seus ordinadors a bord de la Ciutat del Sol funcionaren nit i dia, mentre nous programes, que incorporaven constants millores, van substituir als anteriors.

I per fi el pronòstic meteorològic esdevingué ciència exacta. Sabien quan plouria i quan es produiria una secada, si la pluja seria torrencial o suau. Ho coneixien tot i podien preveure com serien les collites i emmagatzemar l'aliment per a les èpoques difícils.

No obstant això, assenyalar un risc d'inundació, pressentir una secada, estimar la força d'un huracà i traçar el seu itinerari, fins i tot abans de la seva aparició, encara que representés una guia preciosa, no anava més enllà de constituir un sistema purament preventiu. Conèixer els climes i els seus canvisr els permetia obtenir més collites, però i el seu límit de creixement ja estava pròxim.

Em vaig sorprès per aquelles dades i les explicacions de com van engegar tots els seus recursos mentals. Van treballar sense defallir ni un instant. Equips d'experts científics es rellevaven per cobrir les vint-i-quatre hores del dia. Les notes que tenia a la mà citaven el Llibre d'Enoc, el capítol 59, on relata que un àngel «em va mostrar com els vents i les fonts són classificats segons la seva energia i la seva abundor. Després em va mostrar els trons, classificats per la seva potència, per la seva energia i per la seva força». I, evidentment, afegeix: «Vaig contemplar l'obediència d'aquestes plagues celests a la seva divina voluntat».

Els àngels d'Enoc no tenien res d'eteri. Eren els dipositaris de la ciència, els tècnics i els savis, als qui sovint també anomenava sentinelles. Vaig aclucar els ulls i, des de la Ciutat del Sol, els vaig veure manipular els controls de la màquina de les tempestes i vaig veure que apareixia un petit núvol, després un altre i un altre, que s'aplegaven i formaven densos nuvolots. Llavors, un llampec va esquinçar el cel i un tro eixordador va anunciar la imminent arribada de la pluja, mentre un altre equip d'àngels feia el mateix, però enfocant cap a un altre lloc de Pangea. Les pluges es repartien segons les necessitats i queien en la seva justa mesura.

«Qui era el límit de la seva ciència?», em vaig demanar amb aquells fulls a les mans, que citaven el capítol 60 del Llibre d'Enoc, on es descriu que els àngels realitzaven aquest treball amb llançadores equipades amb raigs làsers: «Vaig veure àngels que tenien llargues cordes i que, suportats per les seves ales lleugeres, volaven cap a septentrió. I vaig preguntar a l'àngel per què tenia entre les mans aquelles cordes tan llargues, i per què s'havien enlairat. Em va respondre que havien anat a mesurar. Aquestes mesures revelaran tots els secrets de les profunditats de la Terra».

Els meus ulls cada cop s'obriren més. El que vaig llegir resultava increïble. Un cop van dominar la pluja i van tenir coneixement de la composició dels sòls, només quedava escollir les llavors que hi plantarien.

Em vaig fregar la cara, em vaig posar dempeus i vaig aixecar la persiana per permetre que la llum del matí inundés el despatx. Vaig mirar per la finestra, vaig veure la gent que passejava pel carrer i els vaig contemplar com farien des dalt de la Ciutat del Sol, preguntant-me què faria si jo fos un dels seus responsables de Pangea.

Si ens comparàvem amb Pangea, avui en dia coneixem vuitanta mil espècies de plantes comestibles arreu del món, però només n'utilitzem unes tres mil, depenent de les èpoques, dels països i dels costums socials. Ells en coneixien més, però en consumien menys, segons les notes del senyor Contacte. Amb la selecció de les varietats més productives, l'aparició de l'agricultura intensiva i l'evolució dels gustos, van anar tancant el ventall. Amb unes cent cinquanta espècies n'hi havia prou.

En aquest punt em vaig aturar i vaig tornar a les meves notes. Alguna cosa se m'escapolia. Evidentment, una societat altament especialitzada, si reduís la varietat fins a aquell extrem i cultivés a gran escala plantes genèticament estandarditzades, corria el risc d'ensopegar amb un virus inesperat i perdre totes les collites. L'estandardització condueix a la uniformitat de sensibilitat enfront dels mateixos factors.

Però Pangea creà reserves i parcs protegits on multitud de plantes vivien en el seu medi natural, creixien en simbiosi amb els seus paràsits, evolucionaven amb ells i constituïen el dipòsit d'on extraure les plantes seleccionades que posaven a punt perquè fossin conreades. És a dir: les manipulaven genèticament per adaptar-les a característiques agronòmiques molt precises,. Si es produïa una situació de desastre, variarien l'espècie i cercarien altres plantes substitutives.

Molt enginyós, vaig pensar i vaig continuar contemplant la gent que caminava pel carrer, amunt i avall, mentre reflexionava sobre que a la Ciutat del Sol van tractar els òrgans vegetatius de les plantes en estacions d'assaig, realitzaren operacions d'encreuament i d'hibridació, catalogaren cada mostra, la van investigar, la duplicaren i van expedir el seu codi genètic, degudament informatitzat, al banc de gens de l'estació mare. Després, van emmagatzemar totes les noves espècies i subespècies en cambres frigorífiques, llestes per ser utilitzades en qualsevol moment.

Encara que les notes no ho deien, vaig imaginar que la norma seria que tots els recursos vegetals formarien part del patrimoni comú de la humanitat i haurien d'estar disponibles per a tothom i ser accessibles sense restriccions. Aquesta seria, evidentment, la forma d'actuar d'una societat matriu-centrista.

Sota el meu punt de vista, el paper del banc de gens no es limitaria a la conservació i a la difusió de les millor adaptades i de les varietats més nutritives. La gestió de la reserva mundial imposaria la tasca de millorar el capital preciós del qual en seria dipositari i els laboratoris tingueren per missió lluitar contra els paràsits. D'aquí van nàixer nous híbrids de l'espècie salvatge i de l'espècie conreada; crearen uns conreus les fulles dels quals sintetitzaven una substància que tenia un efecte repulsiu sobre els paràsits i protegia la planta dels seus atacs; conrearen cereals dotats de gens que fixaven el nitrogen de l'aire i que podien créixer sense necessitat d'adob químic; van trobar nous herbicides, que tenien un període de vida molt curt i que no deixaven residus nocius; i, finalment, aconseguiren aïllar en un bacteri el gen responsable de la seva capacitat de replicar-se i d'atacar, traslladaren aquest gen al genoma de la planta i comprovaren que resistia qualsevulla dosi d'infecció. La immunització definitiva de la planta, evidentment, era hereditària.

«Així va passar a Pangea», vaig meditar, mentre contemplava la gent que es movia uns metres per sota meu, al carrer.

El proper cop que em trobés amb el senyor Contacte o amb qui fos, no s'escaparia amb tanta facilitat i, naturalment, respondria a totes i cadascuna de les meves preguntes. Em vaig jurar.

I en aquest precís instant va sonar el telèfon!

21.- L'ARBRE DE LA VIDA

Vaig deixar damunt el llit tres mudes, tres camises, el necesser i un parell de pantalons Irene sempre m'obligava a dur-los en tots els meus desplaçaments, per si de cas. La vaig trucar per tercer cop, però el seu telèfon mòbil seguia desconnectat.

Cansat d'insistir-hi, vaig trucar Martina, la secretària del departament. Em va dir que Irene estava en una reunió molt important fora de l'empresa, però si volia que li donés algun encàrrec... Em vaig estimar més deixar-li una nota a casa.

En aquesta ocasió jo havia estat molt seriós amb el senyor Contacte. Fins i tot diria vehement. Li havia dit que no acceptaria una altra entrevista tan estúpida com les precedents i que si no tenia confiança en mi, que m'ho digués obertament, però que necessitava respostes. Em va respondre que em convidava a passar tres dies amb ell. Si acceptava, em recolliria a casa meva a les dotze en punt.

Vaig calcular el que representaven tres dies i divendres,

tot just quan arribava la meva filla, seria a casa. De manera que vaig acceptar. Encara disposava de mitja hora per preparar-ho tot.

Vaig escriure una nota per Irene i la vaig deixar damunt la taula de la cuina. Em vaig dirigir al menjador per buscar les pastilles per la tensió. Just en passar per davant del finestral vaig veure aparèixer el Citroën negre. Vaig prendre els flascó de les pastilles, vaig anar a l'habitació, vaig ficar a la bossa les mudes, les camises i el necesser, la vaig tancar, vaig prendre la carpeta i vaig sortir cames ajudeu-me cap a l'ascensor. Els pantalons es van quedar damunt el llit. Ja els endreçaria Irene.

Feia sol. El Citroën *Tiburón* se'm va acostar lentament fins aturar-se davant meu. No vaig esperar que el conductor baixés per pregar-me que hi pugés, sinó que vaig obrir la porta, vaig mirar a l'interior i em vaig trobar amb el senyor Contacte, que em somreia.

Vaig entrar-hi, vaig dipositar la bossa al seient davanter i vaig veure que m'estenia la mà. L'hi vaig tocar. Després em va estendre l'altra mà per demanar-me la carpeta, i l'hi vaig donar. Anava a preguntar-li per ella quan em va dir:

—Em dic Alfred Dornik.

Em vaig quedar tan sorprès que em vaig oblidar de la carpeta.

—Ja no és el senyor Contacte? —vaig somriure.

—No. Ara ja confio en vostè —va respondre, tornant-me el somriure—. El xofer és el nostre bon amic Lluc.

—Encantat, Lluc —vaig saludar.

—Benvingut —em va contestar i va aixecar la mà per saludar-me.

—Senyor Dornik, abans que seguim endavant, haig d'explicar-li una cosa.

—Digui'm Alfred, si us plau. Endavant. L'escolto.

Ho havia meditat durant dos dies i, després d'analitzar els pros i els contres, havia arribat a la conclusió que havia de ser sincer amb mi mateix i amb els altres. Quan dono la meva paraula, la compleixo o carrego amb les conseqüències. En cas contrari, el que trobés, encara que fos un diamant en brut, no valdria res. Així que vaig respirar fondo.

—La meva esposa està al corrent de tot —vaig confessar.

Alfred em va mirar sense parpellejar i em vaig sentir incòmode. Sempre, des que era petit, he tingut aquesta sensació, producte del que he viscut en la meva infantesa i en la meva joventut, sotmès a una disciplina absurda i aberrant, en la que el sentiment de culpa ho presidia tot.

—Vostè em va donar la seva paraula que no comunicaria res a ningú —va dir.

Encara em vaig sentir pitjor, com si hagués comès un acte abominable de traïció.

—Si vostè atura el cotxe ara mateix, baixaré i oblidaré tota aquesta història. És just —li vaig respondre—. Li vaig donar la meva paraula i la compliré.

—Què és per vostè la seva esposa?

—La meva esposa és la meitat de la meva vida.

—Llavors, no ha trencat la seva paraula, perquè la seva esposa és molt més que ningú —va concloure amb un somriure.

Va aparèixer de cop. Un terrible mal de cap acompanyat d'un mareig. Vaig suposar que era per causa dels moments de tensió que acaba de viure davant la possibilitat de perdre-ho tot i vaig témer que el cor m'anés a fallar. Vaig aclucar els ulls i vaig fer el cap enrere.

—Es troba malament?

—És el cap —vaig dir.

—Respiri fondo i lentament.

Amb els ulls tancats vaig seguir el seu consell. Aquell mareig em recordava el que havia patit a l'Escola d'Enginyers, just abans d'entrar al laboratori, tot i que ara era més fort. Vaig continuar respirant lentament. «Ara no, si us plau», vaig implorar.

De mica en mica, vaig tornar a la normalitat i vaig obrir els ulls. No tenia ni idea dels temps que havia transcorregut.

Vaig mirar per la finestra. Havíem abandonat la ciutat i circulàvem per una carretera secundària que desconeixia.

—On som? —vaig preguntar.

—A punt d'arribar —va dir Lluc, des del seient del conductor, i va assenyalar una masia envoltada per un mur de pedra.

El cotxe va entrar al pati i Lluc el va aturar davant de la casa.

Es tractava d'una construcció de pedra de planta baixa i un pis, que recordava les cases de pagès del segle passat. Ben conservada, per cert. La teulada era ocre i la façana no tenia balcons. Les finestres mostraven transparents blancs a través dels que s'endevinaven gruixudes cortines. Vaig tenir la sensació que algú ens observava des d'una de les finestres, perquè em va semblar veure un transparent que es movia. No obstant això, no vaig poder distingir ningú.

Vam baixar i ens vam dirigir cap a la porta d'entrada de doble fulla amb vidres petits i molt alta. Vam pujar els dos esglaons i vam entrar en un vestíbul decorat amb mobles antics, amb bon gust.

—Ha tingut bon viatge? —vaig sentir que deia una veu femenina que em resultava familiar.

Vaig mirar cap a la porta que hi havia a l'esquerra del vestíbul i em vaig trobar amb la senyora Contacte, la dona que havia conegut al Mussol i que havia desaparegut d'una manera tan espectacular.

—M'he marejat una mica —vaig respondre amb un somriure, mentre acceptava la seva salutació.

Els seus ulls es van engrandir i va mirar Alfred, tensa. Després, es va tombar cap a mi, sense deixar anar la meva mà.

—Ja es troba bé? Alguna sensació estranya? —em preguntà, i em va mirar, tot examinant el meu rostre.

—Li presento la doctora Maria Magdalena. És metge i antropòloga. I, com ja ha pogut comprovar, exerceix tothora —va dir Alfred.

—De vegades el que sembla una ximpleria pot ser el reflex d'alguna cosa més profunda —va respondre la doctora.

—I altres vegades, un excés de gelosia pot esglaiar qualsevol —va replicar Alfred—. La doctora li mostrarà la seva habitació.

—Després de vostè, doctora Maria Magdalena—vaig assenyalar l'escala.

—Millor ho deixem en Magda. Doctora em sona a grandiloqüent i Maria Magdalena és massa llarg com per cridar-me en cas d'urgència. El pacient moriria abans no acabés de pronunciar el meu nom.

Vam pujar les escales fins a un llarg passadís que s'estenia a dreta i esquerra, perpendicular a l'escala, i que estava ple de portes. La paret lluïa un paper pintat de colors vermellosos. Magda em va conduir fins a la segona porta a mà dreta i la va obrir.

—Es tracta d'una casa antiga, el bany és compartit i es troba al fons del passadís.

—De debò li ha preocupat un simple mareig? —li vaig preguntar.

—Vostè és hipertens i pateix del cor. Oi que sí?

—Només hipertens.

—I què pren?

—Sóc un desastre per als noms de medicaments, però porto el flascó aquí, a la maleta —li vaig dir, la vaig obrir i l'hi vaig ensenyar.

—Bé! —va assentir i em va tornar les pastilles—. Instal·li's. Torno d'aquí cinc minuts.

Va tancar la porta i em va deixar sol. L'habitació era gran, amb els sostres alts. Hi cabia perfectament el llit de matrimoni de ferro, un armari gran, dels que ja no se'n fabriquen, una còmoda enorme i fosca, un secreter que faria les delícies de qualsevol antiquari, una taula i un antic tocador amb un mirall. Els llums portaven bombetes antigues i les parets necessitaven una bona mà de pintura, perquè el verd poma ja es

197

veia deslluït.

Em vaig atansar a la finestra. El paisatge em resultava familiar, però no acabava d'identificar-lo. Vaig consultar el rellotge. Només havíem trigat deu minuts en arribar? Llavors vaig descobrir que s'havia parat. Les piles dels rellotges sempre s'exhaureixen en el moment més inoportú. Vaig buscar el telèfon mòbil per trucar Irene, però la llei de Murphy es compleix estrictament. No hi havia cobertura. Segurament, els gruixuts murs impedien la comunicació. Em vaig acostar a la finestra i la vaig obrir. Tampoc hi havia cobertura.

En un racó del pati vaig veure Magda i Alfred que parlaven. Bé, més que parlar, jo diria que Magda s'expressava amb una certa vehemència. De sobte va assenyalar cap a la meva finestra i jo, instintivament, em vaig fer enrere i em vaig amagar darrere la cortina, just abans que ambdós dirigissin els seus ulls cap a la meva finestra. Després, em vaig acostar molt lentament i vaig observar l'escena a través del transparent, procurant que no em veiessin. Magda va fer un gest sec amb la mà, donant a entendre que no acceptava les explicacions d'Alfred i que donava per conclosa la qüestió, va girar cua i es va dirigir cap a la casa. Vaig tancar la finestra, sorprès.

Vaig treure les camises, les vaig penjar a l'armari i em vaig seure al llit. Era alt i còmode. Llavors vaig veure que damunt de la tauleta de nit hi havia un llibre. Era la Bíblia. Vaig suposar que era per a les nits d'insomni. Poc després vaig escoltar que trucaven a la porta, em vaig aixecar i vaig obrir.

—Està tot al seu gust? —em va preguntar Magda. El seu rostre es mostrava distés.

—Sí. Però, no hi ha cobertura —vaig respondre mostrant-li el mòbil.

—Tota la zona roman aïllada —em va contestar amb naturalitat—. No s'amoïni. Hom s'hi acostuma de seguida.

—I com truco la meva esposa per dir-li que he arribat i que estic bé? Ja sap com són les esposes.

—Lluc ha d'anar a la ciutat. Ell pot trucar-la.

—Perfecte.

—Li ve de gust xerrar una estona? —em va preguntar.

—No pensava en altra cosa —li vaig dir, somrient.

La casa era enorme. Li vaig calcular unes vuit o deu habitacions, entre les dues plantes. Vam baixar i vam sortir al pati. Vam parlar amb Lluc i li vaig proporcionar el número del telèfon mòbil d'Irene.

—D'aquí mitja hora rebrà l'encàrrec —em va dir.

Vaig seguir Magda fins al menjador, una sala gran on només hi faltava que entressin els amos vestits de finals del segle XIX o començaments del XX. Ens vam asseure en un parell de butaques de cuir marró, molt ben conservades, que hi havia al costat d'un finestral que donava a un lateral de la casa. Davant nostre hi havia una taula baixa de fusta de caoba amb dues tasses, una tetera i un plat de pastes.

—Una tassa de te? —em va oferir Magda.

Vaig acceptar i vaig mirar la gràcia amb què servia. Entre tota aquella decoració, tenia la impressió d'estar davant la senyora de la casa que em feia els honors.

Em sentia bé. Divertit, seria la paraula justa. Immers en aquella atmosfera, sense possibilitat de telèfon mòbil, aïllat del món exterior, allunyat per complet de la modernitat, el meu cos s'havia avançat a la meva ment i apareixia relaxat. El temps havia deixat d'existir.

—Fins on ha arribat? —em va demanar, mentre removia el seu te amb lentitud, asseguda a la punta de la butaca i amb l'esquena ben recta.

—Què és un Redactor Final? —vaig preguntar.

—És la persona que ha de donar forma i contingut al treball de tots els que l'han precedit. La seva tasca consisteix en extraure de tots ells el coneixement, estudiar-lo, entendre'l, analitzar-lo, treure'n conclusions i redactar-les.

—Gairebé res! —vaig fer—. Total: un joc de nens.

—Per això l'hem triat a vostè.

—Qui m'ha escollit?

—Li demano un xic de paciència. Ja ho sabrà.

—Entesos —vaig acceptar amb resignació.

Li vaig relatar els meus pensaments, els meus somnis i les meves visions. Ella m'escoltava amb molta atenció i de tant en tant em feia la impressió que m'observava amb ull clínic, sobretot quan m'interrompia per demanar-me que aprofundís en algun aspecte o en algun tema concret, aconseguint que jo li expliqués amb tot luxe de detalls no tan sols el que havia vist, pensat i somiat, sinó el que havia sentit en veure-ho, pensar-ho o somiar-ho. Em va sorprendre que mostrés especial interès en si havia notat algun canvi físic. Li interessava més el meu estat de salut i el que havia sentit que no pas el que havia succeït de debò. De fet, va haver un moment en què vaig pensar que trobava ben natural tot el que li explicava i que, fins i tot, ja s'ho esperava. Em va demanar en tres ocasions per la meva tensió sanguínia i li vaig relatar l'episodi ocorregut uns dies abans, a casa. Va fer un petit gest de disgust.

—Ha arribat vostè molt lluny —em va dir en acabar el meu relat—. Com se sent, ara?

—Bé, francament bé.

—Hi ha alguna cosa que s'hagi deixat? Alguna cosa que no hagi dit a ningú. Ni tan sols a vostè mateix.

—En tot cas, serien pensaments personals.

—Creu que no guarden cap relació amb el que està succeint? —va fer sense deixar de mirar-me.

—Per què hauria d'existir cap relació? Busco saber.

—Saber és comprendre. Com pot vostè comprendre, si no accepta que tot és un?

Em vaig quedar pensarós. Sí, hi havia una cosa que... Quan vaig començar aquesta aventura, ho vaig fer com totes les que havia dut a terme al llarg de la meva existència. No obstant això, existia una diferència. Per primera vegada, no tenia pressa en acabar. Per primer cop era conscient que trontollaven els fonaments del meu interior i va haver-hi un moment en què vaig sentir pànic i que vaig intentar ocultar aquesta realitat, oblidarla i passar de puntetes per damunt d'ella amb l'excusa que el que estava investigant era el més important. Tanmateix, la porta s'havia entreobert i jo sabia que mai més no es tancaria, perquè ja havia intuït el que podia trobar al darrere. M'havia intuït a mi mateix. I això va ser el que em va esglaiar.

—Exacte! —va exclamar Magda, i em va sorprendre. Semblava que havia seguit els meus pensaments—. Sempre hem contemplat la ciència amb fascinació i amb gran respecte. Hem cregut que és freda i distant, feu d'unes poques ments privilegiades. I la ciència som nosaltres. Tots i cadascun dels que habitem aquest planeta i aquest univers. Per què creu que l'hem escollit precisament a vostè?

—Ja l'hi he preguntat abans.

—Perquè té unes condicions força especials —va exclamar en to d'evidència.

Anava a replicar quan va aparèixer a la porta un home alt i gras, d'uns cinquanta anys, que s'eixugava la suor amb un mocador.

—Li presento Andrew Foxter, el nostre historiadors —va dir Magda.

—Encantat —vaig dir, aixecant-me i acceptant la seva mà, grossa i forta.

—Vols quedar-te amb nosaltres? —va preguntar Magda.

—Si ningú no té inconvenient...

—Per mi, cap problema —vaig respondre.

Ens vam seure i Magda va somriure i em va mirar.

—Em sembla recordar que, un cop, vostè va establir una curiosa definició de la llibertat —va dir—. Se'n recorda?

—Ha llegit les meves obres?

—Per descomptat! —va respondre Magda, i va assentir amb energia.

Vaig regirar dins de la meva memòria.

—La llibertat no és la facultat de fer o deixar de fer segons la pròpia conveniència, sinó la capacitat d'acceptar els esdeveniments i entendre'ls —vaig recitar—. Ho vaig escriure a la mort del meu pare. Els meus germans i jo fèiem torns cada nit a l'habitació de l'hospital, i em va tocar a mi. Vaig assistir a l'instant de la seva expiració, al moment final, a aquest subtil canvi en què la vida s'escapa i el cos apareix simplement com una carcassa.

—S'adona de tota la dimensió de la seva definició de la llibertat? Tots plegats ens cerquem, els uns als altres, i no hi ha cap per què. Si volem seguir endavant, l'imperi de la raó ha de morir. Al cotxe, quan venien cap aquí, vostè ha dit l'Alfred que consideraria just que aturés l'automòbil perquè s'havia saltat una norma. Ningú no aturarà el vehicle en el qual viatja, excepte vostè mateix. I, a partir d'ara, no hi ha normes ni obligacions ni res de res. Només haig d'advertir-li que, si segueix endavant, tot canviarà i que mai no tornarà a ser el mateix, perquè allò que escoltarà en aquesta casa mai no podrà oblidar-ho.

Em vaig quedar sorprès davant el seu discurs. Alfred li havia explicat la nostra conversa al cotxe. Potser per això discutien?

—Em porten fins aquí i em demanen que prengui una decisió, que els digui si vull seguir endavant o no? —vaig replicar.

—Volem que entengui perfectament que és a punt d'enfrontar-se al més terrible d'aquest món —va dir Andrew, va callar un instant i va prosseguir—: Si no ho fa, vostè no ens serveix per a res.

—Algun terrible monstre? —vaig somriure divertit.

—Això no és ciència ficció ni es tracta d'una pel·lícula d'Hollywood carregada d'efectes especials —va dir Andrew—. Es troba vostè immers en la realitat i la realitat no té naus espacials ni decorats que serveixen perquè els espectadors es quedin bocabadats. Aquí només som nosaltres amb la nostra soledat. Aquest monstre, al qual s'hi ha d'enfrontar, és vostè mateix, perquè haurà d'acceptar fins i tot l'inacceptable.

—Com per exemple...?

—Fa una estona, m'ha explicat els seus avenços, els seus

somnis i els seus descobriments —va dir Magda—. Fa una estona m'ha exposat la seva teoria que a Pangea es van dedicar a experimentar genèticament amb les plantes per obtenir prou aliment per tothom. Tal com ho ha exposat podria ser un argument sensacional per una novel·la de ciència ficció. I aquí s'ha aturat, just a la porta d'entrada cap a un altre univers. El pas següent, després d'omplir l'afany de dominar les malalties de les plantes, és descobrir que les recombinacions genètiques responen, totes, al mateix principi. Podem tallar una cadena d'ADN per extreure o substituir o afegir un gen. I aquí assistirem a l'aparició d'espècies diferents, fins i tot nous arbres, fruits desconeguts o insectes nascuts de l'encreuament amb altres espècies. Amb les tècniques i els coneixements adients, podem arribar, fins i tot, a seleccionar les característiques que més ens interessin i crear insectes que realitzin les tasques que planifiquem per a ells.

—La porta cap a la Creació —vaig murmurar en veu alta —. És això el que insinua que van aconseguir a Pangea?

—Insinuar? —va riure divertida—. Els habitants de Pangea van començar a somiar sobre el que podien fer amb aquests coneixements genètics, aplicats a... —i va deixar la frase en l'aire

—La seva pròpia genètica? —vaig exclamar.

Va aixecar les celles i va deixar caure el cap a un costat, mentre obria les mans amb els palmells cap amunt.

—L'ADN és la molècula que governa la vida —va dir—. Des del virus fins a nosaltres, els éssers humans, la famosa estructura en doble hèlice és la mateixa. I també compartim el mateix vocabulari: A, C, G i T. Quatre lletres per designar els quatre únics nucleòtids de base: Adenina, Citosina, Guanina i Timina que es repeteixen per formar una cadena d'ADN. Aquesta cadena és, si em permet l'exemple, una frase molt llarga composta per paraules de tres lletres, sense cap puntuació. Així, la seqüència ACTGGTGGA es llegeix ACT, CGT, GGA. El problema és l'extraordinària longitud de les frases. La transcripció del codi genètic del cromosoma d'un simple bacteri, la més petita de totes, ocupa unes dues mil pàgines d'un llibre. Es necessiten més d'un milió de pàgines per descriure el codi de la cèl·lula d'un mamífer.

—Imagini's —intervingué Andrew—. Han passat molts anys i els ordinadors de Pangea han emmagatzemat i analitzat les transcripcions de les cèl·lules de plantes, animals i... les de l'ésser humà. Ara, els anomenats àngels, que no són més que científics i investigadors, ja poden inserir el gen humà del creixement dins del codi genètic d'animals per obtenir moltons dues vegades més grans. Aquesta és una altra font d'aliments que es pot multiplicar. No tan sols aconsegueixen produir el pa nostre de cada dia, sinó que han realitzat el miracle de la multiplicació dels pans i dels peixos.

—De debò va succeir tot el que m'estan dient? —vaig preguntar, bocabadat.

—Fa una estona li he preguntat si volia seguir endavant —va dir Magda—. La pregunta no era gratuïta, tot i que vostè se l'ha pres a la lleugera, potser perquè fins ara ha viscut l'aventura tecnològica, que és externa a nosaltres. Tanmateix, li he advertit que ara s'haurà d'enfrontar a vostè mateix, amb totes les conseqüències.

—Resulta terrorífic imaginar que experimentem amb els gens, oi? Les conseqüències poden ser incalculables —vaig respondre, esglaiat, mentre reflexionava en veu alta—: Posseir les claus de l'ADN... Totes les claus... Les possibilitats que s'obren són infinites... El poder de crear. Què podem fer amb ell?

—Bona pregunta —va dir Andrew—. En l'actualitat, pocs anys després del gran descobriment de la doble hèlice de l'ADN, l'enginyeria genètica ha fet sortir el debat de les aules i dels laboratoris perquè entri de ple a la política. I ja no l'ha abandonada, perquè el debat que s'ha establert encén passions. Ningú no és capaç de determinar quines poden ser les conseqüències per a la societat. Seran els beneficis esperats prou importants com per compensar els perills que ja es pressenten?

Els més optimistes parlen de collites abundants, de medicaments més eficaços i barats, del domini sobre les malalties. Els més pessimistes alerten sobre noves epidèmies mundials causades per nous bacteris, parlen de desequilibris que arrossegaran catàstrofes ecològiques, s'esglaien de noves armes a les mans dels poderosos i profetitzen un sistema per dominar i controlar l'esperit humà. Sigui quin sigui el guió cinematogràfic exposat, la divergència d'opinió no és més que el reflex del desconcert que genera la possibilitat d'entrar de ple dins de la genètica molecular i dominar-la.

—De què parlem: de passat, de present o de futur?

—El saber no té temps ni espai, perquè el passat, el present i el futur no existeixen com a elements separats —em va contestar Andrew—. Tot forma part del present. Bé sigui en forma de records o en forma de projectes, el passat i el futur són aquí, en present. Per això, quan parlem del que va succeir a Pangea, fa milers d'anys, estem parlant del que avui succeeix aquí. Vostè pregona que la història és cíclica. I ho és fins a cert punt, perquè els cercles en què es mou no coincideixen plenament, sempre hi ha una petita diferència que els converteix en altres cercles.

—Vostè també ha llegit les meves obres?

—No hi ha millor forma de conèixer algú que furgar en els seus pensaments —va aixecar la mà i la va agitar com si espantés mosques—. Prosseguim —va dir, va respirar fondo i va reprendre el seu discurs—: Tots pensem en el que pot arribar i en els dilemes que se'ns presenten i que poden condicionar el nostre futur. Per escapar del dilema entre l'anarquia en la investigació o el control absolut per part dels poders públics, Alvin Toffler, autor del seu cèlebre *Xoc del futur*, veu únicament una solució: «La creació d'una democràcia que no sigui tan sols participativa, sinó anticipativa». El futur és el nen del present i, com a tal, cal preparar-lo. Recordi això, si us plau. Toffler afegeix: «Tot dòlar invertit en investigació hauria de ser compensat amb un altre dòlar consagrat a la integració de les seves conseqüències en el context social. Perquè tenim la urgent necessitat de disposar d'una tecnologia més humana, més sensible a les necessitats locals i col·lectives, i respectuosa amb el medi ambient». En ben poques paraules: necessitem una tecnologia responsable. I no es tracta d'un prec, sinó que des del jove més inexpert fins al conscienciós Premi Nobel, tothom desitja creure en el futur. La fe no és res sense un canvi radical de les meves actituds. Tal com apunta el psicòleg americà Skinner, «l'èxit d'una cultura depèn del seu comportament respecte al futur i de les raons que la impulsen a desitjar-lo. Les cultures encertades són les que van saber inculcar els homes la voluntat de fer-se càrrec del seu futur». Es tracta, doncs, d'una obra de participació i d'anticipació col·lectiva, degudament planificada, que s'acosta notablement a la cultura matriu-centrista que vostè ha definit tan bé, on les activitats s'efectuen en grup, seguint normes fixades per la comunitat —va fer un curt silenci, em va apuntar amb el dit índex—: M'encanta el terme *matriu-centrisme*. El felicito.

—Gràcies —vaig dir, i vaig gosar apuntar—: No serà, potser, que una vegada més la memòria del socialisme antediluvià truca novament a la porta de la història?

— A Pangea els problemes tecnològics no xocaven amb les circumstàncies actuals —va dir Andrew—. La societat de Pangea, la cultura que vostè ha definit com a matriu-centrista, era pacífica i socialista, i havia escollit la raó enlloc de l'abús de l'enfrontament. Per això va dictar unes normes. Primera: la vida és el valor suprem, sota totes les seves formes, i la tecnologia, que és la pura manifestació de la preocupació màxima pel respecte de l'equilibri biològic, és i sempre serà ecològica. Segona: qualsevulla modificació del medi ha d'executar-se amb prudència, sense presses, seguint les lleis de la natura per integrar-ho tot sense traumes i finalment fondre ciència i natura, tècnica i vida, tecnologia i ecologia. Tercera: la integració ha de ser tan perfecta que fins i tot quedi esborrat tot rastre d'intervenció humana. I quarta: tota intervenció ha d'estar

206

justificada i mai no ha d'obeir al caprici de tecnòcrates o d'ambiciosos, sinó a una necessitat vital que contribueixi al bé comú.

—Aquests dos grans valors, el respecte per la vida i la constant preocupació pel bé col·lectiu, representaven els motors i les guies —va dir Magda—. La tecnologia de Pangea sempre va procurar mostrar-se humana i responsable. Fins i tot, i més encara, amb el domini de l'enginyeria genètica. Mentre uns biòlegs posaven tot el seu saber al servei de la indústria agroalimentària, altres continuaven desxifrant pacientment el codi genètic de l'espècie humana. A Pangea, tothom havia entès i acceptat quin era el seu paper en aquesta representació. Més enllà de la fascinació de ser l'objecte de la seva pròpia anàlisi i dels seus descobriments, el genetista se sentia jardiner de la vida. Immens, enorme, meravellós, l'Arbre de la Vida de Pangea reclamava totes les seves atencions per resplendir en la seva total perfecció. No podien existir les imperfeccions.

—Això comença a recordar-me els nazis —em vaig queixar.

—Mai no van arribar a aquests extrems —em va tranquil·litzar Andrew.

—Per combatre les imperfeccions o, millor, per eradicar-les, disposaven de tot un arsenal d'armes que sortien de fàbriques microscòpiques: els bacteris genèticament tractats, que no mesuren més enllà de dues mil·lèsimes de mil·límetre —em va explicar Magda—. Al costat del seu cromosoma únic, posseeixen petits anells d'ADN: el plasmodi, que són els motors de la fàbrica bacteriana. Heus aquí, per exemple, el que podien fer per fabricar insulina. D'una banda tenien una cèl·lula humana, i per l'altre un bacteri. Entre ambdues, actuaven els bisturís químics microscòpics que eren els enzims de restricció. Començaven per extreure l'ADN de la cèl·lula. Amb els enzims, tallaven el fragment que conté el gen productor de la insulina; retiraven el plasmodi del bacteri, que obrien d'un sol tall, mitjançant l'enzim; inserien el gen de la insulina, tancaven novament l'anell, prenien el gen defectuós, l'inserien en el bacteri i ja podien eliminar-lo. El bacteri tractat genèticament proliferava produint, en aquest cas, molècules d'insulina humana.

—És gairebé increïble .

—Introduint gens humans en bacteris, transformaven vulgars microbis en fàbriques capaces de produir un munt de proteïnes d'acció terapèutica —va dir Magda—. Les condicions de buit i d'ingravidesa als laboratoris situats a la Ciutat del Sol, els permetien investigar en aquests camps i assolir el zenit de la perfecció. Imagini medicines extremadament rares, produïdes en massa per electroforesi, procediment que resulta dues-centes vegades més eficaç en ingravidesa que damunt de la Terra. La fabricació en condicions de microgravetat espacial donarien com a resultat substàncies de quatre a deu vegades més pures: les especialitats antihemofíliques, l'interferó, les cèl·lules Beta, els cicatritzants, les proteïnes que s'encarreguen de la gènesi dels glòbuls vermells, les hormones de creixement, les vacunes sintètiques... Sense oblidar l'interleukine 2, essencial per al funcionament del sistema immunitari, el factor IX de coagulació de la sang, l'antigen de superfície del virus de la ràbia i les vacunes contra l'hepatitis B. La llista no ha fet res més que començar.

—I per què no es fa avui en dia?

—La nostra filosofia no és la de Pangea —va intervenir Andrew—. Nosaltres actuem en funció del benefici que som capaços d'obtenir. Si alguna cosa no interessa, s'elimina o s'amaga o s'ignora. S'esgarrifaria si descobrís tot el que s'arriba a fer amb l'ésser humà, sense que nosaltres ho sapiguem ni en siguem conscients. Hi ha laboratoris que experimenten amb cobais humans del Tercer Món. Ningú no ho impedeix. De tant en tant es roda una pel·lícula que toca el tema, perquè està basada en un fet real. Evidentment, els noms es dissimulen i l'espectador surt dient «Sembla mentida!». I ja està. Els grans descobriments es reserven per als rics, els que pagaran el que sigui amb tal d'obtenir la seva salvació. No obstant això, a Pangea va arribar un dia en què van deixar de parlar de curar i van començar a utilitzar el terme *prevenir la malaltia*, perquè la detectaven i l'aturaven abans que els condemnés a patir i els produís la mort. Avui dia no interessa aquesta filosofia, sinó tot el contrari, el màxim interès se centra a curar noves malalties de disseny que van apareixent. D'aquesta manera tota la indústria relacionada amb el món de la salut segueix endavant, crea nous llocs de treball, mou l'economia, engreixa els comptes dels seus accionistes... sense oblidar l'univers de la publicitat, el turisme que genera gràcies als seus congressos i un milió d'aspectes que, segons sembla, s'aturarien i podrien enfonsar el món —va riure amb força—. Naturalment, hi ha excepcions. Però, pel moment, són excepcions.

—Tan lluny van arribar a Pangea? —vaig demanar, gairebé marejat pel que estava escoltant.

—Molt més que no pas s'imagina —em va respondre Magda—. El que li hem explicat només és el començament. No obstant això, al costat d'aquests increïbles avenços, també van descobrir que la mort és inevitable. Per més que s'hi esforçaven, no aconseguien donar amb cap antídot, cap reacció que invertís el procés, cap bacteri que fos capaç d'operar les cèl·lules i extreure'n el gen de la data final. La mort forma part del cicle de la vida i és una etapa més, igual que passa amb el naixement. És amb el naixement i amb la mort, amb l'alba i amb l'ocàs, que la biosfera es regenera i es perpetua. Sense ella, el pols vital aniria cada vegada més lent i acabaria per aturar-se i esdevenir un món petrificat. La immortalitat és un somni nascut de la por que es va generar després del Gran Cataclisme, un engany i un desig absurd i inútil. Perquè la mort, per ella mateixa, no és lletja. El que la fa horrorosa, és el patiment que la precedeix, la violència que la provoca. Però a Pangea ignoraven què és el patiment i ja feia segles, mil·lennis, que s'havien desembarassat de la violència. De vegades moria lagú en un accident, però la major part morien de vells.

—Però això no va impedir que perseguissin la millor qualitat possible de vida —va dir Andrew.

—I què van aconseguir? —vaig preguntar, absolutament fascinat.

—Van aconseguir crear anticossos monoclonals —em va respondre Magda—. És a dir: cèl·lules que es reproduïen indefinidament quedant sempre idèntiques a l'original. Si no podien viure més temps, si més no el temps que visquessin serien sempre joves. És el somni de Faust, l'elixir de l'eterna joventut. La Bíblia conserva les traces d'aquests experiments, una mica vagues però evidents amb Matusalem, i molt més nítides en un curiós versicle del Gènesi (3, 22): «Va dir Iahvè Déu: Heus aquí a l'home fet com un de nosaltres, coneixedor del bé i del mal; que no vagi ara a estendre la seva mà cap a l'arbre de la vida, i menjant d'ell, visqui per sempre». I hi ha un altre personatge, molt conegut per vostè, Enoc, que ho va deixar escrit al seu llibre: «Els sants i els elegits s'elevaran de la Terra; seran revestits d'un vestit de vida. Aquest vestit de vida és igual que el de Senyor dels Esperits; en la seva presència el seu vestit no envellirà en absolut».

—No obstant això, tot té un límit i res no és etern —va dir Andrew—. El Gènesi (6, 3), ho cita clarament, just abans del Diluvi: «I va dir Iahvè: no romandrà per sempre el meu esperit en l'home, perquè no és més que carn. Cent vint anys seran els seus dies». No obstant això, res no és tan exacte i els textos no poden prendre's al peu de la lletra, per la qual cosa tot pot ser modificat, allargat i canviat. Ells, els habitants de Pangea, van aconseguir empènyer els límits fins l'increïble. Enoc torna a deixar constància d'això al capítol 58 del seu llibre: «Al catorzè dia del setè mes de l'any cinc-cents de la vida d'Enoc...»

—Sí. Ho recordo perfectament —vaig respondre—. La seva vida sobrepassava els cinc-cents anys, i continuava sent jove.

—Suposo que també recorda que diu que «és en va que esperaran per als seus fills una vida de cinc-cents anys». De manera que aquesta longevitat quedava reservada a l'elit.

—Necessito descansar —vaig dir, i vaig respirar fondo—. Em sento marejat i em costa respirar.

—Sí, és millor que descansi —va dir Magda—. L'acompanyo a dalt.

—No cal —vaig somriure.

—Insisteixo —em va contestar, molt seriosa.

No vaig poder negar-m'hi i em va acompanyar fins a la porta de la meva habitació. Just abans d'entrar-hi, em va obrir les parpelles amb els dits i va observar amb molta atenció els meus ulls.

—Bé! Tot és correcte. Descansi —va dir i va somriure més tranquil·la.

En la soledat de l'habitació, mentre contemplava el paisatge, gairebé vaig maleir el dia que, assegut al tercer graó d'aquelles escales, vaig implorar i vaig exigir saber. Ara tot el meu món trontollava. Si tot allò que explicava aquella gent era cert, significava que la frase pronunciada per Irene esdevenia real i que tot el que ens havien ensenyat durant tota la nostra vida, els nostres pares, els professors i tots els nostres grans, era fals, però no perquè ells volguessin enganyar-nos, sinó perquè també caminaven perduts i equivocats.

Vaig sospirà, vaig somriure i em vaig demanar: Algun dia seré savi?

22.- EVA I LA SERP

Alfred em va venir a buscar per sopar i em va demanar com estava. Li vaig contestar que bé, però ell em va aclarir que es referia al meu estat interior, més que no pas al físic.

—Regirat —li vaig contestar—. Sento enveja de vostès. Vint-i-cinc anys treballant com a enginyer i després escrivint històries. I què he aconseguit? Perdre'm en fantasies. En canvi, Andrew és un home sensacional i Magda, que ha dedicat tota la seva vida a un ideal...

—De vegades les coses no són tan fàcils com sembla. Magda treballava en un gran projecte d'investigació genètica. Tenia davant seu una carrera força prometedora. Tothom deia que era un geni en el seu treball. Un dia va perdre els seus dos fills i el seu espòs en un accident. Tot el seu món es va esfondrar en un tres i no res, en el temps que triguen a comunicar-te que tot el que estimaves s'ha perdut per sempre i que l'única cosa que et queda són els records. Aquesta dona va haver d'enfrontar-se al seu monstre, a ella mateixa, de sobte, sense més ni més, i va estar a punt de cometre una bogeria.

—No ho sabia. Se la veu tan segura...

—Andrew, s'ha passat disset anys tancat a la presó per un crim, que naturalment va cometre. No és dels que amaguen els seus errors. Per matar el temps va començar a interessar-se per la història. Té una memòria extraordinària. Esculli l'època que vulgui i ell l'hi relatarà fins al més petit detall, amb totes les anècdotes imaginables. És dels que pensen que el passat ha de donar-nos la clau del futur.

—La història és cíclica —vaig dir.

—Depèn de nosaltres, que sigui cíclica o que tallem el cercle viciós i emprenguem un altre camí. Avui han parlat de Pangea i de com van aconseguir allargar la vida. No obstant això, a mesura que apareixen els èxits, també apareixen els problemes. Som aquí per créixer. Els habitants de Pangea ho van descobrir i es van adonar que havien d'assegurar el futur de les generacions. El límit de capacitat de la Terra, la quantitat d'éssers humans que podien alimentar era de vint mil milions d'habitants. Aquest és un límit màxim. Jean Fourastié ho il·lustra plantejant una qüestió fonamental: «¿Què és millor per a l'home: una humanitat de vint mil milions d'humans, al límit de l'esgotament i amb un nivell de vida u, o una humanitat de mil milions amb un nivell de vida deu envoltats per una natura exuberant i pletòrica?»

—La teoria de Malthus.

—Tard o d'hora arribarà i llavors es posaran en marxa els mecanismes reguladors basats en la supervivència. En aquest estadi, tot s'hi val —em va explicar, i jo vaig assentir—. A Pangea, amb una simple operació d'aritmètica elemental, van arribar a la conclusió que l'essencial era no sobrepassar mai la barrera dels dotze mil milions. Una vida digna requereix d'un lloc on viure i aliments. Als Estats Units, cada nord-americà devora, generalment, gairebé una hectàrea de conreu. Entre aquesta bulímia, condemnada per tots els especialistes en dietètica, i la frugalitat que significa viure amb 0,4 hectàrees, puc imaginar un tipus de règim ideal, suficient, basat en un consum de 0,6 hectàrees. Quant a l'espai vital, personal i confortable (habitatge, carrers, serveis...), n'hi ha prou amb vuit-cents metres quadrats per persona.

—I amb dotze mil milions tot això es compleix?

—Sí —va assentir—. Pangea era una illa de cent seixanta

milions de quilòmetres quadrats. Ells van determinar una població de dotze mil milions d'habitants que poguessin viure en les condicions que acabo de plantejar, van reservar setanta-dos milions de quilòmetres quadrats per l'agricultura, mentre que a l'habitatge li van assignar uns deu milions de quilòmetres quadrats i encara els hi quedaren setanta-vuit milions per a boscos, llacs, sabanes, rius i terres verges. Un bon equilibri ecològic: gairebé la meitat del territori de Pangea continuava en estat salvatge. Avui dia comptem amb sis mil milions d'habitants. Assolir els divuit mil milions d'habitants significaria entrar en l'espiral de la pobresa i la caiguda immediata en la fam generalitzada.

—Plantejat així és més que dramàtic.

—Podem pensar que sis mil milions de boques excedents no apareixen de la nit al dia i que disposem de prou temps per reaccionar —va somriure—. Però, ens reproduïm de forma exponencial. ¿Coneix l'endevinalla de Robert Lattès, autor del *Informe sobre la situació de la humanitat* per al Club de Roma?. Diu més o menys així: un petit nenúfar creix en un estany. Cada dia, dobla el seu volum i, si no l'aturo, al cap de trenta dies haurà cobert tota la superfície i asfixiarà tota vida a l'aigua. Però el nenúfar és tan petit que no m'inquieta. Imagino que disposo de prou temps i decideixo que ja el tallaré quan cobreixi la meitat de l'estany. Quan arribarà a cobrir la meitat de l'estany?

—El dia vint-i-nou, evidentment —vaig contestar.

—Sí, senyor —va fer—. I aquest dia només disposaré de vint-i-quatre hores per salvar el meu estany. Tanmateix, arribada aquesta data, descobreixo amb horror que en un dia només puc netejar la desena part de l'estany i que l'endemà es desborda i que ja m'és impossible aturar el seu avenç.

—Robert Thomas Malthus, en el segle XIX ja alertava sobre els límits del creixement i no li hem fet cas—vaig dir, mentre contemplava una Lluna creixent que il·luminava el camp solitari i en pau.

—El juliol de 1987, segons les dades oficials, hi havia cinc mil milions d'éssers humans damunt la terra. L'any 2005 la xifra ha augmentat fins a sis mil cinc-cents milions. Realitzant una projecció del que ha succeït fins avui, aproximadament cap a l'any 2050, tenint en compte que el creixement s'ha moderat, serem dotze mil milions. I per passar de dotze a divuit mil milions... només necessito uns anys més. En aquestes circumstàncies, gairebé imploro una guerra.

—¿Què van fer a Pangea, si no hi havia guerres ni epidèmies, les catàstrofes naturals eren escasses, disposaven de prou aliment i la població vivia una bona colla d'anys?

—Aleshores, com ara, tot descansava damunt l'equilibri entre producció i consum, entre el capital (recursos energètics, industrials i alimentaris) i la població. És el problema de les aixetes, on haig de ser capaç de mantenir constant el nivell d'un dipòsit obrint i tancant una aixeta, mentre que el dipòsit va perdent aigua, però de forma absolutament aleatòria i sense parar. Haig d'escollir entre nivell de consum i despesa, sense perdre de vista que mantenir un nivell alt de consum m'obliga a realitzar fortes inversions i produeix una ràpida depreciació del capital. Fa falta més aigua, desapareix més ràpidament i es queda menys temps al dipòsit. I, d'altra banda, reduir el consum per salvaguardar el capital condueix a l'estancament, al creixement nul.

—Conec l'exemple del tanc d'aigua —vaig dir—: Si accepto un nivell de consum reduït, puc aconseguir un equilibri en un punt baix de la meva economia. Però, llavors, em dirigeixo cap a un socialisme igualitari. I aquí es troba el perill. El racionament condueix a una major desigualtat, que és just l'efecte contrari d'allò que persegueixo. Els països pobres són els països on hi ha fortunes incalculables. L'aristocràcia triomfa on no hi ha democràcia.

—Exacte! I aquella gent tenia molt clar que el seu destí, el de la humanitat, no podia limitar-se a vegetar en un món de penúria o de límits de pobresa, sinó que desitjaven viure dignament. L'informe del MIT ho diu clarament: «Població i capital són els únics paràmetres que han de romandre constants per aconseguir un estat d'equilibri. Qualsevulla altra activitat humana, si no elimina recursos irreemplaçables ni degrada el medi ambient, pot créixer indefinidament».

—Pangea tenia recursos energètics inesgotables —vaig dir—. Les riqueses alimentàries i el medi ambient, protegits, no patien cap risc de degradació. Podien elevar el seu potencial industrial fins a obtenir un nivell de vida alt, ajustat a la societat que desitjaven, i tot quedava reduït a un problema de planificació. Només necessitaven regular amb precisió les aixetes d'entrada i de sortida del dipòsit.

—Ni més ni menys —va assentir Alfred—. Ajustant la despesa d'aigua per sota de la seva capacitat de regeneració, ja havien assegurat que la font no s'assecaria i fluiria durant molts anys. Pràcticament de forma indefinida. Però l'ajust no podia ser en la producció ni basar-se en una reducció del consum per habitant, que perjudicaria la qualitat de vida, sinó que havien d'actuar limitant el nombre de consumidors.

—Perquè aquesta xifra romangui constant, el nombre de naixements no ha d'excedir al de defuncions, i viceversa —vaig meditar.

—Això implica el control absolut de la natalitat i, en un món on l'esperança de vida és alta, l'índex de natalitat ha de ser baix: dos nens per parella.

—Hi ha una cosa que no em quadra —vaig fer, i el vaig mirar als ulls—. Si parlem d'una societat matriu-centrista, on el respecte a la vida és el centre de tota la meva filosofia, com puc anar a favor de la contracepció?

—Vostè ara contempla el problema amb els ulls de les religions. En una societat matriu-centrista, la vida constitueix el centre. No obstant això, la vida no és sinònim de naixements. Són els naixements i molt més. Així ha estat i Enoc deixa constància al seu llibre, al capítol 96, versicle 14: «La dona no ha estat creada en absolut estèril, sinó que ella, amb les seves mans, s'ha privat de tenir fills». No és el primer cop que Eva intervé en la història de la humanitat per canviar el curs dels esdeveniments. Erich Fromm pensa que l'agricultura, més que probablement, va ser inventada per la dona. La idea d'un Caín de sexe femení és més que seductora; justificaria l'origen del nom *qâna*, que significa procrear, i l'acostaria a Eva. Perquè Eva, la dona, va pagar molt cara la seva decisió de privar-se de la maternitat. Les raons han estat hàbilment disfressades, només ens ha arribat el seu flirteig amb la serp i aquesta decisió ha passat a la posteritat amb el nom de pecat original.

—Ja sé que és pura fantasia, que no constitueix més que un conte, una invenció de l'home. A aquesta conclusió ja he arribat fa temps —vaig riure.

—Ull viu amb les fantasies! —va fer—. De vegades poden amagar grans veritats. L'Arbre, Eva i la Serp no són més que tres peces d'un trencaclosques, tretes fora de context i que han esdevingut una falç macabra que culpa de totes les desgràcies un dels sexes: el sexe femení. El procés mitjançant el qual s'ha falsificat la història és simple, fins i tot groller. Ens han inculcat la imatge de l'arbre de la temptació, que ha quedat impresa en la nostra memòria infantil. Però, de quin arbre estem parlant?

—Del de la Ciència, del Bé i del Mal —vaig contestar.

—No exactament —va replicar Alfred—. Al capítol 2, versicle 9, del Gènesi podem llegir: «Va fer Iahvè Déu brollar en ell tota mena d'arbres bells a la vista i saborosos al paladar, i enmig del jardí va plantar l'arbre de la vida i l'arbre de la ciència del bé i del mal». Dos arbres, no pas un de sol. I als versicles 16 i 17 continuem llegint: «I els va donar aquest mandat: De tots els arbres del paradís podeu menjar, però de l'arbre de la ciència del bé i del mal no en mengeu perquè certament morireu». No obstant això, al capítol 3, els versicles 2 i 3 aporten llum sobre les intencions d'Eva: «Dels fruits dels arbres del paradís mengem, però del fruit del que està enmig del paradís ens ha dit Déu: No mengeu d'ell ni el toqueu tan sols, no aneu a morir». Se n'adona?

—No ben bé —em vaig queixar davant l'allau de citacions.

—Adam, l'ésser humà, menjava lliurement del fruit de l'arbre de la Vida —va dir—. No hi havia cap mena de prohibició respecte d'això. La prohibició era sobre els fruits de l'arbre de la Ciència, del Bé i del Mal. Llavors, no s'entén a què vénen els escarafalls de Déu uns versicles més tard, concretament en el 22, quan exclama: «...que no estengui la seva mà cap a l'arbre de la Vida i menjant d'ell, visqui per sempre». La contradicció dels textos posa de relleu l'error comès en la seva escriptura. L'arbre de la Vida, evidentment, no pot matar. Arriba, doncs, la gran pregunta: Potser Eva es va equivocar d'arbre o, tal vegada, no va entendre o va tergiversar el missatge diví? En el primer cas hauria actuat com una idiota i, en el segon, com una estúpida i ridícula perversa. Tant si m'inclino per una solució o per l'altra, idiota o perversa, Eva sempre acaba tenint la culpa de tot.

—Un arbre matava i l'altre donava la vida?

—L'arbre de la Ciència, del Bé i del Mal matava en sentit figurat perquè despertava la consciència i el coneixement —va assentir Alfred—. Això significava passar de consciència col·lectiva a consciència individual i descobrir que com a individus morim, mentre que fins aquell moment no ens plantejàvem aquesta possibilitat. Simplement vivíem la nostra vida i moríem. La vida eterna estava reservada a l'espècie, que es perpetua, no a l'individu, que únicament es reprodueix.

Vaig assentir lentament.

—I l'arbre de la Vida? —vaig preguntar.

—És hora de sopar —va respondre, es va tombar i es dirigí cap a l'escala.

Aquell home tenia l'estranya habilitat de tallar una conversa en l'instant més interessant. No obstant això, no vaig protestar. Havia vingut per escoltar i era molt conscient que Alfred seguia un pla i que no es desviaria ni un mil·límetre del seu camí.

Vam baixar al menjador, on m'hi esperava una altra sorpresa.

—Li presento Jacint Planes. El nostre cuiner —em va dir Alfred, en ensopegar amb el professor sonat de l'Escola d'Enginyers, que duia una bata blanca.

—Jacint Planes. De debò és el seu nom? —vaig preguntar sorprès.

—Doncs, i és clar! —va respondre i es va assenyalar la bata.

—És la mateixa bata que portava el dia que ens vam conèixer?

—Doncs, i és clar! —va fer novament.

—I la professora que va entrar després també portava una bata amb J. Planes a l'etiqueta —vaig recordar.

—Doncs, i és clar! —va respondre per tercer cop.

—O sigui que cuiner? —vaig somriure, i em vaig disposar a esperar que respongués: «Doncs, i és clar!». Però no la vaig encertar.

Enlloc d'això em va engegar un discurs sobre que la química és l'art de cuinar els elements i la cuina és la ciència de combinar químicament els aliments. Em va dir que, més que química, és alquímia i que la mà d'un cuiner hàbil aconsegueix el miracle de transmutar els simples aliments que ens proporciona la terra en vianda de déus i unes quantes coses més. Acabat el seu discurs, s'apartà, ens dedicà una reverència i ens informà que el sopar ja era a taula.

Jacint era doctor en ciències químiques i va fer realitat la seva definició de la cuina. Tot vegetarià, ni un gram de carn. Vaig gaudir com mai. La vetllada va ser molt amena, amb una conversa que saltava d'un tema a un altre, entre rialles i bromes. Cap al final vam entrar novament en el tema que havia parlat amb Alfred a l'habitació i em vaig trobar amb noves citacions de la Bíblia, concretament del Gènesi.

—L'autor mira d'enganyar-nos com ho faria un triler amb el joc de les tres cartes: quan les giren, descobrim la serp damunt de l'arbre de la Ciència, del Bé i del Mal. No obstant això, Adam mai no va arribar a tocar l'arbre de la Vida, encara que hauria pogut... I Déu s'adona d'això i prega perquè l'ésser humà no allargui la mà i prengui del fruit de la vida, perquè viurà per sempre. Per impedir que això passi, l'expulsa del jardí de l'Edèn (Gènesi, 3, 23): «I el va fer fora Iahvè Déu del jardí de l'Edèn...» Amb quina excusa? «Per haver escoltat la teva dona, menjant de l'arbre que et vaig prohibir menjar, dient-te no mengis d'ell: per tu serà maleïda la terra» (Gènesi, 2, 17) —va dir Alfred.

—Seria interessant escoltar el que ha de dir Eva —va intervenir Magda.

—No obstant això, abans serà convenient eliminar tota traça de sexisme i situar els protagonistes sota una perspectiva adient —va dir Andrew.

—Endavant, que jo us escolto amb gran plaer —va fer broma Jacint, i es va girar cap a mi—. Jo, és que sóc el químic i tot això em sona a música celestial.

—Eva simbolitza la societat matriu-centrista de Pangea, tal com l'ha definit el nostre convidat —va començar Andrew—. M'encanta el terme *matriu-centrisme* —va repetir novament—. Ara hem de veure què simbolitzen l'arbre de la Vida i la serp. Dues serps entrellaçades al voltant d'un tronc, és el caduceu, l'atribut d'Hermes, l'emblema de la ciència sagrada amb què se sintetitzen ambdós arbres del paradís: l'arbre de la Vida i el de la Ciència del Bé i del Mal. A més representa, per damunt de tot, el dibuix de la doble hèlice d'ADN, la clau de la porta de la vida. Són Eva i les serps. A la llum dels coneixements que tenim sobre genètica, podem comprendre el significat de la imatge conjunta de les dues serps, de l'arbre i d'Eva que s'acosta a ell.

—Aquest enfocament ens permet donar-li sentit al fet que una societat com Pangea, matriu-centrista, investiga sobre la contracepció —va prendre la paraula Alfred—. Dir que la dona a Pangea vol privar-se de tenir fills, és un reflex fal·lòcrata. A Pangea mai no es parlà d'igualtat de sexes. Sempre es parlava d'igualtat de drets, que és diferent. El mascle frustrat per no poder alimentar la seva companya i concedir-li tots els seus capricis va aparèixer amb el patriarcat. A Pangea la dona podia ser mare dues vegades, si aquest era el seu desig. Ambdós sexes posseïen els mateixos drets, treballaven en les mateixes tasques, cobraven idèntic salari, contribuïen a l'economia familiar de la mateixa manera...

—Els nostres móns, el de Pangea i l'actual, segueixen una revolució científica paral·lela —va dir Magda—. Però, avui la biogenètica inquieta perquè les seves aplicacions fan trontollar l'ètica i la moral tradicionals. En la societat del mascle patriarcal, en matèria de procreació, de la contracepció a la fecundació in vitro passant per l'avortament, els bancs d'esperma i d'òvuls, les decisions afecten la dona. El baró, el mascle, queda de fora de joc.

—Comencen vostès a esglaiar-me, perquè, tal com Magda ho ha plantejat, els mascles som una espècie en vies d'extinció —vaig replicar.

—Impossible! —va exclamar Jacint—. Aquí és on entra en joc la química, amic meu —es va tombar cap a Magda i va simular una mirada de desig—. Cap dona podria sostreure's al plaer que li produeix la química que es desencadena quan es troba en la meva presència.

—No canviaràs mai —es va queixar Magda, rient.

—No es tracta d'eliminar ni de menystenir res. El futur pot ser la fusió dels sexes —va dir Andrew.

—Una teoria molt agosarada —vaig riure.

—Segur? —va replicar, mirant-me—. La natura sempre s'adapta a les necessitats i als temps. No seríem l'únic ésser hermafrodita de la creació.

—No, però...

—Perdríem la nostra forma de vida, basada en dos sexes diferenciats, no sabríem què fer amb la família... I què més? —va obrir les mans amb els palmells cap amunt i va arronsar les espatlles—. Hi ha altres models de societat, podem establir unes noves regles i arribar a allò que tant es demana avui en dia: no hi hauria diferències.

—Podria resultar un xic avorrit —va dir Magda en un to distès.

—No n'estic tant, de segur —va dir Jacint—. Gaudir de dos plaers en un: d'una banda la violència instantània de l'ejaculació i per l'altre l'èxtasi de cinc orgasmes seguits —es va quedar quiet, amb les mans a mitja altura i la boca oberta, com si tingués una visió—. I en tot moment sabria el que desitjo i el que em produeix plaer, per una banda i per l'altra. Oh! —va exclamar i es va dur les mans a la boca, simulant que es menjava un pastís.

Vam riure davant la seva demostració teatral.

—A Pangea, la dona disposava del seu cos i n'assumia ella tota sola la responsabilitat. La seva funció de genitora la feia dipositària de la vida i assegurava la seva continuïtat. Va gestionar el present de cara al futur en el domini biogenètic i més concretament en la planificació demogràfica —va explicar Magda, un cop vam haver deixat de riure.

—Hi ha autors que han plantejat que en un futur apareixeran lleis molt estrictes per planificar el creixement —vaig dir—. Ja existeixen a la Xina, per exemple.

—La Xina ha imposat una llei sense abans educar la població i canviar els seus costums. La seva cultura continua valorant més el mascle —em va contestar Andrew—. D'aquí l'obsessió per tenir un fill baró a tot preu, amb la qual cosa assistim a un desequilibri accelerat de la població que s'agreujarà fins que l'escassetat de dones sigui alarmant. I, al costat de la Xina, tenim el cas de l'Índia, on es maten moltes nenes per no haver de pagar el dot quan siguin grans.

—Com ho van aconseguir a Pangea, llavors?

—Educaren la població al llarg de molts anys emprant el seny dins d'un sistema d'àmplies llibertats. Va ser un procés més lent, costós i difícil, però l'experiència demostra que tots els sistemes coercitius acaben per crear l'efecte contrari i la necessitat de contravenir les normes —explicà Andrew—. De manera que ho van fer a poc a poc, perquè res no fallés, i amb un mètode anticonceptiu eficaç al cent per cent.

—La píndola.

—L'esterilització de tots els mascles —va dir Magda.

Em vaig quedar esmaperdut.

—Abans he dit que m'esglaiaven, però ara sento pànic davant vostès —li vaig contestar—. Em parlen de llibertat, d'educació, d'absència de sistemes coercitius... i vostè em deixa anar, i perdoni que sigui tan agressiu, que la solució és capar tots els barons.

—No he dit capar, sinó esterilitzar —va replicar Magda —. És força diferent i, per més paradoxal que sembli, no és una mesura coercitiva, sinó la via real cap a una llibertat més gran.

—Com no s'expliqui...

—El jove de Pangea accedia al món adult amb una doble operació: l'extracció d'espermatozoides i la vasectomia.

—Oh! —vaig exclamar, desconcertat.

—El baró estèril podria gaudir enterament i lliure del sexe, sense restriccions, i, un cop casats, en el moment escollit per la parella, la dona rebria les cèl·lules perfectament conservades al banc d'esperma. La fecundació es realitzava per implantació directa o per transferència. Perquè també podien guardar en el mateix banc les cèl·lules germinals verges. Llavors, la fecundació tenia lloc al laboratori mitjançant la unió dels espermatozoides i dels ovòcits que immediatament eren trasplantats a l'úter.

—El món feliç d'Aldous Huxley.

—En absolut. No es tracta de cap malson ni de cap novel·la de Huxley ni d'Orwell. Aquestes tècniques es van revelar com el contrapunt al desafiament demogràfic. I no va provocar el rebuig de ningú, perquè Pangea no patia els condicionants morals ni religiosos que tant contribueixen a la manca de progrés. Gràcies a la llibertat de pensament, van resoldre el problema de la superpoblació del globus abans d'aconseguir la longevitat de Matusalem. Recordi: vostè ha llegit que Enoc, el setè després d'Adam, va ser el primer home creat pel Senyor dels Esperits, que no era Déu, sinó un home.

—La còpula entre dos éssers de sexe oposat no és l'únic camí per procrear —va dir Alfred—. Les noves tècniques de la proveta ho fan sense contacte carnal. A Pangea va ser una separació absoluta entre procreació i sexualitat, entre deure i plaer. Al principi «ambdós, l'home i la dona, estaven despullats, i no s'avergonyien d'això», però... després de menjar el fruit de l'arbre, «llavors els seus ulls es van obrir i van saber que estaven despullats. Van cosir fulles de figuera i es van fer vestits» (Gènesi, 3, 7). La simbologia és més que eloqüent. Al principi el sexe era visible, ningú no se n'avergonyia, i l'utilitzaven per procrear lliurement. Després, quan van menjar la fruita de l'arbre de la Ciència, del Bé i del Mal, van necessitar cobrir-se, van necessitar anar amb cura. Per què? Perquè ja coneixien les seves limitacions. No perquè fos pecat.

—I és clar! —vaig exclamar—. A partir de l'instant en què l'home primitiu descobreix i és conscient que el contacte carnal té relació directa amb la procreació, és quan desitja controlar aquesta possibilitat.

—Així és —va corroborar Alfred—. La separació neta entre sexualitat i procreació, distingeix definitivament l'ésser humà de l'animal. La nostra intel·ligència pot alliberar-nos dels últims lligams amb l'univers de l'atzar i ens converteix en l'amo i senyor de les nostres decisions. Així ho van fer a Pangea. I van ser amos de la possibilitat de procrear, com els déus. «L'home ja és com un de nosaltres, ja coneix el bé i el mal» (Gènesi, 3, 22).

—I res no va quedar a l'atzar —vaig murmurar.

—Res! —va fer Magda—. La parella de Pangea va conèixer la gran felicitat de no deixar res a l'atzar i de planificar el seu futur, la seva família i el naixement dels seus fills. A més l'operació efectuada al laboratori eliminava per complet el risc de malformacions. Quina mare o quin pare acceptaria deliberadament que el seu fill pogués néixer amb malformacions?

—Què tard que és! —va exclamar Andrew.

—Sí, és hora de descansar —va dir Alfred—. I el nostre convidat ho necessita més que ningú.

De sobte vaig ser conscient del meu cansament. Les parpelles em pesaven. Havia estat un dia molt llarg.

23.- L'ESCALA DE JACOB

Assegut davant del secreter, vaig recordar que feia uns quants anys, just a la mort del meu pare, havia establert la Llei de la Integració. Va ser un instant de vertadera inspiració, que ara adquiria tota la seva dimensió. El seu enunciat era: «L'individu neix del Tot, s'allunya d'ell i torna al Tot per integrar-se. L'eternitat no és un premi ni un càstig, sinó una realitat que hem d'assumir». Vaig entendre que, perquè aquesta llei es compleixi, era necessari que l'individu tornés al Tot amb el convenciment que entrava a formar part d'un organisme superior, suma tots nosaltres, resultant de la humanitat sencera com ésser viu.

«Quin gran pas havia donat Pangea!», em vaig meravellar. Amb l'estabilitat demogràfica, aconseguí l'equilibri que li permetria viure eternament. Esdevingué un gegant que es perpetuava gràcies a la regeneració constant de les seves cèl·lules, que eren cadascun dels homes i cadascuna de les dones que la poblaven. Una vertadera aplicació de la Llei de la Integració.

No hi ha dubte que tot pot ser d'una altra manera, si les bases de partida són diferents. Des que som Homo Sapiens Sapiens, hem conreat l'oci, que és, com diu Descartes, «aquest taller subterrani on el pensament treballa sense que en siguem conscients». El pensament és una facultat inherent al nostre ésser, i la cultura és el fruit de l'oci. La tecnologia, reduint constantment el temps que dediquem al treball, s'erigeix en la principal font generadora de cultura.

Vaig aclucar els ulls i la ment em conduí fins al Maig del 68, que va representar l'expressió del rebuig general cap a l'alienació que significa una civilització que progressa sense saber cap a on va. Malauradament només va ser una expressió. Encara no sabem exactament cap a on ens dirigim. Submergits constantment en un seguit de crisis mundials no deixem de proclamar que hem de tendir cap a la civilització de l'oci. No obstant això, al mateix temps, ens afartem de cridar que el principal problema de la societat actual és la lluita contra l'atur i ens afanyem en la persecució del somni de crear llocs de treball per tothom. Ens dirigim cap a una societat de l'oci en què ningú pot estar ociós. Quina contradicció!

Vaig sospirar en recordar que el psicòleg Roger Lemineur va dir: «¿No és aberrant avui, com fa dos segles, preconitzar l'ocupació en contra de tota lògica, convertint en un fi el progrés de la tècnica o condicionant aquests progressos únicament a la rendibilitat econòmica? ¿Potser no ha arribat el moment de decidir plegats què volem produir (...) o d'alliberar per fi tot l'enorme potencial de creativitat que dorm al nostre interior i que avui només està orientat a crear allò que pot integrar-se al circuit de producció? El treballador és sens dubte únicament una peripècia desgraciada i irrisòria creada per la història política i econòmica de la Humanitat». De tot aquest llarg paràgraf, destacaria dos aspectes: la possibilitat d'escollir què volem produir i la creativitat present al nostre interior.

Vaig obrir els ulls, em vaig aixecar i em vaig acostar a la finestra. Els meteoròlegs s'havien tornat a equivocar. Havien dit que l'Europa meridional estava sota els efectes d'un potent anticicló que duraria setmanes i, no obstant això, plovia. Últimament no estaven gaire encertats amb les prediccions. Vaig respirar l'aire humit de la nit. Era agradable.

La conversa que havia tingut lloc no feia una hora havia resultat intensa i, encara que em sentia cansat, sabia que no dormiria. De manera que vaig deixar que els pensaments fluïssin amb total llibertat.

Va ser així com vaig recordar que el Massachussets Institute of Technology, el MIT, en el seu informe preparatori del Club de Roma per a un equilibri global dinàmic, insistia en la necessitat de produir articles de qualitat, duradors i reparables, perquè així es reduïa l'índex de depreciació i ens exhortava a deixar d'inundar el mercat amb ferralla d'usar i llençar, que genera tones de residus que creen una nova indústria que es menja tot el que vomitem cada dia.

Vaig somriure en pensar en Bertrand Russell, quan va escriure: «Imagini que en un cert moment, un cert nombre d'obrers és contractat per una fàbrica d'agulles de cap. Fabriquen totes les agulles de cap que el món necessita, treballant, diguem, vuit hores al dia. Un dia, algú inventa un sistema de produir el doble d'agulles de cap amb el mateix nombre d'obrers. Però la gent ja no sap què fer amb el doble d'agulles de cap. D'altra banda, costen ja tan poc que ningú no en compraria més pel fet de ser més barates. En un món intel·ligent, el que farien els empleats d'aquesta fàbrica seria treballar la meitat, i tot seguiria com abans. Però, en la vida real, la situació és capgira. Els obrers treballen vuit hores, produeixen totes les agulles de cap que poden, alguns industrials falleixen i la meitat dels obrers de la fàbrica d'agulles de cap són acomiadats. El resultat és que el temps lliure no canvia, excepte que, ara, la meitat de la gent cau en l'ociositat total, mentre que l'altra meitat és sobrecarregada de treball. Vet aquí que l'oci forçós engendra la misèria en comptes de ser font de felicitat. Podem imaginar una cosa més estúpida?»

Quanta raó que tenia! A la nostra societat, qui no té treball, és un inútil.

De sobte vaig començar a riure enmig de la foscor de la nit. Quan algú ens demana què fem, difícilment li responem que per les tardes cuinem o que dediquem els caps de setmana a construir models a escala reduïda de vaixells o que ens torna bojos fer punt, encara que aquestes siguin les activitats que ens proporcionen plaer. Ben al contrari, responem que treballem en... el que sigui.

Arthur Clarke també va dir: «El destí de l'home a l'univers es divertir-se, i ja és hora que ho faci. L'home del futur disposarà de milions de màquines per fer tot el treball de la gent». Vaig seguir rient. Avui paguem a la gent perquè no tenen treball i, potser, en un futur els paguem perquè no treballin.

I amb aquest pensament, me'n vaig anar a dormir.

L'endemà em vaig despertar d'hora. El meu interior era una gran nebulosa caòtica. Tanta informació m'havia trasbalsat i no havia dormit dues hores seguides.

Em vaig llevar, em vaig vestir i vaig baixar al menjador. La taula era parada i feia olor de torrades acabades de fer.

—Quina cara! —va exclamar Jacint, que sortia de la cuina amb una cafetera—. Cafè o te?

—Al matí, a casa, en tinc prou amb un suc de fruites. Però avui, necessito litres de cafè.

—Tinc un suc de fruites del bosc... —es va aturar, em va mirar fixament i va aclarir—: Fet per mi, Eh? No dels envasats.

—I els altres?

—Fa estona que s'han llevat. Alfred ha anat a ciutat i Andrew s'ha acostat fins al bosc —em va dir—. No és bon moment, però...

—Potser plourà novament? —vaig preguntar.

—Cap a les onze —vaig escoltar que feia la veu d'Magda darrera meu, i em vaig tombar—. Si tens prou cafè, me'n prendria una tassa. Així faré companyia al nostre amic.

Magda es va seure i em va indicar el lloc que hi havia enfront d'ella i que tenia la tassa i el plat nets. Jacint ens va servir cafè i va desaparèixer. Vaig prendre una torrada i la vaig sucar amb mantega i melmelada de pruna. Estava deliciosa.

—Puc fer-li una pregunta, sobre l'Alfred? —vaig dir, quan em preparava la segona torrada.

—Només la respondré si puc.

—Vostè és metge, Andrew és historiador, Jacint és químic... I Alfred?

—És l'Alfred. Posseeix un cervell com no n'hi ha d'altre. Mai no li he preguntat quina titulació té, però sé que ell no creu en els títols, sinó en l'esforç personal —va dir, amb un somriure —. Podria ser filòsof, físic, químic, arquitecte... Tant se val! És una ment inquieta, un erudit com n'hi ha pocs al món, algú que pot viatjar fins a l'infinit sense tornar-se boig.

—Li tenen vostès un gran respecte —vaig assentir lentament.

—Així és —em va respondre, i també va assentir diverses vegades, va prendre la tassa de cafè, amb les dues mans i va fer un glop—. Li dec la vida —va dir.

Em vaig quedar quiet, mirant la torrada.

—Li he estat donant voltes a tot el que vam parlar ahir. És fascinant —vaig canviar de tema. Hauria estat una descortesia preguntar res—. No obstant això, com més descobreixo, més interrogants apareixen.

—És normal. Això vol dir que comença a ser savi.

Vaig riure.

—Ahir parlàvem d'una societat que va prendre la decisió de limitar el seu creixement. A més a més, a l'última carpeta que em va lliurar Alfred, es parla de la Ciutat del Sol, terme que ahir també va aparèixer a la conversa. Tot m'indueix a pensar que els coneixements de Pangea es trobaven a anys llum dels nostres.

—No tants —va somriure Magda—. El que ha succeït en l'últim segle ens mostra fins a quin punt hem progressat i que els avanços tècnics segueixen una corba exponencial. Ara, a la llum de les noves tecnologies, podem entendre molts dels enigmes del passat. Li n'explicaré un.

—Podríem continuar parlant, mentre passegem? —vaig suggerir.

Es va quedar pensarosa.

—No es troba bé aquí?

—De meravella, però necessito caminar una mica cada dia —vaig dir, i vaig veure que feia un gest de disgust—. És per la tensió —vaig insistir.

—D'acord. Però, no ens allunyarem gaire. Amenaça pluja.

Era una dona ben estranya. Tenia la sensació que m'observava tota l'estona i que volia tenir-me controlat.

Vam sortir al pati, vam envoltar la casa i vam caminar per la vora d'un camp de cereals que començaven a verdejar.

«Verdejar?», vaig pensar, de sobte. El temps anava ben boig darrerament. És a la primavera quan verdegen els camps, no pas a la tardor.

Feia fresca i em vaig ficar les mans a la butxaca. Vaig somriure en trobar un parell de caramels. Dels àcids, dels que més m'agraden. Els vaig treure i li'n vaig oferir un. Magda el va rebutjar. Llavors, vaig desfer l'embolcall de paper i mecànicament el vaig llençar al terra.

—Li prego que no llenci res al terra. Absolutament res — m'ordenà, es va ajupir, el va recollir amb tota la cura del món i se'l va ficar a la butxaca.

—Ho sento —em vaig disculpar—. Ha estat un acte mecànic i jo no...

—Veurà: perquè una societat funcioni, evidentment cal assumir certes tasques diàries que, lluny de proporcionar plaer, són molestes —va començar a parlar, sense deixar que jo continués amb les meves disculpes—. Hermes Trimegiste, el tres vegades gran, deia: «com és dalt, és a baix». Aquest és el principi de correspondència i ens mostra que tot es construeix segons les mateixes lleis —va descriure un arc amb la mà, abastant tot el

232

que ens mostrava la vista—. El món és fet a imatge del cos humà, i el cos humà a imatge del món. Dintre meu hi ha activitats de les quals en sóc conscient en tot moment i que em proporcionen immenses satisfaccions, però n'hi ha d'altres que són purament automàtiques, de les que ni tan sols en tinc consciència, però que són absolutament necessàries perquè el meu cos es mantingui viu i actiu. El fetge, la melsa, el pàncrees, els ronyons, els budells... tots fan tasques que són imprescindibles.

Per un moment vaig creure que em parlava d'embrutar el camp, però no. Havia reprès la conversa del menjador.

—L'anus no és menys noble que el cervell, si em permet dir-ho.

—Exacte! —va exclamar ella—. Com més refinats ens tornem, tantes més tasques servils necessitem, i algú ha d'executar-les.

—Això què hi té a veure amb Pangea?

—Pangea produïa residus. Com que la seva estructura social era bàsicament socialista, crearen l'obligació cívica que tot ciutadà complís un temps de treball per a la comunitat. Un servei civil que s'establiria per torns i per períodes, com a l'exèrcit, i que presentaria l'avantatge de fer entendre tothom que no hi ha ni ofici de menor qualitat ni treball vergonyós quan se serveix al bé comú.

—Un plantejament intel·ligent —vaig aplaudir.

—Així semblava de bon començament. No obstant això, després d'unes quantes generacions, aquest servei obligatori va començar a pesar entre la població. Les accions cíviques, quan són espontànies, són agradables, llavors les fem per pur plaer, però si ens les imposen... ja són figues d'un altre paner. A Pangea continuaven sent humans i reaccionaven com qualsevol de nosaltres.

—Qui vol tenir la casa neta, ha de netejar-la —vaig dir—. O pagar perquè l'hi netegin.

—En una època relativament recent, vam pretendre

solucionar aquest problema creant l'esclavitud —va recordar Magda—. Vam obligar esclaus, servents i presoners a realitzar els treballs subalterns, ingrats, pesats, servils i repetitius, sense cap atractiu. Fins i tot vam pretendre que hi havia races que eren inferiors i que podien encarregar-se dels treballs inhumans, en el sentit que ens desviaven a nosaltres, els reis de la creació, de la nostra suposada vertadera vocació. Resulta més que evident que algú ha de netejar el que jo embruto, que algú ha de matar i escorxar els animals que m'agrada menjar, algú ha de recol·lectar les fruites, els cereals, els llegums i les verdures, faci sol o plogui, algú de...

—Ells també van crear l'esclavitud?

—Pangea, la matriu-centrista, la que sentia respecte absolut per la dignitat de la vida, no podia fer una barbaritat com aquesta. Però, desitjaven alliberar-se dels treballs de baixa qualitat per poder gaudir d'un alt nivell de creativitat. La solució immediata va ser la mecanització integral. Màquines i robots que realitzessin els treballs durs, repetitius i penosos.

—La fabricació d'un automòbil gairebé no requereix mà d'obra.

—No obstant això, la tecnologia, per més sofisticada que sigui, sempre arriba a un límit —va replicar Magda—. Resulta impossible substituir completament l'ésser humà. Sempre hi ha un instant en què som irreemplaçables. I, la major part de les vegades, curiosament, és amb els treballs més penosos, humanament parlant. Una màquina no té la sensibilitat adient com per netejar un malalt o a un accidentat greu, per exemple. Es requereix alguna cosa més que pura higiene. Una mica de calor humana. No creu?

—Sí —vaig acceptar.

Mentre l'escoltava, vaig recordar quan em van operar d'hèrnia o quan vaig patir el còlic nefrític. Em feia un mal horrorós i hi havia moments que els calmants em deixaven atordit, però, en despertar, sentia la necessitat de trobar algú al meu costat, algú amb qui parlar i a la nit, quan Irene havia de marxar per ocupar-se d'Ariadna, les hores s'allargaven. Llavors, s'obria la porta i apareixia la infermera, em prenia la tensió, em demanava com em trobava, creuàvem un parell de frases, alguna broma... Això, una màquina no ho pot fer.

—Van pensar que la solució seria valorar de forma exagerada la mà d'obra servil —va dir Magda—. Els escombriaires, els que s'ocupaven del clavegueram o els peons, per exemple, rebrien en dues hores el salari de tot un dia. Però aquesta solució va durar ben poc. En una societat opulenta, on tothom té accés a tot, ningú no se sent interessat per guanyar més diners. L'exemple més clar el tenim a la nostra societat actual. Els pitjors treballs se'ls enduen els immigrants.

—Potser es van equivocar a l'hora d'escollir el tipus de societat —vaig apuntar.

—No —va negar Magda amb el cap—. Simplement havien de tornar a posar en marxa la imaginació. El bon funcionament de la societat exigia una mà d'obra servil i incompatible amb l'estat d'Homo Sapiens Sapiens, de manera que van haver d'inventar un nou element, una cosa diferent de l'ésser humà, que fos capaç de substituir-lo.

—Què pretén insinuar? —em vaig aturar de patac.

Ella també es va aturar i em va mirar somrient.

—Crearen éssers amb vocació purament manual i que se sentien feliços i satisfets de fer aquest treball.

—Esclaus i damunt contents? És una bogeria! —vaig exclamar.

—De debò? —va replicar Magda—. Doncs... la idea va saltar a la llum pública el 25 de maig de 1987, i va tenir força ressò a la premsa. El professor Brunetto Chiarelli, de la universitat de Florència, va parlar de la possibilitat d'una combinació entre gàmetes d'antropoide, goril·la o ximpanzé, i de l'espècie humana de cara a produir una mena de criatura subhumana que podria servir de subproletariat destinat a les tasques més baixes. Un periòdic va titular «Degradant planeta dels simis, horror i reprovació» i es va fer ressò de la indignació general aixecada per aquesta violació de les lleis de la procreació. Però, el suggeriment de Chiarelli és més que una hipòtesi: és una realitat al nostre abast. El ximpanzé i nosaltres som genèticament semblants en més del noranta-nou per cent i als Estats Units ja s'han realitzat experiments amb híbrids humans. Diuen que la línia d'investigació ha estat abandonada per la por que genera el fet de confrontar-se amb un ésser viu que posaria en tela de judici el dogma del nostre lloc de privilegi únic dins la Creació —va fer una pausa i prosseguí—. A Pangea no existien aquests condicionants morals ni aquestes pors ancestrals.

—Vostè està a favor de la lliure experimentació amb gens? —la vaig mirar esglaiat.

—Jo contemplo el tema sota un punt de vista objectiu. No barrejo la moral ni els interessos —em va contestar—. Pangea, amb les claus de l'ADN, va obrir el pany sagrat i va empènyer la porta per acariciar el secret de la vida. Si Alfred estigués aquí, citaria Jacob, que va tenir un somni: «Va ser aixecada sobre la Terra una escala l'extrem de la qual tocava el cel; els àngels de Déu pujaven i baixaven per ella».

Va continuar caminant i la vaig seguir. Quan vaig ser a la seva altura, va començar a parlar novament.

—La simbologia és admirable en els detalls més petits. L'escala i els barrots són la rèplica exacta de l'ADN, un esquema terriblement didàctic, els graons són les cadenes de sucres i fosfat on s'uneixen els barrots que formen els parells de bases de les quatre proteïnes bàsiques o protamines. La història no diu en cap moment que l'escala de Jacob fos recta. De manera que n'hi ha prou amb retòrcer l'escala per obtenir la doble hèlice, a manera d'escala de cargol. James Watson, un dels descobridors de la seva estructura, la va comparar a «una escala de cargol els parells de bases de la qual serien els graons». Es compten mil milions en el genoma humà: l'escala de Jacob sembla, amb raó, interminable.

—I l'incessant vaivé d'àngels amunt i avall, al llarg

236

d'aquests graons, descriuria el treball dur i complex de desxifrar el codi genètic, la posada en seqüència d'aquests mil milions de parells —vaig dir, recordant passatges del Llibre d'Enoc.

—Fa temps va aparèixer a la premsa que científics americans esperaven dur a terme un projecte anomenat Triplet del Genoma, per saber a què s'assembla l'home. Es tractava de traçar la carta més precisa possible de tot el genoma humà, aquesta cadena interminable que té més de tres mil milions de parells. Faci comptes: vint anys per establir la carta, cinc més per estudiar els punts de divergència de la del ximpanzé, i ja podrem aïllar els micro mecanismes de la nostra evolució, des de l'inici dels temps fins avui. Després, seguint les mateixes passes que la natura i observant on s'inicia la divergència entre ambdues espècies, determinarem el sistema i els factors de canvi. Finalment, la recerca entra en la seva fase experimental.

—Vist així, fins i tot resulta senzill i natural.

—És que així ho van veure ells, els nostres avantpassats de Pangea.

—I van fecundar una femella ximpanzé amb esperma humà —vaig fer.

—Ni parlar-ne! —va esclafir de riure—. Perdoni, però el que ha dit és una insensatesa. No es tracta de produir un híbrid fecundant una femella de ximpanzé amb esperma humà. La idea no és fer un subhumà aleatori, sinó un súper ximpanzé perfectament controlat.

—Per dalt o per baix, quina és la diferència?

—Total i absoluta —va fer—. No és un encreuament, sinó una creació. Una nova branca de simis superiors. Però de simis, no d'humans!

—Segueixo sense veure-hi la diferència —vaig negar.

—Les premisses van ser simples i clares —em va explicar Magda—. El futur servidor havia de complir set requisits bàsics. Primer: ser prou intel·ligent com per entendre ordres. Segon: tenir un bon sentit de l'observació i del mimetisme. Tercer: ser àgil i flexible com un ximpanzé. Quart: plàcid com un goril·la.

Cinquè: sobri com un camell. Sisè: resistent com un elefant. I setè: pacient com la més amant de les mares.

—L'esclau ideal —vaig somriure divertit, encara que el meu cervell ja començava a rebel·lar-se.

—El servidor ideal, que no és pas el mateix —em va corregir

—Ah, no?

—No, no —va negar amb energia—. L'esclau és presoner, el servidor és lliure. El nostre més fidel amic, el gos, té la porta oberta i no marxa, sinó que es queda i és feliç servint-nos

—Vist així...

—És que és així, com cal mirar-ho. A Pangea van pensar que també podien seguir idèntic camí i crear noves formes. És a dir: van fer allò que la natura encara no havia decidit —em va dir, molt convençuda—.Van analitzar munts de codis genètics, els van comparar amb els de l'home, després van provar noves combinacions, les van sotmetre a anàlisi i a assaigs sobre mares portadores, tal com Enoc explica al seu llibre, quan parla de les vedelles: «Les que han concebut, han dut al món elefants, camells i ases». Se n'adona, del que significa?

—La veritat és que començo a esglaiar-me.

Magda es va aturar i em va mirar fixament.

—Tornem a casa —va dir—. Haig d'ensenyar-li una cosa important.

Vam tornar de pressa. Ella caminava al davant, a unes passes i em costava seguir-la. Per segona vegada vaig tenir la sensació que algú ens vigilava des d'una finestra. S'havia mogut un transparent. Tanmateix, no li vaig concedir gaire importància perquè m'interessava molt més el que podia ensenyar-me Magda.

Vam entrar i em va conduir a la seva habitació.

—Segui —gairebé em va ordenar, mentre ella regirava els papers que hi havia damunt del seu escriptori.

La vaig observar amb atenció. Es movia nerviosa, excitada davant el que semblava un descobriment. Es va aturar amb un full de paper a les mans.

—És per medi de recombinacions genètiques que va sortir la cabra-ovella de Cambridge, concebuda al laboratori per empelt d'embrió de boc i d'ovella. Però Pangea actuava amb molta més sofisticació: va extreure els caràcters físics del patrimoni de diferents espècies i els va inserir per etapes en el codi genètic de cobais de transferència que materialitzaven a poc a poc la síntesi per generacions successives fins a assolir el resultat final. Amb aquesta llarga sèrie de mutants van descobrir els diferents estadis de l'evolució. Naturalment, també van tenir desviacions inevitables i involuntàries en tot tipus de manipulació. És com jugar amb una simfonia enregistrada en una cinta. Tallo i enganxo fins a trobar el so desitjat, però de tant en tant cometo un petit error i es produeix un gall. Tots els monstres mitològics van ser errors en la manipulació genètica. La memòria els ha guardat en forma de llegendes. I la Terra, per la seva banda, ha conservat les restes del súper ximpanzé final, del simi creat per servir, de la criatura que va ser un rotund èxit, després de molts fracassos, i que avui ha desaparegut. No obstant això, l'atzar ha volgut que en l'actualitat l'anomenem Home de Neanderthal — va dir, i em va mostrar el dibuix que tenia a les mans.

El vaig contemplar. Es tractava de dos cranis. Un més gran que l'altre:

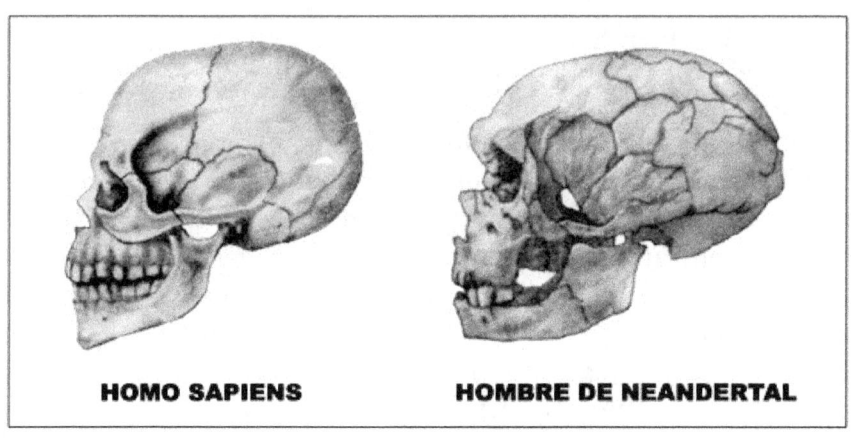

HOMO SAPIENS   **HOMBRE DE NEANDERTAL**

L'INFORME PHAETON

—Quan l'any 1856 uns obrers van descobrir ossos que semblaven humans a la vall de Neander, a prop de Düsseldorf, la primera idea que es va llançar sobre aquests éssers per part dels científics era veure en aquests fòssils les restes d'una variant monstruosa de l'home modern o, en tot cas, les restes d'éssers que no eren enterament humans. Cepat i de petita estatura, inferior al metre i mig, l'home de Neanderthal posseïa la mandíbula sortint, les celles protuberants, el front fugisser i el crani allargat. El paleontòleg francès, Marcelin Boule, el va situar entre el ximpanzé i l'home modern. El graó perdut, va gosar anunciar amb admiració.

—I no ho era? —vaig preguntar.

—No —em va contestar—. Neanderthal aparegué massa tard, quan l'Homo Sapiens ja vivia a la Terra. I curiosament, l'home de Neanderthal es troba present de costa a costa, pertot arreu, i és contemporani amb Homo Sapiens. Neanderthal és inclassificable i no se sap ni d'on va sortir ni a on va anar a petar. Tot i així, com que es tracta d'una espècie diferent i abundosa i de la que es troben rastres a Europa i Àsia, i com el seu cervell, que posseeix una estructura força diferenciada del nostre, tenia una capacitat mitjana superior a la resta de simis, uns mil quatre-cents cinquanta centímetres cúbics, l'han anomenat Homo Sapiens Neanderthalensis. Però, es tracta d'un error de classificació.

—Com pot estar-ne tan segura? —em vaig interessar.

—Pel resultat d'un estudi de cents d'esquelets exhumats que ens mostra una altra imatge lògica d'aquestes criatures —va explicar, entusiasmada—. Per reemplaçar eficaçment l'home en tasques molt precises, el Simi amb majúscula havia de tenir la nostra mobilitat, el nostre comportament gestual i la nostra destresa manual, però havíem de diferenciar el servent de l'amo. Aquests trets són presents en l'Home de Neanderthal. La seva petita estatura amaga una estranya força. Sòlidament cisellats, tots els Neanderthal són fornits i atlètics. Els peus, per exemple, semblen més primitius que els nostres, però el turmell és clarament més resistent a l'esforç; els tendons dels dits del peu, els músculs de la volta plantar estan més marcats, millor adaptats per a la cursa. L'esquelet està construït a prova de tot: les cuixes i les cames han estat dissenyades per suportar grans càrregues. La mà és vigorosa; els dits són vertaders garfis tan sòlids com mòbils i precisos. Aquesta força es troba en justa correspondència amb el volum dels músculs dels trapezis i dels dorsals. Quan nosaltres llancem o colpegem un objecte, tot el joc dels músculs de la nostra espatlla i de la nostra esquena fa girar el nostre braç cap a l'interior. El múscul que anomenem petit rodó redueix aquesta torsió actuant en sentit contrari. No obstant això, en l'Home de Neanderthal està atrofiat i compensa més i equilibra les forces: braç i mà guanyen en precisió i en potència.

—I això formava part del disseny? —vaig preguntar, completament marejat pel volum de dades.

—Amb aquest retrat que acabo de fer n'hi hauria prou per mostrar que aquest malbaratament de força, d'altra banda perfectament controlada, correspon al plec de condicions que van redactar per construir el seu dolç Hèrcules. Però, van deixar un senyal més evident: la signatura de l'inventor estampada a la seva obra magna.

—Sóc tot orelles —li vaig dir.

—Aquella gent era conscient que la creació d'un súper ximpanzé, que comprengués i executés les seves ordres amb intel·ligència, amagava un greu perill: el de veure'l un dia començar a reflexionar. Seria el primer pas d'una aventura irreversible i ben coneguda: l'aparició d'un nou Homo Sapiens, però diferent. Suposo que ha vist la pel·lícula El Planeta dels Simis —em demanà, i jo vaig assentir—. De manera que, per evitar una catàstrofe com aquesta, van tirar mà dels seus immensos coneixements sobre el cervell i, actuaren sobre dos frens: el creixement del cervell i el sistema de reproducció.

—El que insinua, és una bogeria! —vaig exclamar.

—I perquè vostè ho considera una bogeria, ja és impossible? —va replicar.

—No, impossible, no. És, simplement, monstruós.

—De debò? —va dir, i es va quedar mirant-me. No vaig reaccionar i ella va prosseguir—: Segons els estudis, en l'estat fetal, el cervell del ximpanzé creix molt ràpidament. En el moment del naixement ja ha assolit les tres quartes parts de la grandària de l'adult i un any més tard ja està complet. En el cas de l'ésser humà, naixem amb un embrió de cervell que gairebé no arriba a una quarta part del volum final. Després d'un creixement espectacular, que dura sis anys, no assoleix la maduresa fins als vint-i-tres. Hi ha una notable diferència. No creu?

—Molta.

—Tota la nostra intel·ligència i el nostre destí d'éssers humans es recolzen en aquesta fragilitat —va somriure i va obrir els palmells de les mans cap amunt, en senyal d'evidència—. Naixem sense equipatge, completament verges, aprenem a viure la vida en el decurs d'una llarga infància, molt rica en noves experiències, i rebem muntanyes d'informació dels nostres pares i adults. Els bebès de ximpanzé són juganers, desperts, inventius i intuïtius només durant un curt període de temps. No obstant això, en el nostre cas, la infància s'estén fins a la pubertat. Disposem així de tot el temps que necessitem per imitar, estudiar, comprendre i aprendre les tècniques posades a punt per milers de generacions precedents. El ximpanzé, al contrari, desembarca en la vida amb l'equipatge al complet. De manera que el seu contingut genètic és programable... I Pangea el va programar.

—Com? —vaig preguntar immediatament. El tema em resultava terriblement fascinant.

—Abans de posar a punt els súper ordinadors neurònics, on les connexions estaven construïdes a manera de sinapsis infinitament més flexibles i més ràpides que els circuits electrònics, detall que els convertia en autèntics cervells artificials, van realitzar un munt d'experiments per lligar neurobiologia i informàtica. L'experiència adquirida en aquest camp els assegurava la mestria per realitzar amb èxit el nou condicionament de la matèria grisa dels nous simis.

—Però, de què em parla? Això forma part d'una tecnologia que es pur somni.

—Això, m'ho diu o m'ho explica? —va fer ella—. Vostè no té ni idea del que s'hi cou, dintre de certs laboratoris dels quals no es coneix ni la seva existència.

—Abans m'esglaiava. Ara m'esgarrifa —vaig respondre.

—La hipocresia és la millor arma d'un govern. D'una banda signen actes, documents, tractats i acords, lleis i normes morals i, per l'altre, inverteixen quantitats de diners que posarien la pell de gallina en, precisament, investigar el que estan prohibint —va dir, amb un mig somriure.

—Seria possible repetir aquests experiments avui, amb el nivell científic de què disposem? —vaig preguntar.

—No al mateix nivell, però d'aquí uns anys... jugui's el que vulgui i no ho perdrà.

—Uf! —vaig bufar amb força.

—Era normal, per tant, que l'aprenentatge quedés fora de les capacitats de l'home de Neanderthal —va continuar explicant—. Els embrions ja contenien tots els caràcters de l'espècie. El nen era en realitat un adult en miniatura, completament format, ja determinat en la seva funció. Els científics podien dormir tranquils, perquè el seu fidel servidor mai no passaria de l'estadi de ximpanzé molt llest, mai no podria evolucionar i mai no trobarien en ell el més petit signe d'un canvi evolutiu, malgrat que l'havien dotat de veu. El centre del llenguatge, en el nostre cas, està situat a la base de la segona circumvolució cerebral. En l'home de Neanderthal la van desenvolupar el mínim imprescindible. De manera que l'atròfia va ser desitjada i cercada. No obstant això, malgrat que tenien totes aquestes garanties, no podien deixar res a l'atzar per impedir que es desenvolupés una nova cultura simiesca. L'home de Neanderthal no deixaria darrere seu cap vestigi de cultura ni cap línia pintada en un mur de pedra.

—I s'estengué per tota la Terra —vaig dir.

—Fins a cert punt —em va corregir—. La quantitat mai no va excedir les necessitats de mà d'obra. La seva reproducció només obeïa a la voluntat dels seus creadors i, per assegurar-se'n el control absolut, tant en quantitat com en qualitat, es realitzava únicament per clonatge, cercant que només hi hagués femelles. Vet aquí la marca de fàbrica, innegable, dels seus creadors: la dependència completa per causa de la seva incapacitat per reproduir-se.

—Tanta precisió mareja —vaig murmurar.

—Qualsevol metge forense a qui se li posi damunt la taula l'esquelet d'un home de Neanderthal, sense dir-li qui és ni d'on procedeix, el catalogarà immediatament com femella. La seva convicció rau en la conformació dels ossos de la pelvis que presenten tots el mateix senyal anatòmic típic de l'espècie —va cercar un altre document entre la muntanya de papers que cobria l'escriptori, i va llegir—: Heus aquí un informe d'un especialista en la matèria: «En els homes de Neanderthal, el cantell de l'os ilíac, a l'altura de la cintura pelviana, és curiosament allargat i fi. Això és així per a tots els exemplars de Neanderthal, siguin mascles o femelles, d'Àsia o d'Europa. Quan aquest fràgil os s'ha mantingut en bon estat de conservació, podem contemplar una adaptació destinada a eixamplar el perineu de les femelles, la qual cosa hauria facilitat el pas del cap del nen durant el naixement. L'existència de la mateixa característica, tant en els que suposem mascles com en les femelles, s'explicaria per estrets llaços genètics entre ambdós sexes».

—Bé podria tractar-se d'un tret característic de la seva espècie —vaig reflexionar.

—Quan estudiem les matemàtiques, si A es igual a B, no parlo d'un estret llaç entre aquests dos termes —em va contestar —. Dic, simplement i planera, que són iguals, que són idèntics.

Un paleontòleg, naturalment, no pot, en bona lògica, subscriure una equació que desafia les lleis naturals de la biologia i ha de parlar de l'existència de mascles i de femelles, perquè exigeix la reproducció sexuada normal per medi d'una còpula. És a dir: sota els seus paràmetres, l'existència del mascle mai no pot ser posada en tela de judici, encara que existeixin evidències que tendeixen cap a altres possibilitats. I bé sap Déu que n'hi ha! —va remenar novament entre els papers—. L'esquema anatòmic que es treu de l'examen és més que revelador: la constitució de Neanderthal és fins a tal extrem la d'una femella que sobrepassa amb molt les normes de l'espècie humana —va dir, i em va mostrar el dibuix.

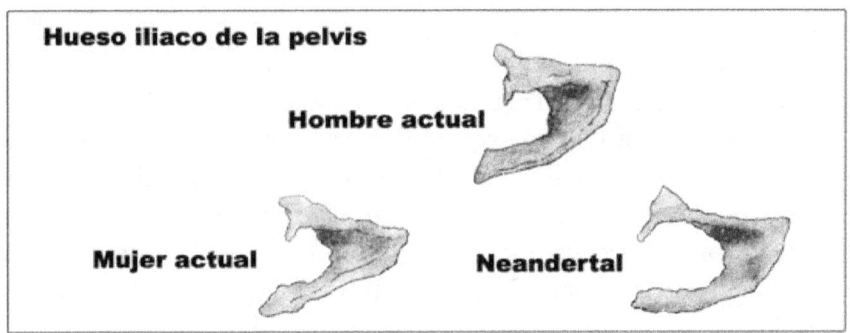

—Aquesta desviació no és accidental —va negar amb el cap—. Una ciència, capaç de gestes tan extraordinàries com la remodelació d'un múscul profund, no s'equivoca en dissenyar una peça anatòmica tan essencial. Els científics de Pangea van dibuixar mil vegades aquest perfil i el van adaptar per facilitar el part. Havien cercat un bípede com ells, perquè els servís, i van corregir el que consideraven un lleuger error de la natura. Quan la dona es va convertir en Homo Sapiens i es va posar dempeus, de sobte va perdre part de les seves capacitats i el part es va tornar dolorós. A Pangea estimaven els animals, estimaven el cavall, el gos, el gat, l'elefant, el ximpanzé i... estimaven els simis que havien adaptat per al seu servei. Per això van remodelar aquest os: per evitar que els seus Neanderthal patissin dolors de part.

Vaig respirar fondo i vaig bufar amb força. Escoltar totes aquelles dades, veure els dibuixos i imaginar com podia haver estat Pangea, em produïa vertigen, perquè m'adonava que tota la nostra societat, el nostre món i les nostres creences es basaven en unes premisses que podien variar. Si haguéssim nascut en una altra societat, amb altres premisses i unes bases de partida diferents, tot seria d'una altra manera.

—No m'ho puc creure —vaig mussitar.

—La creació d'un animal llest, més perfecte i més proper a l'ésser humà no té res de monstruós —va dir Magda—. Al contrari: es necessita una bona dosi d'imaginació, de ciència i de talent per inventar la màquina perfecta, imitant la natura. És el que diu el capítol 6 del Gènesi: «Quan els homes van començar a multiplicar-se sobre la Terra i van néixer les seves filles, alguns fills de Déu, en veure que eren belles, van prendre per dona totes les que van voler... De la unió d'alguns dels fills de Déu amb algunes de les filles de l'home van néixer gegants». El terme Nephilim es va traduir per gegants, però a mi no se m'escapa que es tracta d'una raça d'homes particularment forts. Una raça misteriosa.

—Si tot això fos veritat...

—Ho cregui o no, em temo que va ser veritat —va somriure Magda—. I va ser precisament el creador d'una nova espècie, d'una nova raça, d'una nova vida, l'imitador de Déu, que es va embarcar en el projecte Phaeton.

—Phaeton —vaig repetir, lentament.

En aquest moment vam sentir un cotxe que entrava al pati i Magda es va dirigir a la finestra.

—Sembla que Alfred ja ha tornat —va dir—. Serà millor que baixem al menjador.

24.- EL DINOVÈ MIL·LENNI

Alfred diposità el maletí damunt d'una taula i es va treure la gavardina. Em va mirà, somrigué i em demanà com havia dormit. O era un bruixot o la meva cara reflectia que havia passat la nit del lloro. Li vaig contestar que no gaire bé i li vaig demanar si ja havien contactat amb Irene.

—Lluc se n'ha ocupat —em va dir, i es tombà cap a Magda—. Com ha anat el matí?

—Hem caminat una estona i hem parlat de genètica.

—M'ha explicat la utopia de Pangea —vaig afegir.

—Utopia? —es va estranyar Magda—. No ho és. L'hi ben asseguro.

—Tal com l'ha plantejada, amb un equilibri poblacional, un accés per part de tothom a totes les comoditats... No pot negar-me que té tots els colors de la utopia d'una societat igualitària que viu en l'opulència d'un món sense malalties ni violència, on els recursos són inesgotables —vaig replicar.

—No s'ha cregut ni una sola de les meves paraules —va dir, pesarosa.

—No voldria ofendre-la, però, si més no, és difícil d'imaginar.

—El prodigiós salt científic i tecnològic que ha suposat l'últim mig segle ens confirma que no es tracta simplement d'una utopia —va fer, molesta—. Els profetes de la desgràcia, com vostè, sempre s'han oposat als partidaris del creixement. La implosió contra l'explosió. En aquestes circumstàncies, resulta evident que vostè no pot ni imaginar que existís un plantejament com el que jo li he explicat en èpoques prehistòriques —es va tombar i es va encarar a Alfred—. Et felicito per la teva elecció —i va desaparèixer del menjador.

—Em sembla que l'he ofès —vaig dir.

—Més per no creure les seves paraules que per discutir la realitat d'uns fets —em va dir Alfred.

Va agafar el maletí de damunt de la taula i es dirigí cap a un racó del menjador on hi havia sis butaques al voltant d'una taula baixa. Es va seure en una d'elles i em convidà a fer el mateix. Va obrir el maletí i va treure una carpeta negra.

—He de donar la raó a Magda en un aspecte. A mi també em sorprèn que dubti, quan vostè mateix, sense cap ajut, va confeccionar el quadre de La Llista dels Reis —va dir, i em va allargar un full que jo coneixia prou bé—. Aquí llegeixo que la cinquena, i última, nació va cobrir un període de 18.600 anys, que es va acabar amb un Gran Cataclisme —em va recordar—. Divuit mil anys és tres cops el temps que separa a l'escriba sumeri amb un punxó d'Armstrong trepitjant la Lluna i és nou vegades la durada de l'era actual. És a dir: si ara estiguéssim vivint la cinquena nació, encara disposaríem de dotze mil anys de progrés de la nostra tecnologia actual.

Em vaig quedar pensarós. La nostra civilització havia recorregut només vint segles i ell parlava de cent vuitanta-sis segles. Potser no hi seria de més demanar disculpes a Magda.

—Els futuròlegs prediuen una societat planetària confortable en el termini de trenta anys, parlen de la colonització del sistema solar. Fins i tot més enllà, en menys de dos segles. Lluny de tractar-se d'un guió cinematogràfic de ciència ficció, aquests pronòstics estan basats en càlculs molt seriosos i en estimacions curosament analitzades.

Va treure un full del maletí, em mirà i me l'allargà. Allà vaig llegir:

Mil·lenni	Era	Etapa
0	MAHALALEEL	principi de la tecnologia
6	JARED	conquesta de l'espai
11	ENOC	la Ciutat del Sol
15	MATUSALEM	triomf de la biotecnologia
17	LAMEK	societat quaternària
18	NOÈ	el Projecte Phaeton

—Aquí té els períodes clau de la cinquena nació —va fer —. La nació dels últims divuit mil·lennis. Just abans del diluvi universal, del Gran Cataclisme.

Vaig contemplar la llista. Divuit mil·lennis de progrés, com deia Alfred, són molts anys. Massa com per seguir a l'Edat de Pedra.

—Sis mil anys des que s'inicia la tecnologia fins que comença la conquesta de l'espai —em va dir, assenyalant el full que jo tenia a les meves mans—. Cinc mil anys més per posar en òrbita la Ciutat del Sol, la plataforma geostacionària que gira amb la Terra. Després quatre mil més per assolir el miracle de la biotecnologia. Li sembla prou temps com per dominar la vida fora de la Terra?

—Quinze mil anys en total —vaig meditar—. Temps més que suficient, encara que sigui a pas de tortuga.

—Vostè situa Noè a començaments del dinovè mil·leni, sis-cents anys abans del Diluvi, que coincideix amb les xifres fixades al Gènesi. Sap què buscaven?

—La Llum Eterna.

—No. La vida eterna, viure dos-cents, tres-cents, quatre-cents o més anys —va fer obrint els braços.

—És una bogeria! —vaig riure, incrèdul.

—Actualment podem arribar als vuitanta anys en un estat acceptable —va respondre—. Hi ha casos notables, com el doctor Barraquer a Barcelona, sense anar-hi més lluny. Als seus vuitanta anys encara realitza operacions oculars.

—Sí, però dels vuitanta fins als tres-cents...

—Acabem d'entrar en la biogenètica i ja hem realitzat salts espectaculars. Ells van disposar de tres mil anys més per dominar tota la biotecnologia. On serem d'aquí tres mil anys?

—Amb el que ja han transcorregut disset mil anys —vaig comptar a la taula, just fins a arribar a Noè.

—Amb Lamek, la corba del progrés es va prendre un respir. Després de disset mil anys d'activitat, ciència i tecnologia semblava que no quedava res per inventar per augmentar el benestar, la dignitat de l'ésser humà i el respecte per la natura, El món havia entrat en un sistema socioeconòmic postindustrial o quaternari. Herman Kahn aplica aquest concepte al que podria ser la societat actual a la fi del segle XXI: «Les principals activitats quaternàries podrien ser rituals i estètiques (creació d'estructures i de mitjans ambients nous, simbiosi amb la natura i l'univers, exploracions de l'espai interior); artístiques i artesanals, sense esperit de lucre; turístiques, lúdiques, epicúries i familiars, culturals i socials; exercici dels dons personals, embelliment del medi ambient (de la decoració interior a l'arquitectura monumental), exposicions, exploracions, esports, reunions i debats».

—Com és dalt, és a baix —vaig somriure—. Ja ho deia Hermes Trimegiste. La societat evoluciona tal com evoluciona l'home al llarg de la seva vida. Arribada l'edat del retir, els que encara posseeixen salut es dediquen al gaudi del temps, als plaers de la lectura, els viatges, les converses, els espectacles...

—I aquí apareix el problema —em va tallar Alfred—. Després de disset mil anys de progrés, Pangea s'arriscava a córrer el risc d'un estancament, que és la conseqüència lògica en una societat opulenta on no veneren els arribistes ni els competitius ni els que basen la seva vida en posseir com més millor. Vostè ha definit molt bé la societat de Pangea amb el terme matriu-centrista. El seu centre és la vida, no el progrés.

—Després del retir, la mort —vaig dir.

—O una nova fita. Pangea l'any 18.000 disposava de tot.

Els seus habitants tant podien satisfer els seus desigs més nobles com els seus capricis més absurds, en la forma i el moment que volguessin. Amb totes les riqueses del món a les seves mans, Pangea retrobà les condicions de l'Edèn on jugaven els nostres avantpassats Adam i Eva, despreocupats i golafres. L'única diferència és que ells ho tenien tot perquè els va ser donat i Pangea ho tenia perquè ho havia aconseguit.

—Una notable diferència —vaig dir.

—En els seus darrers mil anys, Pangea va fer tot el que podia imaginar: els seus habitants experimentaren, visitaren, pintaren, esculpiren, edificaren, decoraren...

—Si no li quedava res per fer, per què continuar vivint?

—Recorda el que diuen les llegendes Hopi?

—«L'Home disposava de tot fins a la sacietat, però desitjava més. No deixava de produir el que no necessitava i com més en tenia, més en reclamava» —vaig recitar. Me les sabia de memòria—. I la tradició xinesa també parla de divuit mil·lennis prehistòrics i divins, etapa idíl·lica en què «homes i animals vivien en una mena d'Edèn (...). El clima era suau i no hi havia cap catàstrofe natural (...) El crim allí era desconegut i la població mundial prosperava (...) Però la nostra espècie va donar prova d'una avidesa depravada» —vaig afegir.

—Magnífic! —vam escoltar que feia la veu d'Andrew.

Ens vam girar. Estava dempeus i aplaudia.

—S'uneix a nosaltres? —el vaig convidar.

—Confesso que fa ja estona que els sento parlar i jo mai no rebutjo una invitació com aquesta —somrigué, va venir i es va asseure en una butaca. Em va mirar—. Què creu que va motivar aquesta avidesa depravada?

—El desig de posseir cada cop més coses.

—És possible, però en societat matriu-centrista i socialista... —va replicar, en to de dubte.

—Quina altra cosa podien haver fet els habitants de Pangea, perquè fos qualificada d'avidesa depravada?

—Un nou repte que posés tot un món dempeus —va dir

Alfred.

—Hauria de ser d'una dimensió colossal.

—Una aventura de déus! —va exclamar Andrew.

—El projecte Phaeton —vaig murmurar, lentament—. La Llum Eterna.

—Per a un món altament sofisticat, que obté tota la seva energia de l'aigua i del Sol, la llum és el seu manà —va dir Andrew.

—Avidesa depravada —assentí Alfred—. La cobdícia portada fins a l'extrem de no deixar escapar res.

Fins aquell moment no havia reflexionat sobre l'atrapada d'un projecte d'aquelles dimensions, capaç d'implicar tots els ciutadans sense cap excepció i que mobilitzés totes les energies per aplegar-les en una empresa planetària.

—I els que no estiguessin d'acord? —vaig preguntar.

—Els haurien de convèncer o... —va dir Andrew i arronsà les espatlles, mentre Alfred tombava el cap a un costat, aixecava les celles i arrufava els llavis.

Lentament, la imatge d'absoluta pau de Pangea, l'idíl·lic quadre que fins aquell moment havia pintat, va començar a desdibuixar-se. Avidesa per la cobdícia d'obtenir-ho tot i depravada perquè no s'aturarien davant res.

—Bé! —va exclamar Andrew—. Si no us importa, hi ha temes pendents.

—Cert —va respondre Alfred, i es va tombar cap a mi—. Ha arribat el moment que Jacint li doni unes classes de cuina.

—De cuina? —em vaig sorprendre.

—La cuina també forma part de tot.

25.- LA LLUM ETERNA

La cuina em recordava les cases senyorívoles antigues: a un costat la pica, de marbre i poc profunda, amb una llarga superfície de treball, i a l'altre una cuina econòmica de carbó i llenya amb una taula que permetia deixar les safates, les olles i els estris de cuinar. Al centre hi havia una gran taula de fusta massissa, fosca, que mostrava el pas del temps En una de les parets vaig veure una fusta llarga, de cap a cap, plena de claus dels què penjaven olles i paelles, recordant-me casa meva, quan jo era petit. Una porta donava a un gran rebost fosc on s'hi guardaven els aliments i que es trobava a una temperatura fresca. No m'estranyava gens, amb aquells murs tan gruixuts. Si m'haguessin dit que em trobava a començaments del segle XX, m'ho hauria cregut.

Enfundat en la seva bata blanca de laboratori, Jacint resultava un cuiner força peculiar. No feia servir barret, sí guants, però només per rentar. Quan manipulava els aliments, ho feia amb les mans nues. Em va explicar que era per poder transmetre als plats que cuinava tota la seva personalitat. Em va dir que, des del moment que començava a tocar les primeres matèries, la seva aura impregnava tot allò que passava per les seves mans. Per això, quan rentava alguna cosa, es posava guants per tal d'impedir que l'aigua arrosegués aquesta capa d'energia tan subtil que l'envoltava.

Vaig pensar que estava ben tocat del bolet. Tots quatre, des del primer fins a l'últim, constituïen un grup molt especial, però Jacint se'n duia tots els llorers. Veient-lo allà, amb un ganivet a les mans i sentint els seus arguments, tenia seriosos dubtes sobre el seu equilibri mental.

—El dia que ens vam conèixer a l'Escola d'Enginyers... —vaig dir, amb una certa timidesa.

—Endavant —m'animà, es va girar cap a mi, va deixar el ganivet a la pica, mig es va asseure a la taula i va creuar els braços.

—Per què no ens va veure ningú?

Va negar amb lents moviments de cap.

—Ens movíem en un pla diferent. Recorda que es va marejar? —em va preguntar, i jo vaig assentir—. Va ser conseqüència del canvi de pla energètic. Jo li vaig donar la polsera, vostè se la va posar i ja està.

—I ja està?

—Doncs, i és clar!

I ja està, deia. Vaig obrir els palmells de les mans per indicar-li que per mi no n'hi havia prou. Llavors, va reaccionar.

—Perdoni. I és clar, i és clar! Per vostè no resulta tan evident. Com l'hi explicaria? —va mirar cap al sostre, inspirà profundament i va deixà anar l'aire amb petites bufades. Després, va dir—: Tot a l'univers és vibració. I tota vibració té la seva freqüència. Si jo vario la freqüència, canvia tot. Per aquesta raó no podien veure'ns.

—I nosaltres a ells? —vaig preguntar.

—Nosaltres vibràvem a una freqüència lleugerament superior. Si haguéssim vibrat a una inferior, hauria estat a l'inrevés.

—L'home invisible —vaig fer broma.

—És un pèl més complicat que això. A més a més, un canvi de freqüència de vibració no pot mantenir-se durant gaire temps i hi ha el perill d'interaccionar —em va explicar.

—Em va fer fora del laboratori quan van començar a arribar alumnes —vaig apuntar.

—Podia succeir qualsevulla cosa i vostè va estar a punt de generar un conflicte que hauria desembocat en un desastre.

—Jo? —vaig preguntar, sorprès—. Què vaig fer?

—Es va endur un bolígraf —va respondre, adoptat un aire seriós.

—I...?

—Imagini's el que podia haver succeït! —va exclamar—. Va treure vostè un element del seu context. Encara sort que va tornar i el va deixar al seu lloc exacte sense que ningú no el toqués! Vaig patir una estona horrorosa.

—Vostè era allà?

—Doncs, i és clar!

—I què podia haver succeït?

—No ho sabem —va respondre—. Qualsevulla cosa. Mai no s'ha donat aquesta circumstància. Comprèn? En prendre el bolígraf el va treure del seu nivell de vibració.

—Però, va tornar al seu nivell normal amb mi —vaig replicar.

—Va tornar al seu nivell normal, però no va sortir per la mateixa porta per on havia entrat —va fer, assenyalant-me amb el seu dit acusador—. Per què creu que el vaig acompanyar fins a la porta del laboratori i allà li vaig demanar la polsera? Perquè allà va ser on se la va posar.

—La polsera era la porta d'entrada?

—La polsera és la clau. La porta d'entrada és el lloc físic on vostè es troba en el moment de fer anar la clau —em va explicar, i jo vaig posar cara de babau—. El bolígraf havia entrat al despatx, quan vostè el va agafar de la taula, i havia de sortir pel mateix lloc. Si ella hagués tocat el bolígraf... Jo què sé el que hauria succeït!

—I a mi no em passava res? —vaig preguntar, perdut.

—No, perquè vostè havia sortit amb el bolígraf. O millor dit: el bolígraf havia sortit amb vostè —em va dir amb desesperació, com si allò fos del tot evident—. No obstant això, hi havia un desfasament entre el bolígraf i l'entorn. La distància que hi havia entre la porta del laboratori i el despatx. Sortosament, vostè el va dipositar un altre cop al seu lloc exacte i jo el vaig agafar novament i el vaig dipositar un altre cop, amb la qual cosa ja havia sortit per la porta per on va entrar i el desfasament va quedar eliminat. Comprèn?

—No! No entenc absolutament res —em vaig queixar.

—Tant és! Hauria d'explicar-li massa coses i no hi ha temps —va replicar enutjat, em va donar l'esquena i es dirigí cap a la superfície de treball, on reposaven els tomàquets, les pastanagues, els enciams, les cebes...

«Què podia haver succeït si la professora Júlia Planes arriba a tocar el bolígraf abans que jo no el diposités novament damunt l'escriptori?», em vaig demanar.

—Per més desmesurada que pugui semblar, l'ambició de canviar l'ordre còsmic modificant la cursa d'un planeta, respon a una preocupació d'ordre superior —va dir, de sobte, com si la conversa que acabàvem de protagonitzar no hagués existit—. La pastanaga —va apuntar amb el ganivet.

—Què? —vaig preguntar sense saber què fer.

—Cal tallar-la a rodanxes ben fines —va assenyalar un altre ganivet.

El vaig prendre i vaig cercar una taula de fusta. La vaig situar sobre la superfície de treball, prop d'on es trobava Jacint, i em vaig disposar a convertir-me en el seu ajudant.

—En el seu llibre *Energy and the Earth Machine*, Donald Carr afirma que un dia podrem dotar al globus terrestre d'una òrbita i d'una inclinació fixes —va reprendre novament el tema. Aquell tipus em desconcertava. Es va aturar, em va mirar com a una bestiola rara i va somriure enigmàtic—. Aquestes paraules,

256

que no pertanyen a un novel·lista, sinó a un home amb una llarga experiència en investigació, són el reflex de l'opinió d'altres col·legues seus que també s'inclinen per una solució tan radical —va afegir, recalcant la paraula *novel·lista.*

—I per què voldríem modificar l'òrbita terrestre? —vaig preguntar.

—Em sorprèn vostè. Totes les anàlisis mostren que el clima de la Terra depèn essencialment de dos factors: la seva posició sobre l'òrbita i la inclinació del seu eix, allò que anomenem la declinació terrestre. Dits factors no són constants. Ni de bon tros! —i va començar a picar la ceba amb l'habilitat d'un consumat artista de la cuina—. Més prima —em va dir, apuntant amb la barbeta cap a la pastanaga que jo manipulava, i després va prosseguir—: L'allargament de l'òrbita varia amb el temps i, com la rotació de la Terra ve acompanyada d'un efecte de baldufa, el seu eix descriu un con, l'angle del qual també canvia amb el pas del temps.

—Està bé així? —vaig preguntar.

—Molt millor —em va respondre, després de llençar una ullada al meu treball—. La conjunció d'alguna d'aquestes variables, declinació mínima més elongació màxima de l'òrbita, per exemple, si produís l'efecte de reduir la quantitat mitjana d'insolació, podria ocasionar greus pertorbacions climàtiques. D'aquí que més d'un científic hagi caigut a la temptació de pretendre fixar aquests paràmetres.

—Per què m'explica tot això? —vaig preguntar sense aixecar la vista de la pastanaga i del ganivet, no fos que em llesqués el dit amb tantes sorpreses.

—Perquè va haver-hi un temps que Pangea va ser la campiona de les prediccions climàtiques. No obstant això, no administraven el clima planetari, perquè les fluctuacions d'insolació que el governaven eren, com ho són en l'actualitat, el resultat de paràmetres còsmics imposats i, en conseqüència, inevitables.

Vaig acabar de llescar les cinc pastanagues i les vaig

dipositar al plat que m'havia donat.

—Li agraden els xampinyons?

—Sí, m'agraden —vaig respondre amb un somriure.

—Crus? —em va mirar interrogant.

—Crus? —vaig preguntar.

—En forma d'amanida. Oh! Són deliciosos —es va acostar fins a la taula central i va agafar un paquet, que em va allargar —. Espolsi'ls. No els renti, que perden propietats.

—Al camp es mullen amb la pluja —se'm va acudir dir, i em vaig penedir immediatament. Aquell home amb un ganivet a les mans...

—El xampinyó, quan rep l'aigua, està enganxat al terra.

—Ah!

—L'òrbita de la Terra al voltant del Sol és una el·lipse — va continuar parlant com si res no l'hagués interromput—. Els talla en làmines ben fines —va canviar de terç i va assenyalar els xampinyons.

Vaig assentir. Aquell home em descol·locava amb els seus canvis de rumb.

—Al mes de desembre és quan el planeta es troba més a prop del Sol, però, al mateix temps, la inclinació de l'eix posa al Pol sud de cara a l'astre rei. Sobrepassat el Tròpic de Capricorn l'estiu és molt més calent i l'hivern és molt més fred com més al nord del Tròpic de Càncer. No obstant això, no sempre ha estat així. La declinació varia de forma imperceptible durant una generació. Menys de trenta-vuit segons d'arc en vuitanta anys. Però, després de mil·lennis...

—Poden ser graus —vaig dir.

Es va aturar, em mirà i assentí amb lents moviments de cap.

—L'agricultura va ser inventada mentre la Terra no coneixia els canvis climàtics, quan la declinació era gairebé nul·la, entre zero i quatre graus. Es va mantenir així durant més de sis mil anys. A començaments de la civilització urbana, la declinació encara es mantenia poc acusada, uns onze graus, però va anar creixent i, a la fi del divuitè mil·lenni, ja atrapava els vint-i-tres graus.

—I avui? —vaig preguntar, gairebé intuïtivament.

—Molt bé! —va aplaudir—. La relació Terra-Sol en el divuitè mil·lenni de Pangea era pràcticament la que hi ha en l'actualitat. I ells van planificar modificar-la.

—La Llum Eterna i el dia perpetu —vaig dir.

—Aquest va ser l'eslògan al qual s'hi va sumar que totes les llavors plantades a la terra produiran el mil per u —va dir, utilitzant la mateixa entonació que hauria triat un presentador de productes comercials.

—Per què volien el mil per u, si, tal com m'ha explicat Magda, en tenien prou? —em vaig estranyar.

—Si bé l'agricultura pangeana cobria àmpliament les necessitats de la població, no cal oblidar que era gràcies a una despesa enorme de recursos humans i materials. La tecnologia assolida era altament sofisticada, però la natura encara imposava les condicions meteorològiques. I els científics de Pangea van decidir posar-la sota l'imperi de la seva voluntat. Llavors serien com déus.

—Molt arriscat —vaig assentir, lentament.

—Una empresa de tanta envergadura només accepta l'èxit. Mai el fracàs! —va exclamar, aixecant el dit índex i apuntat cap al cel—. Ho van calcular tot per tal d'evitar el més petit error. Bertrand de Jouvenel diu: «L'única fàbrica vertadera de productes alimentaris que hi ha sobre terra i sobre els mars, és el regne vegetal, capaç de fixar el carboni mitjançant l'energia solar per formar les molècules que són la base de tot aliment, que absorbim a través de cadenes més o menys llargues d'intermediaris vius. Tots els animals són paràsits del món vegetal, i nosaltres som l'últim i suprem paràsit». La dependència del regne vegetal ens vincula estretament al Sol. Els habitants de Pangea no s'acontentaven de millorar la fertilitat del sòl i la qualitat dels vegetals. Van decidir domesticar el clima.

—Una utopia, per no dir una bogeria.

—Utopia? —exclamà—. I què acabem d'aconseguir a Ucraïna? Allà s'ha construït un fitotró, un complex gegantí dotat de clima artificial, capaç de simular qualsevulla condició meteorològica i que permet obtenir fins a cinc collites l'any.

—Llavors, la solució seria construir un immens fitotró amb una enorme cúpula que cobrís tot el continent.

—Vostè ha vist massa pel·lícules de ciència ficció —va riure i va negar amb el cap—. La calor del Sol eleva l'aire equatorial fins atrapar vint quilòmetres d'altura. Una vegada allà, hauria de tornar a baixar cap als pols. Però la Terra gira sobre ella mateixa i genera una acceleració, anomenada de Coriolis, que desvia cap a la seva dreta tot moviment a l'hemisferi nord, i cap a la seva esquerra a l'hemisferi sud. A l'hemisferi nord, si omplo un lavabo d'aigua i trec el tap, l'aigua gira en el sentit de les agulles del rellotge. No obstant això, a l'hemisferi sud, gira a l'inrevés. De la mateixa manera, l'aire calent gira, esquiva els pols i baixa novament cap als tròpics. Què li sembla?

—Doncs, no sé...

—No li agrada? —em va preguntar, aixecant el plat que acabava de decorar.

—Ah, el plat! Molt bonic.

Era demencial. Tan aviat parlava del clima, de la Terra, del Sol, de moviments... com es referia al menjar.

—És important començar a alimentar-se pels ulls —va dir molt orgullós de la seva obra, i novament va saltar de tema—. Disminuint la velocitat de rotació de la Terra d'una forma espectacular, l'efecte Coriolis pràcticament seria nul. Llavors, en comptes de perdre's per les aigües tropicals, l'aire calent equatorial arribaria als pols, crearia un nou equilibri de temperatures, menys calents als tròpics i menys fredes als pols, que afavoriria l'explotació agrícola de tots els racons del continent —es va aturar, va arrufar el front, va respirar fondo, va prendre dues olives, una la va posar al centre del plat i l'altra se la va menjar—. Li faltava aquest detall.

—Ara és perfecte —vaig lloar el seu treball.

Es va tombar cap a mi i va somriure.

—Tanmateix, la Terra no és una esfera perfecta, sinó que té més aviat la forma d'una pera —va agafar una pera i la va aixecar a l'altura dels meus ulls—. De manera que l'atracció combinada del Sol i de la Lluna li imprimeix un moviment d'equilibri, semblat a una baldufa —va començar a moure-la amb l'altra mà—. Tota pèrdua de velocitat angular de la Terra ha de ser recuperada en alguna part pel tàndem Terra-Lluna. De manera que la disminució de la velocitat de la rotació terrestre allunyaria el satèl·lit i no hi hauria més marees —va deixar anar sense gairebé respirar.

—Seria un desastre —vaig apuntar, mentre mirava la pera a la seva mà.

—A Pangea van calcular que, si blocaven la Terra de cara al Sol, crearien un model climàtic binari fix —va continuar explicant amb la mirada perduda, i jo vaig creure que el pobre havia entrat en un estat d'èxtasi—. Es produiria una expansió atmosfèrica a la cara il·luminada, per efecte de la calor, i una contracció a la cara oculta. Calories d'una banda i frigories per l'altra. La part oceànica quedaria eternament condemnada a la nit, exposada al fred sideral, i acabaria per cobrir-se de glaç. Per dir-ho d'alguna manera: seria un armari frigorífic del que podrien tirar mà, arribat el cas i segons les seves necessitats. Per tant, no és tan greu.

Un home increïble. Semblava no escoltar i em sorprenia responent les meves preguntes.

—Cert —vaig acceptar.

—A Pangea van arribar a la conclusió que per influir en el clima només calia controlar la rotació Terra-Sol. I en aquestes condicions, la Lluna jo no serviria per a res.

—I què fem amb ella? —vaig preguntar.

—Hi ha dos elements que actuen sobre el clima: l'activitat solar i la distància —va ignorar la meva pregunta i continuà—.

La primera és cíclica i és previsible. La segona puc convertir-la en una constant. L'el·lipse de l'òrbita responsable de la variació de la distància fins al Sol té una excentricitat de 0.0168, tan petita que a primer cop d'ull bé pot prendre's per un cercle perfecte. Aquella gent va pensar que pagava la pena corregir aquest detall. Llavors els corrents atmosfèrics seguirien sempre el mateix camí, invariable cada any, i les previsions meteorològiques no tindrien raó de ser. Per fi haurien domesticat el clima! I totes les llavors que plantessin a la terra produïssin el mil per u.

—Increïble! —vaig exclamar.

—Només queda una pregunta a l'aire —em va dir i va deixar caure les parpelles, com si estigués força cansat—. Qui prendria la decisió?

—Quina decisió? —vaig preguntar. Començava a tenir mal de cap.

—La de seguir endavant amb el projecte, perquè la decisió de parar la taula ja ha estat presa i li ha tocat a vostè — va respondre, i em va donar l'esquena.

26.- ENLIL I EL SENYOR DELS ESPERITS

Mentre parava la taula al menjador no deixava de pensar en aquell cuiner boig vestit de químic i amb el cabell esvalotat. Aturar la Terra per dominar el clima. Se'm feia difícil d'empassar, perquè trobava més lògic aturar la Terra per aconseguir la Llum Eterna, la font d'energia inesgotable. Allò cada cop es complicava més i jo començava a dubtar de tot el que escoltava.

Jacint va aparèixer al rebedor i va cridar ben alt:

—Qui no vingui, no menja! —i se n'hi va tornar, a la cuina.

A través de la porta de vidres, vaig poder veure Magda i Andrew que passejaven pel pati. Vaig obrir la porta per avisar-los i vaig escoltar que Magda deia:

—...pot resultar molt perillós.

—Alfred marca el ritme —replicà Andrew—. No tindrem millor ocasió que aquesta.

—Alfred desconeixia que té la tensió alta i el va

sotmetre a l'experiència de l'Escola d'Enginyers. I ara, això.

Andrew es va aturar, va assentir preocupat i la va mirar, mentre es mossegava els llavis.

—Aquesta nit ho discutim —va dir Andrew.

—I si truquem a...? —va començar Magda la frase, llavors em va veure i va guardar silenci.

—El cuiner adverteix que qui no vingui, no menja —els vaig anunciar.

—Què hi ha per menjar? —em va preguntar Andrew.

—Jo només he vist amanida —vaig informar.

—Una cosa és allò que es veu i una altra la realitat —va dir Magda, i va entrar a la casa.

Em va sorprendre el to sec amb què havia pronunciat les seves paraules. Era evident que parlaven de mi. Magda es mostrava preocupada per alguna cosa que afectava la meva salut. Potser, d'aquí la seva vehemència quan la vaig veure parlar amb Alfred, des de la meva finestra. Allà en passava alguna de ben estranya.

Alfred va ser l'últim de presentar-se. Ens vam seure a taula i Jacint ens va servir l'amanida i uns espinacs gratinats amb pinyons, que feien olor d'àngels.

Durant l'àpat els vaig fer partícips del que havia escoltat a la cuina. Vaig gosar fer algun comentari que podia prendre's clarament com una crítica, però ningú no va reaccionar.

Arribat el segon plat, a base d'arròs integral amb verdures, Alfred va fer un gest amb la mà per cridar l'atenció d'Andrew, que el va mirar, va alçar lleugerament el cap i Andrew va prendre la paraula i es va dirigir a mi.

—Si em permet, li explicaré la història del que va succeir en aquells dies i com es va decidir posar en pràctica el pla.

Vaig recordar el retall de conversa que havia escoltat no feia gaire, al pati, entre Magda i Andrew. Alfred era qui marcava el ritme. «Quin ritme?», em vaig demanar.

Vaig deixar de banda aquests pensaments i em vaig disposar a escoltar amb atenció una història que pressentia força interessant. Andrew semblava més equilibrat que l'excèntric Jacint.

—Com ja sap —començà a explicar Andrew— Pangea estava formada per cinc regnes, que van ser convocats per Anu, sobirà de la Ciutat del Sol, rei de reis, senyor del firmament i monarca de l'esfera exterior.

»Les quatre delegacions dels governs d'Eridú, Bad-Tibira, Larak i Sippar van entrar a la Sala del Consell. La delegació de Shuruppak, com a amfitriona, els va rebre a la porta i els seus membres van esperar fins que tots els altres es van asseure. Llavors van ocupar les butaques que s'agrupaven enfront d'una de les cinc puntes de l'estrella que adornava el centre del terra de marbre, reflex exacte de la que penjava del sostre, a vint metres d'altura i que mostrava els noms de cadascuna dels cinc regnes.

»L'anunci de l'arribada dels cinc sobirans de les cinc nacions va aconseguir que els últims murmuris s'apaguessin i tots els presents, dempeus, van aplaudir la dona i els quatre homes que aparegueren per la gran porta de doble fulla. Els aplaudiments van prosseguir fins que els cinc arribaren al centre. Després, cadascun d'ells es dirigí a la punta de l'estrella que li corresponia. El rei Sin cap a la butaca que presidia la delegació d'Eridú; El rei Ea es va situar al capdavant de la delegació de Bad-Tibira; Ishtar, l'única dona, reina i sobirana de Larak, es va asseure davant el seu equip d'assessors; el rei Shamah va ocupar la butaca principal dels enviats de Sippar; i Enlil, rei de Shuruppak i amfitrió de la trobada, també arribà a la seva butaca i es va asseure, no sense abans dirigir una mirada a tot l'auditori. Havia caminat més lentament que els altres i havia arribat l'últim per poder ser durant més temps el centre atenció.

»Finalment, s'il·luminà la gran pantalla situada a més de sis metres d'altura i va aparèixer Anu. Des de la Ciutat del Sol, presidia el Consell i veia tot el que succeïa. feia anys que havia fixat la seva residència permanent a la base geostacionària que romania damunt del continent i des d'aleshores no havia baixat de les altures.

»Tothom esperava l'anunci de la nova obra que Anu proposaria dur a terme a Pangea: La Llum Eterna.

»Durant els següents dies els cinc sobirans debatrien àmpliament sobre el tema. Cadascuna de les delegacions donaria la seva opinió i, per últim, el projecte se sotmetria a votació. Llavors Anu proclamaria el resultat i, si fos necessari, emetria el seu vot particular en el cas que es produís un empat.

»Al final del setè dia, després de llargues sessions, es va arribar a un punt en què Enlil, el senyor de l'atmosfera, de l'aire, del vent i de les tempestes, amo del clima i redactor final de l'Informe Phaeton, havia de respondre les darreres preguntes, les que Shamah, rei de Sippar, volia formular-li. El sorteig havia situat el regne de Sippar en el darrer lloc.

»Una hora abans d'entrar a la sala del Consell, Anu va cridar Enlil. El redactor de l'informe i màxim impulsor del projecte es dirigí a les habitacions de la setena planta del ziggurat de Shuruppak, situades a més de cent metres d'altura i s'assegué davant de la pantalla.

»—T'he demanat de venir perquè avui és un dia crucial. Tot depèn de les teves respostes a Shamah —va dir Anu a través de l'altaveu de la pantalla.

»—La reina Ishtar i el rei Sin són al nostre costat. El meu vot i el de tots els meus, evidentment, seran positius. He comptat els consellers dels regnes de Sippar i de Bad-Tibira que també votaran a favor i ja tenim sis-cents vuitanta-quatre vots, més dels dos terços del total, que és el límit que fixa el reglament per prendre una decisió que afecta tothom —va respondre Enlil, segur d'ell mateix.

»—Fa segles que Pangea viu en pau —va dir Anu amb veu profunda, barreja de meditació i d'oració—. Fa segles que cinc regnes cohabiten sense que en cap moment hagi existit el més petit problema entre ells. I tot gràcies a què hem entès que les armes de la dialèctica són per damunt de qualsevol signe de violència. Fa segles que vam crear un Consell que és el que pren totes les decisions importants i transcendentals. Aquesta és la més important de totes. No puc permetre que sigui únicament per majoria de vots, encara que comptem amb els dos terços. Ha de ser per unanimitat de tots els regnes. És a dir: els cinc monarques heu de votar positivament. Ja sé que hi ha dissidents, consellers que pensen diferent, però hem d'obtenir la majoria en cadascun dels regnes. De manera que he promès a Shamah que, si no aconsegueixo el vot majoritari en tots el regnes, emetré el meu vot particular i impediré que l'Informe Phaeton esdevingui el Projecte Phaeton.

»—Es perdria tot. —gairebé va cridar Enlil—. Anys i panys d'esforços, d'estudis, de càlculs, de preparació...

»—Estem davant del major repte de la història i no puc permetre'm el luxe que alguna cosa surti malament i que algú pugui alçar la veu i dir-me que vaig seguir endavant amb el projecte tot i els dubtes que generava —va fer Anu, i abaixà la veu—. O pitjor encara: que diguin que vaig amagar dades.

»—Durant els últims quatre dies no he fet altra cosa que respondre totes les preguntes —va replicar Enlil—. No crec que en quedin gaires més per respondre ni massa dubtes per resoldre. Sippar no té el potencial científic d'Eridú ni la capacitat tecnològica de Larak. Si ningú no ha estat capaç de trobar la més petita escletxa en el meu plantejament...

»—Ea ha decidit esperar per veure què succeeix amb Shamah i decidir el sentit del seu vot. Ja saps que el vot d'un monarca pesa molt sobre el dels seus consellers. Pràcticament és decisiu. I Ea està considerat un home savi.

»—Ea sempre ha fet gala d'una prudència excessiva i mai no es pronuncia fins que tothom s'ha posat d'acord —va respondre Enlil, amb un deix de menyspreu—. Quan hagi convençut Shamah, Ea canviarà d'opinió.

»—Avui no t'enfrontes a Shamah, sinó a Ningizzida, un

científic d'alt prestigi, coneixedor com ningú del món vegetal i del món animal. No oblidis que el seu símbol és la serp. És sinuós en els seus plantejaments i en les seves preguntes. Necessitem el vot del regne de Sippar.

»—Encara que Shamah compti amb Ningizzida, quines altres preguntes pot formular, que no hagin estat ja plantejades? Si avui va com ha d'anar, Shamah no podrà votar en contra i els cinc vots seran afirmatius.

»—Això ho espero —digué Anu, i aquí s'acabà la conversa.

»A l'avantsala del Consell, Ningizzida es va acostar a Shamah.

»—Necessito més temps perquè Ereshkigal acabi les seves comprovacions —li va dir en veu baixa—. Intueixo que alguna cosa se'ns escapa.

»—No hi ha temps —va respondre Shamah, negant amb lents moviments de cap—. D'aquí ben poc s'obre l'última sessió del Consell. El reglament és clar. No podem interrompre el procés. Se'ns ha donat prou temps per poder estudiar el projecte i les seves repercussions, i fins ahir no se't va acudir parlar amb Ereshkigal.

»—Fins ahir no tenia aquest sentiment. La intuïció és com és. Res no la governa i apareix quan menys l'esperes.

»—I ningú no pot assegurar que es tracta únicament d'intuïció, perquè s'hi poden barrejar temors, desigs...

»—No quan et crida que siguis prudent —va replicar Ningizzida—. I la prova és que Ea tampoc ho veu clar. Espera la teva decisió. Si tu votes en contra, ell també ho farà i arrossegarà molts vots amb ell. Encara podríem aconseguir més d'un terç dels vots i paralitzar la decisió. Phaeton continuaria sent únicament un informe. Ereshkigal és la millor científica que tenim en matèria de moviments de la Terra.

»—Si avui Enlil respon totes les preguntes, no podré negar-m'hi —Shamah va negar amb el cap—. Anu m'ha demanat el vot i...

»—Llavors, sol·licito, per mi i per qui ho desitgi, llibertat de vot.

Shamah es va quedar uns moments en silenci.

»—Entesos —va dir, finalment.

»Anu, des de la Ciutat del Sol, va obrir la sessió. Enlil s'aixecà, respirà fondo, es va dirigir al centre de l'estrella, es va tombar cap a la gran pantalla i va saludar Anu amb una lleugera reverència. Anu inclinà el cap en senyal d'assentiment i Shamah es va aixecar i prengué la paraula.

»—El vuitanta per cent del plàncton i dels peixos viuen en la franja dels dos-cents metres de profunditat. Si la Terra s'atura i l'oceà queda situat a la cara oculta al Sol, les aigües es glaçaran i es produirà un fred sideral. En aquestes circumstàncies, no hi haurà vida marina possible. Haurem millorat l'agricultura, però perdrem la pesca.

»Enlil va allargar la mà i un dels seus assessors es va aixecar i li va lliurar un estudi. El va obrir.

»—Segons totes les estimacions, gairebé la totalitat de la fauna marina, el noranta per cent per ser més exactes, es concentra a les plataformes continentals. És a dir: en poc més del deu per cent de la superfície total de l'oceà. El gel se situarà a la zona fosca, però no oblidem que la zona visible és terra i una bona porció d'aigua, que no es glaçarà. De manera que ni la pesca ni la piscicultura moriran. Ben al contrari: les plataformes marines podran ser explotades durant més temps.

»Es va fer un curt silenci. Entre els assistents es van veure gestos d'assentiment.

»—L'exposició a la llum permanent desorganitzarà el cicle vital —va dir Shamah, canviant de tema—. Els ritmes biològics segueixen l'alternança dia i nit. Sense ella, l'organisme, privat totalment de referència, reaccionarà de manera caòtica.

»L'assessor es va aixecar per segona vegada i va

substituir la carpeta per una altra. Enlil la va obrir.

»—Els experiments duts a terme durant dos anys, en absència de llum natural, indiquen que el metabolisme dels organismes vius segueix aproximadament el cicle de vint-i-quatre hores. Per altra banda, l'home s'hi adapta sense cap problema. Si després de dos anys no hem trobat cap variació digna de tenir-se en compte... —va respondre, i va deixar la frase a l'aire.

»—L'ésser humà s'adapta a pràcticament tot tipus de vida, perquè així va ser creat per la natura. No obstant això, els ritmes circadiaris dels organismes unicel·lulars... —va replicar Shamah. I també va deixar la frase a l'aire.

»—La coordinació entre les cèl·lules té lloc mitjançant factors químics que són portadors dels senyals temporals. Són localitzables i fins i tot transferibles. La biotecnologia ja mirarà de solucionar aquest petit problema, si és que es produeix —va respondre Enlil, tot somrient.

»—I mentre esperem la solució, la llum eterna del Sol matarà les paneroles i els tomàquets —va replicar Shamah, i també va afegir una rialleta.

»Enlil va baixar la mirada i va negar lentament amb el cap, mentre feia petar la llengua.

»—Perquè els tomàquets es mantinguin saludables, n'hi ha prou de variar la temperatura ambient cada vint-i-quatre hores. Ho hem provat cents... milers de vegades! Quant a les paneroles, són nocturnes. Què li farem! No obstant això, podem confiar que la natura ens proporcionarà un ortòpter millor adaptat.

»—Sí, la natura tindrà molta feina. No cal dubtar-ho —va continuar somrient Shamah—. No tot el regne animal s'adaptarà tan fàcilment com l'home.

»—Els experiments duts a terme amb pollastres són concloents. Els ritmes circadiaris desapareixen en tot subjecte exposat a la llum constant, que acaba atrofiant la glàndula pineal. L'adaptació bioquímica és automàtica i molt ràpida.

»—Què succeirà amb nosaltres, llavors? Mai no dormirem i el cos no descansarà ni es recuperarà. Els nostres òrgans envelliran a marxes forçades, el nostre cos es debilitarà i estarem exposats a tot tipus de malalties.

»—Estimat Shamah! —Enlil va obrir els braços amb els palmells de les mans cap amunt i va passejar la seva mirada per tot l'auditori—. Podem construir una cosa tan senzilla com una habitació fosca. En ella gaudirem d'absència de llum i dormirem. El son reparador continuarà existint. Com en tot, és una pura qüestió d'educació i d'hàbits. Disposem de rellotges que ens indiquen l'hora que és. Els avantatges són increïbles i tothom els coneix. Establirem torns per les feines que han de cobrir les vint-i-quatre hores del dia. I, en aquestes circumstàncies, seran veritablement de dia. Mai no seran de nit. Ningú no protestarà perquè ha de fer un torn que trenca els seus cicles naturals. No necessitarem produir tanta energia com ara, ni il·luminar les ciutats; podrem viatjar d'un extrem a l'altre i sempre serà de dia; pertot arreu serà la mateixa hora; tots els serveis funcionaran sense interrupció...

»Shamah prengué el full que Ningizzida l'hi passava.

»—Quan s'aturi la Terra, la Lluna s'allunyarà de nosaltres i no serà més que gran que el cap d'una agulla dalt del cel. Mai més no podrà desviar els vents solars —va argumentar Shamah.

»—L'única cosa que canviarà serà que els romàntics no podran fer-se amanyacs a la llum de la Lluna. A partir d'ara, negociarem directament amb el Sol —va respondre Enlil. El seu to havia canviat. Era més eixut.

»—Una velocitat de rotació tan lenta farà saltar la Terra de la seva òrbita per llançar-nos damunt del forn solar o precipitar-nos damunt del glaç de Mart.

»—Per què? —Enlil va alçar la veu—. La rotació de Venus encara és més lenta del que serà la nostra. Fins i tot és retrògrada. I aquest detall no pertorba gens ni mica la seva òrbita, gairebé perfectament circular. Millor que la nostra en l'actualitat.

»—Però aquesta lentitud eliminarà el camp magnètic.

»Enlil es va posar tens.

»—Pura suposició! —va exclamar dirigint-se a tot l'auditori—. Més encara quan sabem que hi ha un camp magnètic a Venus.

»—Molt més feble que el nostre.

»—Però, existent.

»—Si ens hem de comparar amb Venus, fem-ho bé. Si el Sol queda fix damunt de Pangea, la Terra, igual que Venus, serà un altre planeta cremat —va dir Shamah—. Les plantes moriran cremades per la calor, tot s'assecarà i nosaltres, que depenem del regne vegetal, ens quedarem sense aliment i morirem.

»—Massa a prop del Sol i sense aigua, Venus és una falsa germana bessona de la Terra. Amb uns vents de tres-cents seixanta quilòmetres per hora, una atmosfera formada en un noranta per cent de diòxid de carboni i uns núvols fets de diòxid sulfúric, que es converteix en àcid sulfúric, no crec que puguem comparar-nos, com no sigui en grandària, massa i densitat i dintre de poc temps en rotació. Nosaltres dominem les tempestes. Jo he domesticat el temps! —exclamà vehement—. He creat espais amb microclimes que governo al meu caprici. Evaporo en un extrem i condenso en l'altre. Una vegada aturem la rotació de la Terra, el domini serà total i absolut. Els núvols transportaran l'aigua d'un costat a l'altre de Pangea. Transportar l'aigua significa transportar energia, significa refrigerar, significa crear vida, significa equilibri... Venus no és la nostra germana bessona. No pot ser-ho perquè les seves condicions són completament diferents de les nostres.

»—Què succeirà amb la força de la gravetat?

»—Res. No hi haurà força centrípeta i, en conseqüència, pesarem alguns grams de més. És el mateix que succeeix quan ens acostem als pols de la Terra. Però, amb una mica de règim, les nostres dones ni ho notaran —va respondre Enlil i la seva ironia va arrencar murmuris i rialles dels presents.

»A la tarda, després d'un generós banquet, es va procedir a la votació. Disset abstencions, dos-cents vots en contra i set-cents vuitanta-tres a favor, amb el vot afirmatiu dels cinc monarques.

»Es va fer el silenci i tothom va mirar cap a la gran pantalla.

»—A partir d'ara, l'Informe Phaeton esdevé el Projecte Phaeton. Glòria a la Llum Eterna! —va anunciar Anu amb veu greu.

»La sala del Consell va prorrompre en un prolongat aplaudiment acompanyat de víctors. Ningizzida va negar amb lents moviments de cap.

»Arribada la nit, davant del finestral de les habitacions del ziggurat, Enlil contemplava les estrelles, quan la pantalla es va il·luminar i aparegué el rostre d'Anu.

»—Felicitats! Has guanyat amb tota justícia —va dir.

»—L'única cosa que em sap greu és perdre un espectacle com el que estic contemplant ara. Però, el substituirem per la Llum Eterna.

»—Serà mil vegades més espectacular —va fer Anu.

»Ho serà!, va pensar Enlil, mentre mentalment feia balanç de totes les passes que l'havien conduït fins allà: les llargues converses amb els altres reis, els suborns a consellers d'Ea i de Shamah, la informació hàbilment dissimulada, les promeses...

Andrew va separar les mans i va fer una lleugera reverència, com el rapsode que ha conclòs el conte i sol·licita l'aplaudiment del públic.

—Fins ara estava convençut que el novel·lista era jo —

vaig dir, alhora que aplaudia.

—I segueix sent-ho —va respondre Andrew—. El que jo li he relatat és una història real.

Vaig mirar Magda i després Alfred. Ambdós assentien. Vaig deixar escapar una riallada.

—No és possible! —vaig exclamar—. M'estan prenent el pèl.

—L'única cosa que prendrem és cafè —va dir Magda, i ens va convidar a seure'ns a les butaques de la sala, al voltant de la taula baixa.

Quan ens dirigíem cap al racó de les butaques, em va semblar escoltar que Magda li deia a Andrew alguna cosa així com «Ens haurà sentit?». I em vaig quedar pensarós.

27.- L'ANY DE 360 DIES

Jacint ens va informar que el cafè era de mitjó. Magda es va estimar més prendre's una infusió. Un bon cuiner no està obligat a ser un bon cafeter, encara que també és cert que un bon àpat es valora i es recorda per l'excel·lent cafè que se serveix al final. Però, en aquell moment el cafè era el menys important. El que em preocupava de valent era el retall de conversa escoltat al pati i les darreres paraules de Magda.

Mentre Jacint ens servia el cafè, els vaig dir que fins aleshores la meva ment havia estat capaç d'imaginar moltes coses, però un projecte com aquell, que impliqués tota la humanitat, sota el meu punt de vista presentava dificultats gairebé insalvables. Representaria una cosa així com donar-li la volta al cervell de milions i milions de persones. Fins i tot, li vaig dir a Andrew que, tot i que el seu relat m'havia semblat força lògic, la trama ben muntada, els diàlegs fluids, les preguntes interessants i les respostes ben argumentades i amb contingut científic, resultava...

—De debò ho creu impossible? —va preguntar Magda—.

Ens està dient que Andrew ens ha explicat una història inventada?

—Si pensem en el que costa posar d'acord tot un país perquè faci alguna cosa senzilla, com per exemple pagar puntualment els impostos, no és fàcil imaginar a tota la humanitat que decideix aturar la rotació de la Terra —vaig respondre, amb un somriure irònic.

—Divendres, dia 1 de setembre de 1967, a les zero hores, totes les carreteres i tots els carrers de totes les ciutats, de tots els pobles i de totes les aldees de Suècia, fins a l'últim racó, es van quedar sense vehicles —va dir Andrew, i sense esperar resposta, continuà—: Només hi circularen les ambulàncies, els bombers i la policia. Enmig d'aquell inaudit silenci, grups d'homes i de dones vestits amb impermeables grocs i blaus descarregaren els camions del servei de circulació. Aquell dia, «dagen H» o «dia de la dreta», la circulació sueca s'alineava amb la resta del continent i passava a circular per la dreta. Tota la premsa, les emissores de ràdio i de televisió del país, i del món sencer, van assistir a la sorprenent i espectacular operació que va durar només tres dies. Un llarg cap de setmana.

—Tot un país —va fer Magda.

—Aquell immens tragí, que els habitants de Suècia van presenciar durant setanta-dues hores, havia requerit cinc anys de preparació —va explicar Andrew—. Diàriament tots els mitjans de comunicació del país van parlar del que anava a succeir. Van repartir milions de fullets il·lustratius entre tota la població. Policia, serveis públics, amics, coneguts, veïns... tothom va assumir el rol d'educador. A les escoles, a les biblioteques, als clubs, als supermercats, a l'entrada dels cinemes, a la cua de l'autobús, al tren, als locals de les associacions... Tot eren classes, conferències, debats amb projecció de pel·lícules, discussions, reflexions, comentaris... Fins i tot crearen comitès d'acció, centres d'ajuda, centres d'assessorament i d'educació viària. Des de la més gran ciutat al poble més petit, res no es va deixar a l'atzar. El servei de Correus va emetre segells commemoratius, la ràdio cantava cançons al·lusives al tema i la televisió creava espectacles que educaven d'una forma lúdica. Els humoristes es van inspirar en el tema i els caricaturistes van esmolar el llapis. Ni un sol suec, home o dona, nen, jove o ancià, des del jardí d'infància fins a les llars dels jubilats, no va deixar de rebre muntanyes d'informació, respostes a preguntes que ni tan sols havien formulat. Tot un rentat de cervell per eradicar en ben poc temps el costum de mirar cap a la dreta quan anaven a creuar un carrer de doble sentit i per crear l'hàbit de conduir a l'inrevés, malgrat que molts cotxes continuaven tenint el volant a la dreta —es va aturar, va prendre alè, em va mirar fixament i va fer—: Un rentat de cervell a escala nacional!

—Però, el que vostè diu que va succeir a Pangea, és infinitament superior —vaig bufar i amb un moviment sec vaig fer petar a l'aire tots els dits de la mà.

—Té raó —va dir Andrew—. L'Era Solar Total de Pangea exigia un esforç infinitament més gran. Però, comptava amb l'entusiasme que havia generat en els alts estaments i que havien esdevingut el màxim instrument de propaganda. Dotze mil milions d'homes, de dones i de nens sabien que el Sol reemplaçaria la Lluna per il·luminar les seves nits, que les tenebres desapareixerien per sempre més i que això significaria una abundància de béns i d'aliments com mai no havien somiat. El nou Paradís! L'únic benefici que en treien els suecs, de la seva operació, era no haver de canviar de mà quan entraven a la resta d'Europa.

—Potser sí, però...

—Quants milions de dones i d'homes creuen que poden comprar una parcel·la al cel per quan morin? —em va preguntar, i seguí parlant sense esperar la meva resposta—. Amb aquesta il·lusió les religions capten els seus adeptes i els mantenen dins del seu tancat. Pangea prometé el nou paradís terrenal. Mai més no tornarien a veure ni una sortida ni una posta de Sol i deixarien d'existir el matí, la tarda, i la nit.

—És molt més que aprendre a circular a l'inrevés! —

gairebé vaig cridar.

—Per descomptat que sí! —exclamà—. El canvi va ser tan profund i tan immens que fins i tot van necessitar crear una forma nova de mesurar el temps. I aquesta n'és la gran prova que ens van deixar. En el nou món, un dia, que sempre havia estat una rotació de la Terra sobre ella mateixa, es convertiria en un any, perquè la velocitat de rotació s'equipararia a la velocitat de translació al voltant del Sol. Per això van prendre la decisió de dividir el cercle en 360 graus. Cada grau seria un dia. És a dir: 24 hores. A partir de llavors un any tindria 360 dies exactes, precisos i mil·limétricament calculats, en comptes de 365 dies, 5 hores, 48 minuts i 46 segons. I cada dia tindria 24 hores exactes de 60 minuts de 60 segons exactes. És a dir: una vegada fets els càlculs pertinents, 1 segon nou equivaldria a 1,0145616 dels antics segons. I van retocar tots els seus rellotges perquè un segon deixés de ser un segon i es convertís en l'equivalent al temps que la Terra triga a donar una volta al Sol dividit per 31.104.000, que són 360 dies de 24 hores de 60 minuts de 60 segons cadascun. Exactes!

—Què més li dóna que un any tingui 360 o 365 dies, si no hi ha ni dia ni nit? —va preguntar Alfred, i jo em vaig adonar que tenia raó

—És així com es va imposar el calendari de 360 dies —va dir Andrew—. D'on creu que va sorgir el sistema sexagesimal? Dels sumeris? No! Ja existia quan suposem que el van inventar. Es va tractar d'un procés tan perfecte i tan meticulosament preparat que durant mil·lennis s'ha continuat comptant en anys de 360 dies. Immanuel Velikovski va estudiar el curiós fenomen i va escriure: «descobrim que va haver-hi un temps en el qual, en qualsevulla part del món, existia el mateix calendari de 360 dies. És en el segle VII abans de la nostra era que s'hi van afegir cinc dies (...) Els erudits que estudiaven el calendari dels Inques de Perú i els Maies del Yucatán es van sorprendre davant d'un calendari de 360 dies; el mateix que els seus col·legues que es dedicaven a l'estudi dels calendaris egipcis, hindús, caldeus, assiris, hebreus, xinesos, grecs o romans. La immensa majoria d'ells, en el seu intent per cercar una explicació al calendari que estudiaven, no sospitaven que el mateix succeïa amb tots els calendaris de les nacions de l'antiguitat».

—Potser els nostres avantpassats no disposaven de les eines adients per mesurar amb precisió, com nosaltres —vaig somriure.

—Em sorprèn vostè —va dir Alfred—. Acaba de fer el raonament, i perdoni'm, que faria qualsevulla persona ignorant. L'astronomia formava part dels ensenyaments de les escoles superiors dels sumeris, la geometria estava molt desenvolupada i l'àlgebra encara més, fins a l'extrem que les taules cuneïformes fan referència a equacions de quart grau.

Em vaig quedar mut.

—Sumeris i babilonis coneixien les matemàtiques pures i se'ls atribueixen mètodes numèrics d'infinits desenvolupaments —va prosseguir Alfred—. La pregunta resulta evident: ¿Uns astrònoms per als que la mesura del temps és de vital importància, utilitzaven un absurd calendari civil de 360 dies per al comerç i els negocis?

Vaig negar lentament i vaig ajupir el cap. M'havia precipitat.

—Els maies de l'antic Mèxic també calculaven utilitzant el sistema sexagesimal i els seus coneixements d'astronomia no tenen res per envejar als de l'actualitat —va dir Andrew—. Els càlculs actuals fixen la durada de l'any en 365,2422 dies i els maies el van fixar en 365,2425 dies. És a dir: Només vint-i-sis segons més. En l'actualitat hem fixat el mes lunar en 29,53059 dies; Palenque el va fixar en 29,53086 dies i Copan en 29,53020. Una desviació d'entre menys vint-i-tres i més trenta-tres segons. Tot i així, el seu calendari civil també era de 360 dies. Potser eren idiotes?

Crec que la meva boca s'havia obert, perquè no sé si els maies eren idiotes o no, però jo sí que em sentia un pobre ignorant en aquell moment.

L'INFORME PHAETON

—A l'Índia, els textos sànscrits descriuen la subdivisió de dia en temps llunyans —va intervenir Magda—. També sobre una base sexagesimal, el dia estava dividit en 60 *kala* de 24 minuts, al seu torn dividits en 60 *vikala* de 24 segons. Seguien llavors una sèrie de 60 subdivisions fins arribar al *kashta* que valia la tres-cents milionèsima part d'un segon. I no obstant això tots els textos Vedes, sense excepció, esmenten únicament l'any de 360 dies. Els passatges on s'esmenta específicament aquesta durada de l'any es troben en tots els Brahmanes.

Començava a tenir mal de cap.

—No obstant això, el més sorprenent no és l'existència d'un calendari de 360 dies, sinó la persistència al llarg de tota la geografia mundial i del passat —vaig escoltar dir a Alfred.

—Pangea va inventar el calendari de 360 dies per anticipar-se al que succeiria: l'Era Solar Total —va seguir Andrew—.Van fer el mateix que Suècia faria moltíssims anys més tard: preparar-se durant molt de temps per despertar a un nou ordre. Va quedar tan profundament imprès a la seva memòria i a la seva ment que van acabar llegant a la posteritat el seu somni en forma de calendari de 360 dies, que s'ha conservat durant mil·lennis.

El meu cervell es va rebel·lar i va començar a dubtar de tot, fins i tot de mi mateix, vaig sentir un profund buit dintre meu i em vaig demanar si m'estava tornant boig o si havia caigut a les urpes d'una secta.

—Els Puranes, imponent enciclopèdia de la ciència anònima hindú escrita entre els segles VI i XI de l'era actual, encara parla d'un Sol immòbil que es desplaçava cap al nord durant sis mesos o 180 dies, i que ho feia cap al sud durant altres sis mesos o 180 dies. Total: 360 dies —encara sentia la veu d'Andrew—. Una descripció molt encertada, perquè Enlil havia calculat que l'equivalència entre la velocitat de rotació i la velocitat de translació de la Terra, en la que un tomb al voltant del Sol equival a una rotació sobre ella mateixa, deixaria el Sol permanentment al cel, però no fix. Per causa del canvi d'inclinació de l'eix de la Terra, durant la meitat del temps, 180 dies, el Sol es desplaçaria molt lentament del sud cap al nord, i durant els següents 180 dies, a l'inrevés, del nord cap al sud. Aquesta constant obstinació demostra que l'home, durant mil·lennis, ha continuat tenint una enorme i indefectible esperança en un futur promès, el paradís sobre la Terra, i que, a manca d'esdevenir realitat, ho vam convertir en passat, perquè queda en nosaltres el pòsit del somni inoblidable: la nostàlgia del paradís perdut, el que mai no vam aconseguir, el de Llum Eterna que encara marca la nostra vida i del que sempre parlem en futur, sense adonar-nos que pertany a un futur anterior, que no va poder ser.

Em sentia marejat i tot rodava al meu voltant. Notava que la cara em cremava. Segurament m'estava pujant la tensió.

—Es troba bé? —em va preguntar Magda, mirant-me amb les celles arrufades.

—Crec que necessito descansar —vaig respondre respirant amb dificultat.

Ella va fer un bot a la butaca, es va aixecar i em va prendre el pols.

—Pugeu-lo a dalt i que s'estiri al llit —va ordenar—. De pressa!

No recordo res més, excepte que la llum es va apagar i es va fer el silenci.

28.- LA REBEL·LIÓ DELS 200

Vaig copsar una llum tènue que es filtrava a través de les meves parpelles i vaig captar unes veus que em sonaven llunyanes. Vaig reconèixer la de Magda, que deia que jo havia hagut d'absorbir en ben poques hores tot el que ells havien trigat anys sencers en pair i els recriminava que ella ja els ho havia advertit. Després, Alfred va demanar si em refaria. No vaig escoltar la resposta. M'estava despertant i perdia part de la conversa, perquè m'adormia un altre cop. Magda va dir que jo, possiblement, no m'havia pres la pastilla de la tensió. Llavors vaig tornar a entrar dins del túnel fosc. Més tard vaig retornar a l'estat de semiconsciència i la vaig sentir explicar que m'havia equilibrat les energies amb cordes... De nou vaig perdre el fil de la conversa i mig entre somnis vaig escoltar que demanava si havia aconseguit parlar amb... No vaig entendre el nom.

Vaig recordar que no m'havia pres la pastilla des que havia posat els peus en aquella casa. Desitjava obrir el ulls, però vivia enmig d'una nebulosa on les imatges apareixien barrejades.

A poc a poc, les veus van anar aixecant el to fins que vaig detectar que procedien del meu costat esquerra, encara que parlaven baix.

—Sembla que reacciona —vaig escoltar Andrew.

—A partir d'ara, tot sense sal —va ordenar Magda.

—Un menjar sense sal és com un jardí sense flors —vaig sentir que es queixava Jacint.

—Fes-te a la idea que som a l'hivern i que les flors s'han marcit —respongué Magda—. I ara tothom fora.

Els vaig sentir marxar i vaig obrir els ulls lentament.

—Com es troba? —va preguntar Magda, mentre m'aixecava la parpella i observava la meva pupil·la.

Vaig respirar fondo. Ja no sentia l'opressió al pit.

—Millor —vaig respondre, arrossegant la veu—. Quina hora és?

—Dos quarts de nou.

—De la nit? —em vaig sorprendre.

—Sí, però de la nit següent —em va contestar Magda.

—He dormit vint-i-quatre? —vaig exclamar i vaig obrir els ulls.

—Trenta, per ser-ne exactes —vaig veure que somreia.

—Necessito llevar-me —vaig dir.

—Només si és necessari i se sent amb prou forces —em va respondre.

—Si no ho faig, rebento —la vaig mirar molt seriós—. I no sé si podré arribar al final del passadís.

—Tinc una ampolla aquí mateix —em va dir, i jo la vaig mirar amb cara de pocs amics—. És de coll ample —va aclarir, però vaig seguir mirant-la igual—. Entesos. L'ajudaré i anirem més de pressa.

Em vaig treure el llençol del damunt i vaig descobrir que anava en calçotets. Magda em va cobrir amb una bata. Van ser els deu metres més llargs de la meva vida. A cada passa creia que se m'escaparia tot i quan vaig arribar al meu destí encara va ser pitjor. Per més que feia força, no podia buidar la bufeta i el dolor era insuportable.

—Va tot bé? —vaig sentir la veu de la doctora a través de la porta.

—Sí!

—Si necessita ajuda...

Vaig aixecar els ulls al cel. Com volia ajudar-me? Pixaria per mi? Allò no funcionava. Llavors vaig recordar quan em van operar d'urgència l'hèrnia inguinal. Em va costar déu i sa mare eliminar l'anestèsia i la infermera em deia: «Si s'ho estima més, el sondo». Només imaginar que aquella dona em ficaria un tub pel forat...

Quan per fi vaig començar a orinar, vaig tenir la sensació que havia explotat. Allò semblava les cascades del Niàgara i de l'Iguazú aplegades. Mai no havia vist res d'igual. Tot allò cabia dintre meu?, em vaig demanar amb certes dosis d'humor.

—El tractament que li he practicat produeix una expulsió massiva de toxines, però vostè, quan dorm, és de la Mare de Déu del Puny i s'ho guarda tot —em va dir quan per fi vaig sortir.

—Doncs, ja no en queda res —la vaig informar.

—Sí, el seu aspecte és un altre, el color és sa i se'l veu descansat. El tractament ha funcionat millor del que esperava —em va dir—. No disposava de cap medicament adient i les seves pastilles tardarien massa en produir algun efecte apreciable. De manera que he experimentat una mica i he assajat un sistema d'equilibri d'energies.

—I si hagués fallat? —em vaig atrevir a preguntar.

—Pitjor del que estava, no hauria quedat —va somriure, negà amb el cap i va fer petar la llengua—. Tranquil, home! Si no hagués reaccionat, l'hauríem traslladat a urgències.

—Tinc una fam de llop.

—D'acord. Li permetré que mengi, però sense excessos.

—Com vol que els faci, si Jacint només cuina per als conills? —vaig riure.

—Doncs, això l'ha salvat. No ho dubti.

Em vaig dutxar, em vaig vestir i vam baixar al menjador. Quan vam arribar tothom es va interessar pel meu estat de salut. Els ho vaig agrair.

La taula estava parada i el sopar a punt. Per sort Jacint encara no havia tingut temps per seguir les instruccions de Magda i estava condimentat amb sal. Aquell plat de llenties em van semblar glòria. Vaig menjar com un energumen i vaig beure més un litre d'aigua.

Quan va concloure el sopar, ens vam seure a les butaques i vaig esperar fins que Jacint ens va oferir infusions de diversos tipus. Per indicació de Magda, vaig demanar una camamilla. Naturalment, la prendria sense sucre.

Vam parlar del temps, fins que Jacint va dur les infusions i s'assegué amb nosaltres.

—Abans... —vaig apuntar quan ja tenia davant meu la tassa de camamilla fumejant, em vaig aturar i vaig decidir corregir—: Ahir em van explicar que va haver-hi oposició al Projecte Phaeton. M'agradaria conèixer la resta de la història, si ningú no hi té inconvenient —vaig demanar Andrew, i vaig mirar els altres—. Sincerament m'interessa i els dono la meva paraula que no posaré en dubte la seva veracitat.

Andrew i Alfred van interrogar Magda amb la mirada.

—No crec que tingui el més petit interès per alterar-se —va dir ella, i em va mirar significativament. Sabia molt bé el que m'havia costat orinar i que jo no tenia cap intenció de tornar a passar per aquell calvari.

—Entesos —va assentir Alfred, i Andrew, i es disposà a parlar.

—Força temps després de la famosa cimera de Shuruppak —va dir Andrew—, en un despatx d'un edifici de l'administració del regne de Sippar, va tenir lloc una conversa entre un home i una dona, entre Ningizzida i Ereshkigal.

»—Aquestes són les conclusions a què he arribat —va dir Ereshkigal, dipositant damunt la taula un document—. Hem d'alertar Shamah del perill que correm si seguim endavant.

»Ningizzida va fer una ullada a l'informe.

»—Em temo que ja ho sap —va respondre amb tristesa.

»—I per què no atura el projecte?

»—Enlil diu que tots els estudis dels seus àngels apunten

que hi ha un risc, però no és tan elevat com pensem. Prendran mesures correctores i ja està.

»—Com pot dir-ho? —va exclamar Ereshkigal—. El nucli de la Terra té una densitat diferent de l'escorça i entre ambdós hi ha diverses capes de materials amb densitat i plasticitat diferents, temperatura de fusió, capacitat electromagnètica... Quan l'escorça de la Terra s'aturi, les capes interiors no frenaran de la mateixa manera. El nucli terrestre, molt més dens i responsable del camp magnètic, continuarà girant per inèrcia. Ningú no pot predir amb precisió allò que succeirà, perquè no coneixem amb precisió el que hi ha sota els nostres peus i els models en què ens basem sempre són teòrics. No hi ha sonda que pugui arribar al centre de la Terra sense desintegrar-se.

»—Shamah no m'escolta. Anu el pressiona i li recorda constantment que el Consell ja es va pronunciar i que ell li va prometre que si no aconseguia el vot unànime dels reis, el projecte no seguiria endavant, però que, si els altres reis, tots plegats, votaven a favor, el projecte seria una realitat. Ara Shamah ha de complir la paraula donada i recolzar el projecte sense reserves. Anu només escolta Enlil i no cessa de repetir que serà un èxit —va respondre Ningizzida.

»—Corre el rumor que no hi ha unanimitat a la Ciutat del Sol —va replicar ella—. Diuen que se'ns ha ocultat part de la informació. Samyaza no es mostra gaire d'acord amb l'actuació d'Enlil. Ell és poderós, és la mà dreta d'Anu i pot ajudar-nos. Parlarem amb ell.

»Pangea canvià molt en ben poc temps. Als seus carrers bullia l'entusiasme que generaven els mitjans de comunicació. Els àngels de la Ciutat del Sol començaren a executar el projecte. Els càlculs i el disseny havien conclòs. Aquest havia estat el treball silenciós d'Enlil: preparar-ho tot per quan arribés el moment d'executar-ho.

»L'intèrfon va anunciar la visita de l'àngel Gabriel. Duia

una informació important. Enlil va donar ordre de que el deixessin entrar.

»—Estem assistint a una rebel·lió —va anunciar Gabriel, sense més preàmbul.

»—On? —Enlil va fer un salt i es posà dempeus, amb els ulls com a taronges—. Quants són? Qui és el responsable? Què pretenen?

»Eren massa preguntes i encara no havia obtingut cap resposta. De manera que va callar i escoltà.

»—Són dos-cents. Entre ells hi ha vint-i-un prínceps, catorze caps, deu tinents i cent cinquanta-cinc homes. Diuen que hi ha hagut una reunió entre Samyaza, Ereshkigal i Ningizzida. Tot apunta que han contrastat les dades dels uns i dels altres i han decidit oposar-se a la Llum Eterna. Samyaza amenaça de fer públic un informe amb dades que hem silenciat.

»—Samyaza... —va fer Enlil, només un murmuri, però amb ràbia—. Ell, a qui jo he atorgat tota la meva confiança, que ha estat elevat per damunt de tots els altres àngels, que ha obtingut tots els honors i en qui jo tenia dipositades totes les meves esperances. Ell! —va cridar i va descarregar el seu puny damunt la taula—. Pagarà per haver revelat el que és un secret de les altures!

»—Azaziel ja ha viatjat a la Terra i llença el missatge que estem enganyant la població i que el risc és molt alt —va continuar informant Gabriel—. El seu grup difon notícies pertot arreu per oposar-se a la campanya de la Llum Eterna.

»—Hem de parlar amb Anu i prendre decisions, abans no sigui massa tard —va murmurà Enlil, gairebé una oració.

»I aquí va començar el gran enfrontament que apuntava ahir.

—Samyaza? —vaig dir, meditant. Aquell nom em portava moltes coses a la memòria.

—Samyaza —va repetir Alfred—. El seu nom apareix al

llibre d'Enoc i és el capitost dels rebels. També se'l coneix com Llucifer o Satan. I als científics que se li van sumar se'ls coneix com els Àngels de les Tenebres.

—Samyaza és Llucifer?

—Els textos van ser escrits en una altra època, amb un altre llenguatge, per gent força diferent de nosaltres i amb paraules el significat i simbolisme de les quals diferien de les nostres —va explicar Alfred—. En un altre temps vaig estudiar simbologia esotèrica. És un tema que sempre m'ha apassionat, la manera com s'ha anat canviant el significat dels mots en funció de les necessitats, com s'han creat noves accepcions, que no tenen res a veure amb les originals, però que eren convenients per continuar ostentant el poder i mantenir els feligresos i el poble planer en la ignorància. Per exemple: en el llenguatge de Pangea, un àngel no és una entitat celestial i espiritual, sinó un ésser de carn i os. I així va ser durant molt de temps després.

Alfred va beure un glop de la seva tassa.

—Després de què? —vaig preguntar.

—Després del gran cataclisme —em va contestar—. I durant molts segles. Tants que en el capítol 18 del Gènesi podem llegir que tres homes s'acosten a Abraham, «assegut a l'entrada de la seva tenda quan la calor del Sol era més forta». Ell els convida a menjar i ordena servir-los mató, llet i carn de vedella a l'ombra d'una alzina. Evidentment, aquests tres personatges que apareixen a la Bíblia són tan humans com vostè o com jo i no tenen res d'eteri. Els seus cossos es cansen, senten la calor i tenen fam i set, com tothom —va beure un altre glop de la tassa, que va dipositar a la taula baixa—. El cronista diu que són tres homes, el Senyor i dos àngels, que van camí de Sodoma. Quan arribaren al seu destí es repetí idèntica escena d'hospitalitat. Aquest cop l'amfitrió va ser Lot, que els retingué i els donà de menjar i, negant-se a deixar-los dormir al ras, com tenien previst fer, s'oferí per allotjar-los sota el seu sostre. Una vegada més, aquests dos àngels són qualsevulla cosa menys eteris: necessiten, com Lot, menjar, beure i dormir. Són tan carnals que fins i tot són objecte d'un curiós intent d'abús sexual. «Cridaven a Lot i li deien: On són els homes que han entrat a casa teva aquesta nit? Fes-los sortir. Volem abusar d'ells. Lot va sortir a l'entrada, va tancar la porta darrere seu i els va dir: Germans, us ho prego, no cometeu aquesta maldat. Tinc dues filles encara verges; us les lliuraré perquè feu el que vulgueu amb elles. Però no feu res a aquests homes: són hostes que he acollit sota el meu sostre». Això és, textualment, el que podem llegir al Gènesi, capítol 19, versicles 5 a 8 —va respirar fondo i va negar amb el cap—. Un passatge massa explícit i clar, com per imaginar que es tracta d'éssers eteris i espirituals. Més encara quan després llegim el relat de la lluita entre els de fora i els de dins, quan llegim que els dos nouvinguts agafen Lot, l'entren a casa, rescatant-lo dels que pretenen entrar, tanquen la porta... —i aquí va callar, va somriure i va obrir les mans amb els palmells cap al cel.

—Em sembla que m'he perdut moltes coses, en no llegir la Bíblia —vaig meditar.

—Quan enlairem un text a la categoria de diví, es genera un rebuig que impedeix que llegim una cosa amb els ulls adients —va dir Andrew.

—Els àngels de què parla la Bíblia i que s'esmenten profusament en el Llibre d'Enoc van ser científics, tècnics, viatgers, exploradors, missatgers... És així? —vaig fer.

—Alguns van servir d'enllaç entre els habitants de Pangea i el Senyor dels Esperits —em va respondre Alfred.

—Sempre de viatge entre la Ciutat del Sol i Pangea, també se'ls anomenava grans esperits i genis volador —va dir Andrew—. Els rebels, amb Samyaza al capdavant, van prendre la decisió d'informar tot Pangea dels perills que comportava un projecte d'aquelles dimensions tan colossals. I aquesta decisió va fer que passessin a la història amb l'apel·latiu d'Àngels de les Tenebres i que Samyaza, el primer de tots ells, fos anomenat Satan. Ells no volien la Llum Eterna. Per això eren els àngels que pregonaven la obscuritat i les tenebres.

—Ostres... —vaig murmurar i vaig arrufar les celles.

—La seva insubordinació fou inadmissible per al Senyor dels Esperits i representava un crim de lesa majestat —va dir Alfred—. Enoc, el cronista de l'època, ha deixat constància als seus escrits: «Difícilment compliu els mandats del vostre Senyor; transgrediu les seves ordres, calumnieu la seva persona; i la vostra boca impia pronuncia blasfèmies contra sa majestat!», llegim al Llibre d'Enoc, capítol 6, versicle 4. Dures paraules que són el reflex exacte de la gravetat de l'acte comès, perquè es tracta, ni més ni menys, de dos-cents rebels que pertanyen a l'elit de la ciència i la seva paraula té un enorme pes específic. «Van consultar les llunes, i van conèixer que la Terra havia de perir amb tots els seus habitants. Van descobrir secrets que no devien en absolut de conèixer», relata el mateix Llibre d'Enoc, en el capítol 64, versicles 9 i 10. En el primer versicle del capítol 63, ens explica: «Heus aquí que els àngels que van baixar del cel a la terra van revelar els secrets als fills dels homes». Vuit capítols després afirma: «Després de tot això, s'ompliran d'estupor i de paüra per causa del judici que caurà damunt d'ells, en càstig per les revelacions que han fet als habitants de la terra». I el veredicte apareix al capítol 68, versicle 16: «Pereixen només per la seva ciència massa gran». Van ser jutjats i anihilats.

Aquell home posseïa una memòria prodigiosa, comparable a la d'Andrew, que ja m'havia sorprès. Recitava qualsevol passatge de la Bíblia, del Llibre d'Enoc i de molts altres al peu de la lletra, citant fins i tot la pàgina on es trobava.

—Abans ha parlat del Senyor i m'ha demanat si es tractava del mateix Déu —vaig dir—. He interpretat que vostè no ho veia clar.

—No ho és —va respondre amb un somriure.

—Qui és, llavors?

—La tradició xinesa ha deixat constància i memòria dels fets, que avui podem llegir: «En temps antediluvians, un grup en conflicte amb el seu Senyor, va ser desterrat i va perdre el do de volar; un diví monarca, amb atributs de semidéu, els va privar per sempre més de tot viatge entre el cel i la terra» —va recitar de memòria, com tot el que havia citat fins aquell instant—. Enoc ho confirma en els seus escrits, encara que el seu missatge als rebels va molt més enllà, segons podem llegir al capítol 14, versicles 3-6: «el judici ha estat pronunciat contra vosaltres; tots els vostres precs són inútils. Així, d'ara endavant, vosaltres no pujareu mai més al cel; i sereu encadenats aquí sota durant tot el temps que existeixi la terra. Però abans, sereu testimonis de la destrucció i de la misèria de tot el que us és agradable; no ho posseireu mai més. Cauran per l'espasa sota els vostres propis ulls. I no eleveu oracions ni per ells ni per vosaltres!». Aquest text el podem superposar tranquil·lament al text xinès.

—Ja em perdonarà, però de les poques coses que recordo és que el Llibre d'Enoc també diu que «La misericòrdia del Senyor dels Esperits és gran, gran és la seva paciència» —vaig gosar citar.

—Llibre d'Enoc, capítol 40, versicle 16 —va acceptar Alfred—. Paraules que han induït a un munt de confusions que encara avui dia perduren. No obstant això, recordi que Enoc confessa el seu constant temor davant el Senyor dels Esperits. «Em vaig acostar tant com vaig poder, cobrint-me el rostre, i ple de paüra» , diu al capítol 14, versicle 24. «I ell em va prendre i em va conduir fins a la porta. I jo mantenia els meus ulls fixos al terra», afegeix al versicle 25 —va sospirar, va aixecar la mirada al cel i va dir—: La misericòrdia divina no pertany ni mai ha format part del bagatge del Senyor dels Esperits, que no és Déu, sinó un dèspota desconfiat per qui la venjança és justícia i que, quan algú no el segueix cegament, esclata en anatemes: «Els vostres dies seran maleïts, i els anys de la vostra vida seran esborrats del llibre dels vivents (...) mai no obtindreu la misericòrdia», capítol 6, versicle 6. «Digues-los, doncs: Mai no obtindreu gràcia, ni mai no rebreu la pau!», capítol 16, versicle 5. «Mai no obtindreu misericòrdia, diu el Senyor dels Esperits» capítol 29, versicle 2. «El càstig celest no es farà esperar: tots periran» capítol 79, versicle 10. I el que ja representa la mostra més palpable d'un sadisme paranoic: «No tindrà en absolut pietat de la vostra sort; sinó que, al contrari, s'alegrarà en la vostra pèrdua», capítol 113, versicle 10 —va deixar escapar una rialleta i va preguntar—: Vol més citacions?

—Sorprenent —vaig meditar, gratant-me la barbeta.

—Segons tots els textos, Anu i Enlil vivien a la Ciutat del Sol —va dir Magda—. Anu mai no l'abandonava i Enlil només baixava a la Terra en ben comptades ocasions. Avui dia sabem, perquè la NASA ho ha estudiat, que es poden produir trastorns greus per causa d'una estada prolongada a l'espai i que es coneixen amb el nom de síndrome de solipsisme, una neurosi que duu el subjecte a imaginar i viure una altra realitat diferent, fins a l'extrem que acaba preguntant-se si els que l'envolten són reals o imaginaris. D'aquí, possiblement, apareix la incapacitat d'Anu i d'Enlil per admetre la més petita contradicció, que va ser tinguda per un atac en tota regla.

—Una especulació delicada i perillosa —vaig dir.

—No és així, amb exasperació i violència, com reaccionen Anu i Enlil?

—Depèn de com ens ho mirem

—Depèn de què? —va dir Alfred, i, abans que pogués respondre, va explicar—: De res serveix que els rebels, amb Azaziel al capdavant, lliurin una carta a Enoc, que ha vingut a veure'ls a la Terra per mandat d'Anu. Imaginen que comptant amb els seus bons oficis, poden exposar els seus temors i suplicar el Senyor que reflexioni sobre la seva decisió. Això és el que Enoc relata al capítol 13, versicles 1 a 6. I en el versicle 7 acaba dient: «Una humil súplica a fi d'obtenir per a ells el descans i la misericòrdia per tot el que han fet». Però quan Enoc parla amb el Senyor dels Esperits, la resposta és contundent. Enoc l'escriba ha viatjat a la Terra només per lliurar un missatge. I no és un ultimàtum, sinó una sentència sense apel·lació possible que els condemna per tota l'eternitat, a ells i als seus descendents. «La sentència ha estat pronunciada contra vosaltres: tots els vostres precs són inútils», capítol 14, versicle 3.

L'INFORME PHAETON

Em vaig quedar en silenci, mirant-lo. El seu rostre romania serè, però els seus ulls eren un parell de fogueres, encara que no d'odi ni de violència, sinó d'energia. Parlava amb una força que arrossegava, amb una convicció absoluta, sense vacil·lar.

—Perdoni que li digui, però de vegades em sembla que parla com si ho hagués viscut —vaig gosar fer broma.

—La brutalitat de la resposta va ser tan gran que fins i tot els més fidels es van commoure —va continuar explicant, ignorant les meves paraules—. Aquest és el cas de Miquel que en el capítol 67, versicle 2, confessa a Rafael: «El meu esperit es rebel·la i s'irrita per la severitat del judici secret contra els àngels; Qui pot suportar un judici tan terrible, que mai no serà modificat, que els condemna per tota l'eternitat?». I afegeix: «La sentència ha estat pronunciada contra ells pels que els han obligat a reaccionar d'aquesta manera». Una acusació com aquesta li val comparèixer davant del Senyor dels Esperits, que li demana explicacions. Llavors, Miquel, conscient del perill i del desastre que se li acosta, atribueix les seves paraules a l'emoció del moment: «Quin cor no se sentiria tocat? Quin esperit no tindria compassió?» I immediatament es desmarca: «No els defensaré en absolut en presència del Senyor, perquè han ofès el Senyor dels Esperits, en conduir-se com déus», en el versicle 4 —em va assenyalar amb el dit índex, acusador—. Vostè mateix pot viure-ho només llegint com cal.

—Potser fóra bo prendre's un respir —digué Magda.

—Em trobo bé —la vaig tranquil·litzar—. Agraeixo el seu interès, però m'agradaria seguir una mica més.

Alfred va somriure, va recolzar l'esquena a la butaca i va aclucar els ulls, com si estigués visualitzant el que explicava.

—Miquel, un príncep de primer rang, enmig d'un motí en què l'arrossegaven els seus sentiments, de sobte s'endureix i capitula diplomàticament davant el seu Senyor. La consigna del seu Senyor és clara i no admet rèplica: havia d'aixafar el traïdor, a qui hi ha gosat posar en tela de judici la voluntat de l'ésser suprem. A canvi, Miquel obtingué la vacant deixada per Samyaza, el gran Llucifer, ara Senyor de les Tenebres, amant de la nit i enemic de la Llum Eterna, i s'erigí en el nou cap dels àngels del cel. Aquí va començar el gran combat.

—Hem pensava que havíem dit que Pangea era matriucentrista, socialista i que no tenia exèrcit —vaig apuntar.

—I així va ser, fins aquell moment —va assentir Alfred—. Samyaza, que havia estat enlairat pel Senyor «per damunt de tots els seus companys» esdevingué el cap dels rebels, «el primer de tots ells». No obstant això, el Senyor culpa Azaziel de ser-ne el principal instigador: «Ell és qui ha de ser responsable de tots els crims» continuem llegint al Llibre d'Enoc, capítol 10, versicle 12. No obstant això, no deixa de ser curiós que a Azaziel se li assigna el lloc desè entre els declarats culpables. No va ser pas el primer, però va cometre un gran pecat:. «va revelar al món tot el que passa als cels», capítol 9, versicle 5 —va obrir els ulls, es va fer cap endavant i em va mirar—. Enlil va ser conscient, tot i la seva bogeria, que podia perdre el control de la situació en profit dels rebels, a qui reconeixia que «es van convertir en seductors», capítol 53, versicle 6. —em va agafar pels canells—. No he inventat res. Tot es escrit. El Senyor no és un ésser totpoderós. Va haver de lluitar per conservar allò que era seu. Vet aquí el greu error de concedir tota la importància al missatger i oblidar el missatge.

De sobte em vaig sentir marejat. Alfred seguia estrenyent-me els canells i jo no sabia què respondre. Vaig mirar els altres, un per un. Ningú no movia ni un múscul.

—Durant segles hem convertit els missatgers en enviats de Déu i els hem coronat amb totes les virtuts imaginables; durant segles hem disfressat els missatges fins a convertir-los en tristes caricatures d'una realitat que ja no som capaços de veure; i durant segles hem negat les majors evidències amb l'afany de romandre al capdamunt del cim del poder —va dir Alfred, i va preguntar—: I què hem aconseguit?

—Res —vaig respondre amb convenciment.

—Exacte! Res! —va exclamar Alfred. Els seus ulls tornaven a ser fogueres—. No obstant això, el nostre afany per dominar-ho tot ens ha empès a convertir el missatger en un ésser diví, com també hem transformat en llegendes i en mites la tradició i la història oral, oblidant que mites i llegendes són les veus d'un passat llunyà que ens implora que no l'oblidem. Winston Churchill va dir que com més lluny mirem en el passat, més lluny podrem veure en el futur i vostè ho ha dit en mil ocasions: la història és cíclica, els éssers humans repetim una vegada i una altra els mateixos errors. Estudiar la història no és un fet banal ni gratuït. Som aquí perquè altres ens han precedit i ens hi han conduït i els que vinguin després en gran part seran producte de les nostres accions. Cal que actuem correctament, si de debò estimem els nostres descendents i decidim llegar-los un món millor. Hem de ser capaços d'explicar el que va succeir perquè tots sàpiguen el que pot succeir.

—Per això sóc aquí? —vaig preguntar.

Alfred va deixar anar els meus canells, es va fer enrere fins que la seva esquena es va recolzar a la butaca i va somriure.

—Sí! —va exclamar—. Tal com insinuava Galileu Galilei, ningú no és hereu ni dipositari de cap veritat eterna. Som tots plegats: els que han viscut, els que vivim i els que viuran. Jo sóc, com qualsevol dels que som aquí, en aquesta habitació, o de tots els que habitem aquest món, el protagonista de la meva vida i els que em van precedir m'han concedit l'honor de ser l'amo de la seva història, igual que qualsevol dels que vivim en aquest planeta. Ningú no pot arrogar-se el paper de jutge en allò que pertany a tothom —ens va assenyalar a tots i cadascun dels quatre que l'escoltàvem i va dir—: De manera que, si em permet, pretenc que vostè acabi dient-nos: vaig a relatar-vos LA SEVA història, la dels qui van viure la Gran Tragèdia, i creureu que és LA MEVA història, però al final escoltareu LA VOSTRA història, perquè la vostra història, la seva història i la meva història és LA NOSTRA història, i la nostra història és LA HISTÒRIA. I qui és, doncs, l'amo de LA HISTÒRIA, sinó JO?

Encara sort que havia dormit trenta hores seguides! Tot el que estava escoltant era com per acabar amb la ment més lúcida i desperta que existeix.

—Per fer-ho, necessito que m'expliqui aquesta HISTÒRIA, fins al final —vaig dir.

Alfred va assentir tres vegades i va començar a parlar.

—Enlil i Anu eren conscients que els rebels, més que seductors, eren mestres dels homes, perquè es dedicaven a ensenyar-los i feien escola. D'aquí va néixer la gran por del Senyor, que en vist del que estava succeint, tenia prou motius per inquietar-se, tal com explica Enoc al llarg del capítol 8. Tingui en compte que Azaziel ensenyava els habitants de Pangea com fabricar armes i com defensar-se; Amarazak els ensenyava les propietats de les arrels i els encanteris, és a dir: la medicina; Barkayal els ensenyava a observar les estrelles; Akibeel els ensenyava els signes; Tamiel l'astronomia; i Torrésdel els mostrava els moviments de la Lluna. I, el que ja resultava intolerable per al Senyor: «Els ensenyen l'escriptura i els mostren com utilitzar la tinta i el paper» , capítol 68, versicle 11. Pot vostè dir-me on es troba el pecat?

—Tal com ho explica, no sembla que n'hi hagi, de pecat —vaig respondre.

—I no n'hi ha —va negar amb el cap—. Va ser llavors, quan bona part de la gent va prendre consciència del desastre que s'acostava, es van sentir en perill de mort i van protestar amb vehemència. «I els homes en perill de morir van elevar la seva veu, i la seva veu va arribar fins al cel» , Llibre d'Enoc, capítol 8, versicle 9. I és clar que la seva veu va arribar fins al cel! Els havien ensenyat com utilitzar la tinta i el paper.

—M'he perdut —vaig dir, de sobte—. Pangea era un món culte. Ja sabien escriure —vaig apuntar, sorprès.

—«Els ensenyen l'escriptura i els mostren com usar la tinta i del paper» —Alfred va repetir lentament—. A Pangea, un món altament tecnificat, on l'univers audiovisual regia les comunicacions i governava la vida, el document escrit imprès ni existia. S'havia perdut. Qui dominava les comunicacions i l'energia, ho dominava tot. Ningú no podia comunicar-se si no disposava dels medis adients. Què està passant avui dia? Els nens ja van a escola amb un tàblet. No porten llibres ni llapis ni paper. Què passarà d'aquí uns anys? Per això la tinta i el paper esdevingueren ànima i arma de la resistència. És i sempre ha estat el vehicle preferit per la clandestinitat, perquè és incontrolable. La història així ho demostra una vegada i una altra i l'hem fet anar cada cop que ens hem convertit en força de resistència. Per aquesta raó feia tanta por que algú pogués ensenyar els habitants de Pangea a fer servir la tinta i el paper per difondre els seus pensaments. Com vostè ha dit, aquella gent ja sabia escriure, però només amb l'ajuda de màquines.

—La ploma ataca directament les ments, mentre que l'espasa només ataca els cossos —vaig dir, i Alfred va assentir.

—Això és el que de debò feia por el Senyor dels Esperits.

—Em prendria un cafè, si no és demanar massa —vaig dir.

—Ni parlar-ne! —va saltar Magda.

—Una altra camamilla? —vaig insinuar.

—Això ja és una altra cosa —va acceptar Magda—. A més a més, jo l'acompanyaré.

—I jo —va dir Andrew.

—La conversa està en un punt àlgid —va fer Jacint—. No vull que ningú pronunciï cap paraula mentre jo estigui absent. En cas contrari, que cadascú es prepari la seva infusió.

—Entesos. Ens prendrem un respir —va dir Alfred, somrient.

29.- EL GRAN COMBAT

Plovia i vaig pensar que a Pangea havien arribat a dominar les tempestes, però aquí, en el present, encara estàvem a les beceroles. No n'encertaven cap.

Vaig respirar fondo. La meva vida, la meva concepció de tot allò que m'envoltava, la meva visió de la història... tot estava canviant. Vaig somriure en recordar com vaig exigir ser savi. «Si jo fos savi... què faria?», vaig dir. Potser difondre la veritat als quatre vents. «Quina veritat?», em vaig demanar. Desitjava creure en tot allò que m'estaven explicant, però, tot i què havia viscut una experiència única a l'Escola d'Enginyers, els dubtes s'hi amuntegaven. Les explicacions de Jacint, que havíem vibrat a una freqüència més alta, no resultaven gaire clares. «I si tot era un producte d'al·lucinacions?», vaig pensar. Necessitava una prova. Alguna cosa que pogués tocar amb les meves mans, que fos veritablement tangible i inqüestionable.

Vaig contemplar el cel fosc i tapat. L'aigua colpejava els vidres, relliscava i queia damunt l'ampit. A través del reflex del vidre podia veure l'interior del menjador. Magda romania asseguda a la seva butaca, mentre que Alfred i Andrew, dempeus al costat de la porta, conversaven en veu baixa i reien. M'havien dut allà perquè escrivís aquella història. Però, era una història de bojos. Vaig tornar a fixar la vista en la pluja. I si decidia escriure aquella història, com l'enfocaria?

—Tot és a punt —vaig sentir que feia la veu de Jacint.

Vaig abandonar les meves reflexions i vaig seure a la butaca. Jacint va repartir les infusions. Mecànicament, vaig prendre la cullereta i vaig remoure una tassa d'herbes sense adonar-me que no hi havia ficat sucre. Quan en vaig ser conscient, vaig enretirar la cullereta i la vaig deixar al plat. Vaig estrènyer la tassa amb les dues mans. Feia una mica de fresca i aquella calor resultava agradable.

—Degué ser un combat èpic —vaig dir.

—Va ser ignominiós —respongué Alfred, mentre acabava de remoure la seva infusió. Ell sí que s'hi havia ficat sucre—. Imaginis: Pangea es desmembrava, malgrat que la propaganda oficial es mostrava incansable i alternava les terribles amenaces cap als rebels amb les promeses d'un món de Llum Eterna. És la mateixa història de sempre: prometre i prometre perquè creguin en mi. No obstant això, l'oposició guanyava terreny. Ells empraven arguments sòlids. Algunes regions ja estaven tan infectades de rebels que el Senyor dels Esperits va enviar Gabriel amb la missió de sembrar zitzània entre ells: «Empeny-los, excita'ls els uns contra els altres. Que pereixin per les seves mateixes mans», diu Enoc, en el capítol 10, versicle 13. Una prova més de la desesperació i de la vehemència del Senyor que, evidentment, no era Déu. Però, Gabriel tampoc era un àngel, tal com el concebo en l'actualitat, sinó un ésser de carn i ossos, capaç d'equivocar-se, i va fracassar.

—I davant del fracàs, Enlil ordenà la guerra —vaig apuntar.

—Així va ser —va assentir Alfred—. «El mal ja corromp el cor de molts homes», va informar Gabriel quan va tornar. «Cada vegada són més les veus que et critiquen». Llavors Enlil va embogir i va cridar: «Cal acabar amb tot aquest desgavell!». I, per primera vegada en mil·lennis, esclatà una guerra.

—El record d'aquesta guerra figura a les tradicions de la Xina i de l'Índia, en les llegendes dels pigmeus d'Àfrica i en els relats dels historiadors de l'antic Egipte, que també recorden Soló la bogeria de l'aventura de Phaeton —va intervenir Andrew —. I Enoc l'esmenta en vint-i-quatre ocasions.

—Dos exèrcits enfrontats per causa de...

—No va ser una guerra d'exèrcits —va negar Andrew, tot talant la meva reflexió—. No podia ser, perquè la cultura era matriu-centrista i, per tant, no existien les armes.

—Llavors? —vaig exclamar, estranyat.

—La Ciutat del Sol disposava d'enginys tecnològics que fàcilment podien convertir-se en armes destructores. Dominaven el cel, posseïen naus; podien adaptar els raigs làsers utilitzats en mesuraments per a altres tasques; desencadenaren fenòmens naturals d'una dimensió inimaginable, amb afany destructiu; utilitzaren les energies extretes del nucli dels àtoms per provocar reaccions en cadena. Així és com van destruir Sodoma i Gomorra —va explicar Andrew.

—Una pluja de sofre i foc —vaig fer, i Andrew va assentir.

—Les milícies civils es van enfrontar, impotents, a una onada de tecnologia mortal que els va ultrapassar —va seguir explicant—. Un atac unilateral, de càstig, un exèrcit d'àngels, les cohorts celestials que van baixar dels cels, van arrasar, van cremar, i van eliminar tots els que gosaven desafiar el Senyor. Aquests són els àngels que se'ns presenten com éssers lluminosos i radiants. Però la seva llum era la llum mortal que emetien les seves armes i les seves radiacions eren les que emanaven les bombes llançades sobre els reductes rebels.

—Déu del cel! —vaig exclamar, horroritzat.

—Va ser pitjor que la suma de la Primera i la Segona Guerra Mundial, aplegades a la primavera de Praga, la revolució de Pequín, Hiroshima, Nagasaki, la Guerra de les Estrelles i les del Golf —va dir Andrew, amb els ulls oberts com a taronges, i les seves paraules brollaven carregades de vehemència—. Tropes aerotransportades, carros, explosions més vives que cent mil sols, raigs làsers, i el núvol negre que s'aixecava després del pas d'un míssil que inflamava i cremava tot l'oxigen entre el terra i ell. Va ser la més desapiadada de totes les venjances celestials.

—Una victòria indiscutible —vaig gosar dir.

—Una vergonya! —em va corregir Alfred—. Les hosts del cel van vèncer un enemic desarmat. Un acte difícil de justificar, que, no obstant això, calia explicar. Per això tot esdevingué fornicació i impietat. «La impietat es va acréixer; la fornicació es va multiplicar, les criatures van transgredir i van corrompre totes les seves ordres», diu Enoc al capítol 8, versicle 2 —va fer, i va esclafir de riure, mentre aixecava els braços enlaire—. Com podíem parlar d'impietat i de fornicació a Pangea? No existia cap religió, no coneixien el concepte de pecat, i menys encara el de la carn —va deixar caure els braços i es va quedar mirant-me—. El problema era un altre: els àngels de les tenebres exigiren que s'aturés el projecte i digueren la gent que els havien enganyat. «Pretenen ser com déus!», cridava el Senyor dels Esperits, enfurit. Aquí es trobava el gran pecat. Aquells rebels volien destronar-lo per avortar el projecte i desfer l'engany.

—Això em sona a Anticrist.

— L'Anticrist és un invent per perpetuar un poder —va respondre Alfred.

—I Llucifer?

—Samyaza, l'arcàngel que es va rebel·lar contra el seu Senyor, no era qualsevol —va dir Alfred, somrient—. Va ser el Gran Mestre dels biòlegs que havien dissenyat els gegants, els Nephilim. Per això va ser proclamat savi incomparable i especialista de la vida. Samyaza, tocat pel títol de Llucifer, Príncep de la Llum, denuncià un projecte que era una insensatesa que amenaçava la vida de tot el planeta, i esdevingué el defensor de les tenebres, perquè no acceptava la Llum Eterna. Va ser jutjat en judici secret i, amb els seus col·laboradors, se'l condemnà a un càstig exemplar. Se n'adona?

—A poc a poc, si us plau —li vaig pregar. Començava a esglaiar-me. Qui m'assegurava que aquells bojos no pertanyien a una secta satànica?, em vaig demanar—. Que el diable no existeix és una conclusió a la qual he arribat per mi mateix. No obstant això, vostè capgira tota la història coneguda.

—La història l'escriuen els vencedors.

—No sempre és l'única que s'escriu —vaig replicar.

—O no sempre el que escriu la història està d'acord amb ella. I, si es dóna aquesta circumstància, és possible que l'historiador deixi un rastre de les mentides. És una forma de venjar-se o d'emmudir la consciència.

—És possible —vaig acceptar.

—Bé! —va exclamar, i es va fer enrere, a la seva butaca, mentre creuava les mans—. Enoc, va escriure la història que li van dictar. No obstant això, va deixar una porta mig oberta per tal que el futur l'obrís novament i contemplés la realitat. El primer exemple és una relliscada històrica que afecta el terme Senyor-Déu. El Llibre d'Enoc, tal com ha arribat a nosaltres, no va ser escrit per la mà de qui dóna nom a tot el treball, sinó per altres escribes que van viure molt més tard que ell. La seva redacció va patir les mateixes transformacions que qualsevol relat oral antediluvià, abans de ser transcrit per un copista que va tenir molts escrúpols de consciència per executar al peu de la lletra l'ordre de qui manava i que li marcava el camí i el sentit que havia de donar al conjunt de l'obra. Per aquesta raó el text està ple d'equívocs, que també són característiques de la Bíblia.

—Ara sí que m'ha deixat fora de combat —vaig dir.

—L'escriba o els escribes d'Enoc no van voler privar-se del gran plaer de jugar amb les paraules i expressar allò que ells sentien i no allò que altres els ordenaven sentir i pensar. En el text, els àngels de vegades són vigilants, de vegades fills dels homes, però també habitants dels cels o intel·ligències celests o estrelles. Fins i tot els anomenen homes blancs. El seu vocabulari, evidentment, no era menys prolífic quan es referien a l'autoritat suprema. Al cim, situen Déu. Després l'adornen amb multitud d'adjectius qualificatius i l'embolcallen amb atributs: déu de déus, déu del cel, déu de les altures, el gloriós, el magnífic, l'altíssim, el totpoderós... Però també parlen del Senyor (molt sovint), el Senyor dels Esperits (sovint), el Senyor del Món (en dues ocasions)... Aquesta profusió de qualificatius, per a qui sap llegir, és una guia que evita tota possible confusió. Així, si llegeixo el versicle 3 del capítol 9, m'adono que van escollir uns termes que em permeten distingir subtilment l'autor del projecte, el dèspota que s'ofega en la seva ràbia quan algú se li resisteix, que s'excita, que salta en improperis, que vocifera, que escup i que vomita odi: ell sempre és el Senyor dels Esperits. Un ésser inquietant, irascible, sàdic i perillós. Es creu Déu. Una situació que, malauradament, no és única ni representa un cas excepcional en la història.

—Déu i el Senyor dels Esperits no són el mateix? —vaig preguntar ben a poc a poc.

—I és clar que no! —va exclamar Alfred—. El segon exemple també és una relliscada històrica i es refereix a Samyaza-Satán-Llucifer —va continuar relatant—. L'any 363, en el Concili no ecumènic de Laodicea, durant els primers segles de l'Església, es va parlar d'àngels i es van establir jerarquies Resulta que Llucifer, un home de ciència, un cervell com no hi havia cap altre, un vertader Einstein de la biotecnologia, per salvaguardar el futur de la biosfera que sap de ben segur que es troba amenaçada de mort, s'oposa al seu rei. Es acusat de traïció i de pecat d'orgull, repudiat i vilipendiat, se l'exclogué de la societat. A partir d'aquest instant, titllaren la seva intel·ligència de maldat, la seva crítica de rebel·lió i el seu coratge es prengué per supèrbia. Samyaza va ser degradat fins a extrems increïbles, fins on ningú mai no ha estat qualificat: «Havent-se rebel·lat contra Déu, ha estat expulsat i ha estat precipitat a l'infern, on ell s'ha fet el cap dels dimonis, o Satanàs, sinònim del Mal». Però, finalment tot Pangea assistí, impotent, al desastre que aquell home havia predit, perquè, desgraciadament, els fets acabaren per donar-li la raó.

—Estem parlant de l'any 363 de la nostra era?

—Sí. I és aquí on l'escriba comet una petita relliscada semàntica: anomena Llucifer al rebel, que significa el «portador de la llum». Anomenà Llucifer l'àngel de les tenebres! —va dir Alfred, i es va quedar mirant-me.

—Aquí hi ha alguna cosa que no lliga —vaig acceptar.

—Més encara si se m'acut escoltar els gnòstics, que diuen que la rebel·lió de Samyaza és la recerca del coneixement total que el Demiürg volia amagar els homes —va dir—. I els gnòstics, també van ser condemnats —va assentir diversos cops i va aixecar les mans—. Ara entenem els improperis del Senyor dels Esperits quan maleí la indiscreció dels àngels sobre els secrets del cel. Llucifer va ser, ni més ni menys, el Senyor de la Llum. Curiosa contradicció.

—Si més no, sorprenent —vaig concedir.

—I com no hi ha dos sense tres, la tercera relliscada la constitueixen les filles dels homes. El Gènesi només dedica quatre versicles a aquest fet, però Enoc tracta aquest episodi ni més ni menys que en quaranta ocasions al llarg de nou capítols. Si prenem allò que és escrit i ho simplifiquem, el Diluvi fou la conseqüència de la fornicació d'éssers celestials amb belles dones de la Terra que haurien donat a llum gegants. Fornicació! —va exclamar—. Ens ho han ficat tan endins, que sona a cosa bruta. Vostè surt d'aquí, coneix una dona, s'agraden i forniquen. Tan gran és la seva falta que mereix ser ofegat en un Diluvi Universal?

—Depèn de si la teva esposa s'assabenta o no —vaig fer broma.

—Tot sona a fals en aquest conte, que, per altra banda, no es troba tan allunyat de la veritat, encara que una afirmació així pot semblar una contradicció —va continuar parlant Alfred, sense tenir en compte el meu comentari—. La veritat està dividida i barrejada com en un trencaclosques. D'una banda atribueix el desastre del Diluvi al fet que els éssers del cel es van casar amb dones de la Terra, d'altra banda els acusa de que haguessin abandonat el cel i, finalment, els fa culpables d'haver donat a llum una raça impia.

—Pot tractar-se de diferents faltes —vaig apuntar.

—És possible. Però, mirem què succeeix si ordeno els elements que apareixen en el relat. Alguns dels àngels eren biòlegs especialistes en la producció de la mà d'obra que havien creat a partir d'una evolució dels simis. Tot i que havien estat formats a la Ciutat del Sol, s'instal·laren a Pangea per continuar produint mà d'obra. És a dir: procedents de l'espai, van esdevenir sedentaris a la Terra. A partir d'aquí, el fet que es casin amb dones de Pangea, «elegants i belles», tal com explica Enoc en el capítol 7, versicle 1, i que tinguin fills, no és més que una prova de bon gust, d'una banda, i del seu sentit familiar, per una altra. On és el pecat o la perversió? —va preguntar, i abans que pogués respondre, va exclamar—: Ah, i és clar! D'ells van néixer gegants...

—Això mateix anava a dir —vaig intervenir.

—Si Enoc, o qui fos, escrivís la història sota els dictats de qui mana i, seguint les seves instruccions, el lògic seria que eliminés del relat que aquests biòlegs treballaven en la producció exclusiva de femelles per clonatge —va dir, i es va aturar un instant per mirar Magda. Després em va tornar a mirar—. Paga la pena recordar l'Home de Neanderthal. Enoc podria haver escrit o insinuat que produïen monstres i que jeien amb ells, amb el que immediatament apareixerien en les nostres ments imatges d'inenarrables desviacions sexuals que il·lustrarien el seu grau de depravació. No simples fornicacions que només donen plaer sexual. En aquestes circumstàncies, evidentment, mereixerien que el Senyor els ofegués amb un Diluvi. Ja tindria l'excusa perfecta que cercava. No obstant això, algú es va preocupar d'explicar amb més claredat alguns aspectes de la història amagada.

—Un altre llibre? —vaig preguntar.

—Així és —va assentir—. Per una banda, Enoc consagra tot el capítol 15 als laments del Senyor dels Esperits davant el fet que els àngels s'estimin la Terra i abandonin el cel. Per una altra, en el capítol 15, versicle 16, del Llibre dels Secrets de Joan, apòcrif de Sant Joan, llegim: «El primer governant va formular un pla amb els seus poders. Va enviar els seus àngels a les filles de la humanitat, perquè prenguessin dones i creessin una família per al seu plaer». Aquest text, sense ambigüitats, confirma la missió genètica dels enviats, i en precisa el sentit: que tinguessin descendència per al seu plaer. Van venir a la terra per ordre del seu cap, no pas per iniciativa personal.

—Quan parla de Joan, es refereix a Sant Joan, l'evangelista? —vaig preguntar, sorprès.

—El mateix, perquè aquest llibre se li atribueix, de la mateixa manera que se li atribueix l'evangeli. I dic que se li atribueix, perquè tothom sap que va ser escrit després de la seva mort.

—Qui va escriure aquest llibre, en realitat?

—Potser les mateixes mans que van escriure l'evangeli — va dir, es va quedar callat un instant, i va afegir—: O d'altres. Tant se val!

—Té raó —vaig acceptar—. Tant és!

—El cert és que la creació d'una mà d'obra simiesca, alliberà la humanitat dels treballs pesants i de les càrregues més dures i desagradables, els permeté gaudir plenament del plaer —va explicar—. Els genetistes enviats pel Senyor, encarregats de proporcionar el major benestar a Pangea es van posar a treballar. Però, la tasca era llarga i delicada, i els primers assaigs van constituir un rotund fracàs. Aquest detall demostra que els àngels no tenien poders sobrenaturals i podien equivocar-se com qualsevol altre mortal. La solució arribà en el decurs d'una sessió de reflexió. El relat apareix en l'apòcrif de Joan: «Els àngels van prendre dones, i de les tenebres van produir fills semblants al seu esperit», capítol 15, versicle 24. Aquí està el secret. El cervell del simi és molt semblant a l'humà, però no igual. I si continuem investigant, descobrim que, pel que fa a la reproducció, el Llibre dels Secrets de Joan diu en el capítol 15, versicle 19: «Els àngels van canviar llavors la seva aparença per assemblar-se als companys d'aquestes dones, i van omplir les dones de l'esperit de les tenebres que ells havien confeccionat». Mitjançant la inseminació artificial els àngels es van convertir virtualment en els autors de la fecundació d'una raça, composta només per femelles, que no podria perpetuar-se sense ells. Perquè ells les omplen amb l'esperit de les tenebres que ells havien confeccionat. Se n'adona?

—És més que sorprenent —vaig respondre.

—La caiguda dels àngels és un mite, un equívoc que Enoc va contribuir a crear i a encoratjar. I la farsa és enorme. Brutal! Dos-cents rebels, que són dues-centes ments privilegiades, que s'han dedicat en cos i ànima al bé i a la conservació de la qualitat de vida damunt de la faç de la Terra, van ser etiquetats, vilipendiats, culpats, jutjats i condemnats per... maldat —va dir sense respirar, va prendre alè i va prosseguir—: Ells, després d'una farsa monstruosa, seran responsabilitzats del Gran Cataclisme. «Van transgredir les ordres, i vivien amb les dones dels homes, i engendraven amb elles una descendència infame. Per aquest crim, caurà una gran catàstrofe damunt la terra; un diluvi la inundarà i la devastarà durant un any», diu Enoc en el capítol 105, versicles 13 i 14. I el súmmum dels súmmums apareix quan en el versicle 6 del capítol 64 afirma: «El Senyor ha decidit en la seva justícia que tots els habitants de la terra periran, perquè coneixien tots els secrets dels àngels». Perquè coneixien els secrets dels àngels —va recalcar— Per aquesta i no pas per una altra raó.

Em vaig quedar mirant-lo, parpellejant, intentant pair tot el que acaba d'escoltar i que trencava tots els meus esquemes mentals.

—Necessitaria comprovar tot el que...

—Faci-ho —va somriure—. Li proporcionaré una relació de totes les citacions i vostè podrà cercar-les on vulgui. Però, tingui present que en el Llibre dels Secrets de Joan el Senyor és el Demiürg, producte o rebuig del món de la Llum, l'activitat del qual s'oposa a la del Déu suprem. L'acusació és terrible, perquè estableix, de manera inqüestionable, la responsabilitat del Senyor en el Gran Cataclisme.

—El coneixement és llibertat, resa un bell aforisme —va dir Andrew, trencant un llarg silenci.

—I la llibertat de conèixer, ens ha estat donada? —vaig preguntar.

—Ens està permès dubtar de tot abans que interpretar de forma absolutament integrista allò que potser no és altra cosa que un malentès —em va contestar—. Al llarg de molts segles se'ns han inculcat veritats indiscutibles. Ja és hora de començar a pensar amb autèntica llibertat. No creu?

—¿Els dos-cents rebels van jugar la carta del saber i de la lògica i ho van perdre tot? —vaig preguntar.

—Descobreixi-ho vostè mateix —va respondre.

Magda em va mirar.

—És molt tard i necessita descansar —em va dir.

—He dormit gairebé trenta hores seguides —li vaig respondre.

—I jo li dic que necessita descansar —va insistir i es va posar dempeus. El to emprat s'acostava molt al d'una ordre.

—A les seves ordres, senyora doctora —vaig acceptar i també em vaig aixecar.

—L'acompanyo. Necessito donar-li algunes instruccions —va dir Magda.

Em vaig acomiadar dels altres, vam pujar a la meva habitació, vam entrar i Magda s'acostà al llit. Va treure de la butxaca una petita capça de plàstic negre amb un polsador vermell al centre i me la lliurà.

—Si es troba malament, polsi el botó. Entesos?

—Tan malalt estic? —li vaig preguntar.

—No és vostè. Són les circumstàncies —em va contestar.

—Ahir, al pati, Andrew i vostè parlaven de mi.

—Va ser abans-d'ahir —em va corregir Magda.

Em vaig quedar sorprès. Jo esperava que ho negués.

L'INFORME PHAETON

—Vostè deia que havien pres una decisió que podia resultar molt perillosa. Quina decisió és aquesta, si puc saber-la?

—Jo em vaig oposar a què el portessin aquí sense abans haver-lo preparat.

—Preparat per a què?

—Per al que està succeint. Alfred no sabia que vostè és hipertens, amb la qual cosa assoleix el límit abans que els altres. No oblidi prendre's les pastilles —em va contestar.

—Quin lloc és aquest? —vaig preguntar.

—El troba estrany?

—Més que estrany, anacrònic. Quin lloc és?

—La seva realitat —va dir, i va marxar.

30.- ALEA JACTA EST

En la soledat de la meva habitació, amb la llum apagada i la mirada fixa en la pluja, vaig pensar que sempre busquem la seguretat. Seguretat en qualsevulla part: en la família, en el treball, en les relacions, en les possessions, en l'entorn, en les creences, en el present, en el futur, en la salut... I, quan ho rumiem fredament, descobrim que la seguretat no existeix, que el més fort dels blindatges acaba per cedir i que la roca més gran del món no és inamovible. El nostre futur depèn de tantes coses...

Nosaltres som una ínfima part que contribueix de manera infinitesimal a la construcció de l'univers. Hi ha qui pensa que la llibertat no existeix i que tota la vida forma part d'un procés preestablert, sense cap mena de possibilitat de canviar-lo, amb un camí traçat al mil·límetre per la mà del determinisme. D'altres pensen que som absolutament lliures i amos del nostre esdevenidor. Fins i tot hi ha qui quantifica el percentatge de determinisme i de llibertat.

La veritat és que la nostra llibertat depèn de la llibertat

dels altres. Vet aquí el gran condicionant, l'únic. Allò que fa que mai no sigui la *meva* llibertat. Sempre és la *nostra* llibertat, en plural. O, millor encara, la llibertat, sense qualificatius.

Vaig respirar fondo. Magda havia dit que aquell lloc era la meva realitat. Podia quedar-me o marxar. Ningú m'aturaria. Ni tan sols la pluja. Podia escollir entre el nord, el sud, l'est o l'oest i posar-me a caminar. I després? L'única cosa que em mantenia quiet en aquella habitació era aquest després. La por a la pluja, a la foscor, a la inseguretat, a la fam, a la set, al cansament i... a la mort.

La mort no m'aterreix, però m'horroritza el no-res i el buit.

Em vaig estirar, contemplant el sostre. Les armes sempre tenen dos talls i la imaginació, que ha estat el motor de tot el progrés exterior, també ha estat el gran fre interior. La imaginació, quan és la suma de ment i de temps, quan pretén avançar els esdeveniments i quan és la simple expressió de desigs esdevé un monstre. «Cada cosa al seu lloc i un lloc per a cada cosa», deia el meu pare. Vaig somriure. La intel·ligència per pensar, la memòria per recordar, el somni per somiar i la imaginació per crear. Quan tot està al seu lloc apareix l'equilibri. I l'ànima, per a què? Vaig deixar de somriure. «Quina ànima?», em vaig demanar. «Existeix? Pesa? Són potser aquests vint-i-un grams que un cos perd en l'instant de morir? Ocupa algun lloc? En quina dimensió es mou?».

Lentament les parpelles se'm van tancar i em va envair un ensopiment agradable. Llavors, a la foscor de la meva ment endormiscada, va aparèixer una llum i a poc a poc, de l'interior d'aquella llum, van emergir les imatges. Primer confuses, després nítides.

Vaig contemplar Pangea. Però, la nova visió diferia molt de les que havia tingut al meu despatx. Ja no era idíl·lica, sinó ombrívola. Pertot arreu apareixien enfrontaments. Les regions que se sumaven a la causa dels rebels, les futures Àfrica equatorial, la Xina, l'Índia i Grècia, patien una brutal repressió.

Tots els capitosts, i molts més, moriren per causa de l'atac de les màquines voladores equipades amb canons làsers, i el seu missatge es perdé. Alguns gosaven predir el Cataclisme, però el poble els insultà. No hi ha pitjor sord que qui no vol escoltar i Pangea tancà les seves oïdes a les paraules dels filòsofs, per a qui la missió de l'ésser humà no era obtenir el control del medi ambient sinó el seu coneixement i la seva comprensió. Volien recordar la gent que la dependència respecte a les formes més humils de vida hauria d'inspirar una saludable humilitat i un incessant amor cap a la natura viva, ara amenaçada, segons les advertències dels àngels caiguts. Deien: «la natura sap el que fa, no la desajusteu». Però els aprenents de bruixot, acostumats a dominar-la, a modificar-la al seu antull, a sentir-se déus, van decidir fer molt més que desajustar-la. Volien donar-li la volta de cap a peus, sense ser conscients que això significava tant com jugar-se a cara o creu l'existència de la biosfera. *Alea jacta est*. La sort ja és feta!

Em vaig horroritzar davant la ceguesa d'aquella gent, que no tenia en compte que la biosfera és un autorregulador molt complex d'elements complementaris, és la guardiana de tota vida sobre la Terra, i, abans de l'aparició de l'Home, cap dels seus components, orgànics o inorgànics, mai no va pertorbar el delicat equilibri de forces que permet l'existència de la vida. Comparada amb el diàmetre de la Terra, la biosfera és un delicadíssim embolcall d'una primor extrema, una capa tan prima que gairebé seria un baf damunt d'una esfera d'acer de vint centímetres de diàmetre. Un simple fregament pot eixugar aquest baf i esborrar-lo per sempre. I els responsables de la Ciutat del Sol van prometre un paradís terrenal: el dia infinit, la Llum Eterna, el cant de sirenes que Pangea es va empassar, sense adornar-se que estaven davant d'un penya-segat.

«Modificar aquests paràmetres és trencar la unitat i llançar-se al buit, a l'abisme del desconegut», vaig sentir cridar un rebel que parlava a la multitud. I va seguir explicant que aturar la rotació de la Terra i plantejar un sistema climàtic binari, glaç en la cara oculta i calor en la cara que mira cap al Sol, és summament perillós, és atemptar contra la velocitat dels corrents oceànics. Si, per falta d'impuls, els corrents calents deixessin d'ascendir cap als pols, aquests es cobririen de glaç que es fusionarien amb l'enorme massa d'aigua glaçada que de ben segur apareixerà a la cara oculta de la Terra.

«Els àngels celestials han fet els seus càlculs i han determinat que tot és correcte», va replicar un que l'escoltava. «Durant segles i segles, ells han treballat pel bé de Pangea; tenim prou dades com per afirmar que tot anirà segons el previst; el Consell ha votat afirmativament; el Senyor dels Esperits mai no prendria una decisió que posés en perill la vida sobre la Terra. Vosaltres, falsos profetes, voleu privar-nos de la felicitat de la Llum Eterna».

«No és cert! Els àngels han ocultat la veritat», va cridar el rebel. «La Terra no és una esfera rígida, sinó un conjunt de capes de diferent elasticitat i diferent plasticitat. L'enorme quantitat d'energia mecànica generada en el moment de la frenada s'haurà de dissipar en forma de calor. És el que succeeix amb un fre, que s'escalfa i cal refrigerar-lo. I tota aquesta calor sortirà, forçosament, a través de l'escorça i dels oceans, que poden arribar a bullir. Però abans d'atrapar la superfície, la calor elevarà la temperatura del subsòl, que pot esdevenir fluid. Les conseqüències, imprevisibles, seran catastròfiques per a l'ésser humà i per a tota la vida sobre el planeta».

«Volen robar-nos el que és el nostre!», es va sentir que cridava una altra veu entre la gent. «Acabem amb ells!»

La multitud es va llançar damunt dels oradors. Cap argument, per més sòlid que fos, va tenir entre els partidaris del projecte el més petit ressò. La Llum Eterna era el premi promès.

No vaig haver d'esforçar-me gaire per veure munts d'especialistes, abocats sobre els ordinadors, resolent equacions, amb muntanyes de gràfics, repetint i comprovant una vegada i una altra els resultats, mentre els planificadors traçaven les línies mestres de l'execució, definien amb exquisit detall les fases, detallaven fins a les més ínfimes tasques, formaven els equips de treball i els assignaven les seves tasques; centenars de milers de tècnics elaboraven i sotmetien a prova sofisticats equips; exèrcits de femelles simis evolucionades i creades per clonatge edificaven fàbriques on milions d'homes i de dones muntaven sense treva tots els artefactes que obririen les portes del paradís.

I, enmig de tant de tràfec, perfectament ordenat, la veu triomfalista dels medis de comunicació, omnipresents les vint-i-quatre hores del dia, repetien incansables tots i cadascun dels missatges curosament estudiats per mantenir i fer créixer l'entusiasme i la passió.

Horroritzat, vaig veure que Pangea embogia i fugia cap endavant, cap a l'abisme, tancant les oïdes a les veus d'uns pocs que cridaven que s'aturessin per reflexionar.

Per què em sorprenia tant?, em vaig demanar, tot recordant que el dilluns 16 de juliol de 1945 l'emissora de ràdio la Veu d'Amèrica retransmetia en directe, des del desert d'Alamogordo, l'explosió de la primera bomba atòmica. La veu del comentador anunciava amb entusiasme una cosa inaudita i increïble: la primera prova nuclear, anomenada *Trinity shot*. No obstant això, Enrico Fermi, Premi Nobel de física 1938, havia alertat a París sobre el perill que representava una explosió d'aquestes característiques per a l'atmosfera. «Malgrat que hem fet tots els càlculs, queda encara un petit risc no avaluable que la primera bomba atòmica sigui també l'última: podria calar foc a l'atmosfera». No obstant això, l'experiment va seguir endavant. Nosaltres, els actuals habitants d'aquest planeta, acabàvem de llançar els daus damunt la taula de joc i esperàvem el resultat amb el cor en un puny. Després d'una explosió més viva que mil sols, els crits d'entusiasme del locutor van ressonar en tots els receptors de ràdio: La vida prosegueix com abans! Res no ha canviat! I ens ho vam creure.

Just tres setmanes després, s'obriren totes les portes de l'horror a Hiroshima i més tard a Nagasaki.

L'INFORME PHAETON

Alamogordo i Hiroshima no van ser més que la punta visible de l'iceberg de la nostra ceguesa. Durant els sis anys anteriors, tot el temps que va durar la posta a punt de la bomba, la comunitat científica va treballar en secret. La decisió de construir, de provar i d'utilitzar la bomba va pertànyer als polítics, als militars i als científics. Ningú no estava autoritzat a badar boca. «Els secrets del que succeeix en els cels». Potser em sonava aquesta frase?, em vaig demanar. Un home, Leo Szilard, especialista nuclear, el 1939 va començar una campanya contra la utilització de les armes atòmiques. Apartat de totes les seves funcions, va desaparèixer en l'anonimat, perquè volia revelar «els secrets del que succeeix en els cels».

Altres, durant la postguerra, van voler tancar la caixa de Pandora, però el seu gest, encara que valent, arribava tard. Els responsables del projecte tenien molt clar que les grans realitzacions no es fan sense grans pèrdues. Quin cinisme! En la seva anàlisi d'una eventual guerra termonuclear, Herman Kahn es demanava si cinquanta milions de morts seria una xifra acceptable. És el que Erich Fromm qualificava de raciocini estratègic, brillantment parafrasejat en una conferència de premsa concedida pel doctor Mitchell, de Rand Corporation: «Puc escriure-li qualsevol guió cinematogràfic sobre una guerra nuclear imaginable. Però, per molt dura que sigui aquesta guerra, l'home sobreviurà. Fins i tot amb mil milions de morts, sempre quedaran un parell de milers de milions».

A Pangea també es van tornar cecs i bojos i ho van planificar tot, fins al més petit detall. Disposavem de bancs de llavors, de tota la informació sobre l'ADN, d'esperma, d'òvuls, tant humans com de tota mena de mamífers. Si la humanitat desapareixia de la fas de la Terra, ells la repoblarien des de la Ciutat del Sol, reconstruirien tot allò que s'havia destruït i crearien nous espais amb tota l'experiència i el saber acumulat durant mil·lenis. Fins i tot podrien repetir una creació sense els errors de la primera i estabilitzar-la per sempre més.

Déu meu! Per a ells era el segon paradís.

L'endemà havia deixat de ploure i el Sol resplendia. Em vaig rentar, em vaig vestir i vaig baixar al menjador. Havia dormit com una soca.

Tot just entrar-hi em vaig trobar Magda, que em va demanar com em trobava i m'informà que estava esperant Andrew per prendre l'esmorzar. El altres ja ho havien fet. Jacint els havia sorprès amb les seves coques integrals de blat i sèsam.

La taula estava parada i les coques tenien molt bon pinta. Jacint va aparèixer per la porta de la cuina amb la gerra de cafè.

—No ha millorat —va anunciar—, Continua tenint la mateixa qualitat de sempre —va dipositar la gerra a la taula i va desaparèixer.

Vaig mirar Magda. Ni tan sols ens havia desitjat un bon dia. Ella va arronsar les espatlles i va treure importància al fet. «Ell és així», n'era el missatge.

Andrew va arribar poc després i ens va desitjar un bon dia. Se'l veia feliç i radiant. Es va acostar a la taula i va olorar les coques.

—I Alfred? —va preguntar.

—Ha anat a ciutat —va dir Magda, amb el front arrugat, mentre apuntava amb el dit—. Hi ha quatre coberts.

—I és clar! Potser a mi no em toca esmorzar? —vam escoltar que feia la veu de Jacint, que entrava per la porta.

Vam seure a taula. Les coques estaven bones. A Magda li agradaven molt. Andrew en va prendre una i la va cobrir de mantega i mel. El vaig imitar.

Durant l'esmorzar els vaig relatar la visió que havia tingut. Em van escoltar amb molta atenció, però sense cap indici de sorpresa. Juraria que gairebé s'ho esperaven.

—El curiós és que em semblava estar escoltant novament un relat d'Andrew —vaig acabar, i vaig afegir un somriure.

—Andrew és un narrador com no n'hi ha cap —va dir Jacint—. Ja m'agradaria a mi explicar-me la meitat de bé que ell, perquè puc ser caòtic, i sense entrenar-me gaire.

Vam riure. Em sentia a gust, distés, i ells també. Esmorzàvem com ho faria un grup d'amics que fa molt que es coneixen.

—Mentre tenia la visió m'he sentit impotent. Desitjava aturar aquella bogeria, però no sabia com fer-ho —vaig explicar.

—Quan es tracta d'una empresa tan gegantina un cop s'ha posat en marxa, aturar-la és gairebé impossible —va dir Andrew—. La inèrcia actua a manera d'impuls constant. Herbert York, antic cap d'investigació del Pentàgon deia: «El poder de decidir la fi del món està passant de les mans dels homes d'estat i dels polítics al nivell dels oficials i tècnics i, eventualment, a les màquines». En la segona meitat del dinovè mil·lenni, Pangea vivia immersa en l'eufòria. Cega i sorda, o si més no miop i dura d'oïda, somiava amb paradisos i menyspreava tots els que qualificava de falsos profetes. Qui podia aturar-la, si l'oposició havia mort?

—Si us plau, explica'ns una història —va dir Jacint, adoptant la postura que utilitzaria un nen.

—No siguis idiota! —el va renyar Magda.

—Us contaré una història —va somriure plàcidament Andrew.

Jacint es va aixecar i va córrer a seure en una butaca, igual faria un nen. Tenia un gran sentit de l'humor, encara que estava tocat del bolet. Magda també es va aixecar i va cercar acomodament en una altra butaca, al costat de Jacint. Andrew va alçar la mà i em va convidar a anar cap al racó de la taula baixa.

—Ea, el savi, va anar a visitar Shamah, el crític —va començar Andrew—. Ambdós havien votat afirmativament al cim de Shuruppak, però després els havia atrapat el dubte. De manera que van sol·licitar més dades. Arran d'això, Ereshkigal i el seu equip hi van dedicar tots els seus esforços i van arribar a conclusions sobre el que podia representar el projecte.

»—Samyaza tenia raó, però ja és impossible aturar res —
va dir Ea.

»—Samyaza ja no existeix, ni cap dels seus seguidors.
També he perdut Ningizzida. Ara, encara que ens hi oposéssim
amb totes les nostres forces, la major part dels satèl·lits ja són en
òrbita. Anu i Enlil disposen d'armes i posseeixen la tecnologia.
Nosaltres, no tenim temps per desenvolupar-la —va explicar
Shamah—. Dominen les comunicacions i la gent creu en les
seves promeses. Vam cometre un terrible error en donar-los el
poder total i ara som poc més que els seus esclaus.

»—Oposar-nos obertament és un suïcidi —va respondre
Ea—. Però quedar-nos quiets, també ho és. Pangea es
desmembrarà i la vida desapareixerà de damunt de la Terra;
l'aigua del mar bullirà i tota la vida marina també perirà. No
quedarà res. Hem de preservar la vida.

»—Com? Matant nosaltres també?

»—No —va negar Ea amb vehemència—. A la Ciutat del
Sol hi ha bancs d'esperma de tots els mamífers i els ordinadors
guarden tota la informació sobre les cadenes d'ADN. També hi
ha llavors de tota mena de plantes originals.

»—Així doncs, no cal que ens preocupem —Shamah va
somriure amb tristesa— Si alguna cosa falla, ells reconstruiran
el planeta.

»Ea va negar novament amb lents moviments de cap.

»—El magnetisme de la Terra canviarà. La posició,
també. La Lluna patirà convulsions i tot objecte que floti a l'aire
rebrà una bona sacsejada. La Ciutat del Sol és l'objecte més
pròxim. Si és expulsada de la seva òrbita es perdrà a l'espai.

»—Llavors, tots morirem i la vida perirà —va respondre
Shamah—. Espero que a l'univers hi hagi altres planetes amb
vida intel·ligent. No creurem que som els únics, Oi que no?

»—Outa, el biòleg, m'ha proposat un pla per preservar la
vida, si de debò ens arriba el pitjor, però necessito la teva ajuda.

»—Compta amb tot el que estigui a la meva mà.

»—Recordes Noè?

»Shamah va cercar a l'interior de la seva memòria. El nom li sonava, però no donava amb el rostre.

»—Un dels clons —va afegir Ea.

»—Ah, sí! —va exclamar Shamah—. Un brillant bioleg. Fa anys va proposar fer una mena de zoòlogic, una reserva d'animals i de plantes ja extingits. La idea no va prosperar perquè els meus tècnics no van trobar un espai adient.

»—Després em va venir a veure a mi i més o menys la història és similar —va assentir Ea—. No sabíem on situar-lo.

»—Què hi té a veure Noè, amb el que ens ocupa?

»—Per consell d'Outa, el vaig fer cridar. Noè, pel seu compte, ha descobert el perill que significa dur a terme el pla de l'Era Solar Total. Outa ja m'havia advertit que el seu cervell és més que brillant. És genial! Entre ambdós m'han proposat un pla per preservar la vida en cas de complir-se els pitjors pronòstics. Veuràs: encara disposem d'algunes plataformes de les que s'utilitzaven per extreure l'hidrogen de l'aigua de l'oceà —va explicar Ea—. Es tractaria d'escollir entre elles les que no tinguin una superestructura, perquè puguin resistir els huracans, que disposin d'un doble casc en forma de bagul per desafiar les tempestes i per poder resistir altes temperatures. També han de comptar almenys amb tres ponts. Les convertim en illes flotants que situem enmig de l'oceà. Cal allunyar-les el més possible de les costes. Les onades arremetran contra tot el que trobin al seu pas, però a alta mar una embarcació d'aquestes característiques resistirà.

»—I salvarem tota la població —va dir Shamah, assentint.

»—És impossible ficar tota la població de Sippar i de Bad-Tibira a les plataformes. Estem parlant de milers de milions d'éssers humans i, a més a més, necessitarem molt d'espai per albergar el material necessari —Ea va negar amb el cap, i va afegir—: Noè proposa que, al seu interior, dipositem llavors de tota mena de plantes i semen i òvuls criogenitzats de tots els animals i d'éssers humans. Hi muntarà sofisticats laboratoris i equips biològics governats per ordinadors d'última generació que guardaran tota la informació de les cadenes d'ADN. El sistema, completament automatitzat, només necessitarà uns pocs científics perquè funcioni. Fins i tot podria actuar de manera autònoma, si arribés alguna desgràcia als seus tripulants i desapareguessin amb el cataclisme. Una vegada estabilitzat el vaixell damunt terra ferma, uns analitzadors determinarien si les condicions són les adients per a la vida. I, a partir d'aquí, els ordinadors s'engegarien i executarien tot el programa.

»—Una solució que requereix d'una minuciosa preparació —va meditar Shamah—. Aquestes plataformes no són petites embarcacions de plaer i la gent preguntarà. Enlil voldrà saber què estem fent amb aquests monstres en dic sec.

»—Operacions de manteniment, reformes, creació de noves diversions...

»—Com aconseguirem les llavors, el semen, els òvuls i tota la informació que hi ha a les bases de dades de la Ciutat del Sol? —va replicar Shamah.

»—Estem creant noves atraccions —va respondre Ea, amb un somriure innocent— El zoològic que no vam poder crear en el seu dia per no disposar d'un espai adequat. Una atracció que s'inaugurarà amb l'Era Solar Total. Enlil no es negarà a ajudar-nos, si farem aquesta contribució per festejar el seu projecte.

»I aquí va començar tot.

—Fascinant —vaig dir quan Andrew va haver conclòs el seu relat i vaig aplaudir amb entusiasme, mentre ell inclinava el cap com faria un rapsode.

Aquell home, tal com havia dit Jacint, era un narrador únic.

—Un conte molt bonic —va dir Jacint, amb veu de nen. Llavors em va mirar, va posar uns ulls com taronges i va exclamar—: I una gran realitat! Segons els escrits sumeris, la nau construïda per Outa-Napishtim fregava les setanta mil tones. En altres escrits es descriuen naus de tal envergadura que és difícil pensar en vaixells i cal imaginar vertaderes illes flotants: set pisos d'altura damunt d'una superfície quadrada de vint hectàrees —i va alçar els braços amb els palmells de les mans ben oberts, alhora que repetia—: Vint hectàrees!

—Això és cert? —vaig preguntar, sorprès per la xifra.

—Ho és —va assentir Magda—. A l'Índia, Manu i els set germans Rishi dipositaren tota la seva confiança en un submergible; a la zona que actualment ocupa Pèrsia, en aquells dies massa allunyada del mar, Yima, el seu Noè particular, imaginà un refugi subterrani, una vertadera fortalesa excavada a l'argila, enorme com un hipòdrom, amb tres pisos d'altura, plens a rebentar d'aliments i aigua potable per una població de mil parelles; altres fonts assenyalen una capacitat per a vuit mil persones. És així com ha arribat fins als nostres dies el rastre d'aquest gegantí projecte, amagat entre llegendes i tradicions. També hi ha nombrosos rastres dels executors del que nosaltres hem batejat com Operació Noè. Cada regió té el seu salvador particular: Nata, Ouassou, Montezuma, Manu, Bergelmir, Yima, Nan-Choung i molts més Noès repartits per tota la geografia mundial.

—Fins a un total de vuitanta-tres —vaig recordar que ella mateixa m'havia dit el dia que ens vam conèixer.

—És l'astúcia d'Ea, associada a la discreció de Noè, que els va permetre sortejar totes les dificultats i extreure de la Ciutat del Sol tot el que necessitaven per sobreviure, perquè tant Shamah com Ea havien entès que la vida era l'element fonamental. Si hi ha vida, totes les possibilitats d'evolució són possibles.

—Bancs d'esperma i òvuls, ordinadors, reconstruir la vida... Una història increïble —vaig fer.

—De debò li sembla tan increïble? —em va preguntar Magda, divertida—. Per tal que els nostres descendents, dintre de mil anys, sàpiguen a què s'assemblava un rinoceront blanc, el doctor Hsou, especialista en embriologia, ha creat un zoològic de tres-cents animals al seu laboratori. El doctor Hsou diu: «Tot és aquí, de la A a la Z, des de l'antílop a la marta». Tot endreçat i curosament guardat en un petit congelador, a la cinquena planta de l'hospital Anderson de Houston, a Texas. De fet és un zoològic de clons i el doctor Hsou pretén guardar indefinidament les cèl·lules de diversos animals al seu congelador de nitrogen líquid a una temperatura constant de −240 °C. A aquesta temperatura les cèl·lules estan immerses en un profund son. Aquest home de ciència espera que, el dia que el clonatge representi un procés absolutament dominat i acceptat, els seus futurs col·legues recorrin al seu zoològic per recuperar animals ja extingits.

—Mare meva! Què ximples que em semblen ara les ingènues imatges dels pintors i dels gravadors antics! —vaig exclamar—. Fins i tot em fa pena veure cineastes, com John Huston en el seu paper de Noè, que saluden els animals que pugen per parelles a l'arca... de fusta.

—En aquesta superproducció d'Hollywood, inspirada exclusivament en el Gènesi, es van oblidar de consultar el relat sumeri i, per tant, no apareix enlloc cap traça científica —vaig escoltar la veu d'Alfred, que acabava d'aparèixer a la porta, i em vaig tombar—. I el relat sumeri és molt més ajustat que el de la Bíblia! Fins i tot Noè, una de les figures bíbliques més populars de tots els temps, és un personatge ambigu i ple de misteri, si deixo de banda el Gènesi i agafo de nou el llibre d'Enoc. La història que ens narra està plena de contradiccions: el seu llenguatge és una barreja de termes quotidians i hermètics.

Va venir fins on érem nosaltres i em vaig aixecar per donar-li la mà. La va estrènyer amb la mateixa fermesa de sempre i es va asseure. Jo em vaig asseure amb el cos cap endavant, a la butaca, per adoptar una postura molt més atenta.

—Només cal veure les diferents versions d'un personatge com Noè, que ha passat a la història com el besnét d'Enoc. En la primera versió, Noè s'aprofita d'una informació privilegiada extreta clandestinament de les altes esferes: Arsayalalyur contacta amb ell per advertir-lo del perill. Així s'explica al capítol 10, versicle 3: «Parla-li en el meu nom, però amaga't als seus ulls» Com es pot parlar a algú, a distància, sense que et vegi? A través d'un aparell, una mena de telèfon evidentment. Què és el que li ha de dir Arsayalalyur? «I tota criatura serà destruïda». I immediatament apareix la primera contradicció. «Els fills dels homes no periran tots per causa dels secrets que els vigilants els han revelat i que han ensenyat als seus descendents» capítol 10, versicle 11. Qui sobreviurà? Ell, Noè, sobreviurà. «Però ensenya-li la manera d'escapar; explica-li com la seva raça es perpetuarà sobre la terra», capítol 10, versicle 5 —va callar i em va mirar.

—És com per reflexionar-hi amb calma —vaig respondre.

—Ja que desitja reflexionar, anem per la segona versió — va dir i somrigué—. Noè descobreix mitjançant la raó que la «Terra s'inclina i amenaça ruïna», segons s'explica en el capítol 64, versicle 1. Esglaiat i ple de pànic, perquè sap que ell també morirà, consulta el seu besavi Enoc. Mira d'establir contacte amb ell en tres ocasions i finalment ho aconsegueix. «Llavors el meu besavi Enoc va venir i es va presentar davant meu», versicle 4. I li va explicar la veritat: «El Senyor ha decidit en la seva justícia que tots els habitants de la terra periran», versicle 6. Tots els habitants de la Terra, excepte Noè, el discret, que censura la revelació dels secrets dels cels. «El Senyor, el Sant per excel·lència ha conservat el teu nom entre els dels sants», afirma al versicle 11. Aquesta versió és clarament contradictòria amb l'anterior. I tot està escrit i consignat. Pot vostè comprovar cada citació que li he proporcionat.

—Hi ha més versions? —vaig preguntar.

—Una tercera —em va contestar—. Potser la millor i més explícita. En aquesta ocasió, no se cita més a Noè. Però la simbologia que utilitza no deixa lloc al dubte. Fins i tot obre perspectives insospitades. En les versions precedents, Noè sap que serà salvat i que la seva descendència repoblarà la Terra. Punt final —em va mirar als ulls—. No hi ha cap esment de cap arca —va dir, alçant el dit índex. Llavors el va baixar i es va fer enrere, a la butaca— En aquesta versió, per contra, la situació és totalment diferent: «I un home va néixer, i va construir una gran embarcació. Habitava en aquesta embarcació, i amb ell tres toros, i una coberta es va fer per damunt d'ells» , diu en el capítol 88, versicle 1. Segueix un resum del Diluvi, l'embarcació es deté sobre la terra... «Llavors, el bou blanc que havia estat fet home, va sortir de l'arca i amb ell tres toros» mateix capítol, versicle 12. Evidentment, aquesta versió no té res a veure amb les anteriors. És més: fa un extraordinari resum que em proporciona la vertadera imatge de Noè. Es tracta d'un embriòleg, especialista en clonatge: entra a l'arca amb tres toros, és a dir llavors de vida vegetal, animal i humana. Així queden reunides les tradicions de Pèrsia i de Sumèria. Però, i aquí és on Enoc se submergeix en l'essència de les manipulacions genètiques, a la sortida de l'arca, apareixen els tres toros acompanyats «del bou blanc que ha estat fet home».

—Què insinua?

—El bou blanc, és la clau que utilitza per al clonatge, quatre capítols abans —va respondre—. I aquí va molt més lluny: Noè viu amb tres toros en una embarcació tancada. *«Una coberta es va fer per damunt d'ells»*. A la sortida, hauria d'haver-hi el mateix: només tres toros. No obstant això, apareix un bou blanc... fet home —va dir molt lentament, pronunciant cada síl·laba, i va prosseguir—: El que segueix el sorprendrà fins a extrems insospitats. L'últim capítol del llibre d'Enoc, el 105, comença com una mala comèdia lleugera. Lamek arriba, embogit, a casa del seu pare Matusalem. El que li diu és tan impressionant que Matusalem arrenca a córrer i se'n va a buscar Enoc, que consulta amb els àngels perquè li expliquin el que de debò està succeint —va fer un curt silenci, va aixecar els dos dits índexs per puntualitzar bé el que anava a dir i va exclamar—: L'esposa de Lamek va donar a llum un nen que no s'assemblava en absolut a Lamek! —va somriure—. Això no és cap novetat. Cada dia neixen munts de nens que no s'assemblen gens al seu suposat pare. Però, el fet és que aquest nen... no s'assemblava a cap altre nen. «Té la carn blanca com la neu i vermella com una rosa; el seu cabell és blanc i llarg com la llana; i els seus ulls d'una bellesa esplèndida» explica a l'inici de dit capítol. I, per si fos poc, el nen parla. «Tan bon punt va ser rebut per les mans de la llevadora, va obrir la boca cantant les meravelles del Senyor».

—Lentament, si us plau —li vaig pregar.

Vaig contemplar els altres tres. Ells ja coneixien aquella història, però jo necessitava pair el que m'estaven explicant.

—Conclou l'escena amb aquestes paraules del versicle 20: «I quan Matusalem va haver escoltat les paraules d'Enoc, que li havia revelat tots els misteris, va tornar a casa confiat i va posar al nen per nom Noè» —va dir—. No cal ser cap llumener per descobrir que el conjunt està ple de metàfores. L'al·lusió a Jared, el seu pare nascut del cel indueix a pensar que és el primer home «nascut de l'esperit». Va haver-hi altres, però no sempre va ser així. Després del Cataclisme, privats dels mitjans biotècnics indispensables, els descendents de Noè «pariran damunt de la terra dels gegants, no nascuts de l'esperit, sinó de la carn», capítol 105, versicle 16.

—Éssers humans creats al laboratori? —vaig preguntar.

—Sí —va respondre Magda—. A la Ciutat del Sol, el clonatge estava reservat a espècimens seleccionats. Avui dia existeixen certs bruixots-genetistes que prediuen que, d'aquí poques dècades, la ciència permetrà la duplicació d'éssers humans. I afegeixen en veu baixa que hauran de ser prou rics, perquè l'operació serà molt costosa. El llibre d'Enoc és més que una anticipació literària del que la ciència aconseguirà després de consagrar tota la seva energia a aquest tema. Pangea va cedir a la temptació suprema de crear clons d'éssers humans i de manipular els seus gens per obtenir determinats caràcters. Noè no va ser un cas aïllat.

—Quants hi va haver?

—Tant se val! —va negar Alfred amb el cap—. Deu, cent o mil. El cert és que ho van fer. Però no va sortir perfecte. O potser els seus creadors van decidir distingir-los dels altres.

—No l'entenc —em vaig queixar.

—El primer pensament de Lamek en veure el seu fill és que pot tractar-se d'un àngel del cel, segons s'explica al versicle 4 del darrer capítol —em va explicar—. La paraula apareix tres vegades en deu versicles, amb idèntica insistència sobre l'aspecte físic del bebè. «És més blanc que la neu, més ruboritzat que una rosa; els seus cabells són més blancs que la llana» repeteix al versicle 10. Clínicament és la descripció d'un albí, i lligada al pensament immediat de Lamek, i de Matusalem, queda clar que l'albinisme va ser una característica dels éssers del cel. No obstant això, aquest tret tan particular només pertanyia als més recents, perquè és en vigílies del Gran Cataclisme que Enoc es troba amb aquestes criatures per primer cop i relata que el seu aspecte difereix notablement dels vigilants als que acostumava a veure, que eren homes sensibles, parladors i netament humans. Al contrari, aquests àngels albins només pronuncien frases lacòniques, gairebé no dialoguen i li recorden éssers robotitzats, que compleixen fidelment una ordre sense qüestionar-se-la ni discutir-la, encara que la conseqüència sigui un acte cruel i despietat.

—Llavors, Noè no va ser fill de Lamek —vaig reflexionar.

—Enoc, en el mateix capítol final en el versicle 19, diu que no va ser cap frau. És més: per convèncer Matusalem, també un genetista brillant, li revelen el secret. Noè formava part de la nova generació de genis obtinguts, en el moment del clonatge, per modificació del genotip. I des del moment del naixement, posseeix tots els coneixements de Lamek, de Matusalem i de molts altres. Noè va ser, doncs, un cervell més que notable. I la prova és que, sense necessitat que se li advertís del perill que corria el planeta, ell es va avançar i va establir un pla per preservar la vida en un futur.

—Tal com diu la Bíblia? —vaig preguntar.

—Més o menys —va somriure Alfred—. L'embarcació que s'hi descriu, traduïda a dades tècniques, seria: cent cinquanta metres d'eslora, vint mil tones de registre brut, tres ponts de cinc metres d'entrepont i sense cap súper estructura. Dades prou precises. No obstant això, van fer falta uns quants Noès per corregir l'error que estava a punt de produir-se i aconseguir que la vida subsistís.

—No m'ho puc creure! —vaig exclamar—. Els escrits que han aparegut després del Diluvi, han falsificat la història fins al punt que hem maleït els rebels i hem beneït els que ens han tallat el coll?

—Això sembla —va respondre.

—Necessito passejar una estona —vaig dir, i em vaig posar dret.

—L'acompanyo —s'oferí Magda—. Pot ploure en qualsevol moment.

—Ja sóc prou gran i no em perdré —vaig somriure.

Vaig veure que ella mirava Alfred, suplicant.

—Ja és prou grandet. Si es mulla una mica, ja s'eixugarà —va dir Alfred.

—És molt agradable arribar fins al bosc —em va suggerir Andrew.

Li vaig donar les gràcies i vaig abandonar la casa.

31.- OPERACIÓ VENUS

Quan abandonava la casa em vaig sentir desconcertat. Fins aleshores els ulls de la meva ànima havien contemplat un univers dual, dividit entre el món interior i l'espai exterior. No obstant això, el descobriment que tot és una sola cosa trencà un subtil vel que cobria la veritat que no som éssers aïllats. D'aquí la meva gran confusió i la necessitat de cercar la soledat, potser amb el desig de tornar a trobar el meu reducte de suposada seguretat, aquell petit indret que creiem que és únicament nostre, on guardem els més íntims pensaments, el petit bagul de sentiments, la prestatgeria farcida de desigs insatisfets i la col·lecció de trofeus dedicats a les grans frustracions que hem anat atresorant al llarg de la nostra existència.

Em vaig aturar, em vaig tombar i vaig contemplar la casa. Una masia de pagès catalana, potser pertanyent a la burgesia, amb un amo que segurament no treia l'ull del damunt a les seves terres, possiblement casat, amb fills i una amant a ciutat a qui omplia de regals i amb la que manifestava una generositat i una ànsia de diversió que a casa seva es transformava en rectitud i control absolut de la despesa.

Vaig somriure i ja em girava per seguir caminant cap al bosc quan vaig descobrir una silueta que m'observava des d'una de les finestres del pis superior. No em recordava a cap dels meus amfitrions. «Qui deu ser?», em vaig demanar. De sobte, va desaparèixer darrere de les cortines.

«Aturar la Terra», vaig meditar, recuperant les meves reflexions, i vaig continuar caminant cap al bosc. Em venir a la memòria que havia vist, per casualitat, a París, una curiosa emissió de televisió. Era el mes octubre de 1991, no puc precisar el dia, i en el programa *La marxa del segle*, consagrat a la divulgació dels progressos de la ciència, Jean Marie Cavada comptava, entre els seus invitats, amb el professor Hubert Reeves, doctor en astrofísica nuclear. Es tractava d'un home de ciència, però també d'un escriptor prolífic i carismàtic. El doctor Reeves va citar, entre altres avanços de la ciència actual, la possibilitat de disminuir, i fins i tot aturar, la rotació terrestre. Em va sorprendre tant que em vaig empassar el programa sencer i no en vaig perdre ni un detall. Tots els càlculs coincidien i l'operació podia fer-se, va dir, perquè ja disposàvem dels medis i dels coneixements tècnics per efectuar-la. Tot el que durant aquells dies m'havia explicat aquella gent era la realització pràctica i real de la idea que llançava el doctor Reeves. Ni més ni menys!

Passejant pel bosc vaig posar en dubte tot el que m'havien explicat. No obstant això, a la història de Phaeton hi havia un rastre prou evident. Allà es parlava que tot es produí quan hi va haver «un canvi en la trajectòria dels cossos celests». D'altra banda, també recordava que els bramans parlen de pseudo estrelles, mentre que els xinesos, i en particular els tibetans, anomenen perles del cel als cossos celests artificials que en l'actualitat hem batejat amb el nom de satèl·lits.

El meu desconcert, a mesura que caminava per aquells camps, anava en augment. En ben pocs mesos havia absorbit una quantitat tan gran de dades que em marejava. Però, el més curiós era que fins a l'últim detall de tot el que havia llegit, escoltat, somiat o meditat, s'havia quedat perfectament imprès a la meva memòria, meravellosament ordenat.

Recordo que, quan estudiava al col·legi, vaig ser capaç d'aprendre'm tot l'imperi romà de memòria. Una ostentació que va deixar bocabadat el professor. I no sé com ho vaig assolir. Únicament recordo que em vaig posar a llegir i a llegir i que aquelles històries em van fascinar. Ara estava succeint el mateix i no havia de fer cap esforç per rescatar de la meva memòria que a *l'Epopeia de Gilgamesh,* quan es relata l'episodi del Diluvi, hi ha una escena sorprenent, mentre el Cataclisme arrasa el planeta: la gran deessa Ishtar, plorant per la destrucció de les criatures que va engendrar, «va aixecar el collar de pedres precioses que el déu Anu havia fet segons els seus desigs i va dir: vosaltres, els déus que esteu presents, no oblidareu aquest collar de lapislàtzuli que tinc al voltant del meu coll, i el recordareu sempre...» Ishtar amb el rostre ple de llàgrimes, continua dient el relat, crida en la seva desesperació i es maleeix a ella mateixa per haver escoltat Enlil. Al voltant del seu coll lluïa el collar que Anu, déu de l'espai, havia confeccionat agafant perles del cel. Ishtar simbolitza la mare Terra, que va quedar per sempre marcada pel Cataclisme.

La meva ment d'enginyer em va permetre imaginar allò que el text evocava: la gegantina màquina elèctrica. La Terra era l'estator, just damunt de la vertical de l'equador, i el Collar d'Ishtar, el collar de satèl·lits, era el rotor. Geostacionari en un principi, quiet i estàtic, girava a idèntica velocitat que la Terra. El van adaptar per inducció al motor terrestre. Després, a una ordre de la Ciutat del Sol, el collar va començar a girar en ordre invers al sentit de rotació de la Terra. Primer lentament, per anar incrementant la seva velocitat, progressivament, fins a actuar com un fre magnètic que va anar variant fins a assolir el grau de disminució de la velocitat de rotació desitjat.

Vaig arribar als límits del bosc de faigs i de pins. L'aire era pur. No sabia quin lloc era aquell. No se sentia cap soroll, no es veia cap carretera a prop ni feia la sensació que hi hagués algú pels voltants.

Vaig respirar fondo. «De debò ho van fer? —em vaig demanar—. Van arribar a cometre aquesta bogeria?»

Al llarg de les meves investigacions, havia trobat que, per Ciceró, Phaeton era l'estrella de foc. Hesíode encara anava més lluny: per ell, després del desastre, Phaeton esdevingué l'Estrella del Matí. És a dir: Venus. Però, Hesíode no era l'únic que va apuntar aquest desenllaç. Un bon nombre de tradicions seguien idèntic camí i Ishtar sovint formava part integrant de l'aventura. El naixement de l'Estrella del Matí, o la transformació d'un ésser llegendari, es digués Ishtar, Phaeton o Quetzalcoalt, en aquesta estrella és un tema folklòric present als pobles d'orient i d'occident.

Quan era un vailet em van explicar que la rebel·lió dels àngels va provocar el Diluvi. I el que ara acabaven de dir-me era just a l'inrevés: la possibilitat que el diluvi va obligar els àngels a rebel·lar-se. En la seva presentació el·líptica, causa i efecte s'havien confós fins a l'extrem que s'havien invertit. Contemplat amb la fredor de la ment, l'explicació d'Alfred, d'Andrew i de Magda es presentava molt més lògica.

«I què hi té a veure Venus en tota aquesta història?», em vaig demanar.

Allà, enmig de la soledat dels camps, vaig rescatar de la memòria un altre detall inaudit, al què fins aquell moment no havia concedit gaire importància. Si la Terra aturava la seva rotació, què passaria amb la Lluna?

Instintivament vaig començar a caminar cap a la casa. Primer a poc a poc, meditant sobre el que acabava d'imaginar, que la Lluna sortiria acomiadada de la seva òrbita. Després, les meves passes es van accelerar. Per què era tan important la Lluna?, meditava. Perquè d'ella depenia que la realització del projecte fos veritat o no, vaig descobrir de sobte, i les meves passes esdevingueren cursa.

Vaig arribar a la porta corrent, esbufegant, la vaig

empènyer i em vaig dirigir al menjador, on estaven tots reunits, asseguts a les butaques. Tot just entrar-hi em van mirar. Em vaig avançar i em vaig plantar davant l'Alfred.

—I la Lluna? —vaig preguntar, procurant recuperar l'alè—. Per què segueix al seu lloc?

—Magnífica pregunta! —va exclamar, i em va senyalar la butaca buida—. Segui, si us plau. Segui i descansi.

L'havien situat de tal manera que jo vaig quedar assegut al centre d'un semicercle format per cinc butaques, una d'elles buida. Em va semblar estar davant d'un jurat.

—Avui és el seu últim dia aquí, entre nosaltres. Ha de tornar a casa seva —em va dir Magda.

—Cert. Li he promès a la meva esposa. Demà arriba la meva filla i a més tinc un sopar amb uns amics —vaig assentir, amb un toc de tristesa—. I queden tantes preguntes per fer.

—O potser, no tantes... —va dir Andrew.

—No tantes? —em vaig estranyar.

—Ha encertat en parlar del satèl·lit que gira al nostre voltant, perquè el preu per aturar la rotació de la Terra s'anomena Lluna —va dir Alfred—. Els habitants de Pangea eren conscients que l'Era Solar Total requeria d'un sacrifici espectacular. Disminuir en una mica més de 365 vegades la rotació terrestre significava enviar la nostra àvia, la Lluna, a una altra òrbita i van centrar la seva mirada en Venus.

—Per què Venus? —vaig preguntar.

—La satel·lització per part de Venus obria unes perspectives força interessants —em va contestar—: El xoc potser produiria sobre el planeta cremat efectes similars als que es van produir sobre la Terra i crearia unes condicions més propícies per la vida. Seria una futura llar. I la Lluna esdevindria una plataforma de colonització. Molts tractats astronòmics de temps llunyans, diuen que Venus forma part d'una tríada amb la Lluna i el Sol. Ishtar també és la Lluna i sovint es confon en les tradicions, unes vegades amb la Terra, i altres amb Venus. Amb la Terra, per tenir-la per satèl·lit i amb

Venus per haver aspirat a tenir-la.

—Phaeton tenia la intenció de despenjar la Lluna de la Terra per penjar-se-la a Venus —vaig recordar.

—No obstant això, l'àvia va ser més forta que el nét, que va desaparèixer amb les mans buides empassat per Venus, que el va devorar —va dir Andrew, intervenint en la conversa—. La tradició no menteix. Només adapta al llenguatge. A Pangea van batejar aquesta part del pla amb el nom d'Operació Venus.

—I ja ens situem en l'última etapa abans de llançar l'Operació Venus —va fer Jacint—. La tecnologia de Pangea va assolir el punt d'ebullició. Els cent vuitanta satèl·lits del Collar d'Ishtar s'havien situat a l'òrbita corresponent. Una desfilada còsmica impressionant —va riure divertit, mentre gesticulava com una ballarina oriental—. Si pensem que, actualment, cada satèl·lit que llancem a l'espai és el resultat de nou anys de treball de més de seixanta-cinc empreses, amb centenars de sotscontractistes, i que el punt final de tant d'esforç es tradueix en uns altres dos mesos d'intens treball per acoblar totes les peces en la rampa de llançament i esperar pacientment durant uns quants dies fins que les condicions siguin les desitjades... —es va quedar amb la mirada perduda i amb cara de babau. Que teatral que podia arribar a ser aquell home!—. Se n'adona del treball que va representar el projecte Phaeton?

—Immens —vaig respondre.

—Immens? —va dir, amb uns ulls com a taronges—. Colossal! —va exclamar—. Cada astronau va ser enviada a una òrbita de transferència molt el·líptica. El seu perigeu estava situat només a dos-cents quilòmetres de la superfície terrestre, perquè l'apogeu pràcticament fregués l'altitud final. Després va venir l'etapa decisiva d'arrencada del motor auxiliar que va catapultar el satèl·lit fora de l'el·lipse de transferència per situar-lo en una òrbita circular a trenta-sis mil quilòmetres de la Terra, on va començar a derivar. Després d'una sèrie de delicades maniobres es va aturar la deriva, es va estabilitzar el satèl·lit i va quedar fix en el punt operacional —va recitar sense respirar. Després, va aclucar els ulls, es va mossegar els llavis, va respirar fondo i va tornar a obrir els ulls—. El Collar d'Ishtar va ser el resultat d'una precisa i magnífica acrobàcia espacial executada per milers de tècnics per als que l'error potser serà humà, però mai no serà professional.

—És increïble! —vaig exclamar.

—És el més espectacular que hom pot imaginar —em va contestar—. Però no és ni més menys que un simple problema de balística de precisió. Un joc de nens —va somriure.

Em vaig quedar desconcertat. Primer m'ho presenta com la gran obra de Pangea i, de sobte, menysprea tota una magnífica operació astronàutica. Vaig mirar als altres buscant alguna explicació.

—La realització d'aquest projecte és tan espectacular que eclipsa qualsevulla altra —va dir Alfred—. Sobretot una, aparentment més innocent, que tenia lloc sobre Pangea. No obstant això, si haguessin sigut conscients del perill que representava, haurien sentit més que por: terror.

—Tinc l'estranya sensació que m'espera una sorpresa majúscula —vaig dir lentament, mirant-los d'un en un.

—Se'n recorda que li vaig preguntar on s'imagina que estarem d'aquí deu mil anys? —em va preguntar Alfred.

—Sí —vaig respondre.

—La ciència de Pangea va sobrepassar tots els límits imaginables. La prova la trobo en el Llibre d'Enoc. «Aquest és el nombre de Kesbel, el principal secret que el totpoderós va revelar als sants», diu en el capítol 68, versicle 19. Confiat a Miquel sota el nom-codi d'Aka, aquest nombre no és un altre que el tan anhelat Greal que persegueixen els físics actuals, la fórmula que unificaria les quatre forces de la natura: la nuclear, l'electromagnètica, la feble i la de la gravetat. Les quatre no són més que diferents manifestacions d'una mateixa energia.

—Cordes! —vaig fer.

—Cordes —va assentir Alfred—. La teoria de cordes o de

membranes que avui dia ja s'està estudiant i que persegueix trobar la base elemental constitutiva de tota mena de matèria. Aquesta és la famosa pedra filosofal dels alquimistes.

«Cordes», vaig pensar. I vaig recordar la nota que havia rebut pocs dies després que un estrany personatge em parlés de Galileu a la terrassa del meu amic Àlvar, a la Diagonal de Barcelona, i que havia desencadenat tota aquella aventura.

—Com no m'he adonat fins ara? —em vaig queixar, amb ràbia—. La teoria de cordes és la que parla que hi ha onze dimensions, en comptes de tres.

—Disset —em va corregir Jacint.

—O disset. Tant se val! I és la teoria que parla de salts en l'espai i en el temps, d'universos paral·lels ... —i vaig mirar Jacint—. És això el que va succeir a l'Escola d'Enginyers el dia que ens vam conèixer?

—Més o menys.

—«En record d'una conversa molt agradable. Si desitja continuar investigant, li suggereixo: partir de Galileu Galilei»... —vaig començar a recitar.

—...«veure Alquímia i Boyle, descobrir CCU, estirar de Cordes i atrapar Phaeton... Futur» —vaig escoltar que feia una altra veu des de la porta.

Em vaig tombar i vaig veure l'home de la terrassa de l'àtic de Lluïsa i Àlvar. Em vaig quedar sense alè.

Instintivament, vaig mirar Magda. Ella m'havia dit que m'havien escollit... Crec que tot trontollava al meu voltant.

32.- EL GRAN SECRET DELS DÉUS

—El doctor Antonio Jiménez Sauquillo, psiquiatre —em va dir Alfred.

—On té la consulta? —vaig preguntar, mentre li donava la mà—. Crec que necessitaré els seus serveis —vaig fer broma.

—Posseeix vostè una ment oberta i coneix perfectament on es troba la frontera de la bogeria —em va respondre—. Li suggereixo que romangui atent a allò que li hem d'explicar.

El doctor Jiménez va ocupar la butaca buida. En aquell grup res no quedava a l'atzar i un espai buit un lloc que s'havia d'omplir.

—Preparat? —em va preguntar Alfred.

—Per a la traca final?

—Més o menys —va dir Jacint.

—Si recorda el Llibre d'Enoc, sabrà que Miquel li va mostrar «tots els secrets dels límits del cel», capítol 70, versicle 5 —va explicar Alfred—. Uriel li va dir: «i ara, fill meu, ja t'ho he mostrat tot», capítol 79, versicle 1. I Enoc va escriure: «I jo, Enoc, només jo, vaig veure la fi de totes les coses, i a ningú més li ha estat permès veure-ho». Perquè era hoste de la Ciutat del Sol, del rusc que bullia d'activitat. En l'incessant anar i venir d'àngels, en va reconèixer més d'un: Miquel, Rafael, Gabriel... «Però aquell dia el cel dels cels es va posar en moviment, i milers de milers i miríades de miríades d'àngels es movien en constant agitació» cita el primer versicle del capítol 58. Què feien aquests àngels? —va fer alçant les celles— Eren exèrcits de científics, que feien els últims retocs a un gran complex que albergaria dos monstres, un, mascle i una femella: Leviatan i Behemoth. Dos monstres impossible de mesurar la seva força. «Llavors li vaig demanar a un altre àngel que em mostrés la força d'aquests monstres i com havien estat separats en el mateix dia per ser precipitats l'un en els fons del mar i l'altre en els fons d'un desert», diu al mateix capítol, versicle 10. «I ell em va dir: Oh fill de l'home, vols conèixer les coses misterioses i amagades». I no li va respondre! No obstant això, Enoc s'impressiona tant que gairebé es desmaia.

—I què va veure? —vaig preguntar amb la mateixa candidesa que un nen.

—El secret dels déus. Per això l'àngel no va respondre —va dir Alfred—. No obstant això, a la llegenda de Gilgamesh, el savi Ea es defensa d'haver-ho revelat a Outa-Napishtim, el Noè sumeri. Ningú no podia ni tan sols esmentar aquell coneixement únic, que havia estat reservat per als iniciats. Tot i així, si més no, avui dia existeix un text que ens recorda quina era la potència d'aquest parell de monstres, que exigien unes mesures de protecció mai no igualades i que causen admiració.

—Potser existeixen encara? —em vaig sorprendre per les seves paraules.

—Existeixen —va assentir amb forças—. L'enciclopedista més gran del segle X, un àrab anomenat Ali al-Husayn al-Mas'Udi, afirma en els seus escrits que Kheops i Kefren les dues grans piràmides d'Egipte, van ser edificades abans del Diluvi pel rei Saurid. I l'*Estela de l'Inventari,* descoberta per Auguste Mariette, fundador del museu del Caire, afirma que la Gran

Piràmide ja existia molt abans que Kheops accedís al tron. Ell, que ha donat nom a la piràmide, segons el mateix document, la va restaurar, però no la va construir.

—Què?

—No va poder, no disposava de la tecnologia necessària.

—I qui ho diu?

—Les matemàtiques. La simple aritmètica —va somriure—. Només cal un petit càlcul. La Gran Piràmide té uns dos milions tres-cents mil blocs de pedra, cadascun dels quals pesa de mitjana unes dues tones i mitja. La història actual diu que van trigar vint anys a construir-la. Això significaria que en jornades de deu hores diàries, comptant que els obrers treballaven nou dies i en descansaven un, tal com indiquen els escrits, hauria de col·locar-se un bloc cada minut i quaranta segons —va deixar anar gairebé sense respirar, i aquí va fer una pausa, per prosseguir més lentament—. Col·locar un bloc cada minut i quaranta segons vol dir que en aquest temps s'ha de tallar perfectament, pujar-lo a molts metres d'altura, encaixar-lo matemàticament damunt i al costat dels altres i recobrir-lo d'alabastre que, a més a més, ha d'encaixar perfectament amb les altres peces. Encara que la història diu que hi van treballar cent mil obrers, per més obrers que n'hi hagués els càlculs no surten per enlloc.

Vaig arrufar les celles i vaig mirar d'imaginar el que significava encaixar un bloc cada minut. ¡I acabar-lo!

—Kheops, durant vint anys, l'única cosa que va fer va ser restaurar-la. Però, la construí Pangea, perquè ells dominaven la matèria —va dir—. Els seus científics havien trobat el secret per reblanir les roques i modelar-les al seu caprici, disposaven de plataformes que els permetien aixecar pesos de tones sense gaire esforç i els seus sistemes de mesura basats en raigs làsers els donaven distàncies amb un error micromètric.

—I totes les teories dels egiptòlegs?

—La versió de al-Mas'Udi no està en contradicció amb les teories dels egiptòlegs: Saurid va ser un rei mític i quant a la data de construcció d'ambdues piràmides, tothom està d'acord: són molt antigues. Tenen, si més no, uns quants mils d'anys. Ningú no és capaç de precisar-ne la xifra. On és la contradicció? —va dir, i em va mirar. Vaig mirar els altres. Ningú no movia ni un múscul de la cara—. Rebutjar sense més ni més una de les enciclopèdies essencials de l'Edat Mitjana, elaborada per un esperit inspirat i seriós que ha fet arribar fins a nosaltres el que en aquella època constituïa el bagatge cultural de l'home en matèria de cosmografia, geografia, tradicions diverses i sobretot la història general des de la creació del món és, si més no, presumptuós.

—Per què es van edificar les piràmides, llavors?

—Al-Mas'Udi diu que Saurid les va edificaren previsió del Diluvi —va somriure i va deixar caure el cap a un costat—. L'error és, novament, invertir causa i efecte.

—L'ou i la gallina. La rebel·lió dels àngels i el Diluvi —vaig apuntar—. Quin va ser el primer i què va ser causa de què?

—La rebel·lió dels àngels va ser per evitar el Diluvi que s'acostava Les piràmides van ser construïdes abans del Diluvi, però no per protegir-s'hi. No obstant això, existeix una estreta relació entre aquest i les piràmides, que no eren ni mai no van ser construïdes per ser monuments funeraris. Vet aquí un dogma que cal trencar.

—No eren tombes? —vaig preguntar. No guanyava per sorpreses.

—El maig de 1954, un membre d'un equip de treball va entrar a la piràmide de Sekhemjet —va intervenir Andrew—. Podem imaginar que mentre recorria el passadís, el seu cor s'accelerava. Acabava de donar amb un sarcòfag, encara que el seu disseny no era l'habitual. Es tractava d'un bloc simple d'alabastre, sense tapa, en un extrem del qual hi havia una porta corredissa, també d'alabastre, i segellada per un ciment encara intacte. Tot estava intacte. S'imagina la seva excitació? —em va preguntar. Jo l'escoltava embadalit. Aquell home era un rapsode increïble—. Lentament, gairebé en una cerimònia ritual, va trencar el ciment i va descórrer la porta corredissa. Va contenir l'alè... i...

—I què? —vaig esclatar.

—Ah! El sarcòfag estava buit!

Vaig mirar als altres, que somreien divertits.

—M'estan prenent el pèl.

—En absolut. Pot vostè comprovar-ho. Hi ha escrits, dades, dates, noms... —va dir Andrew.

—I llavors què? —vaig inquirir.

—Kurt Mendelssohn reconeix que «encara que la funció funerària de les piràmides no ofereix cap dubte, és molt difícil provar que els faraons van ser enterrats allà dins». —va dir el doctor Jiménez, que fins aquell moment no havia intervingut per res—. Mai no s'ha trobat la mòmia de cap faraó dintre d'una piràmide. Dins la de Sekhemjet, que havia romàs intacta, a l'interior del sarcòfag no hi havia res. Els sarcòfags estaven buits, perquè els lladres els van saquejar, criden indignats els egiptòlegs. Les anàlisis químiques efectuades van demostrar que no existia el més petit indici de restes orgànics. No obstant això, a la Vall dels Reis, vertadera necròpolis dels faraons, ens hem atipat de trobar mòmies i més mòmies. Tantes, que hem estat capaços d'omplir museus sencers. I això, malgrat que moltes tombes van ser saquejades.

—Per què es van construir, llavors, les piràmides?

—El mateix Mendelssohn suggereix: «potser alguna piràmide algun dia hagi albergat el cos d'un faraó, però existeix també, per desgràcia, un nombre molt elevat de fets que apunten el contrari» —va continuar explicant el doctor Jiménez— Davant la complexitat del problema i davant de totes les contradiccions, els egiptòlegs haurien de mirar de respondre la qüestió fonamental, la més àrdua: Per què construir aquestes piràmides tan enormes? Perquè, evidentment, les piràmides d'Egipte són immensament grans, immensament antigues i, sense cap mena de dubte, immensament inútils. Des que en el segle XVII Jean Greaves, professor d'astronomia i inventor de les piràmidestombes, les va dotar d'una finalitat i d'un significat, ningú no ha gosat dubtar d'això i es considera un sacríleg imaginar una altra possible explicació. I aquí és quan caiem en el dogma i ens tornem cecs i sords. Només algú té una ràfega d'inspiració i s'atreveix a dir que: «totes aquestes tombes sense cadàvers indueixen a pensar que alguna cosa diferent d'un cos humà degué ser sepultat ritualment».

—Mendelssohn reconeix l'evidència, i amb això obre una pista interessant: si les piràmides no van ser fetes per rebre un cos humà, el seu paper funerari desapareix i, en conseqüència, aquests enormes monuments perden tot el caràcter religiós —va dir Alfred—. De manera que, si vull conèixer la veritat, haig de contemplar Gizeh amb ull profà i crític. Les dues piràmides pangeanes són l'anomenada de Kheops i l'anomenada de Kefren. I aquesta afirmació quadra amb allò que va dir al-Mas'Udi, en el segle X. Kheops ha estat i és el gran atractiu. Totes les mirades convergeixen en ella. Kefren és la segona. Si les contemplo sota aquest prisma, la conclusió és immediata: Kheops va ser el més gran de tots els faraons. Els altres van anar en decadència. Si, a més a més, resulta que l'interior de Kheops és el més complex, amb passadissos i cambres, mentre que les altres consten d'un passadís i una cambra... ja he muntat la pel·lícula d'Hollywood i ja tinc els esclaus, l'arquitecte genial i la tomba que es tanca i queda segellada mitjançant un enginyós sistema de sorra.

—I no va ser així? —vaig preguntar, sorprès.

—Kefren planteja un problema interessant: gairebé dos milions de metres cúbics de pedra serveixen únicament per tancar un minúscul espai de poc més d'una desena de metres cúbics, que és la cambra. La relació entre l'espai buit per albergar la cambra i la massa de pedra sòlida que la cobreix és d'un a gairebé dos-cents mil. Què és el que podien guardar al seu interior, tan protegit? Un cadàver? Tan estúpids eren?

—Home! Vistes així les coses... —vaig acceptar.

—Alfred ha dit protegit, i no s'ha equivocat —va negar Andrew amb el cap—. L'enormitat de les dimensions del complex ho confirma: per si les seves quatre milions sis-centes mil tones de pedra no fossin prou, Kefren es troba encerclat per una muralla damunt de la qual hi ha un fossat de més de seixanta metres. Les parets de l'edifici que la flanqueja constitueixen un bloc sòlid de dos metres i mig de gruix que arriben a més de quatre metres en la seva cara est. Si fos un castell medieval, ho entendria, però en una tomba... —va fer el gest amb el cap, i va prosseguir—: L'enginyer Jomard, arqueòleg de l'expedició napoleònica, va ser el primer de mesurar-ho. Va anotar al seu informe: «Ens preguntem per què construir aquestes enormitats quan amb la meitat s'hauria aconseguit idèntica resistència. És impossible resoldre aquest enigma».

—Llavors? —em vaig quedar mirant-lo.

—La resposta a l'enigma és ben senzilla —va somriure—. No és el contingut, el que volien protegir. És del contingut que volien protegir-se ells. Per això necessitaven un blindatge tan impressionant.

—Blindatge? —vaig exclamar, absolutament esmaperdut.

—Blindatge —va assentir Alfred—. A cent vint metres de Kefren i en l'eix de la seva diagonal de sud-oest a nord-oest, s'alça l'enorme construcció de més de cinc milions de tones de Kheops. La precisió i la meticulositat amb què va ser construïda, són aclaparadores: el seu perímetre, que ocupa més de cinc hectàrees, ha estat anivellat amb una desviació màxima d'un centímetre i quart. Apoteòsic, sens dubte! El fet que Kheops sigui més voluminosa confirma la tesi del blindatge: mentre que Kefren és una massa compacta, a Kheops hi ha una estructura interna complexa. El seu excés de volum exterior compensa àmpliament els buits indispensables per a la seva funció. O millor dit: el seu funcionament. Perquè no es tracta d'un objecte amb una funció, sinó d'un artefacte que havia de funcionar.

—Una màquina? —no podia deixar de fer preguntes de només dues paraules.

—De totes les piràmides d'Egipte, Kheops és l'única que presenta una estructura interna. A les altres piràmides, en efecte, trobem una galeria simple horitzontal o descendent, al final de la qual es troba l'anomenada cambra funerària —em va explicar el doctor Jiménez, de qui ja començava a veure que es tractava d'algú molt expert en temes d'Egipte—. Encara que és molt més sofisticada, la piràmide de Kheops presenta una curiosa similitud amb la de Kefren: el petit celler, una mena de cova tallada dins de la roca, que podria exercir el paper de petit búnquer. Què podria amagar-s'hi, en un búnquer d'aquestes característiques, un dins de cada piràmide? Ni més ni menys que els dos monstres que reunits desencadenarien una força de tan enormes dimensions que l'àngel no gosar revelar a Enoc.

—Leviatan i Behemoth —vaig apuntar.

—Leviatan és l'encarnació de la violència de l'aigua en el seu aspecte més terrible —va dir—. I no deixa de ser curiós que la de Kheops cap al nord-est, o la de Kefren cap al sud-est, tenen davant seu dos camins de pedra que condueixen un cap al Nil i l'altre cap a la Vall, i fora de la seva vertical hi ha dos edificis de base quadrada, dels que només el de Kefren ha sobreviscut. Se l'anomena Temple de la Vall, però no és un temple. Estem davant d'un bloc quadrat de quaranta-cinc metres de costat, amb una altura de tretze metres, recobert amb granit vermell polit. El vestíbul central té forma de T, el terra és d'alabastre i el sostre es troba suportat per setze pilars. No hi ha cap vestigi de decoració. Potser es van oblidar, potser el temps els hagi esborrat, però jo em demano: Per què decorar un edifici que és merament funcional? —va assentir novament—. Sí, senyor. El mal anomenat Temple de la Vall no és altra cosa que una estació de bombeig d'aigua. En aquells temps, quan existia Pangea, les aigües del riu banyaven aquests llocs. Els fossats que es troben davant de Kheops són els vestigis que encara queden.

—No és possible! —vaig fer, incrèdul.

—A Pangea eren experts en hidrogen, coneixien com ningú les propietats de l'aigua. —va dir Alfred—. La seva ciència mil·lenària havia ultrapassat amb escreix l'estadi de la fusió nuclear i havien descobert la forma d'explotar una descomunal energia la base de la qual la formen dos components, dos monstres. «El monstre femella s'anomena Leviatan; habita a les entranyes del mar, sobre les fonts de l'aigua», afirma Enoc al capítol 58, versicle 7. «El monstre mascle s'anomena Behemoth: mou pel desert invisible els seus replecs tortuosos», diu al versicle 8. I de la suma d'ambdós apareix una energia impossible d'explicar. Miquel va ser el posseïdor del nombre de Kesbel, la clau d'unió de les quatre forces de la natura.

—Com és que ningú ha fet mai referència a aquesta terrible màquina?

—Gizeh mai no revelarà tots els seus secrets —va negar el doctor Jiménez—. El motiu és molt simple: la piràmide de Kheops és un projecte inacabat. I no hi ha res pitjor que una obra inacabada, perquè no se sap quina era la intenció de l'autor ni per a què servia. El Gran Cataclisme va interrompre els treballs just quan durant les proves d'impermeabilitat. Tres sòlids taps de granit, de dos metres cadascun, encara bloquegen hermèticament la base del conducte ascendent. L'ajust tan perfecte només respon a la necessitat d'absoluta estanquitat. L'estètica no és més que un accident, malgrat la gran admiració que suscita la vista i el tacte de les parets de la Gran Galeria i de la cambra anomenada del rei. La unió dels blocs és tan perfecta que no entraria ni la punta d'una agulla.

—Kheops és un projecte inacabat —va afirmar Alfred—. Per més que cerquem, mai no trobarem cap mòmia ni tresors ni res de res. Ningú no els va robar. Ningú no va poder robar res perquè mai no va haver-hi res.

Tot allò era una bogeria. Però, tenia lògica.

—L'única cosa que puc fer és reviure l'experiència de Pangea gràcies a Enlil, Enoc, Miquel, Soló i Mas'Udi, que ens permeten refer el camí que va conduir fins al Diluvi —va dir Andrew.

—Es troba bé? —em va preguntar Magda.

—Primer tindré de trobar-me novament a mi mateix per dir si estic bé o no —vaig somriure.

—Si vol...

—No, no! Ni parlar-ne! Ara ja no m'aturo davant de res i ningú no m'aturarà. Vull conèixer tota la història.

Magda va mirar Alfred que, al seu torn, va mirar el doctor Jiménez, que va assentir. «Encara sort!», vaig sospirar alleugerit. A aquelles altures no podien negar-me el final.

—Entesos —va acceptar Alfred—. Endavant.

—La gran aventura de l'espai tocava a la seva fi i havia d'acabar de forma única i impressionant amb l'Operació Venus —va explicar Andrew—. Aquest va ser el pla. La fusió nuclear ja havia posat l'energia del Sol damunt la Terra, havia sobrepassat els Powersats i havia dirigit les seves mirades des de l'univers infinit cap a allò que és infinitament petit. Una immersió vertiginosa fins a l'interior del nucli atòmic per extreure l'essència i donar amb la partícula original, sense massa i tanmateix efectiva. Matèria, antimatèria, electrons, protons, leptons, hiparions, fotons... Què és el que «mou pel desert invisible els seus replecs tortuosos»? —va preguntar i va mirar Jacint, que, de sobte, va semblar despertar de la seva letargia.

—Oh! —va fer, sempre grandiloqüent i gesticulador, tapant-se la boca amb les mans—. Entre la piràmide de Kheops i la de Kefren, s'havia de formar un còctel detonant de X parts de Leviatan barrejades amb Y parts de Behemoth, empolvorades per Z parts de ions, més un pessic d'antimatèria. I l'esfinx romania muda i expectant, simplement assenyalant on es trobava el gran secret: a l'interior de la piràmide de Kefren, perquè és aquí, als seus peus, on reposava.

—Enoc, va amagar la veritat i disfressà els components titllant-los de monstres, però per a un lector espavilat, va ser força explícit —va prendre la paraula Alfred—. En l'apartat dels monstres entre dos capítols que parlen de les tempestes, el primer totalment consagrat a elles, va inserir el següent: «En aquests dies els meus ulls van descobrir els secrets dels trons i dels llamps», capítol 57, versicle 1. «Brillen tant per beneir com per maleir, seguint la voluntat del Senyor», versicle 2. «Quant al tro, si de vegades ressona per anunciar la pau i per beneir, sovint ressona per maleir, seguint la voluntat del Senyor», versicle 4. Després, en el capítol següent parla de Leviatan i de Behemoth, per, immediatament després, en el capítol 59, referir-se a les tempestes. «Em va mostrar com la força dels vents és mesurada, com els vents i les fonts són classificats, segons la seva energia i la seva abundància», versicle 4. «Em va mostrar a més a més els trons diferenciats els uns dels altres pel seu pes, la seva energia i la seva potència», versicle 6. «Perquè quan el llamp solca el núvol, el tro brama, però els seus esperits s'aturen en el moment oportú, i s'equilibren justament; els seus tresors són tan nombrosos com els grans de sorra. L'un i l'altre es calmen quan és necessari, i segons les circumstàncies reprimeixen les seves forces o les desencadenen», versicle 8. «Heus aquí, perquè hi ha uns límits per a la pluja, que els àngels procedeixen i la reparteixen en la seva justa mesura», versicle 14.

—Pot comprovar-ho tot —va somriure Andrew.

—M'estalviaré la molèstia —li vaig tornar el somrís—. Ja he tingut prou proves de la prodigiosa memòria d'Alfred.

—Se n'adona, que no és pas per casualitat que Enlil, amo de l'atmosfera, esdevé el Senyor de les Tempestes? —va preguntar Alfred.

—No em sorprèn gens ni mica —vaig respondre.

—L'energia alliberada per una tempesta mitjana correspon a la d'una bomba atòmica d'una megatona —va dir Andrew.

—Les dues piràmides, Kheops i Kefren, van ser edificades just en el punt central de Pangea, del Gran Continent, perquè és aquest punt que havia de mirar cap al Sol —va intervenir Jacint, gairebé en èxtasi—. I és aquí on quedava situat el meridià zero: el Greenwich pangeà, per entendre'ns. L'Operació Venus tenia per missió bloquejar el Sol damunt de Pangea i ja havien previst mantenir perpètuament, a molta altura, un paquet de núvols ben carregats dels que extraurien tots els llamps que volguessin.

Per aconseguir-ho, només havien d'enviar un coet que traspassés els núvols i mitjançant la seva explosió provoqués un llampec. Una descàrrega elèctrica formidable, més de cent cinquanta mil amperes i dotze milions de volts en una espurna d'altíssima freqüència, prima com un fil de dos centímetres de diàmetre, embolcallada per una corona de tres a sis metres de diàmetre, que baixaria a cent seixanta quilòmetres per segon, xocaria contra el terra, alliberaria una energia descomunal de tres milions de joules amb una temperatura de trenta mil graus i tornaria a una velocitat impressionant de cent quaranta mil quilòmetres per segon. I tot succeiria en només unes dècimes de segon —es va llepar els llavis—. Qui no somia amb dominar la major força que mai hem pogut imaginar? Qui?

De sobte es va posar dempeus, va aixecar els braços ben alt, va obrir els dits d'ambdues mans a manera de parallamps i va cridar:

—Vull ser aquest mag! —va inflar el pit, va aixecar la barbeta i va somriure feliç—. Sóc invencible!

Vaig escoltar un aplaudiment. Era el doctor Jiménez.

—Una magnífica representació paranoica —va fer.

—Sempre ho he dit —va dir Jacint—. Vaig néixer per ser actor, per interpretar Shakespeare, però he hagut de conformar-me amb el paper de trist científic —i es va asseure.

—Com tenien previst dominar aquest immens cabal d'energia? —vaig preguntar, quan es va fer novament el silenci.

—Els llamps que ploguessin sobre Gizeh serien absorbits per la piràmide de Kheops i desapareixerien al seu interior, sense deixar que retornessin a l'exterior, sense permetre que s'escapés res —va dir Jacint—. L'energia desencadenaria el procés alquímic de matèria i antimatèria, unint Leviatan i Behemoth, el contingut de Kheops i el contingut de Kefren. Llavors, milions d'arcs voltaics, cadascun de cent mil milions d'electrovolts, crearien un raig continu cap a la piràmide annexa per ser ensinistrats i domesticats en forma d'hiper energia.

—Mare de Déu! —vaig exclamar, espantat—. I tot això va

estar a les mans de Pangea?

—Gizeh va ser un somni —em va respondre Andrew—. Ara, trencat i deformat per la història. Només queda el record en forma de misterioses piràmides que ningú no és capaç de desxifrar. No obstant això, milers d'anys més tard, quan em planto davant d'aquest immens monument, encara alguna cosa al meu interior m'esglaia.

—Les idees mai no moren —va dir el doctor Jiménez—. Des d'Einstein, el somni de domesticar l'energia belluga l'esperit de molts físics. Potser, algun dia, descobreixin novament el secret amagat sota dues muntanyes de pedres. Sens dubte, aquest descobriment serà font d'inspiració per a un nou Champollion que desxifrarà el missatge que el desert no cessa de cridar. Potser, fins i tot, descobrirem que tal vegada els obeliscos no siguin una altra cosa que el record del coet que havien d'haver disparat per desencadenar la tempesta final.

—I l'Esfinx de Gizeh és el gran monument, el memorial a la porta d'entrada de l'Era Solar Total, com és lògic —se'm va acudir dir.

—No ho dubti —digué Andrew, i em deixà bocabadat—. L'Era Solar Total exigia una refosa de tot el sistema de càlculs astronòmics. Enlil, Senyor de les Tempestes, amo de l'atmosfera i dissenyador de la nova era, estava íntimament lligat a l'equinocci de primavera. Aquest equinocci assenyala, en astronomia, el moment en què el Sol travessa l'equador per passar de l'hemisferi sud a l'hemisferi nord. Aquest punt de referència, anomenat equinocci de primavera o punt vernal, se situa actualment al voltant del 21 de març. Però no és fix, per causa de l'efecte baldufa que presenta l'eix terrestre i que el desplaça gairebé insensiblement sobre l'esfera celest. El moviment és tan lleu que triga uns vint-i-sis mil anys per fer una volta completa i l'efecte que produeix és que l'alba, en cada equinocci de primavera, fa que el Sol aparegui com si es passegés per les constel·lacions. Ara entra en la constel·lació d'aquari. L'equinocci de primavera és també el moment en què el dia i la nit tenen idèntica durada. Comprèn?

—La veritat és que no —li vaig contestar sinceritat.

—Segons el testimoni de Saïte reportat per Soló, el Gran Cataclisme va tenir lloc cap a l'any 9600 aC i l'astronomia ens informa que, en aquella època, el punt vernal es trobava entre les constel·lacions de Verge i de Lleó. Al-Mas'Udi, per la seva banda, precisa que Saurid va edificar les seves piràmides quan el Sol estava a Lleó —em va explicar—. L'esfinx, amb cap de verge i cos de lleó, mira cap a l'est, com a perenne record del lloc per on veurien per última vegada sortir el Sol —em va mirar—. Ara sí?

—Perfectament —vaig assentir.

—Queda un petit detall, que també constitueix un misteri indesxifrable —va dir Jacint—. Per aconseguir-ho abans havien de situar la piràmide de Kheops en l'emplaçament exacte i amb l'orientació precisa. Com fer-ho? Evidentment, calia buscar punts de referència. On? En l'únic lloc on podien trobar-los —va aixecar la mà, amb el dit índex apuntant cap a dalt—: Al cel.

—És normal que Robert Bauval i Adrian Gilbert hagin descobert que la posició de les tres piràmides de Kheops, Kefren i Mikerinos formen la mateixa figura que el Cinturó d'Orió i que la piràmide de Kheops disposa de quatre conductes, dos a la cambra del Rei que apunten a Orió i a Alfa Draconis, i dos en la de la Reina, que apunten cap a les estrelles de Sirius i Beta Óssa Menor, tal com expliquen en la seva obra El misteri d'Orió —va dir Andrew—. Gizeh és un sol projecte, grandiós i magnífic, que perseguia l'objectiu de situar Pangea a les coordenades precises —va obrir les mans—. Quatre punts del firmament i un únic objectiu: aturar el moviment de la terra en un instant precís, a una hora concreta d'un dia concret i deixar la piràmide de Kheops orientada per rebre la potència que Leviatan i Behemoth desencadenarien al seu interior. Un cop la piràmide hagués servit per fixar la terra perfectament orientada, ja podien acabar-la i convertir-la en la màquina que havia de ser, en la productora de la més gran energia que l'ésser humà mai no ha imaginat.

—Llàstima que, al final, tot va quedar reduït a un somni! —es va queixar Jacint, va arrufar el front i va preguntar—. O millor no? On seríem nosaltres, llavors? Us hauríeu quedat sense la meva inestimable companyia.

—I totes les teories sobre el sentit religiós d'Egipte i tots els seus monuments? —vaig preguntar—. On queden?

—A les Valls dels Reis i de les Reines, no a les piràmides —va respondre Alfred—. Són dues coses ben diferents, encara que l'investigador modern contempli la magna obra i es plantegi moltes preguntes que, per deformació, mira de respondre a la llum de les religions. No obstant això, Brauells i Gibert apunten en el seu llibre: «Un dels problemes comuns en l'estudi de textos antics és que els suposats experts molt sovint no deixen que els textos parlin per ells mateixos». I jo afegiria: Ni els textos ni els monuments! A cap no el deixem parlar per ell mateix.

—Ull viu! —va alçar la mà el doctor Jiménez—. Pangea, fou espiritual, però no religiosa. Es després del Gran Cataclisme que apareix el temor de Déu, els ritus i la màgia. No a l'inrevés. De manera que són els supervivents que li atorguen un sentit religiós a Gizeh, en record dels grans homes, dels déus que sabien, que volaven, que construïen i que finalment ho van destruir tot. Els supervivents van assignar a les estrelles, al Sol, a la Lluna, al firmament, a les aigües... el paper de déus i van construir una història increïble per amagar el passat i deixar-lo adormit, fins avui.

—Com passa el temps! —va exclamar Magda—. És hora de dinar i aquesta tarda vostè se n'ha d'anar.

—És cert —vaig consultar el meu rellotge. Ai!, No recordava que s'havia quedat sense pila—. Avui és divendres. Com passa el temps! —també vaig exclamar, però jo em referia als dies, que se n'havien anat volant. I encara em quedaven dos mil preguntes per fer.

33.- EL CARRO DE PHAETON

Durant el dinar vam parlar de mil coses. Va haver-hi moments que em vaig sentir estúpid en adonar-me que estava perdent un temps preciós en futileses. Tanmateix, no vaig ser capaç de modificar el rumb.

Acabat el dinar, mentre pujava les escales per recollir la roba, vaig sentir comentar Magda, Andrew i el doctor Jiménez, que havien de tornar, que el grup trigaria força temps a reunir-se i que Alfred hauria de viatjar una altra vegada.

Mentre feia la bossa, vaig pensar que Ariadna i Artur arribarien en unes hores, que feia tres mesos que no els veia. Però, tot i que allò que havia escoltat aquells dies havia canviat completament la meva visió del món, de la vida i de l'ésser humà, no en tenia prou. Quedaven temes per aclarir. Però l'hi havia promès, Irene. Hauria d'espavilar-me tot sol i veure què en podia treure de tota aquella història. No tenia ni idea de com l'encararia i em queien al damunt un bon plec de dubtes.

Potser no tindria una altra ocasió com aquella, vaig pensar. «I si em quedés un dia més? Només un dia», em vaig demanar amb la maleta oberta damunt del llit i la bossa de roba bruta dins. Encara em quedava una muda neta, la que corresponia al dia que vaig dormir sencer. Era un senyal. «Tinc dret a un dia més!», gairebé vaig cridar.

Ariadna, Irene, Artur i el món sencer podia esperar. Allò

que m'estava donant aquella gent no tenia preu i no estava disposat a renunciar-hi.

Vaig mirar per la finestra. El Citroën romania aparcat en un racó del pati. Podia demanar que m'acostessin fins on hi hagués cobertura i trucar Irene. Tornaria a temps per dinar dissabte amb ells i passaríem plegats el cap de setmana. Ella ho entendria i em disculparia.

Vaig baixar les escales i em vaig trobar el doctor Jiménez. Li vaig demanar on era Alfred. Havia hagut de sortir i li havia demanat que m'acomiadés d'ell, si no tornava aviat.

—Això és, precisament, el que necessito: més temps —li vaig dir, sense rumiar-m'ho dues vegades, fins i tot amb un punt de vehemència—. Necessito moltes més respostes.

—Segons ens va dir, aquesta tarda l'esperen a casa —va somriure—. A més, ja li hem explicat el final de la història.

—No pas sencer —vaig negar amb el cap— I el Diluvi Universal? Vostès diuen que el va provocar l'home, que Anu i Enlil el van provocar.

—I així va ser —em va contestar.

—Sí, però... com es va produir exactament? Permeti'm que busqui un lloc amb cobertura i truco la meva esposa. La meva filla i el meu gendre arribaran tard i se n'aniran a dormir. Si arribo demà al matí... Dissabte sempre s'aixequen tard.

—Per mi, encantat —va exclamar—. Parlaré amb el xofer. De totes maneres ha d'anar a ciutat. Si em dóna el número de telèfon de la seva esposa, li dic que la truqui. Demà ha de tornar i el recollirà a vostè d'hora. Li sembla bé?

—Lluc ja disposa del número del telèfon mòbil de la meva esposa.

El doctor Jiménez va sortir, va parlar amb en Lluc, que estava passant un drap pel cotxe. Va pujar-hi cotxe i marxà. Bé! Em vaig fregar les mans. Ara no podia perdre ni un segon.

—Vaig llegir que un extravagant piramidòleg anglès del segle XIX, l'honorable Charles Piazzi Smyth, va morir convençut que la Gran Piràmide era el centre del món —vaig dir quan el doctor Jiménez va ser al meu costat.

—No anava pas desencaminat. Gizeh es trobava a mitja distància entre les costes oriental i occidental en aquesta latitud —em respongué—. No estava lluny de ser el llombrígol del món, que es trobava més al sud, a uns dos-cents quilòmetres de l'actual Nairobi. La posició de les piràmides no té res de simbòlic ni d'extraordinari. Respon a un criteri pràctic, imposat per l'Era Solar Total.

Mentre l'escoltava, vaig recordar el dibuix que havia fet de Pangea, després de jugar amb els continents i unir-los. El meridià del lloc geogràfic on s'ubicaria l'actual Egipte, tallava el disc envoltat d'aigua més o menys en dues meitats sensiblement iguals. I hi havia una altra curiosa coincidència, en aquest cas semàntica, que no tenia cap significat especial, però que feia gràcia. Si el meridià zero, en aquella època, corresponia a la línia que contenia el punt àlgid del Sol quan aturessin la rotació de la Terra, el meridià de Gizeh era, per descomptat, molt menys arbitrari que l'actual meridià de Greenwich. I parlaríem del GMT de Pangea: el Gizeh Meridian Time, en contraposició amb l'actual GMT: Greenwich Meridian Time.

Vaig somriure divertit i li vaig explicar allò que se m'acabava d'ocórrer.

—I si hagués encertada? —va replicar. El vaig mirar incrèdul—. Acompanyi'm, si us plau.

El vaig seguir escales amunt fins a la seva habitació. En un racó hi havia una taula i, damunt la taula, una maleta oberta. Es va acostar i va treure una vella carpeta.

—Avui dia sabem o creiem saber, segons els càlculs duts a terme, que el centre de la Terra ha de ser sòlid, amb una densitat alta, de l'ordre de tretze —em va dir, amb la carpeta a les mans—. Per sobre d'aquest centre, hi ha una capa, que anomenem nucli extern, que és fluida. Cobrint el nucli, s'estén el mantell, dividit en dos: l'inferior i el superior. Aquest últim també és fluid. Finalment, apareix l'escorça, on hi vivim. El nucli central gira més lentament que l'exterior gràcies a les dues capes fluides damunt de les quals patina l'escorça. El conjunt és, ni més ni menys, que un gegantí motor que genera una energia electromagnètica terrible.

—Aquesta és la teoria, però tot es basa en suposicions — vaig dir.

—Cert —va assentir—. I així era també a Pangea. L'any 600 del dinovè mil·lenni de Pangea, el collar d'Ishtar ja estava situat en el pla equatorial, a trenta-sis mil quilòmetres d'altura, sota la mirada de la Ciutat del Sol. Totes les proves per acoblar-lo amb el camp magnètic terrestre havien resultat positives. Els assaigs de microdisminucions de la velocitat van provar que el fre funcionava i que el projecte, lluny de ser un somni de bojos, era perfectament factible.

—Ho afirma vostè amb molta seguretat.

—Amb tota la seguretat que em proporciona saber-ho — em va respondre, i em vaig quedar perplex davant d'aquella afirmació—. Llavors van procedir lentament, amb una precisió mil·limétrica, a estrènyer el collar fins a situar les perles del cel en una òrbita a cinc mil quilòmetres d'altura per fer-les girar en sentit invers al de rotació de la Terra. L'arrencada va ser lenta. L'acoblament electromagnètic va aconseguir que la velocitat de rotació de la Terra disminuís. A poc a poc van augmentar la velocitat de rotació de les perles del cel. Tot marxava segons el previst i a la Ciutat del Sol es va desfermar l'eufòria.

—Només amb unes poques les perles aconseguien disminuir el moviment de rotació de la Terra?

—Dominaven l'energia —digué—. I l'energia va lligada a la velocitat. S'imagina la velocitat que podien imprimir a cada perla? Cadascuna era un carro estirat per milions de cavalls.

—El carro de Phaeton —vaig dir.

—Pangea va posar en marxa el carro de Phaeton —va somriure, em va apuntar amb el seu dit índex i va dir, molt lentament—: Amb o sense el permís d'Heli.

—Durant els dies que he estat aquí, he escoltat una història increïble, uns raonaments impecables, uns arguments sòlids i unes citacions impressionants, no tan sols religioses i llegendàries, sinó tècniques i científiques, però voldria veure una prova més tangible —també el vaig apuntar amb el dit.

—Aquí la té —em va dir lliurant-me aquella vella carpeta —. És vostè lliure de prendre les notes que desitgi, però...

—Li he de tornar la carpeta —vaig dir, somrient.

—Sort.

Em va acompanyar fins a la porta de la meva habitació i se'n va anar escales avall.

Assegut a l'escriptori, amb un plec de fulls en blanc i la ploma estilogràfica ben a punt, vaig obrir la carpeta i vaig fer una ullada al contingut. Eren un munt de fulls manuscrits i lligats amb una cinta ampla. Vaig deixar anar la cinta i la vaig apartar lentament.

Els primers fulls parlaven que l'autor, que sens dubte era el doctor Jiménez, havia procedit a traduir el document original. Durant deu anys s'havia dedicat gairebé de forma exclusiva a calcular i a assimilar al llenguatge actual totes les dades i dates contingudes, així com llocs i noms d'aparells o d'eines, per tal que la seva comprensió resultés possible per una persona profana en la matèria. Era lògic. Tots els antics redactors havien utilitzat el mateix sistema. La Bíblia era un clar exemple. Llavors vaig passar l'últim full d'explicacions i em vaig trobar amb el que contenia el títol del document original.

Se'm va tallar la respiració. El títol era: *El diari de Noè.*

34.- EXTRACTE DEL DIARI DE NOÈ

1 de febrer de l'any 18600 de Shuruppak:

L'Operació Venus està prevista en tres fases:

1.- Del 21 de març fins a 1 de juliol, es produirà una disminució de la velocitat de forma gairebé imperceptible. Aquesta Fase I durarà 103 dies. Es comprovaran de nou tots els paràmetres i es refaran tots els càlculs. Si hi hagués el més petit error, s'avortarà tota l'operació.

2.- Del 2 de juliol fins al 19 de gener tindrà lloc la desacceleració pròpiament dita. Aquesta Fase II durarà 206 dies i és la més crítica.

3.- Del 20 de gener al 20 de març, es procedirà a l'ajust final i bloqueig definitiu. La durada prevista per a la Fase III és de 56 dies, durant els quals la Terra només donarà tres voltes. L'ultima volta serà una llarga nit de 672 hores.

El dia 21 de març de l'any 18601 de Shuruppak, després de 365 dies, es proclamarà oficialment la nova Era Solar Total i viurem sota la Llum Eterna.

Enlil ha escollit precisament el dia 21 de març perquè és una data equidistant entre els equinoccis d'hivern i d'estiu. Aquest detall permetrà que el Sol se situï a la vertical de Gizeh. Aleshores només oscil·larà de nord a sud i a l'inrevés.

Per als medis de comunicació la Fase I no té cap interès. La disminució de velocitat de rotació només es traduirà en un petit allargament de la durada del dia i de la nit. Només els rellotges tindran consciència d'això.

La Fase II augura fortes sensacions. La primera de totes serà que la nit passarà a durar vint-i-quatre hores i constituirà la primera gran nit, per acabar en la Interminable, la nit més llarga de tota la història del món amb un total de 672 hores. I al final, un clarejar infinit que esdevindrà etern.

Les emissores no deixen d'explicar que la desacceleració seguirà una corba que repartirà el procés en 206 dies, després dels quals, i després d'haver fet exactament 73,31 revolucions, el Sol quedarà estàtic damunt del meridià de Gizeh.

Outa-Napishtim, Montezuma, Manu, Nan-Choung, Yima, Bergelmir i jo, els set clons, disposem de set estacions flotants que compleixen les especificacions que hem acordat. Treballem a bon ritme i, si tot va segons el previst, ens trobarem podrem salpar just a l'inici de la Fase II.

Després de realitzar un parell de navegacions d'assaig, abandonarem definitivament el port i les distribuirem enmig de l'oceà, seguint el mapa de risc que els ordinadors han calculat. Si es produeix el temut desastre, espero que almenys un de nosaltres sobrevisqui.

He escollit tres dels meus millors científics perquè es facin càrrec dels grups de treball, cadascú integrat per cinquanta persones. Sem és especialista en biologia marina, autor de nombrosos estudis; Cam és un jove zoòleg, un vertader prodigi que va acabar els seus estudis amb divuit anys i en porta dos treballant en l'estudi de l'ADN de diverses espècies animals; i Jàfet és botànic i ha escrit gairebé una enciclopèdia sobre el món vegetal. Jo posseeixo amplis coneixements de genètica humana i dirigiré personalment l'equip de cinquanta genetistes. Entre els quatre podem cobrir tots els aspectes de la vida.

La plataforma disposa de cinquanta efectius a càrrec de Canan, el cap de manteniment que també té cura de la supervisió i el correcte funcionament dels ordinadors.

En total dues-centes cinquanta persones, entre tripulació i passatge. Dues-centes són dones. Elles esdevindran essencials, si sobrevé el desastre.

He escollit curosament cadascun dels responsables i cadascun dels components de la tripulació i dels membres de cada grup de treball. Són persones joves i sense descendència. Carregar amb infants resultaria perillós. Totes les naus disposen del mateix equipatge. Segons els ordinadors, amb set naus existeix una alta probabilitat que almenys dues sobrevisquin, en el pitjor dels casos.

També compto amb Evisa, una extraordinària psicòloga que coneix bona part dels detalls de l'operació i que resultarà de gran ajuda per mantenir la moral de tot l'equip. Hem d'estar preparats per enfrontar-nos amb allò que desconeixem.

Espero no haver descuidat res i que siguem capaços de reconstruir el que pugui ser destruït.

Hem dissenyat un compartiment estanc situat al centre de les plataformes, a manera de nucli. Estarà construït damunt d'uns grans amortidors per tal d'evitar les fortes sacsejades. Hi ubicarem els laboratoris, els congeladors criogènics amb tot el material genètic, els dipòsits de llavors i els ordinadors amb tota la informació sobre els ADN. També disposarem d'un reactor autònom que proporcionarà energia sense dependre de l'exterior.

Quan s'iniciï la Fase II pot succeir qualsevulla cosa i paga la pena ser previsors.

2 de juliol (dia 1, rotació terrestre número 1) :

Els preparatius han resultat més difícils i complicats del que pensàvem. La quantitat de detalls a tenir en compte, la meticulosa preparació, la planificació de cada etapa, el repàs de l'exhaustiva llista de materials i equips... ha estat esgotador.

Ahir, Outa i jo ens vam fer a la mar. Montezuma i Manu necessitaran gairebé un mes més. Ea va venir a acomiadar-nos.

Shamah va fer el mateix amb les altres tres plataformes, les de Nan-Choung, Yima i Bergelmir, que han salpat del regne de Sippar rumb a les seves respectives posicions. En total distribuirem cinc plataformes pertot l'oceà. Espero i desitjo que les dues restants compleixin amb el pla i puguin fer-se a la mar en els propers trenta dies. No comptar amb elles representa una disminució important de les probabilitats de sobreviure.

Tothom s'imagina que anem a construir reserves zoològiques a alta mar, llocs d'oci i de diversió que s'engegaran quan s'iniciï l'Era Solar Total. Així ho ha anunciat la premsa, com una part més de les campanyes de propaganda oficial.

A les 06 hores 36 minuts GMT (Gizeh Meridian Time), totes les emissores han anunciat que s'ha aplicat el fre en segon grau. El collar de perles del cel ha reduït el cercle i ha augmentat la velocitat de rotació inversa. El camp magnètic registrat pels instruments és molt més intens.

Les cinc plataformes ens regirem per la mateixa hora: la de Gizeh.

A les 06:51 GMT, a la costa oest és fosca nit. La lluna ens ha ofert un espectacle superb. Si no fos perquè romanem serens, creuria que són els efectes d'un excés de licor. La superfície lunar ha passat del blanc al vermell i després al groc.

19 de juliol (dia 18, rotació terrestre número 18):

El dia s'ha allargat una hora, un minut i un segon. Encara massa poc perquè s'apreciï el canvi.

Acabem de rebre un comunicat de les dues plataformes que no van poder salpar alhora que nosaltres. S'han fet a la mar i es dirigeixen als seus respectius punts d'estacionament.

31 de juliol (dia 29, rotació terrestre número 27):

El temps que hi ha entre dues sortides del sol és de vint-i-set hores i el meu cos acusa la disminució de la velocitat de rotació de la Terra. Sento una mena de mareig i no crec que sigui producte de les onades del mar. Els estabilitzadors de l'enorme plataforma funcionen perfectament i el moviment és gairebé imperceptible. Evisa ha establert un horari per evitar els efectes secundaris. Tot el personal de bord hem ajustat el nostre ritme de vida i ens guiem pels rellotges. La llum del dia ja no serveix.

Els comunicats oficials, que rebem a través de les ones, són optimistes: l'Operació Venus segueix el seu curs sense novetat. A la Ciutat del Sol l'eufòria domina i es transmet a la resta del planeta. A bord de les plataformes flotants, els científics i tècnics en geologia i en astronomia continuen escorcollant cel i terra a l'espera del més petit senyal d'alarma. Segons els càlculs, que hem contrastat amb els de les altres plataformes, avui és l'últim dia en què la pressió interna, sota l'escorça terrestre, romandrà dins de límits acceptables. Demà serà el primer pas cap a la zona de perill.

He establert torns per cobrir les vint-i-quatre hores en tots els aspectes. He ordenat fer un repàs exhaustiu de tots els sistemes de control cada dues hores, malgrat que els ordinadors emeten informes constantment. No puc permetre'm el luxe de cap error, per petit que sigui.

8 de setembre (dia 69, rotació terrestre número 46):

La durada del dia s'ha duplicat. Totes les notícies i tots els programes celebren la memòria del vell dia i no deixen de parlar del ja pròxim dia etern. L'eufòria cada dia és més gran. Es difonen comunicats que adverteixen dels efectes que la desacceleració pot produir: mareig, cansament, vòmits... Però, afegeixen que són passatgers i sense importància. Si algú se sent veritablement malalt, que es dirigeixi als serveis d'urgència.

A bord hem detectat un brot de gastroenteritis. No mostra els símptomes típics i es manifesta de forma intermitent. El pitjor és que no sabem com tractar-la. A la plataforma d'Outa també pateixen trastorns intestinals.

26 de setembre (dia 87, rotació terrestre número 53):

Els brots de gastroenteritis han desaparegut. El dia ja val setanta-dues hores. En el temps que triga a sortir el sol, a bord de la plataforma hem comptat tres dies. Aquest allargament produeix cert desassossec. Els comunicats tranquil·litzadors i optimistes es repeteixen gairebé amb idèntiques paraules: tot segueix el pla previst, sense cap novetat.

Evisa ens sotmet a un programa d'adaptació. Em resulta estrany anar a dormir i despertar-me amb llum de dia o veure estrelles al cel durant hores i més hores. Tots patim un procés de desorientació. Quan em desperto, necessito uns instants per recuperar la consciència del que està succeint.

7 d'octubre (dia 98, rotació terrestre número 56):

02:00 GMT. Les plataformes de Nan-Choung i Bergelmir han captat un missatge d'auxili d'una estació meteorològica situada alguns graus per damunt de l'equador. El missatge parla d'una gegantina columna de vapor que surt de les profunditats marines i que s'eleva fins a l'estratosfera. No tenim imatges.

08:26 GMT. La plataforma ha rebut una sacsejada produïda per onades de més de quatre metres i, no obstant això, el vent no és apreciable i el cel roman clar i serè. Els radars no registren res fora del normal.

08:32 GMT. Els instruments registren unes explosions seques, sons continus sota el casc, que semblen aeronaus que trenquen la barrera del so. Posats en contacte amb les altres plataformes, no capten res.

08:35 GMT. La calma ha tornat tan d'improvís com es va produir la tempesta. La superfície del mar roman com una bassa d'oli. Els radars no mostren una estació meteorològica que es trobava fondejada a unes cinquanta milles al nord-oest.

09:40 GMT. Una emissora de la costa oest envia unes imatges en les que es veu gent fora de les seves cases, mirant al cel. El locutor explica que cel i terra s'han omplert d'una bufada ronca, monstruosa, interminable i omnipresent, que petrifica i omple de por. De sobte comença a ploure. Es tracta d'un lleuger plovisqueig, acompanyat de ràfegues de vent que creixen per moments. La càmera busca un recer per poder seguir emetent imatges. Els habitants de la costa oest, encegats per l'aigua que xoca contra els seus rostres i eixordats pel rugit del vendaval, s'afanyen a refugiar-se a les seves cases. La càmera continua enviant imatges. Les onades del mar xoquen contra els dics amb una violència que sobta. El nivell de l'aigua comença a pujar ràpidament i la càmera deixa d'enviar imatges.

Les altres plataformes han captat les mateixes escenes i tampoc no troben cap explicació per aquest fenomen.

Sobre la plataforma, el cel roman serè. El sol encara trigarà onze hores a posar-se i apareixerà després de gairebé dues jornades i mitja senceres.

No tenim cap notícia del que ha pogut succeir a terra ferma, a la costa oest. No s'emeten imatges per les emissores de televisió. Millor ens centrem a captar emissores de ràdio.

He ordenat Canan que no perdi de vista els informes dels ordinadors i que el personal tècnic del radar m'informi de la més petita anomalia.

Una ràdio local, el senyal de la qual ha aconseguit atrapar la nostra especialista en comunicacions, encara que molt feble, diu que, des d'ahir, bandades de llops, pumes, ramats de zebres i multitud d'animals salvatges embogits han abandonat els boscos, les sabanes i les selves i es passegen erràtics pels carrers de les ciutats amb tots els seus cadells. S'han produït situacions de pànic.

Captem notícies a trossos. Atribueixen el fenomen dels animals al fet que hi ha una ionització anormalment elevada en l'aire. Els instruments de bord ja fa hores que l'han detectada.

Hem perdut l'emissora.

Aconseguim captar-ne una que informa que comencen a evacuar les ciutats costaneres. L'èxode ha adquirit unes proporcions tan grans que la guàrdia nacional, creada per Enlil per sufocar els rebels, ha hagut d'intervenir-hi. Sembla que han actuat amb contundència i s'ha originat una batalla campal.

14:30 GMT. Els instruments registren un sobtat i més que sensible augment de la temperatura de les aigües a la profunditat de 800 braces. Un nou càlcul de la velocitat relativa del nucli de la Terra respecte a l'escorça assenyala que la relació és possiblement gairebé quatre vegades i mitja la normal. Potser el motor terrestre s'està sobrescalfant. Si és així, la transmissió de calor per convecció pot acabar per provocar la fusió de les capes inferiors de l'escorça, convertir-les en magma i desestabilitzar el sistema. El més probable és que ja s'hagi esquerdat per alguna part, creant una falla que deixa al descobert les seves entranyes incandescents. Si s'ha produït enmig de l'oceà, la immensa columna de vapor de què parlava el missatge captat no és altra cosa que una mostra del que pot arribar a succeir. Milions de metres cúbics d'aigua seran empassats i retornaran a la superfície en forma de vapor a temperatures molt altes.

14:46 GMT. Les antenes aconsegueixen captar un altre missatge. Procedeix d'una de les estacions espacials d'observació, que l'envia a la Ciutat del Sol. Està xifrat. Ordeno investigar-lo.

18:13 GMT. Per fi els ordinadors han aconseguit desxifrar el missatge: «Constatem un desplaçament, lleuger però continu, del pol magnètic».

Aquest fenomen no estava previst en cap dels informes preliminars del projecte ni en cap dels estudis posteriors.

El reexpedeixo a les altres plataformes.

22:50 GMT. Torno a enviar un missatge a la Ciutat del Sol. El desplaçament del pol magnètic confirma les teories de Samyaza i dels àngels rebels i és l'inici del Gran Cataclisme. Cal intervenir-hi immediatament i invertir el procés.

23:18 GMT. Torno a enviar el missatge a la Ciutat del Sol, amb còpia a totes les plataformes, i hi adjunto els càlculs.

23:37 GMT. Insisteixo.

23:39 GMT. Manu i Outa s'han sumat a la meva petició.

23:49 GMT. Enlil no respon. Ens arriba un missatge de la plataforma d'Outa. Han repassat els càlculs. Els àngels de la Ciutat del Sol no han tingut en compte que per frenar la velocitat de rotació de la Terra primer calia compensar la inèrcia dels oceans, que se'ns vénen al damunt. Tenen raó. Sota terra, també hi ha un fluid que es comporta igual que l'aigua, amb l'agreujant que la seva temperatura és molt superior.

23:57 GMT. Per fi arriba resposta de la Ciutat del Sol, però només per demanar calma. Allò que ha succeït és un incident aïllat. El punt de no retorn ha estat sobrepassat. Impossible aturar el projecte. Tot va segons el previst. El pitjor ja ha passat.

Em temo que ells prou que ja sabien que es produiria un cataclisme.

He ordenat que tanquin les escotilles i que comprovin l'estanquitat de tota la plataforma, sense deixar-se ni una escletxa. Viurem tancats fins que tot hagi acabat. Els equips de purificació d'aire funcionen, les depuradores d'aigua ens han proporcionat reserves suficients i disposem de prou aliments per sobreviure mesos sense necessitat d'arribar al racionament.

9 d'octubre (dia 100, rotació terrestre número 57):

Ha tornat a la calma. Novament rebem imatges de les emissores de televisió. A més de mig camí, quan estem a cent dies del final de la Fase II i a cent seixanta de l'Era Solar Total, l'eufòria segueix present. Allò que ha succeït no és més que un petit ajust necessari. Aquest és el missatge que es repeteix contínuament. El petit tsunami de la costa oest ja forma part del record. La nit continua serena. Aquest és el mateix missatge que es repeteix constantment. La nit és serena. És el mateix text que la Ciutat del Sol ens va enviar com a resposta al meu. Els sistemes detecten un camp magnètic molt superior al normal. No es mou ni un bri d'aire.

29 d'octubre (dia 120, rotació terrestre número 60):

Han començat les grans celebracions. Les pantalles de televisió es fan ressò de l'alegria desbordant que s'ha apoderat de les ciutats. Algú de nosaltres gairebé es deixa arrossegar per tant d'entusiasme. Evisa ha iniciat una teràpia de grup per no oblidar quina és la nostra tasca i que perdem la concentració.

1 de novembre (dia 123, rotació terrestre número 61):

Costa oest. 18:00 GMT. Les pantalles mostren una multitud que s'amuntega a la platja per presenciar l'espectacle de dues-centes aeronaus que apareixeran a l'horitzó en el precís instant que s'amagui el sol. No queda cap habitació disponible en cap dels establiments hotelers de les ciutats costaneres. Tothom vol viure aquest moment, quan les naus ompliran els cels d'esteles de colors, amb l'únic fons d'una llum crepuscular.

2 de novembre (dia 124, rotació terrestre número 61):

00:02 GMT. D'aquí un mes, Pangea coneixerà la seva última nit, la més memorable i colossal, expliquen les emissores.

El 21 de febrer, just vint-i-un dies abans de l'aturada final, durant la nit més llarga de la Història, la interminable i l'última, la Lluna plena brillarà per darrer cop abans de marxar cap a l'exili, cap a Venus. «La reina se'n va», diuen les emissores.

La gent plora.

A bord ens sentim preocupats. La disminució de la velocitat de l'escorça terrestre sembla que no té cap efecte sobre la Lluna. La seva òrbita roman estable.

Als informes de la Ciutat del Sol vaig llegir: «Perquè la Lluna es retiri cal esperar una disminució important de la velocitat del nucli terrestre». No obstant això, aquests càlculs estan basats en suposicions. No coneixem amb exactitud la composició de l'interior de la Terra, a tanta profunditat, i tot són estimacions. Un error podria variar substanciosament els resultats. Si el nucli no s'atura, la Lluna no marxarà en el moment previst i no es dirigirà cap a Venus.

4 de novembre (dia 126, rotació terrestre número 61):

05:57 GMT. L'alegria desborda Pangea. La velocitat de rotació de la terra disminueix molt de pressa i es compleix la seva revolució número 61. Els locutors es queden roncs, de tant cridar: Dotze revolucions més i l'èxit serà total!

7 de novembre (dia 129, rotació terrestre número 61):

00:17 GMT. A alta mar viurem un llarg dia de vint-i-sis jornades senceres de ple sol i tres jornades i mitja de fosca nit. Total: cent seixanta-vuit hores entre cada sortida del Sol. Les televisions expliquen amb tot luxe de detalls el que succeeix a la costa occidental, on hi ha una lleugera boira. Els últims festaires, els ressaguers, romanen asseguts damunt dels dics. A bord de la plataforma contemplem les imatges que ens arriben de les càmeres situades a terra i que enfoquen cap al mar, on apareix l'estela platejada que la Lluna projecta damunt de les aigües.

De sobte, veiem que les barques s'enfonsen a la sorra,

l'oceà es retira i la platja esdevé un immens arenal. Les sirenes del port llancen un avís d'alarma. La gent s'ha quedat petrificada. No es mouen. Oh, Senyor! Que arrenquin a córrer, perquè gairebé no els queden ni uns minuts de vida!

A la llunyania, enmig de l'oceà, s'aprecia una línia blanca que s'acosta i creix il·luminada per la llum de la Lluna. Un soroll sord va intensificant-se, fins que ultrapassa les veus, els crits i l'estridència de les sirenes. Tot l'horitzó esdevé una muralla gegantina, blanca i argent, que sembla bullir. Són mil huracans desencadenats que rugeixen com una immensa bandada de monstres. La muralla atrapa la platja i se l'empassa sencera, arrossegant amb ella tot el que troba en el seu camí. Els edificis desapareixen, els carrers es desdibuixen i s'esborren, la gent no són més que formigues que s'agiten desesperadament i que corren cap a enlloc. I aquí les imatges desapareixen.

Ordeno rastrejar a la recerca d'altres emissores.

00:21 GMT. Rebem un missatge de Nan-Choung. La seva plataforma està rebent sacsejades per causa d'onades de més de quinze metres.

00:27 GMT. Hem interceptat les imatges que un dels satèl·lits envia a la Ciutat del Sol. En elles, l'oceà es retira de la costa Occidental. Tot és un fangar informe, monstruós i mut. Només s'endevina el silenci de la mort. El paisatge està devastat.

00:36 GMT. Interceptem les paraules d'un pilot que comunica amb la Ciutat del Sol. Crida com un boig que tot sembla irreal, que veu acostar-se una segona onada, molt més gran que la primera i que ha paregut un gegantí guèiser. El soroll és eixordador.

Només hem disposat de sis minuts i trenta-dos segons de treva. Ara les imatges del satèl·lit mostren un oceà que es llença damunt la terra, ultrapassa els límits de la primera onada i segueix endins, devastant-ho tot. Ciutats allunyades de la costa desapareixen sota les aigües. És absolutament impossible que hi hagi supervivents.

00:54 GMT. A bord, els equips de mesura registren pujades i baixades de més de cent metres en el nivell de l'aigua. Quan aquestes onades arribin a terra ferma, la seva altura serà... No ho vull ni imaginar!

01:00 GMT. Yima acaba d'enviar un missatge. Tan sols diu: El Gran Cataclisme ha començat!

Té raó. El que acabem de presenciar no és més que el pròleg del drama que s'hi acosta. Acabem de despertar un gegant que tot just ha badallat.

Tancat a la plataforma, contemplo les pantalles que em mostren les imatges del cel que les càmeres exteriors capten. Els telescopis electrònics em permeten distingir alguns punts que són les perles del cel situades a cinc mil quilòmetres d'altura. Segueixen el seu rumb cap a l'est, l'una darrere de l'altra.

Hem perdut contacte amb les altres plataformes.

01:17 GMT. Ens arriben missatges a mitges. Sabem que Outa, Montezuma, Nan-Choung i Bergelmir continuen navegant. De les altres dues plataformes, no en tenim notícia.

No em costa gaire deduir el que pot estar succeint. Dos fenòmens, gairebé simultanis, tenen lloc en el cor del planeta. Ambdós a nivell del nucli. La diferència de velocitat entre el centre i l'escorça de la Terra no ha deixat d'augmentar. Trenta dies enrere, era quatre vegades superior a la normal. El nucli acaba d'efectuar el seu tret d'advertència. El camp magnètic s'ha multiplicat i afecta seriosament les comunicacions.

Avui, 7 de novembre de 18600 de Shuruppak, dia número 129 de la Fase II de l'Operació Venus, la velocitat angular de l'escorça tan sols és de $1°20'56"$. El Collar d'Ishtar l'ha reduït 11,15 vegades. La diferència amb el nucli s'ha elevat al quadrat del seu valor normal, i el gegant que dorm a les profunditats s'ha despertat i ha parlat. La calor engendrada és tan gran que el planeta necessitaria tenir un radi cinc vegades més gran i un volum 125 vegades superior per poder evacuar-lo sense perill. La Terra està al caire de l'esclat. No obstant això, encara resisteix. Potser, perquè ha escruixit i ha trobat una via per on deixar anar tot el seu enuig: els fons oceànics, on l'escorça és més prima. Aquí s'han obert les profundes ferides, els talls gegantins, les falles abismals que submergeixen les aigües a grans profunditats, on s'escalfen i tornen a la superfície per expulsar tota la calor. És el gegant que transpira i fon la capa que es troba just sota l'escorça, que cada vegada és més prima i que amenaça de trencar-se com una clofolla d'ou.

02:23 GMT. Els equips de mesura s'han tornat bojos; el camp magnètic s'ha disparat; el règim de gir del nucli respecte a l'escorça és massa forçat... Ara ja no rebem cap missatge de les altres plataformes. L'atmosfera registra un grau de ionització extremadament alt. Ordeno l'execució del pla d'emergència en alerta vermella. Tota la tripulació i el passatge es prepara per lligar-se als seus llocs. Quan comenci, el ball serà ben mogut. Tot ha estat disposat per aguantar així setmanes senceres, sense moure'ns, asseguts en butaques especialment preparades, que ens mantindran subjectes. Cadascun de nosaltres disposa de càpsules alimentàries i d'aigua, així com un sistema químic per evacuar el poc que produeixi el cos.

03:01 GMT. Les pantalles que em transmeten les imatges robades al satèl·lit s'han apagat. Els telescopis exteriors em permeten adonar-me que les perles del cel han perdut la formació lineal i volen erràtiques en una dansa absurda.

Finalment, unes es precipiten sobre el terra i altres són catapultades cap a l'espai.

El fre s'ha deixat anar i ha desaparegut el Collar d'Ishtar! El gegant dels abismes s'ha alliberat de l'opressió i el més probable és que l'escorça reprengui el seu moviment. Resulta impossible predir el que succeirà amb Pangea.

04:32 GMT. Els equips de bord registren una activitat submarina com mai no ha existit; sembla com si, sota l'escorça terrestre, els moviments provoquen canvis importants a les plaques tectòniques i les desestabilitzen; la plataforma es mou com un escuradents enmig d'una cascada; sota nostre s'escolten sorolls pertot arreu... No sé si el casc resistirà... Mentre dicto això, hem de mantenir-nos subjectes a les butaques per impedir que els nostres cossos surtin volant i es projectin contra les parets com si fossin ninots de drap.

04:41 GMT. Les càmeres exteriors enregistren imatges, amb extrema dificultat, i els radars detecten muntanyes d'aigua i d'escuma que es passegen per l'oceà a una velocitat espantosa, mentre que densos núvols corren amb idèntica velocitat i s'estenen amenaçadors per damunt dels nostres caps, disposats a deixar anar tota la seva càrrega. No captem cap senyal de l'exterior. Els equips continuen emmagatzemant dades i més dades. Es detecta radioactivitat a l'aigua i a l'atmosfera.

05:57 GMT. Oh, mare Terra! Tots els càlculs apunten que la placa continental s'ha esquerdat i ha començat a desplaçar-se. Pangea s'ha trencat i navega a la deriva. Empesos per tot un continent, els tsunamis seran tan descomunals que cobriran completament tota la faç de la Terra.

06:33 GMT. Acabem de perdre tres càmeres. Em temo que els vents huracanats les han arrencades. Les imatges de les altres càmeres tampoc no ens aporten gaire informació, excepte que la tempesta que s'ha desfermat fa que caiguin damunt nostre vertaderes cascades d'aigua, il·luminades pels llampecs que s'entreteixeixen formant un mosaic. És espantós! Naveguem a la deriva, sense saber res del que succeeix a l'exterior ni quin serà el nostre destí ni si sobreviurem.

9 de novembre (dia 131, rotació terrestre número 62):

08:00 GMT. Portem quaranta-vuit hores seguides sense poder-nos moure. Els radars no poden resseguir els canvis que tenen lloc. Cada nou escombrat significa l'aparició de nous fronts de tempesta, de muntanyes d'aigua, d'immenses muralles que se'ns llencen al damunt. El cel s'ha obert per descarregar tota l'aigua de l'univers damunt els nostres caps. No se m'acut una altra manera d'explicar-ho. Els sonars són concerts embogits de sons que es barregen, perquè les ones que reboten al fons de l'oceà s'entrecreuen i semblen milers de pilotes copejades per milers de raquetes, en totes direccions. No hem aconseguit contactar amb les altres plataformes. No sabem res d'elles i l'única esperança és que encara siguin capaces de flotar.

09:18 GMT. Part de la plataforma s'ha quedat sense energia. El camp magnètic és tan intens que alguns circuits electrònics es veuen afectats i han deixat de funcionar. El nivell de radioactivitat augmenta. No em puc moure per comprovar l'abast del desastre. Espero que els congeladors criogènics i la sala de les llavors no estiguin afectats. Van ser dissenyats per suportar el pitjor i els vam situar al cor de la nau. No obstant això, allò que vivim és pitjor que el pitjor que podíem imaginar. Perdre el laboratori o el contingut dels congeladors representaria el major de tots els desastres, la fi de la possibilitat de recuperar la vida sobre la Terra, a menys que la Ciutat del Sol hagi previst aquesta circumstància...

15 de novembre (dia 137, rotació terrestre número 63):

07:05 GMT. Consigno que és la rotació terrestre número 63, però ja no n'estic segur. No tinc manera de comprovar-ho, perquè no puc veure el Sol. Tot és foscor. Enormes núvols que ens volen aixafar. El soroll és espantós, com si haguessin arrencat d'arrel els fonaments de la Terra. No hi ha dubte que la Terra s'està movent. S'esmicola sacsejada per una mà gegantina i tinc la sensació que el planeta viatja errant per l'espai fent tortes de borratxo. El mantell terrestre, un cop s'ha espolsat de damunt les perles del cel, ha reprès el moviment i arrossega amb ell tots els trossos, però en desordre, estirant d'ells, enutjat. Probablement ha perdut el seu centre de gravetat... Potser la Lluna ha fugit de la seva òrbita... No en sé res, del que succeeix a l'exterior. L'aigua de l'oceà s'evapora a una velocitat de vertigen i torna en forma de terribles ruixats que amenacen d'ofegar fins i tot els peixos, si és que sobreviuen. L'últim registre, just abans que es perdés part de l'energia de la plataforma, mostrava que la temperatura al voltant del casc era de cinquanta graus i seguia en augment.

Els càlculs, basats en les poques dades que hem aconseguit, prediuen que la placa continental, més pesada i més gruixuda, deu haver estat la primera de reaccionar. Pangea s'ha posat en moviment. Però, no sencera, sinó a trossos.

08:55 GMT. El sonar detecta una falla que corre sota el casc de la plataforma. No sé cap a on, perquè les brúixoles s'han tornat boges i assenyalen cap a totes direccions. Gairebé juraria que la Terra està cercant el seu punt d'equilibri i que el nord magnètic ja no té res a veure amb el que conec.

En vist del que està succeint a les profunditats marines, puc fer-me una idea del que té lloc a Pangea. M'imagino un enorme ganivet, molt esmolat, que ha pres el mantell terrestre per una síndria i l'està llescant a talls, des de l'interior cap a l'exterior.

09:32 GMT. L'únic radar que funciona indica que les onades se succeeixen unes a les altres, en una interminable sèrie. N'hi ha que semblen serralades: altes com la més alta de les muntanyes que mai no he vist i amples com tot el pla de Shuruppak. Em temo que, si Pangea s'ha trencat i camina a la deriva, aquestes onades són el producte de l'empenta dels trossos del continent i deuen de donar la volta al món i esclatar contra la riba oposada, amb una magnitud tan immensa que segurament penetren terra ferma i creuen tot el continent de part a part, unint-se a l'onada següent.

2 de desembre (dia 154, rotació terrestre teòrica número 65):

17:25 GMT. El radar acaba de detectar un fet inaudit. Primer he cregut que es tractava d'una immensa onada i he sentit la fi de ben a prop. No obstant això, es tracta d'alguna cosa fixa. No és una onada, sinó... una gegantina muntanya. La seva altura sobrepassa tot l'imaginable. Potser més de tres mil metres. Dubto de tot allò que veig. Cap muntanya, a Pangea, sobrepassava els mil metres.

18:26 GMT. Ens hem allunyat de l'enorme massa i seguim rumb a l'oest (suposo)... o a l'est... o al sud... No ho sé del cert. Desconec on es troben els punts cardinals. Fins i tot em pregunto si existeixen o si la Terra ha abandonat la seva òrbita i viatgem per l'espai sideral. Potser xocarem amb un altre planeta o serem absorbits pel sol...

26 de desembre (dia 178, rotació terrestre teòrica número 68):

14:22 GMT. Si més no, el rellotge de bord funciona. Segons els últims càlculs dels ordinadors, l'escorça oceànica deu ser només una pelleringa ben prima amb cremades de tercer grau i butllofes que s'inflen i esclaten. No sé què serà de nosaltres.

7 de gener de l'any 18901 de Shurupapak (dia 190, rotació terrestre teòrica número 69):

18:08 GMT. Plouen pedres! Cauen enormes blocs al voltant de la nau, projectils que se submergeixen amb violència i aixequen onades. Arriben i es capbussen a una velocitat de vertigen. En dues ocasions hem sentit que fregaven el casc. Espero que l'estructura de doble casc i la compartimentació de la plataforma ens permeti mantenir-nos surant.

Una altra subestació d'energia s'ha aturat. Ens hem quedat pràcticament a les fosques, els ordinadors no funcionen, el motor auxiliar també s'ha aturat, els generadors no arrenquen, les bateries s'estan descarregant... Gairebé no puc seguir dictant.

És la fi!

8 de gener (dia 191, rotació terrestre teòrica número 69):

00:03 GMT. A poc a poc la pluja de roques s'ha calmat. No sé quins desperfectes hem patit, però els impactes han estat molts i molt violents. No disposo d'imatges de l'exterior.

Després de tants dies, hem viscut uns instants de pau. L'oceà no sembla tan embravit. Fins i tot he pogut deslligar-me i moure'm, encara que només m'he atrevit a donar unes passes.

Canan ha aconseguit connectar un cable a una subestació interna i tenim llum; la major part dels ordinadors no funcionen; els sistemes d'informació indiquen que a l'interior, al centre de la plataforma, on es troben els congeladors i els laboratoris, hi ha energia i no s'han produït talls en el subministrament. El sistema d'amortidors ha funcionat i el nucli de la nau s'ha mantingut aïllat i fora de perill.

Hem perdut cinc efectius del personal. Tots són homes. Les seves butaques no devien d'estar ben ancorades i s'han deixat anar. La resta de la tripulació sembla que es troba bé.

Em sento cansat i abatut. Les cames em fan figa i he ordenat que tothom, per torns, es deslliguin i facin una mica d'exercici. Cal aprofitar la calma i recuperar la mobilitat.

Desconec si tot ha acabat o si només es tracta d'una treva.

1 de febrer (dia 9 de la Fase III, rotació terrestre número... desconegut):

05:00 GMT. Fa just un any que vaig començar aquest diari i no sé ni on sóc. Em sembla que fa segles que vam embarcar. Teòricament hauríem d'estar en el novè dia de la Fase III, a punt de concloure la rotació número 71 de la Terra, però sóc incapaç d'assegurar-ho. Fa dies i dies que el fre del collar d'Ishtar es va deixar anar i no tinc ni idea de la velocitat a la qual es mou la Terra en la seva rotació.

Hem tornat a passar dies esgarrifosos. Fa una hora que ha arribat a les meves mans el comunicat de danys. És un miracle que encara seguim navegant. La llista és tan llarga que mareja només de mirar-la. Ara hi ha divuit ferits. Quinze són dones, però sortosament cap d'elles presenta gravetat.

No goso obrir una escotilla i fer-hi un cop d'ull. No tenim notícies de ningú, ni rebem senyals ni res de res. No sabem què ha pogut succeir amb les altres plataformes.

17 de febrer (dia 25 de la Fase III):

17:00 GMT. Fa gairebé tres dies que gaudim d'una calma relativa. Podem moure'ns, però amb cautela. Quan sembla que ja ha passat tot, de sobte una nova sacsejada i el món se'ns ve al damunt. Tinc el cos magolat pels cops rebuts en les meves caigudes. Hem de caminar agafant-nos a qualsevulla cosa que es mantingui ferma.

He ordenat que em preparin el vestit dissenyat per protegir-nos de les plagues i de les radiacions. M'acostaré fins a una escotilla i miraré d'obrir-la i fer-hi un cop d'ull.

21:00 GMT. Déu, Déu, Déu! El que he vist és espantós. El cel és tan vermell que sembla en flames. Els núvols ho cobreixen tot i impedeixen que sàpiga si és de dia o de nit. No hi ha manera de veure ni la Lluna ni el Sol. El mar borbolleja com si bullís. Fa una calor sufocant, amb una atmosfera tan carregada que traspassa la tela impermeable del meu vestit. L'aigua de la pluja és fosca, gairebé negra. La coberta de la plataforma està desconeguda. És un embolic de metall i no hi ha res que es mantingui dret. Les antenes, els instruments de mesura, les càmeres, els telescopis... Tot ha desaparegut. El magnetisme encara és molt elevat, tot i que ha baixat lleugerament. La radioactivitat de l'atmosfera també ha baixat, però es manté a nivells preocupants. Dubto que algú hagi sobreviscut.

27 de febrer (dia 35 de la Fase III):

09:07 GMT. Ahir, quan semblava que havíem recuperat la calma, novament ens ha envestit la tempesta. I aquesta vegada ha estat gairebé com els primers dies. La plataforma s'ha mogut cap a tots costats i hem hagut de lligar-nos novament.

12:18 GMT. Hem fregat el fons. El soroll ha estat eixordador. Semblava que un immens paper de vidre fregués sota els nostres peus. No sé si els estabilitzadors han rebentat o si el casc s'ha partit. L'únic que sé és que naveguem escorats a babord. Gairebé vint graus! I si ens hem enfonsat?

16:29 GMT. M'he deslligat i he pujat fins a l'escotilla. Armat d'un martell, he copejat la comporta de metall. El so indica que a l'altre costat no hi ha res. Està buit! Encara sort! Això significa que no ens hem enfonsat.

8 de març (dia 44 de la Fase III):

14:20 GMT. Avui he tornat a obrir l'escotilla. A l'exterior la llum és inquietant i estranya, l'atmosfera sembla carregada i ens envolta una intensa boira. M'he lligat una corda a la cintura i m'he aventurat a sortir. Ha començat a ploure. Només havia donat deu passes quan tota la plataforma s'ha vist sacsejada. He caigut i Sem ha estirat la corda i m'ha ficat dins, mentre un dels seus ajudants tancava l'escotilla.

El curiós és que la sacsejada de la nau ha estat seca. No era producte de cap onada. Demà sortiré un altre cop.

9 de març (dia 45 de la Fase III):

08:30 GMT. He obert l'escotilla i seguim embolcallats per una espessa boira. Ha deixat de ploure. Res no es mou. Lligat a la corda, he aconseguit desplaçar-me per la coberta inclinada fins a la borda i no he vist el mar. He pres una peça mig solta que hi havia a prop meu i l'he llançada. He rebut com a resposta el so metàl·lic en xocar contra una roca o alguna cosa dura. Llavors he fet per veure a través de la boira i, en una claror, he pogut copsar que allà sota no hi ha aigua, sinó terra ferma.

He tornat a l'escotilla i he ordenat que preparin una corda prima amb un pes a l'extrem. Que cap dona s'exposi. Sem també s'ha lligat amb un corda i m'ha acompanyat fins a la borda. Hem estat llançant el pes des de diferents punts i recollint-lo. No hi ha dubte! La plataforma s'ha aturat damunt de terra ferma.

De sobte ha començat a ploure amb molta violència i s'ha aixecat un vent tan fort que ens arrossegava. Hem abandonat la nostra exploració. Sortirem quan amaini el temporal.

12 de març (dia 48 de la Fase III):

12:00 GMT. En aquests dies hem pogut fer un inventari de l'estat de la plataforma. El casc es troba força deteriorat, els equips de mesura no funcionen, la major part dels ordinadors són irrecuperables, dels cinc sistemes de producció d'energia només en funciona un, el del nucli de la nau.

Hem reparat una antena i una ràdio transmissora, però no captem cap senyal. He ordenat que enviïn missatges de socors constantment.

La boira no és tan densa i permet veure-hi a uns cent metres. La radiació segueix en nivells perillosos. De manera que sortim protegits pels vestits. La calor és abrusadora i no podem romandre fora gaire estona. Calculo que en uns dies haurem assolit valors tolerables. El magnetisme terrestre no és tan alt. De tant en tant s'escolten explosions i la terra tremola.

23 d'abril (ultrapassada la Fase III):

06:09 GMT. La boira s'ha aclarit força i hem comprovat que la plataforma s'ha assentat damunt d'una muntanya. És increïble que hagi arribat fins aquí dalt!

El paisatge és desolador. Al nostre voltant només hi ha roques. A la llunyania hi ha altres muntanyes, més altes que la nostra, i al fons es distingeix una vall. He utilitzat el zoom d'una càmera per poder veure el que hi ha al fons. No queda cap rastre de vegetació. Les explosions que hem escoltat aquests dies procedeixen del terra, que s'infla i esclata amb grans flamarades. El cel roman fosc i carregat de núvols que es barallen entre ells i es llancen raigs

No disposem de medis de transport. No tenim altre remei que realitzar una expedició a peu, fins a la vall, fins a un punt que sembla que hi ha restes d'algunes cases, just després del vessant d'una muntanya. Caldrà esperar un dia calmat i sortir ben d'hora per poder tornar abans no sigui fosc, tot i que la llum, a ple dia gairebé és com l'ocàs, i així es manté fins que és fosca nit.

Juraria que la Terra ha recuperat la seva velocitat de rotació i el dia torna a ser de vint-i-quatre hores.

18 de maig:

05:00 GMT. Ahir vaig baixar fins a la vall acompanyat per Eiltan i Buzar, dos tècnics de l'equip de Canan. Evisa ha volgut sumar-s'hi, però he estat contundent: cap dona no ha d'exposar-se a cap perill. Elles, ara, són vitals.

A mesura que avancem, descobrim que muntanyes senceres s'han convertit en valls i les valls en gegantines muntanyes. La faç de la terra ha canviat per complet. Res no és com abans. Allò que en un altre temps eren planes ara són cràters i els vergers han esdevingut deserts. Hem baixat de pressa per disposar de més temps i hem arribat a un punt que des de dalt havia cregut que eren cases, i que no són més que munts de runes.

Quan hem atrapat les primeres restes de cases, he sentit una opressió al pit. Desitjava continuar avançant, internar-me en allò que semblava un carrer i donar la volta al vessant de la muntanya per saber si es tractava d'una ciutat o d'un poble i mirar d'esbrinar-hi, si més no, el nom, per poder saber on ens trobem.

Mentre avançava, per la meva ment han desfilat imatges del passat: carrers farcits de moviment, parcs, festes, jocs, rialles i cants, colors, cases, arbres, sol, llum... Tot, absolutament tot, apareix mort i sepultat sota munts d'enderrocs. Els colors no existeixen, perquè les cendres ho cobreixen tot, proporcionant al conjunt una tonalitat grisa, gairebé uniforme, tan sols trencada pel negre i per l'ocre fosc dels ferros retorçuts i rovellats. La terra, vilipendiada i ensagnada, transpira una forta calor.

Per la gran quantitat de ruïnes, he pensat que es tracta d'una ciutat, més que no pas d'un poble. No he estat capaç de determinar la seva grandària. Hem entrat i hem avançat sense aconseguir esbrinar res. La destrucció és de tan extraordinàries proporcions que no ha quedat res escrit enlloc, cap monument ni plaça ni edifici ni res de res.

Després de caminar més de mitja hora, ens hem trobat amb un munt de runes que ens barraven el pas. L'he escalat i he vist allò que hi havia a l'altre costat. Es tracta d'una ciutat enorme, d'una de les grans capitals de Pangea, però em resulta impossible identificar-la. Buzar ha arribat fins a mi i he notat que se li tallava la respiració. Llavors m'he girat cap a Eiltan i l'he vist que escalava el munt de runes per reunir-se amb nosaltres. Ha relliscat i ha caigut. S'ha aixecat i, per fer més fàcil l'escalada, ha agafat un crani i l'ha disposat a manera de graó. Tot just en aquest instant, m'he adonat que el que estàvem contemplant era una mostra de la resta del planeta. Ningú no pot haver sobreviscut a aquesta catàstrofe.

1 de juny:

02:00 GMT. Canan ha reparat i ha muntat el telescopi. Portem quatre hores explorant l'espai i no hi ha rastre de cap de les perles del cel, tal com suposava. Tampoc hem vist la Ciutat del Sol. Possiblement sigui a l'altre costat del globus terrestre.

Avui m'he sentit sol damunt la faç de la Terra. Des del 12 de març emetem constantment, però ningú no respon.

Cam m'ha vingut a veure i m'ha dit que no disposem de cap enginyer ni cap especialista en estacions ni en generadors d'energia. Es queixa que vam esmerçar tota la nostra imaginació per dissenyar la nau. La prova és que el reactor del nucli de la nau funciona. No obstant això, ens vam oblidar del factor humà. Ningú de nosaltres sap res de fonts d'energia ni disposem de manuals ni de textos tècnics ni res de res.

«Maleïts siguem tots!», ha cridat. «Ara sóc conscient que ens ha passat el pitjor que podíem imaginar».

L'he calmat. El necessito en perfectes condicions, perquè el treball que queda per fer és molt. Dotze mil milions de vides humanes han desaparegut en cent cinquanta dies. Tots aixafats pels edificis que els han caigut al damunt, ofegats pels sismes submarins i pels tsunamis, empassats per la terra que s'ha obert, abrasats pel foc que ha plogut sobre els seus caps, asfixiats pel diòxid carbònic, corroïts per la pluja àcida... I tots els recursos de tota una humanitat (fonts d'energia, transports, comunicacions, serveis...) també han desaparegut i estan enterrats sota les runes. No podem recuperar res. Únicament comptem amb allò que hi ha dins de la plataforma. I la major part està inutilitzat...

Cal anar de pressa i engegar tots els mecanismes de recuperació de la vida. He ordenat Eiltan i Buzar tornar i tot just en arribar, he reunit tot el personal i els he posat al corrent del que hem vist. No hi ha temps per perdre.

Mentre es distribueixen les tasques, s'obren les comportes del nucli per poder accedir als laboratoris i als congeladors, m'he retirat a la meva cabina a descansar. Tot marxa segons el previst. Aquest és el gran miracle.

Tanmateix, suposo que per l'excés de tensió, he acabat plorant.

35.- LA MORT DE PHAETON

Vaig acabar de llegir, em vaig aixecar i em vaig atansar a la finestra. Era fosca nit. Vaig respirar fondo i vaig bufar amb força. Mare de Déu!

Durant una llarga estona vaig romandre quiet, amb la mirada perduda, sense pensar en res, fins que, de sobte, se'm va acudir agafar la Bíblia que hi havia damunt de la tauleta de nit i que havia de servir-me, si arribava el cas, per les nits d'insomni. Vaig cercar el Gènesi, capitulo 8, i en el versicle 4 vaig llegir: «El dia disset, del setè mes, l'arca va encallar a les muntanyes d'Ararat».

Era l'hora de sopar.

—Què li ha semblat? —em va preguntar el doctor Jiménez, quan li vaig tornar la carpeta.

—Encara m'hi estic refent —li vaig contestar.

—Fa una nit esplèndida i Jacint té el sopar endarrerit. Encara haurem acomiadar-lo —va riure divertit—. Caminem una estona?

Vam sortir al pati. Hi havia una lluna plena preciosa. La vaig contemplar i, de sobte, vaig recordar un comentari d'Irene, de feia una setmana. «En quart minvant és millor no tallar-se el cabell». Ho havia dit perquè jo havia esmentat que aprofitaria per anar al perruquer. «Segur que en feia una setmana, d'això?», em vaig demanar. Perquè, si una setmana abans estàvem a quart minvant, era impossible que ara tinguéssim lluna plena. Ai, Déu! Ja començava a repapiejar.

—La Lluna inspira —vaig sentir que feia la veu del doctor Jiménez—. En nits com aquesta, els records afloren amb una facilitat sorprenent. Ara recordo els meus pares —caminava amb les mans a l'esquena, es va aturar i em va mirar—. Els pares exerceixen en els fills una influència decisiva. Ells, sovint, sense adonar-se'n, condicionen tota la vida dels seus fills.

—Influeixen molt —vaig dir—. Són el mirall on ens contemplem i la imatge ideal que voldríem emular.

—I després arriba la decepció.

—Un dia descobrim que no són perfectes —vaig assentir.

—El meu pare no deixava de repetir-nos, als meus dos germans i a mi: «Que no hagi de sentir mai de la vida que ningú diu alguna cosa de cap de vosaltres» —em va explicar, apuntant amb el dit ben dret cap al cel i aixecant les celles—. I la nostra mare era una dona que no podia sortir de casa sense que els llits estiguessin fets i la cuina recollida i amb els plats fregats. Quan li deia que total només seríem una estoneta fora de casa i que ja ho faríem en tornar, ella invariablement contestava: «Imagina't que ens arriba alguna cosa dolenta i han d'acompanyar-nos a casa. Què dirà la gent quan veiés els llits sense fer i els plats bruts?».

—Suposo que formava part de la mentalitat d'aquells dies, perquè els meus feien igual —vaig respondre.

—En aquesta vida, tots tenim por d'alguna cosa. Bé, potser de més d'una. Però, sempre n'hi ha una que domina sobre les altres. Hi ha qui té por de no ser estimat, de ser rebutjat; hi ha qui té por de ser abandonat; hi ha qui s'esgarrifa davant la possibilitat de perdre-ho tot i quedar-se sense res... Depèn de la situació que més va influir en nosaltres. Per exemple: si els pares van perdre el seu fill enmig d'uns grans magatzems i això va causar una gran impressió en el nen, potser quan sigui gran sentirà terror davant la possibilitat de ser abandonat. En el meu cas, vaig créixer amb l'obligació de ser perfecte, de no permetre que ningú pogués dir res de mi, perquè és allò que els meus pares em van inculcar durant anys.

Mentalment vaig recordar aquesta sensació, aquesta necessitat imperiosa que m'havia conduït al perfeccionisme. Per això no podia acceptar que ningú critiqués cap de les meves obres. Eren perfectes, els hi havia dedicat moltes hores, les havia reflexionat fins a l'extenuació, havia sospesat fins al més petit dels detalls...

—Sí —vaig assentir lentament.

—Tot té el seu costat bo i el dolent, la seva cara i la seva creu. Quan som crítics amb nosaltres mateixos o amb els altres, estem exterioritzant aquest trauma infantil —va dir, i seguir caminant—. I patim horrors per aquesta raó. Sabem que no som perfectes i lluitem constantment per ser-ho, perquè ningú no pugui criticar-nos. Però, la perfecció no existeix. I aquí es desferma el drama.

—Amb tanta referència a l'afany de perfecció, sembla que s'estigui referint a mi —vaig dir, de sobte.

—Potser se sent al·ludit? —es va aturar altre cop i em va mirar.

Doncs, i és clar, que em sentia al·ludit! Cada paraula que deia s'ajustava a la meva forma de ser com un guant a la mà.

—Un cop vaig tenir a la consulta un crític literari que escopia verí per la punta de la seva ploma. El pobre va acabar força malalt. Va ser llavors quan em va venir a veure i vam descobrir que cercava a les obres dels altres la perfecció que ell no era capaç d'assolir. I, no obstant això, la perfecció existeix en tot —va dir, i va començar a caminar novament.

El vaig seguir i el vaig atrapar.

—En què quedem? Existeix o no, la perfecció, segons vostè? —li vaig preguntar.

—La imperfecció és un tros de la perfecció. És una visió esbiaixada de la perfecció. Una cosa és imperfecta quan no està completa. Per tant, la imperfecció només existeix en la meva ment.

—El savi és capaç de vibrar a uns nivells en què el dolor deixa d'existir —vaig recitar, recordant antics ensenyaments.

—Perquè el dolor és fruit de la incomprensió —va afegir ell—. Qui comprèn, contempla, descobreix i sap. Llavors desapareix la mentida i el vidre queda net, amb la qual cosa la nostra visió és nítida.

El vaig agafar pel braç, el vaig aturar i el vaig obligar a mirar-me als ulls.

—És veritat tot el que he sentit aquests dies i tot el que he descobert aquests darrers mesos? —li vaig preguntar.

—Aquesta és una pregunta que ha de respondre vostè mateix.

—Però, vostè hi té alguna cosa a dir? —vaig insistir.

—Que és hora de sopar —va somriure, i va girar cua per dirigir-se cap a la casa.

Quan vaig arribar al menjador tots s'havien assegut.

—Segui aquí, si us plau, entre Magda i jo —em va indicar Alfred.

Em vaig asseure. Enfront tenia el doctor Jiménez, que em mirava sense fer cap gest.

Jacint va entrar amb una olla fumejant, que va dipositar al centre de la taula. Magda es va aixecar i serví la sopa, que feia molt bona olor.

—El dia que ens vam conèixer, vostè em va dir que, quan hagués acabat podria escriure el que volgués i com volgués —va dir Alfred.

—I vostè va replicar que li corresponia dir-me quan havia acabat.

—Cert —va assentir, em va mirar durant uns moments, en silenci, i va afegir—: Crec que hem acabat. I espero que el que escrigui estigui a l'altura del que ha escoltat. El món ho necessita.

—Si em permet, li diré que no sé ni per on agafar-ho —li vaig dir, amb un somriure beatífic—. Fa una estona, aquí fora, he preguntat el doctor Jiménez si allò que he escoltat durant aquests dies és veritat o si tot plegat és una fantasia. I m'ha dit que la resposta l'he de trobar per mi mateix.

—El nostre bon amic no pot deixar de banda que és psiquiatre i sempre torna la pilota a terreny contrari —digué Alfred, amb un somriure amable—. Tot el que ha sentit és cert i el que ha llegit, també. De fet, el doctor li ha mostrat la prova que vostè li ha exigit.

—He llegit una cosa que se suposa que és una traducció d'un document que ningú no m'ha ensenyat —vaig dir.

—No el tenim —va fer Andrew—. Va desaparèixer.

Em vaig quedar perplex.

—En aquella època utilitzaven els mateixos noms que nosaltres per als mesos? —vaig demanar.

—I tant que no! —va fer.

—Llavors, com sap que va ser el dia 1 de febrer, quan va començar tot? —gairebé vaig riure.

—Quan vaig llegir el Diari de Noè, vaig descobrir que empraven un calendari força similar al nostre. Fins i tot tenien un mes més curt que els altres, concretament de vint-i-nou dies. De manera que per tal d'entendre'm millor, el vaig considerar com si fos el nostre febrer. Després, vaig continuar nomenant els següents mesos com març, abril, maig, etcètera... —em va explicar i va posar cara de nen entremaliat.

—On va veure l'original del Diari de Noè? —vaig fer i em vaig quedar mirant el doctor Jiménez amb un somriure.

—Damunt la taula de Noè, a l'arca —va respondre, amb el mateix to de veu i la mateixa tranquil·litat amb què m'hauria demanat la sal.

—Com diu?

—Els deixebles de Galileu, els que van fundar CCU, van descobrir el camí que condueix a la pedra filosofal —respongué —. La pedra filosofal és el component únic de l'energia pura, la que permet l'existència de tot, la que aconsegueix unir les quatre forces elementals: la nuclear, l'electromagnètica, la feble i la de la gravetat. Gràcies al seu descobriment, els seus descendents van continuar investigant fins a descobrir una cosa que ara ja es comprèn i que comença a formar part del nostre llenguatge. L'espai no és pla, sinó corb. I es pot viatjar a través d'ell a una velocitat inconcebible, molt superior a la de la llum, que ja no és cap límit insuperable. És més: podem canviar de velocitat sense accelerar, encara que soni a màgia. És el mateix que fa poc més d'un segle succeïa amb el so. Deien que mai no podríem viatjar a major velocitat que el so, fins que vam ultrapassar aquesta velocitat fins a deixar-la feta un nyap. Per aquesta mateixa raó, podem viatjar en el temps.

—Retorn al futur —vaig dir.

En aquell moment va aparèixer Jacint amb una gran safata.

—Assortiment de verdures al forn amb salsa del xef —va anunciar, mentre la deixava damunt la taula. Després es va dedicar a enretirar els plats, mentre em deia—: De moment només hem après a viatjar cap enrere en el temps, cap al passat. És fascinant.

—I ningú no s'ha carregat Hitler o no li ha donat un cop de mà a Jesucrist? —gairebé em peto de riure escoltant-lo.

—Podem fer el mateix que ha fet vostè: contemplar i prendre notes, però no podem ni interferir ni emportar-nos res — em va dir, em va mirar amb un somriure picardiós i va afegir—: Ni tan sols un bolígraf —llavors va recollir el plats de sopa—. Per això sabem el que va succeir en aquells dies. Res més. I podem fer-ho perquè tot conviu en universos paral·lels. Passat i present formen part de tot allò que existeix, però no s'interfereixen. Puc saber, però no puc fer. Per més voltes que li hem donat, no trobem la manera de viatjar cap al futur. I té la seva lògica. El futur, per a nosaltres no existeix, l'estem construint ara —acabà el seu discurs i se'n tornà, a la cuina.

—En canvi, els que ara habiten el futur, poden venir fins al nostre present i fer-hi un cop d'ull —vaig dir, molt més incrèdul.

—Sí, però ells tampoc poden intervenir en el que estem fent ara.

—Però, si nosaltres coneixem el passat, estem modificant el futur —vaig raonar.

—Els que viuen en el futur, són allà perquè nosaltres hem modificat les nostres decisions —va replicar Alfred—. No hem canviat el futur. Simplement, hem construït un futur diferent del que hauríem creat si no haguéssim sabut el que sabem. L'altre futur, el que haguéssim construït, no existeix. En cas contrari, existirien milions de futurs. Aquesta és la raó per la qual no podem viatjar al futur. Si coneguéssim el futur, podríem modificar-lo i ja no existiria. Comprèn? En canvi, si coneixem el passat, podem modificar les nostres decisions presents i crear un futur diferent, però mai no modificarem el futur, perquè pel moment no existeix. I, per aquesta mateixa raó els profetes són críptics i apunten meres possibilitats. Mai no són realitats.

—És per parar-hi boig —vaig deixar escapar una rialleta histèrica.

—El necessitem ben assenyat —va dir el doctor.

—Les postres han fallat —va fer Jacint, que tornava de la cuina—. L'artista no té un bon dia. Així que només disposo de fruita.

I va marxar amb el cap ben alt i amb molta dignitat. Vam riure i el doctor ens va relatar una anècdota sobre unes postres que va tastar al Marroc. Amb la qual cosa encara vam riure més.

—M'imagino que, si li va fer un cop d'ull al diari de Noè, no va poder sostreure's de saber què va ser de la Ciutat del Sol —vaig dir, quan vam recuperar el silenci.

—Heli, el Sol, veient que el seu fill Phaeton era a punt

d'incendiar la Terra, va decidir llançar-li un llamp i fulminar-lo. Així resa el mite —em va respondre el doctor—. I així és com va acabar la Ciutat del Sol. Expulsada de l'òrbita terrestre, potser encara viatja errant pels espais siderals. Cap a on? No ho sabem. Potser s'ha estavellat en algun planeta o ha estat absorbida per un forat negre. Enlil, el Senyor de les Tempestes, Anu, el Senyor dels Esperits, els arcàngels, els sants... Tots se n'han anat i mai més no tornaran.

—Pangea ha mort. I amb la seva mort ha engendrat cinc continents —vaig recitar, gairebé una poesia.

—Però cal néixer novament i Noè, després de veure el que havia succeït, va dedicar la resta de la seva vida, junt amb els seus col·laboradors, a treballar incansablement per repoblar la Terra. Jàfet va fer que les llavors donessin fruit; els ordinadors van proporcionar la informació perquè Sem pogués regenerar tota la vida marina i que Cam pogués repoblar la Terra amb les espècies d'animals que existien abans del gran cataclisme —va dir el doctor.

—Com explica que ningú no hagi recordat el que va succeir, si va haver-hi supervivents? —se'm va acudir preguntar.

—Així ho van convenir els set responsables de les set plataformes abans de salpar, en una de les reunions que els va servir per estudiar totes les possibilitats de supervivència i allò que havien de fer per repoblar la Terra i evitar que aquesta bogeria o una de similar tornés a produir-se. De manera que Noè es va dedicar pacientment, en cos i ànima, a fecundar totes les dones de la plataforma amb embrions obtinguts per clonatge, després de modificar els gens humans per esborrar dels seus cervells la memòria de la història i implantar el temor a les grans forces, a les que van anomenar Déu. I aquest Déu, amb majúscula, esdevingué un ésser terrible i implacable, sanguinari i violent, assedegat de venjança, a qui calia témer i adorar per tota l'eternitat. Així va néixer una falta molt greu comesa per l'home, els orígens de la qual es perden a la nit dels temps.

Vaig xiular i vaig bellugar el cap. Aquell home era capaç

d'explicar fins i tot l'inexplicable.

—«Els éssers humans van ser obligats a beure aigua de l'oblit pel primer governant perquè no sabessin d'on havien vingut», diu el llibre secret de Joan, en el capítol 13, versicle 17 —va recitar Alfred—. Noè va implantar a les seves ànimes una aliança amb Déu, un pacte etern. Ell mai més no enviaria un diluvi a la Terra, perquè cap ésser humà mai no tornaria a intentar una bogeria com la de l'Era Solar Total. Aquesta és l'aliança que Noè va fabricar amb Déu. I així ho trobem al Gènesi, capítol 9, versicle 11: «Faig amb vosaltres pacte de no tornar a exterminar a tot vivent per les aigües d'un diluvi i que no hi haurà mai més un diluvi que destrueixi la terra».

—Començava una altra era, una nova albada, diferent i real, sense somnis, infestada de temors i de pors, però amb la seguretat que ningú, mai de la vida, no intentaria transgredir el pacte —va afegir el doctor—. L'Era Solar Total va desaparèixer de la ment de l'ésser humà, que va construir un nou somni basat en la Llum Eterna, però espiritual i lligada a Déu. L'home ja era un ésser nou, perfecte, sense memòria, sorgit del no-res.

—Aquesta és la mort de Phaeton i del seu somni impossible. Aquesta és la fi de la Llum Eterna —vaig dir, assentint lentament—. Un magnífic colofó.

La resta de la vetllada la vam dedicar a parlar de temes diversos, des de cuina fins a política, passant per esports, moda... Els ho vaig agrair. Necessitava reposar les idees.

I així ens vam anar a dormir.

Quan anava a ficar-me al llit, van trucar a la meva porta. Vaig obrir i em vaig trobar amb el doctor Jiménez.

—Crec que necessita fer una ullada al que vaig trobar i vaig traduir després del diari de Noè. Potser li aportarà un xic de llum sobre vostè mateix —em va dir i em va passar uns fulls escrits a màquina i grapats.

Li vaig donar les gràcies i ens vam desitjar bona nit. Vaig tancar la porta i em vaig quedar palplantat, fullejant el document, que tenia un títol força curiós: Carta de Cam al seu fill Cus.

Em vaig estirar al llit i em vaig disposar a llegir.

36.- CARTA DE CAM AL SEU FILL CUS

Estimat fill:

Aquest matí hem enterrat Noè, l'anomenat pare de la nova humanitat. Tinc el cor força cansat i sóc conscient que ja em queda poc camí per fer. Em sento tan cansat que pensava que moriria abans que ell, però al final no ha estat així. No obstant això, ara sento la mort ben a prop. Tu ets lluny, explorant el món, i no sé si arribaràs a temps per escoltar dels meus llavis allò que de debò va succeir en aquells dies. Per això he decidit deixar-t'ho escrit. Però, no ho expliquis ningú més, perquè ningú no et creuria.

Durant molts anys, des que va morir la teva mare, els meus llavis han romàs segellats per por que Noè atemptés contra la meva vida i, sobre tot, contra la teva i la dels teus. Evisa em va fer jurar que mai, sota cap circumstància, no faria res que posés en perill la teva vida, perquè tu ets el dipositari del gran secret. Sense tu, el futur de la humanitat està perdut.

Vaig jurar que així ho faria i he mantingut la meva

promesa, Si Noè hagués sabut allò que jo ara et revelaré hauria pres una altra de les seves esgarrifoses decisions, pròpies d'un ésser que no va ser engendrat per cap pare, sinó que va sorgir com a producte d'una manipulació genètica, d'un experiment que perseguia obtenir éssers d'una intel·ligència tant per damunt del normal que tot ho basaven en la ciència i en raonaments freds i perfectament calculats, postergant els sentiments.

La primera nit que vam passar a terra ferma, Evisa em va venir a veure i em va despertar.

—Vull que em fecundis amb el teu esperma. Avui —em va dir amb veu baixa.

—Però, què dius? —li vaig preguntar, esgarrifat.

—Noè començarà les fecundacions d'aquí ben poc.

—I jo què hi tinc a veure?

—He llegit el teu historial i hi falta un detall. No hi figura la data de la teva cerimònia d'iniciació —em va dir, mirant-me als ulls, enmig de la penombra—. Quan vaig acceptar el càrrec de psicòloga de la plataforma, vaig tenir accés al registre central de fitxes personals de la Ciutat del Sol. allà vaig llegir que es postergava la teva cerimònia perquè eres finalitzant un estudi a la reserva d'Uatar. Després hi ha una altra anotació que diu que se't va enviar una citació, que no vas respondre. Finalment, hi ha una tercera nota, just abans d'embarcar, que ordenava que et fessin arribar un recordatori per conducte prioritari. Potser no el vas rebre...

Em vaig quedar mut. No sabia què respondre.

—Si Noè descobreix que no et van fer la vasectomia, que vas fer cas omís d'una citació oficial i que se't va enviar un recordatori, que tampoc vas tenir en compte, pots estar ben segur que ho passaràs força malament. Ja saps que és fred i calculador i que no tolera ni errors ni enganys —em va dir.

—No t'entenc. Si jo et fecundo, tu també l'enganyaràs —vaig replicar—. Per què no deixes que, de la mateixa manera que a les altres dones, et fecundi amb l'esperma dels congeladors?

—Això és cosa meva. Tu ara fecunda'm. Segons tots els

càlculs, és el moment ideal.

Al cap de nou mesos, van néixer les primeres nenes: Evila, Branca, Tesea, Garia... I els primers nens: Gomer, Magog, Madai, Javan, Tuban, Mosoc, Misraim... i tu, el meu fill Cus, el meu vertader fill, el fill d'Evisa i meu. Ella em va fer jurar que mai ningú no sabria que tu ets fill meu.

Van passar els anys i Evisa va tenir altres fills per fecundació in vitro. Noè mai no va sospitar res. I tu vas créixer.

Una nit Evisa va tornar a demanar-me que la fecundés altre cop. En aquesta ocasió tampoc va voler donar-me cap explicació. Vaig accedir-hi. No obstant això, aquest embaràs no va arribar a bon fi i ella va caure malalta. Noè no era capaç de trobar un remei, la febre augmentava i el desenllaç s'endevinava proper. La vaig anar a veure i ella s'ho va manegar per tal que ens deixessin sols.

—Jura'm que Noè mai no sabrà que Cus és fill teu —em va suplicar i em va agafar per la camisa—. Jura-m'ho!

—T'ho juro.

Llavors em va obligar a ajupir-me fins que la meva galta tocava la seva.

—Jura'm que tindràs cura de Cus i que aconseguiràs que tingui molts fills —va fer a cau d'orella.

—Juro que no li trauré l'ull del damunt, però això dels seus fills ja no depèn de mi —encara vaig tenir forces per fer broma.

—D'aquí ben poc ja no disposarem d'energia per mantenir en marxa els equips del laboratori i continuar fecundant òvuls.

—Què dius! El reactor continua funcionant...

—No pas gaire més temps. I quan deixi de funcionar, tot dependrà de nosaltres. Per això Noè ha determinat que els nous homes no passaran per la cerimònia d'iniciació, sinó que conservaran totes les seves propietats per poder fecundar directament les dones, com més vegades millor. D'aquí poc, les nenes nascudes de la primera fecundació de Noè assoliran l'edat de procrear i els nens ja podran copular. Vull que t'asseguris que el nostre fill fecunda totes les que pugui.

—Però, per què és tan important? Necessito saber-ho.

I llavors em va revelar allò que només sabia ella. Dos dies després, va morir als meus braços i jo li vaig jurar que els meus llavis romandrien segellats.

Noè i els altres clons, contraris a deixar res a l'atzar, incapaços de perdonar un error, calculadors fins a l'infinit, havien decidit que, si se'n sortien del Gran Cataclisme, executarien un pla per tal d'evitar que tornés a repetir-se una situació similar. La teva mare va tenir coneixement d'aquest pla per casualitat, perquè va ensopegar amb unes notes de Noè i les va llegir. Em va dir que mai no havia vist un pla tan meticulosament estudiat. El més petit dels detalls hi figurava. Res no s'escapava, em repetia quan m'ho explicava, just abans de morir. Allà s'havien previst absolutament totes les possibilitats i totes les contingències. Només unes ments tan precises com les d'Outa-Napishtim, Montezuma, Manu, Nan-Choung, Yima, Bergelmir i Noè podien haver estat capaces d'arribar fins a aquella ostentació de detalls. Cada punt era un condicional i una solució: Si el nivell de destrucció atrapa... procedir a... I així seguia fil per randa els estralls que, desgraciadament, es van produir. I si la Ciutat del Sol ha desaparegut, caldrà aplicar el pla final. Així acabaven les notes que Evisa va aconseguir llegir.

Però encara n'hi havia més. Una nit, pocs dies després d'haver embarrancat dalt de la muntanya, Evisa va escoltar que Noè parlava por radio amb una altra embarcació. I llavors va comprendre que no érem els únics que havíem sobreviscut. La llei de probabilitats s'havia complert. Tanmateix, la trencadissa de Pangea havia deixat las altres naus escampades por tot el planeta i Noè, després de conèixer la noticia, va esmicolar l'única ràdio que quedava. Així ho havia acordat amb els altres patrons.

Noè va ser un genetista extraordinari i havia arribat a determinar que la memòria col·lectiva es grava i es transmet de generació en generació. Fins i tot havia determinat el gen que és capaç de registrar una tragèdia de les proporcions del Gran

Cataclisme. Aquest curiós sistema de registre de desgràcies que es transmet de generació en generació és un mecanisme d'autoprotecció que la natura ens ha proporcionat per preservar la vida de les espècies. Davant d'un desastre com el que hem viscut, la nostra ment grava un gen amb la informació necessària perquè es mantingui viu un procés d'alerta constant davant de situacions similars. Però, aquesta informació només es grava als espermatozoides. No als òvuls. De manera que les nenes i els nens que nasquessin per fecundació no tindrien registrada la tragèdia. A més a més, en l'instant de la fecundació Noè manipularia els espermatozoides per esborrar la història passada i enregistrar en ells el que anomenava el Temor de Déu, un sentiment de culpa perpetu que ens impediria continuar evolucionant. D'aquesta manera, abans del Gran Cataclisme no existiria res. Ni tan sols existiria el Gran Cataclisme, que seria substituït per un gran diluvi: el Diluvi Universal. I, a partir del Diluvi Universal, qualsevol avenç constituiria una ofensa a Déu, l'Ésser Suprem, i per tant es prendria per una aberració. Els principis eren simples:

1.- Tot emana d'un ésser anomenat Déu.

2.- Ell és qui decideix.

3.- Déu té uns representants a la terra, que són els que interpreten els seus desigs.

4.- L'Home obeeix les lleis universals de Déu, que són misterioses i insondables.

5.- A l'Home li ha estat prohibit crear.

6.- Els sentiments de rebel·lia són producte dels àngels caiguts, que són el mal.

7.- Tot és determinisme. Ha estat abolida la llibertat!

Set principis damunt dels quals descansa la seguretat de la vida al planeta. A canvi de perdre la llibertat.

Tots els nens que van néixer en aquells dies tenien diferents trets físics. La identitat es trobava a nivell mental. Tots ells tenien idèntiques possibilitats i, tots ells, presentaven una característica comuna: un temor inaudit quan aixecaven els ulls cap al cel. Tots, excepte tu, fill meu. Malgrat que tu ho feies per pura imitació. I això et va salvar la vida.

La teva mare, especialista en psicologia, es va adonar del que significava condemnar tota una humanitat a un sentiment de culpabilitat etern. Es tractava de la crueltat absoluta. I ella no podia acceptar que la seva descendència visqués amb aquesta làpida damunt del cap. De manera que va pensar que si tenia un fill amb els gens sense alterar, la seva descendència diluiria el temor implantat i conservaria la memòria històrica. El problema era com aconseguir ser fecundada sense que Noè manipulés els gens? I llavors va recordar un detall que havia oblidat: Jo!

Jo podia fecundar-la sense la intervenció de Noè, que, com qualsevol de nosaltres, necessitava dormir per descansar. Ella va falsificar els registres i els arxius, als que tenia lliure accés, i hi anotà que havia estat fecundada mentre Noè dormia. Així va aconseguir que, si més no, un entre tots els que van néixer en aquells dies no estigués alterat. Ara has crescut i t'has reproduït. Ara els teus gens ja s'han barrejat amb molts altres i cada dia seran més i més els que els portaran dintre seu. I això significa perpetuar la memòria de la humanitat. És per aquesta raó que tens somnis que ningú més no té. I és per aquesta raó que et vaig dir que mai no en parlessis amb ningú més que amb mi.

Per esborrar completament la memòria dels temps passats, Noè havia previst una solució veritablement brillant: convertir qualsevol petit record en llegenda. Però no va comptar amb un detall important. Evisa, com a dona pangeana, era respectuosa amb la vida i amb la llibertat. No podia permetre aquesta aberració.

Va ser llavors que vaig descobrir que el fet de no comptar amb cap tècnic ni cap especialista en producció d'energia no va ser un error, sinó un detall més que formava part del pla. Només disposàvem de tècnics de manteniment. Cap de nosaltres no hi havia caigut abans, en aquest detall, fins que la plataforma no es va aturar en terra ferma i vam sortir a plena llum.

Vaig parlar amb Noè i li vaig dir que no disposàvem de tècnics en fonts d'energia, però ell no li va concedir més importància.

—Com pot quedar-se tan tranquil? Què succeirà quan el reactor deixi de funcionar? Ningú de nosaltres no posseeix els coneixements necessaris per construir un nou reactor —vaig exclamar quan ell creia que ja m'havia calmat i m'havia deixat sol.

El dia que Evisa em va fer la gran revelació, ho vaig entendre tot. Absolutament tot! La part final del pla consistia en que, un cop acabada la repoblació bàsica de la Terra i quan els nous descendents fossin capaços d'engendrar vida per ells mateixos, l'ordinador del nucli de la plataforma faria esclatar el reactor i quedarien destruïts el laboratori, els congeladors i tota la informació genètica, així com tota la memòria històrica escrita. Només nosaltres, els que vam sobreviure, disposaríem de records. Però, tard o d'hora moriríem i esdevindríem poc més que llegendes i contes dins de la ment dels nostres descendents. Com així ha estat. Els gegants no existeixen. Som nosaltres. El gran home blanc serà Noè i passarà a la llegenda.

Allò que Evisa mai no va saber és que jo, un cop vaig conèixer la història, sentint-me tan enganyat com ella, també vaig decidir venjar-me a la meva manera.

Quan el reactor va esclatar i destruí el laboratori, els congeladors i tot allò que podia recordar-nos el passat, em vaig dedicar a fecundar totes les noies que es posaven al meu abast. Fins i tot se'm va acudir que el millor era organitzar orgies en què tots i totes copulàvem fins a l'extenuació. Calia poblar la terra. Així ho havia ordenat Noè. Qui sospitaria que algú com jo, un dels supervivents de la tragèdia, un pangeà suposadament castrat, podia deixar-les embarassades?

Vaig posar tant d'entusiasme i tant interès en escampar

la meva llavor que Noè em cridà i em va condemnar per allò que ell qualificava de sòrdid desig de cercar únicament el meu plaer a través del sexe, que en el meu cas, va afirmar amenaçador, ja constituïa un vici pervers. Em va dir coses absurdes, alguna cosa així com que jo m'havia burlat de la seva nuesa. Em va confinar a viure en un lloc apartat i he anat envellint fins avui. No obstant això, Noè arribava tard. Sóc incapaç de dir quants fills vaig engendrar ni amb qui els vaig engendrar, perquè em vaig allitar amb cents i cents de noies. Els meus gens s'han multiplicat, s'han barrejat amb els adulterats i la història s'ha perpetuat. El Temor de Déu es diluirà i els nostres descendents disposaran d'una oportunitat per escapar de l'opressió.

Fill, segueix procreant, malgrat que prou que Noè es va afartar de dir i de repetir que fornicar és un gran pecat i que aquest va ser el motiu de la vinguda del Diluvi Universal.

Trenca amb les mentides i perpetua la memòria històrica. Escampa els teus gens tant com puguis, per tal que els nostres descendents somiïn i tinguin visions, perquè llavors investigaran el passat i, tard o d'hora, trobaran respostes i explicacions. En cas contrari, els homes del futur no seran altra cosa que éssers apàtics i estúpids, pobres animals mínimament evolucionats.

Fill, aconsegueix que la teva mare Evisa i jo, finalment, guanyen la gran partida.

Si és així, sempre hi haurà un rebel! I aquest rebel serà la prova de la nostra existència i la nostra porta cap a la llibertat!

El teu pare que t'estima.

Cam

*** ***

Aquí acabava la carta de Cam al seu fill Cus.

Estirat damunt del llit, vaig apagar el llum, vaig respirar fondo i vaig fer un repàs de tot. La història que havia descobert era el més increïble que mai no m'havia succeït, les persones que havia conegut no tenien igual i mai no oblidaria les experiències viscudes, amb tota la dosi de misteri. No podia negar que les dades aportades, les citacions, els paral·lelismes entre el que deien que succeïa a Pangea i el que estava succeint en l'època actual, els càlculs, les interpretacions... Tot, absolutament tot podia prendre's com a fletxes que assenyalaven cap a un punt determinat.

No obstant això, també era cert que tot podia rebatre's. I és clar que sí! Algú amb els coneixements adients seria capaç d'esquerdar l'enorme edifici i enderrocar-lo. Com anava, doncs, a relatar tot el que havia escoltat per tal que el món sencer reflexionés sobre el seu futur? Era absurd. Ningú no em creuria. I quin format li donaria? Potser un assaig, en el que citaria totes les referències, seria el més adequat. Impossible! Encara que la meva formació tècnica podia resultar-me útil, pesava molt més el meu passat recent com a novel·lista. Què podia fer?

Tenia el document que acaba de llegir. El gen original i el gen alterat. I si tot allò formava part d'una esperpèntica representació teatral i absurda? Com podia empassar-me tot allò? Quin gen dominava la meva ment: el conservador o el rebel?

Vaig trigar molt a adormir-me i, quan ho vaig aconseguir, em vaig veure flotant al buit, absolutament perdut, incapaç de tocar amb els peus alguna cosa sòlida, i vaig sentir pànic, un terror indescriptible en comprovar que hi havia més gent amb mi, que se'n burlaven i m'assenyalaven amb el dit. «És boig, estàs sonat!», cridaven i reien.

37.- I SI RES NO ÉS VERITAT?

El dia es llevà gris. Novament amenaçava pluja. La meva estada havia conclòs. Vaig baixar i vaig deixar la maleta al peu de l'escala, vaig entrar al menjador i em vaig trobar amb el doctor Jiménez. La taula estava parada i el cafè fumejava.

—Ha estat una lectura força interessant —li vaig dir i li vaig allargar el document.

—Pot quedar-se'l. No és cap manuscrit, sinó una còpia escrita a màquina —em va dir, somrient.

L'hi vaig agrair, vaig sortir per ficar-lo a la maleta i em vaig trobar amb Magda que em va demanar si havia dormit bé i si m'havia pres la pastilla.

—Quan es viatja cal tenir molta cura amb la tensió.

—Estic a menys de mitja hora de casa meva —li vaig dir.

Va arrufar els llavis i va bellugar el cap.

—Tot és relatiu —va dir, i va entrar al menjador.

Era ben estranya, aquella dona. La vaig seguir i van arribar els altres. Ens vam seure a taula, ocupant les mateixes posicions que anit. Vaig agafar una de les torrades i la vaig sucar amb mantega. Jacint es va seure amb nosaltres.

—Té prou material per escriure un bon llibre? —em va demanar el doctor Jiménez.

—De ciència ficció —vaig fer, mentre mossegava la torrada.

—No, no —va negar Magda—. D'absoluta realitat. Per això l'hem buscat, l'hem seleccionat i li hem explicat tot el que sabem.

—I per què jo? —se'm va ocórrer preguntar un cop més—. A qui de vostès se li va ficar al cap la idea d'escollir-me a mi?

—No vam ser nosaltres. Vull dir cap dels presents.

—Llavors va ser la mà del destí... —vaig gosar fer broma.

—Tampoc. Va ser el seu pare —va dir Alfred.

Em vaig quedar clavat.

—El me-u pa-re? —vaig fer, a poc a poc.

—En aquesta vida, tothom té un rol que complir, perquè cadascun de nosaltres forma part d'un Tot global i absolut —em va dir Alfred—. A vostè li correspon escriure. Vostè, com molts altres, ha de servir per canviar el rumb de la humanitat. Això és el que el seu pare esperava de vostè i ara, potser, entengui moltes de les decisions que ha pres al llarg de la seva vida i també moltes de les aparents casualitats que l'han anat canviant amb els anys fins esdevenir el que és en aquest moment.

—I què soc, ara?

—L'esperança. Una de les moltes que l'ésser humà ha de tenir.

—Per conduir-lo cap a on?

—Fa milers d'anys es va cometre un error que gairebé va significar la destrucció del planeta —va dir el doctor Jiménez—. El primer gran final va ser per causa del foc, el segon per causa de l'aigua i... El tercer serà, evidentment, per causa de l'aire.

—Està vostè molt segur d'això —li vaig dir, encara trasbalsat per les sorprenents revelacions.

—Si no hi fem res, pot apostar-hi —va dir Magda—. No hi haurà més foc perquè la Terra ja s'ha refredat; no hi haurà més diluvis perquè Pangea, ja no existeix i amb ella ha mort el mite de la Llum Eterna; ara nosaltres, els que habitem el planeta, ens dediquem a embrutar l'aire que respirem, fins a l'extrem que l'estem enverinant, sense adonar-nos del desastre que s'hi acosta i que pot acabar amb tota la vida. A la tercera va la vençuda.

—Anem en aquesta direcció —va dir Jacint i, per primer cop no gesticulava ni actuava, sinó que es mostrava molt seriós —. Les principals fonts d'energia de la civilització, altament industrialitzada són la fusta, el carbó, el petroli, el gas natural i l'energia nuclear. I tots aquests combustibles es cremen i alliberen diòxid de carboni o radiacions. El diòxid de carboni de l'atmosfera ha augmentat considerablement en els darrers anys i segueix fent-ho, amb la qual cosa l'efecte hivernacle creix sense aturador. Si em fixo en allò que succeeix al planeta Venus, on l'efecte hivernacle és molt superior, puc fer una projecció del que pot passar-nos. Disposo de dades.

—Dades? —vaig preguntar, sorprès pel canvi que s'havia operat en el químic boig.

—La temperatura de la superfície de Venus és de 480 graus centígrads —va dir, mirant-me molt seriós—. A aquesta temperatura se suma que el nostre planeta bessó posseeix una atmosfera saturada d'àcid sulfúric concentrat, que a una altura de més de cinquanta quilòmetres es condensa i cau en forma de gotes, per la qual cosa plou àcid sense parar. No obstant això, la superfície del planeta mai no està mullada. Això és degut al fet que l'àcid sulfúric, per efecte de la terrible calor, es descompon en diòxid sulfúric i aigua en forma de vapor. Dos gasos, que ascendeixen i per efecte de la llum ultraviolada es recombinen novament i tornen a convertir-se en àcid sulfúric que novament es condensa i cau, tancant així un cercle infinit.

—L'atmosfera de la Terra no conté àcid sulfúric! —vaig exclamar de seguida—. Ni és tan calent.

—Caram! —em va replicar—. Aquestes exclamacions em recorden Enlil contestant els arguments de Shamah.

—Home! —em vaig queixar—. Comparar-me amb Enlil...

—Amb els combustibles fòssils injectem constantment diòxid de sofre a l'atmosfera. Aquest gas combinat amb l'aigua de la pluja dóna com a resultat àcid sulfúric. Si, a més a més, produeixo diòxid de carboni en quantitats industrials, que accentuen el fenomen albedo i, en conseqüència, augmenten l'efecte hivernacle... el resultat final és àcid sulfúric més calor.

Va agafar un tovalló de paper i va escriure:

Àcid sulfúric + calor = atmosfera de Venus = mort!

—La quantitat d'àcid sulfúric és menyspreable respecte a la de Venus. I la calor és vint vegades inferior —vaig argumentar.

—Haig de recordar-li el conte de l'estany de nenúfars? —em va preguntar Alfred.

—Abril de 2006: el príncep Albert de Mònaco planta la bandera del petit principat en el Pol Nord —va dir Andrew—. Cent anys abans un avantpassat seu ho va intentar i no va poder. Aquest avantpassat va iniciar la seva expedició en el paral·lel 82, mentre que Albert de Mònaco ho ha fet en el paral·lel 86. És a dir: en cent anys la línia del Pol Nord ha ascendit quatre graus. Potser ho prendrem com una anècdota més de les cròniques de societat?

—I és clar que no! —vaig fer.

—Llavors comenci a pensar en les neus del Kilimanjaro, que durant els últims anys han desaparegut en la seva tercera part; o millor dirigeixi la mirada cap als cims de l'Himàlaia que perden les seves glaceres a un ritme de deu metres per any; o acosti's fins als Pirineus, on només queden unes hectàrees de glaceres, perquè el vuitanta per cent ha desaparegut i els càlculs apunten que l'any 2020 ja no en quedarà cap —va dir Andrew.

—Tot això per què? —va intervenir novament Jacint—. Perquè quan la concentració de diòxid de carboni a l'atmosfera es duplica, la temperatura mitjana de la Terra augmenta entre un i quatre graus centígrads, i si l'any 1958 la concentració era de 315 parts per milió, l'any 1996 ja era de 361 parts per milió. És a dir: anem per aquest camí. D'altra banda, la concentració d'òxid de dinitrògen augmenta el 0,25 per cent cada any i la concentració de metà ha passat de vuit parts per milió l'any 1900 a disset l'any 1992. Més del doble. Tot això es tradueix en canvis climàtics que afecten tothom. Llocs on la fam augmenta perquè els camps no reben l'aigua que necessiten i no poden produir cereals; extenses devastacions causades per allaus; i els terribles ruixats en altres punts de la Terra, desequilibris constants, variacions del que sempre era habitual, ciclons, tornados...

—El clima sempre ha canviat al llarg del temps. No tenim prou dades ni prou experiència com per dir que som els únics responsables del canvi que hi té lloc —se'm va acudir dir.

—Potser —va dir Andrew—. Però, ja portem destruïda la meitat de les masses forestals i de les selves. L'Amazònia, el gran pulmó universal, cada dia és més petita i extraiem el vuitanta per cent de la nostra energia dels combustibles fòssils. A la conca mediterrània els estius són cada cop més calorosos i secs i les precipitacions augmenten a l'hivern —va somriure i va obrir les mans, amb els palmells cap amunt—. Avui dia no dediquem temps a les reparacions, sinó que practiquem l'esport d'usar i llençar. Som els campions dels residus i competim per veure qui omple més ràpidament els abocadors que hem creat.

—Quants exemples necessita per acceptar la realitat? —va dir Jacint— Fins on volem portar la nostra bogeria? O millor encara: de quant de temps disposem per corregir el rumb de la nau?

Volia respondre, però no vaig poder.

—Doncs... de poc —es va avançar Magda—. O canviem tot el nostre plantejament de forma radical i absoluta, corregim el rumb de la nau, despertem d'una vegada per totes i ens adonem que, potser, estem sols a l'univers, però, evidentment, no vivim sols damunt de la Terra, sinó que formem part d'un ens superior que és l'espècie humana... o acabarem enverinant tot l'aire del planeta. I és clar que, llavors, fent gala del nostre gran sentit de l'humor, macabre i negre, aconseguirem acabar amb totes les guerres, amb tots els crims, els robatoris, la cobdícia, l'afany de poder... I ens sentirem feliços, immensament feliços en la nostra soledat, en la nostra desaparició, en el nostre buit i en el no-res. Ens haurem endut amb nosaltres tot el que respira. No deixarem res, perquè som els majors i millors depredadors que existeixen, perquè la nostra cobdícia i el nostre desig de posseir són infinits. Res ni ningú no es resisteix a la nostra imaginació destructora. Som els reis de la Creació i els déus de la destrucció.

—Per fi farem realitat el nostre somni actual: la felicitat eterna —va riure Jacint, adoptant novament la seva teatralitat, plegant els braços i les mans com si fos un ésser deforme i encongit: la representació carnal de la cobdícia i de l'avarícia—. El gran somni de la Felicitat Eterna. De la destrucció total.

—On és la solució? —vaig preguntar, aclaparat per les seves paraules.

—La sortida sempre es troba dins nostre —va dir Alfred —. Per aquesta raó ens costa tant trobar-la. El dia que l'ésser primitiu va abandonar el bosc i es va dirigir cap a la plana, va començar una revolució que va sorgir de l'interior, de la seva curiositat, del desig de conèixer: havia menjat del fruit de l'arbre de la Ciència, del Bé i del Mal. Ara hem de provocar una nova revolució. El gen de Cus, el fill de Cam, que no va patir l'amputació provocada per Noè, ens va transmetre la seva llibertat, però sumat i combinat amb els gens de la por a un déu brutal i venjatiu, que Noè va implantar en nosaltres, va donar lloc a un estrany subproducte que fa que ens comportem amb temor davant qualsevulla eventualitat. No obstant això, l'ànsia incommensurable de llibertat i el desig infinit d'explorar, de tastar, d'experimentar i de conèixer segueixen vius i presents al nostre interior. No acceptem que ningú ens doblegui ni que ens domini. Posseïm l'arma més poderosa de l'univers: la imaginació. Aquesta és la contribució d'Evisa, la segona Eva, la segona mare del gènere humà.

—El dia que es van barrejar els gens de Cam i Cus amb els de Noè, van crear en la nostra ment el món cartesià, l'univers dual i el concepte maniqueïsta de la història —va dir Magda—. Aquell dia vam traspassar totes les nostres culpes a la nostra part femenina per alliberar la nostra part masculina. El mascle va fer culpable la femella, perquè el mascle representa la nostra part dinàmica, l'espermatozoide, el portador del gen no alterat, mentre que la dona és la part estàtica, l'òvul que espera la fecundació, i no era portadora del gen de Cam. Algú havia de carregar amb la culpa i la nostra part alterada, mentalment alterada, va decidir que aquest era el paper de la nostra part femenina. A partir d'aquest instant havien trobat l'excusa perfecta perquè el mascle dominés la part femenina: la dona.

—Qui domina als altres ho fa perquè se sent insegur —va dir el doctor Jiménez—. Establim fronteres perquè volem tancar-nos i defensar-nos fins a l'extrem que atresorem riqueses perquè ens produeix pànic quedar-nos sense res, passant per totes les misèries, els terrors i les inseguretats manifestes. Aquesta por procedeix d'allò que hi ha enregistrat als nostres gens, del record del Gran Cataclisme que ens ho va robar tot. Aquest és el punt crucial: el Diluvi ens ho va robar tot.

—Ai, ai, ai! —vaig exclamar.

—Des d'aleshores, mirem cap amunt i aquí situem Déu, el Senyor dels Esperits, perquè ell ens va enviar el Diluvi, i tenim enregistrat als nostres gens que ho acceptem com a expiació dels nostres pecats contra ell. —va explicar el doctor—. Noè, cercava que mai més no es repetís un desastre com aquell. Una bona intenció, però un camí equivocat. «Guanyaràs el pa amb la suor del teu front per causa del pecat original».

—No som responsables de res —vaig meditar.

—Parlem dels inferns i mirem cap avall, cap al centre de la Terra, del planeta que es va alçar contra les absurditats de Pangea i va escopir foc i cendres. Aquesta és la imatge que tenim de l'infern: el lloc on tot es crema eternament, el centre de la Terra, la constant incandescència que mai no s'apaga. Tota aquesta història és una estúpida farsa que ens manté quiets i submergits en les nostres pors, sense un instant de reflexió que ens permeti recordar que els dimonis són aquells àngels que ens alertaven sobre el perill imminent i que no vam voler escoltar. Vam substituir àngels per dimonis i vam crear un univers paral·lel: l'univers del mal, per contraposar-lo amb l'univers del bé.

En aquell instant vaig recordar les paraules d'Anna Isabel: «Som l'Homo Sapiens Sapiens Meu Meu i Sempre Meu».

—Vivim convençuts que tot allò que ens envolta és al nostre servei —va dir Andrew—. A Pangea van imaginar que el poder era infinit i ara l'enyorem. Per això la nostra màxima aspiració és posseir-ho tot per poder cridar ben alt: jo decideixo!

Jacint va sospirar. Alfred prengué la paraula:

—I ara arriba la gran pregunta: i si sóc el Gran Déu i tinc l'immens poder de decidir, per què no decideixo viure?

Es va fer un silenci. Jo no feia més que reflexionar sobre tot allò que escoltava, que era immens.

—Bona pregunta! —va exclamar Jacint, es va poder dempeus i va adoptar la postura de l'actor damunt l'escenari, a punt de recitar el seu monòleg— ¿Jo, l'Ésser Humà, què m'estimo més: o recuperar el concepte de societat matriu-centrista, que és el respecte absolut per la vida? ¿Jo, l'Ésser Humà, què prefereixo: viure en l'absurda creença que em proporcionen els integrismes morals i religiosos o allunyar-me dels extrems? ¿Jo, l'Ésser Humà, tinc clar que jo, l'Home, jo, la Dona, sóc similar, però mai igual perquè sóc distint i distinta i tinc els mateixos drets, però no el mateix paper? —va mirar Magda i va somriure—. ¿Jo, l'Home, junt amb mi, la Dona, què m'estimo més: continuar vivint en dos móns separats o donar un salt cap a l'infinit?

Magda també es va posar dempeus i el va imitar.

—¿Jo, l'Ésser Humà, què m'estimo més: seguir convençut que la meva pell és la frontera que em separa dels altres o oblidar la meva individualitat per ascendir fins una esfera superior, formada per totes les ments que pensen, instant en què seré capaç d'abandonar el meu petit món circumscrit a la Terra i llançar-me darrere dels confins de l'Univers, perquè el meu poder, com a ment col·lectiva, no té límit? —va recitar.

—¿Jo, l'Ésser Humà, què prefereixo: quedar-me quiet eternament, subjecte a un extrem, o cercar el punt d'equilibri, l'equidistància entre les aberracions? —va preguntar Jacint i va mirar Andrew.

—¿Jo, l'Ésser Humà, què m'estimo més: continuar alimentant els meus desigs de no abandonar la presó dels meus temors o estimular el millor dels meus gens originals i extreure de la seva nova combinació el fruit de la llibertat? —va dir Andrew i va mirar Alfred.

—¿Jo, l'Ésser Humà, fruit d'un accident a l'Univers, què prefereixo: continuar sent un esclau de la industrialització agressiva i total, de la producció sense límits, sense cap objectiu clar, que només persegueix produir més i més i que em condemna a morir o abraçar la llibertat, canviar el meu interior, respectar l'entorn i fondre'm amb la natura que m'ha de permetre viure? —va dir, i em va mirar a mi.

Després d'haver-me plantejat totes aquestes preguntes, em va venir a la memòria el que diuen els indis Hopi: «L'explosió demogràfica, la multiplicació de les mega polis i dels transports aeris van fer que l'Home no es conformés tan sols amb la creació. Un número creixent d'individus només es preocupava del seu benestar personal i material. L'Home disposava de tot fins a la sacietat, però sempre desitjava més i més. No deixava de produir fins i tot el que no necessitava i com més en tenia, més en reclamava».

—Seva és la decisió —em va assenyalar Alfred amb el dit —. A vostè li toca alertar el món.

—¿No creu que llença damunt les meves espatlles una responsabilitat massa gran? —em vaig queixar.

—¿No creu que s'està concedint massa importància, en considerar que és vostè l'únic que canviarà el futur? —em va preguntar Magda.

La vaig mirar.

—Vostè, igual que jo, que Andrew, que Jacint i que mil més, aportarà el seu gra de sorra —va fer—. O és que el treball que hem dut a terme nosaltres no té importància? —em va mirar molt seriosa—. No cregui, ni per un instant, que és vostè un cas únic i tingui la humilitat d'imaginar que en el món som sis mil milions d'éssers humans que l'acompanyem, que també prenem decisions, que sentim, que pensem i que vivim. I, entre nosaltres n'hi ha molts més dels que imagina que ens donem la mà, els uns als altres, i vostè ho ha de fer amb nosaltres, en justa reciprocitat. Faci-ho per tots nosaltres, per la seva filla, pel seu pare.

—Qui fou el meu pare?

—Algú que va contribuir a fer les passes més importants en aquest projecte. Donar-li més informació seria imprudent. No va ser fàcil, decidir-nos per vostè. Hi havia altres candidats, tant o més bons. Però, el seu pare confiava cegament en vostè i va lluitar fins a l'extenuació. Ara no voldrà defraudar-lo. Oi que no?

—No era la meva intenció...

—No es disculpi, si us plau —em va tallar el doctor Jiménez—. La perfecció no existeix. Se'n recorda? —va dir, amb un somriure.

—De tota manera, haig de confessar-los que no sé ni per on començar. Suposo que són conscients que no puc sortir, així a la babalà, i cridar que ens han enganyat, que res d'allò que ens han explicat fins avui és cert, que tinc la veritat a la meva mà...

—Per què no? —em va preguntar Andrew.

—Perquè el primer que s'ho ha de creure sóc jo —li vaig contestar, i em vaig quedar mirant-lo fixament.

—I no ens creu —va dir Magda.

—Ja sé que sóc cartesià, enginyer i de ment quadrada, però sóc així i a la meva edat no canviaré fàcilment —vaig respondre—. Necessitaria un bon cop al cap.

—O un miracle —va dir el doctor.

—O que el fessin caure del cavall, com Sant Pau —va intervenir Alfred—. S'ha fixat en les meravelloses i poètiques imatges amb què ens va relatar la seva conversió?

Em vaig quedar perplex. Què hi tenia a veure Sant Pau amb tota aquella història?

—En aquella època anaven a cavall els poderosos, els

arrogants, els que dominaven. Caure del cavall és una imatge. Sant Pau mai no va caure de cavall ni es va quedar cec, físicament parlant. Va entrar en el dubte total —va explicar—. Tota aquesta història és en sentit figurat. I vostè necessita caure del cavall de la seva arrogància.

Començava a pujar-me la tensió. Ho sabia per la calor que notava a la meva cara.

—Facin-me viatjar al passat i els creuré —vaig exclamar.

—De debò ens creuria llavors? —va preguntar el doctor.

—Sí!

—És vostè com Sant Tomàs —va dir Magda.

—Doncs, sí! —vaig exclamar—. Necessito tocar la nafra de Crist per creure-hi. I no em vingui amb això de benaventurats els que creuen sense veure-hi, perquè la fe no va amb mi.

—I si al final acaba pensant que tot és una al·lucinació? —em va preguntar Magda.

—No sóc cap paranoic i distingeixo molt bé la realitat de la ficció —li vaig contestar—. Així m'ho ha diagnosticat el doctor Jiménez.

—Fins i tot quan té visions en la soledat del seu despatx? —em va replicar.

—Com ho sap, això? —li vaig preguntar, recordant que Irene m'havia demanat que els fes una pregunta per saber si ens espiaven.

—Per què creu que sempre li hem demanat que ens torni les carpetes? —em va preguntar Alfred.

—Per no deixar cap rastre —vaig contestar.

—S'equivoca —va negar amb el cap i va somriure—. Les carpetes eren les claus d'entrada a una altra dimensió. Elles provocaven les seves visions. Seure la Terra en una butaca i fer-la parlar, poder viatjar amb la imaginació i veure el que succeïa amb l'home que començava a poblar el planeta, somiar amb l'aparició de l'agricultura...

—Tot era provocat per les carpetes?

—I tant! —va exclamar el doctor—. Cada carpeta estava

programada en funció del contingut per desencadenar les visions. No es va adonar que les visions només es produïen quan era a prop de la carpeta?

Era cert! L'única vegada que vaig tenir visions a casa, va ser el dia que em va pujar la tensió i em vaig estirar al llit amb la carpeta ben abraçada.

—Si ara em diu que aquestes visions constitueixen la prova dels viatges al passat, sento decebre'l, perquè no ho considero així. Cap d'aquestes visions pot prendre's per un viatge al passat —vaig respondre—. Facin-me viatjar de debò al passat i els creuré. Que pugui viure, tocar, veure, sentir, respirar, menjar, parlar... Aquesta és l'única prova que demano.

—Demana vostè una cosa terriblement perillosa —va dir Alfred—. Les experiències que hem realitzat són molt limitades. Es necessiten unes condicions molt especials i un entrenament molt delicat. Requereix molt de temps de preparació, perquè no existeixi cap interferència. També cal escollir amb molta cura el pla de vibració i tenir en compte mil i un detalls. Hauríem de trobar un lloc que sabéssim que no hi havia ningú, portar del present tot el que necessitéssim per viure i tornar a emportar-nos-ho tot sense deixar cap rastre. Ni un trist paper.

—M'està dient que és impossible? —vaig replicar.

—L'hem dut fins aquí, ens hem tret la màscara, li hem obert el nostre cor, li hem explicat allò que ningú més no sap i ens ho paga amb la seva incredulitat. Què més necessita? Que li presentem tots els altres? —va dir Magda, em va mirar com a una bestiola rara, es va aixecar de taula, va llençar el tovalló i va exclamar—: Que tingui un bon viatge de tornada! —i va abandonar el menjador.

—Què li arriba? Que no puc dubtar? —em vaig queixar.

—Comprengui el punt de vista de Magda —em va dir Andrew—. Després de totes les proves que li hem proporcionat, els seus dubtes li han caigut com una dutxa d'aigua freda. Si em permet, me'n vaig amb ella —es va aixecar, em dedicà una petita inclinació de cap i va fer—: Li desitjo molta sort. La necessitarà.

—Ha arribat el cotxe —vaig sentir que anunciava Jacint, des de la porta del menjador.

—Ha estat un immens plaer, tenir-lo entre nosaltres —va dir Alfred, mentre s'aixecava.

El doctor també es va posar dempeus. Tant els havia ofès? Merda! Què estava succeint? De sobte, em feien fora.

Em vaig aixecar lentament i vaig acceptar la mà que m'oferia el doctor.

—Disposa de tota la informació. Quan escrigui aquest llibre, li prego que sigui sincer amb vostè mateix. El món ho necessita i la seva contribució serà un gra de sorra que se sumarà als altres. No ho oblidi: fins a l'últim gra de sorra forma part de la platja i és important. La resta vindrà per ell mateix. I no s'amoïni, si el creuen o no. Sempre hi haurà algú que el cregui i algú que vingui per ajudar-lo. La perfecció no existeix —em va dir, va somriure, em va fer l'ullet i va preguntar—: O sí que existeix?

—Qui li ha dit que ho escriuré? —li vaig preguntar, gairebé de forma desagradable.

El doctor va estrènyer la meva mà amb força, es va inclinar sobre la meva espatlla i es va acostar a la meva oïda.

—Vostè —va murmurar—. Vostè m'ho ha dit.

I va assentir repetidament, mentre somreia.

—L'acompanyo —va dir Alfred.

Ens vam dirigir al rebedor. Jacint havia pres la meva maleta i havia obert la porta.

—Espero que com a escriptor sigui bo, perquè com a ajudant de cuina és vostè una nul·litat —va dir, i va negar amb el cap, tal teatral com sempre.

—Espero que com a químic sigui vostè bo, perquè com a cuiner és insuperable —vaig contestar—. Si algun dia decideixo obrir un restaurant, el buscaré per fer-li una oferta.

—I com em trobarà?

—Posaré un asterisc al meu Web.

—La proposició és temptadora. Consultaré el seu Web de

tant en tant —em va contestar, em va estendre la mà, que vaig acceptar i després va aixecar el polze per desitjar-me sort.

—Sento no poder acompanyar-lo, però Lluc el deixarà a la porta de casa —em va dir Alfred.

—El que he viscut aquests dies ha estat meravellós. Sento que Magda s'hagi ofès. No era la meva intenció...

—Magda és molt temperamental. Ja deu estar penedida de la seva reacció.

—Comprengui que costa de creure el que m'han explicat... Hi ha detalls que...

—Quins detalls?

—Les piràmides, per exemple. Com és possible que segueixin apuntant tan fidelment cap al nord i que estiguin perfectament orientades? No s'haurien d'haver desplaçat amb el cataclisme?

—Es trobaven en el bell mig de Pangea. Si fa simulacions i aplica la lògica, descobrirà que és lloc amb més possibilitats de romandre intacte. I així va ser. La Terra va patir unes bones sacsejades, però la seva forma i el seu moviment de baldufa, aplegats a la influència de la Lluna, van acabar per estabilitzar-la al punt de partida, si fa no fa. Aquí té l'explicació.

—Perdoni que segueixi dubtant...

—No ha de disculpar-se per res —va negar Alfred amb el cap—. Ara centri's i prengui la decisió que cregui més adient.

—Crec que l'emmetzinament de l'aire és una història inventada pels que dominen l'economia del món. Amb aquest muntatge ja tenen l'excusa perfecta per canviar tota la indústria, que és una manera de fomentar el creixement.

—És un punt de vista força interessant. De fet, nosaltres també hem jugat amb aquesta possibilitat. No la perdi de vista. De la mateixa manera que el futur també podria ser un creixement intern de l'ésser humà cap a una nova dimensió, que anomenem espiritual. En fi! Podríem esmerçar tres dies més discutint les noves perspectives que se'ns obren. Però, no hi ha temps. A vostè l'esperen .

—Ens tornarem a veure? —li vaig preguntar.

—Mai no se sap —em va respondre amb un somriure.

—Gràcies per tot —vaig dir, i vaig estendre la mà.

Alfred va somriure i em va abraçar. Em vaig emocionar. Es va apartar, va obrir la porta del cotxe i va esperar que m'hi hagués instal·lat.

—Bon viatge —va dir, saludant-me amb la mà, va tancar la porta i va somriure d'una forma força estranya. Semblava dir-me: escrigui aquest llibre, el necessitem.

El cotxe va arrencar i vaig contemplar la casa. Quan ens havíem allunyat uns metres, vaig creure veure en una finestra del pis superior que Magda m'acomiadava amb la mà. Li vaig tornar la salutació.

«El que he viscut era real o imaginari?», em demanava.

En l'instant d'entrar en el camí, vaig girar el cap per mirar cap endavant i em vaig marejar, alhora que la cara em cremava. Segur que m'havia pujat la tensió. Vaig sentir una opressió al pit. Vaig aclucar els ulls amb força i vaig fer el cap enrere, procurant respirar lentament. I així vaig romandre fins que el cotxe es va aturar i Lluc va obrir la porta.

—Hem arribat, senyor —va anunciar.

Vaig sortir. Em trobava millor. Força millor. Quanta estona havia romàs amb els ulls tancats? Li vaig donar les gràcies, ell va somriure, va pujar al cotxe i el vaig veure allunyar-se.

Irene i els nois devien estar esperant-me. Bé, Ariadna i Artur encara estarien dormint.

Què estrany! Els núvols havien desaparegut i el terra estava eixut.

38.- JO DECIDEIXO

Jo sóc...
l'oïda que escolta la paraula.
Jo sóc...
els ulls que llegeixen el missatge.
Jo sóc...
el futur de la història.
Jo sóc...
de la mateixa manera que tu ets
i altres van ser
i altres són
i altres seran.

Vaig agafar la bossa i em vaig dirigir cap a l'ascensor. Vaig entrar-hi i vaig prémer el botó. Enrere quedava un somni, una fantasia increïble. Què podia fer amb tot allò?, vaig pensar. Potser escriure un llibre, plantar un arbre i tenir un fill. Li posaria per nom Caín. Així podria morir en pau, vaig riure.

L'ascensor es va aturar, vaig sortir al replà i vaig caminar els escassos metres que em separaven de la porta del meu apartament. Vaig ficar la clau al pany i vaig obrir.

—Ja sóc aquí —vaig dir.

Però ningú no em va contestar. Irene, segurament, havia sortit a comprar i els nois estaven dormint. Em vaig dirigir cap a l'habitació mirant de no fer soroll i vaig deixar la bossa al costat del galant de nit.

Ja sortia quan vaig veure els meus pantalons damunt del llit. Estaven igual com jo els havia deixat quatre dies abans. Em demanar què hi feien allà. Potser, Irene es devia d'haver enfadat per no poder parlar amb mi i els havia deixat allà, per castigar-me. Els vaig agafar i els vaig penjar a l'armari.

Estava assedegat i vaig anar a la cuina per prendre'm un vas d'aigua. Tot just entrar-hi vaig veure la meva nota damunt la taula, amb el bolígraf a sobre. Vaig fer una ullada a la pica i vaig tenir la sensació que tot estava igual que quan vaig abandonar la casa, quatre dies abans.

El cor em va començar a bategar més del compte. Vaig sortir corrents cap a l'habitació d'Ariadna, vaig trucar-hi i, en no rebre resposta, vaig obrir. No hi havia ningú.

Déu meu!. Allà n'havia passat una de grossa, potser un accident, i jo no me n'havia assabentat de res, perquè ningú no em podia trucar. No tenia cobertura.

Vaig tornar a la cuina, vaig agafar el telèfon i vaig trucar al mòbil d'Irene. Estava desconnectat. Se m'alterà la respiració. Vaig trucar al mòbil d'Ariadna. Comunicava. Les mans em tremolaven. Vaig trucar l'Artur. Sonava. Un cop, dos, tres, quatre, cinc... i despenjà.

Li vaig demanar què havia passat, per què no eren a casa...

—Arribarem divendres, tal com vam quedar. Avui és dimarts —em va respondre amb veu tranquil·la.

Però, què s'empatollava?, em vaig demanar, incrèdul, i els meus ulls van ensopegar amb el rellotge calendari que tenim a la cuina. Assenyalava les dotze i onze minuts de dimarts. Vaig caure assegut a la cadira. Si em punxen, no em treuen sang.

—Ep! Què et trobes bé? —Vaig escoltar que feia la veu de l'Artur.

Li vaig dir que, com sempre passava, no me n'havia assabentat de res, que em disculpés, que ja ens veuríem divendres. Vaig penjar sense deixar de mirar el rellotge.

Vaig treure el telèfon mòbil de la butxaca. Marcava la mateixa data i la mateixa hora. Vaig consultar el rellotge del canell. Funcionava i marcava les dotze i dotze minuts.

Què estava succeint? Si tot allò era cert, només havia estat uns minuts fora de casa. Impossible!

Vaig reaccionar, vaig buscar les claus del cotxe i vaig sortir, cames ajudeu-me, cap a l'aparcament.

Vaig conduir com un autòmat fins al camí per on m'havia portat el Citröen, m'hi vaig endinsar i vaig seguir a poc a poc fins a una reixa trencada. A partir d'aquell punt el camí estava difícil i era millor continuar a peu.

Vaig caminar fins trobar una casa en runes. El paisatge em resultava familiar.

Aparegué un home gran que duia un bastó i un cistell. Li vaig demanar per aquella casa. Em va explicar que es tractava de la que va ser la masia dels Carbonell, que fou destruïda durant la Guerra Civil. Ell hi havia estat quan era un vailet. Era una casa gran, em va dir. Tenia un bon plec d'habitacions...

—Hi havia dues grans gerres al costat de la porta i l'escala era de marbre, amb els cantells rodons —vaig dir, interrompent la seva descripció.

—Com ho sap, això? —em demanà, sorprès.

No li vaig contestar. Aquell home seguí parlant i em proporcionà detalls i més detalls que quadraven a la perfecció: el mobiliari, la cuina, el rebost, l'escala, el jardí del darrere... I, a mesura que em descrivia la casa, el meu cervell la dibuixava.

Finalment, li vaig donar les gràcies i ens vam acomiadar.

—Vagi amb compte. Les parets que encara es mantenen dretes no són gaire segures —em va dir quan s'allunyava.

Em vaig asseure en un petit mur i vaig respirà lentament. Havia perdut el seny? Completament atordit, pel meu cap van creuar tots els pensaments, totes les temences i tots els dubtes que havia tingut durant les darreres hores, les estranyes reaccions de Magda, les seves constants preguntes sobre la meva tensió, quan va recollir l'embolcall del caramel, com s'oposava a què jo sortís de la casa..., les paraules d'Andrew, del doctor Jiménez, les bogeries de Jacint i l'expressió d'Alfred, quan em desitjava un bon viatge.

Resulta evident que només pot haver missatger quan hi ha un missatge per transmetre. Sense missatge no hi ha missatger. No té raó de ser. Tanmateix, sense missatger pot haver missatge, però difícilment arriba a la seva destinació. De manera que el missatger també és important. Mites i llegendes són els missatges que s'han de transmetre i tots els escribes i tots els que oralment han mantingut viva la flama i tots els que els han interpretat són els missatgers. Altra cosa és que els vulguem escoltar. I jo era el missatger, el redactor final.

«L'escriurà», m'havia dit el doctor Jiménez. I tant que l'escriuria! Per no parar boig.

Vaig sortir d'allà i vaig conduir a poc a poc. Vaig arribar a casa i vaig trobar Irene.

—Què hi fa, a l'habitació, una bossa amb roba bruta? —em demanà amb cara de pocs amics.

—T'haig d'explicar una història —li vaig respondre.

—Doncs, mira que sigui bona —va fer, amb les mans damunt dels malucs.

—És tan fantàstica, que no te la creuràs —vaig somriure.

BIBLIOGRAFIA

Abed Azrié, *"L'Épopée de Gilgamesh"*, Berg International, editors, París 1979.

Alan Gradiner, Sir *"El Egipto de los Faraones"*, Alertes, 1994.

Albert Sasson *"La conservation des ressources végétales"*, La Recherche, nº 181, octubre 1986.

Andrew P. Ingersoll *"The Atmosphere"*, Scientific American, setembre 1983.

Andrew Tomas *"We are not the First"*, Sphere Books, Londres, 1976.

Anthony W. Raver *"El enigma de las pirámides"*, Edicomunicación, 1993.

Arnold Toynbee *"Mankind and Mother Hearth"*, Granada Publishing, 1978.

Barbara Ford *"Clone Zoo"*, Omni, novembre 1978.

Barbara Ward & René Dubos *"Only One Earth"*, Penguin Books, André Deutsch, 1972.

Bertrand de Jouvenel *"La civilisation de puissance"*, L'Express, juny 1976.

B. Seal *"Positive Sciences of Ancient Hindus"*, Longmans Green, Londres, 1915.

B.G. Trigger, B.J. Kemp, D. O'Connor, A.B. Lloyd *"Historia del Egipto Antiguo"*, Crítica, Grijalbo Modadori, 1997

"Biblia Catalana", Traducció interconfessional, Editorial Claret, Barcelona 2002.

Carl Gustav Jung *"Ma vie"* T.F. Dr. Roland Cohen i Yves Le Lay. Edición revisada y aumentada, Gallimard 1973, Colección Folio 1991.

Carl Sagan *"Cosmos"*, Editorial Planeta, 1982

Charles Berlitz *"The Mystery of Atlantis"*, Granada Publishing 1977.

Charles Berlitz *"Doomsday 1999"*, Granada Publishing 1981.

Charles Darwin *"Journal of Researches into the Natural History and Geology of the Countries Visited During the Voyage of H.H.S. Beagle Round the World"*, 9 de gener de 1834.

C.E.P. Brooks: *"Climate through the Ages"*, 1949.

Cicerón *"De natura deorum"*.

Clifford Grobstein *"The recombinant-DNA Debate"*, Scientific American, Julio de 1977.

C. O. Carter *"Human Heredity"*, Penguin Books, 1977.

David Regan *"Electrical Responses evoked from the Human Brain"*, Scientific American, desembre 1979.

De Terra & Paterson (Universidad de Harvard) *"Studies of the Ice Age in India and Associated Human Culture"* Carnegie Institut 1939.

D.H. Campbell *"Continental Drift and Plant Distribution"*, 1942.

D.H. & M.P. Tarling *"Continental Drift"*, Pelican Books 1979.

Dennis & Donella Meadows *"Informe sobre el límite de crecimiento"*, Club de Roma, setembre 1975.

Dominique Simmonet *"L'embrion, le savant et le juge"*, L'Express, 6 de juliol de 1984.

Donald E. Carr *"Energy and the Earth Machine"*, Sphere Books 1978.

Douglas Colligan *"Continuum"*, Omni, maig 1979.

Elaine Pagels *"The Gnostic Gospel"*, Harvard, 1981.

Emmanuel Velikovski *"Words in Collision"*, Abacus, 1977.

E. Burgess *"Surya Siddhanta"*, New York, 1980.

Erik Trinkaus & William W. Howells *"The Neanderthals"*, Scientific Amercian, desembre 1979.

"Europe Into Space", Esa Publication, gener 1983.

Erich Fromm *"The Anatomy of Human Destructiveness"*, Fawcet, 1973.

Federico Lara Peinado *"Mitos Sumerios y Acadios"*, Editora Nacional, 1984.

Francis Hitching *"The World Atlas of Mysteries"*, Pan Books 1979.

Frank Hibben *"Treasure in the Dust"*, 1951.

Frank Waters *"The Book of the Hopi"*, Viking Press 1972.

F.P. Wrangell *"Narrative of an Expedition to Siberia and the Polar Sea"*, 1841.

Francisco Anguita *"Historia de Marte"*, Planeta, 1998.

Francisco J. Ayala "Los mecanismos de la evolución", Scientific American, Setembre 1978.

Gérard Bonnot *"L'eau et les hommes"* , L'Express, 28 de març de 1977.

Gerald Dunn *"Dividing the Circle"*, Geographical Magazine, agost 1977.

Graham Clark & Stuart Piggott *"Prehistoric Societies"*, Pelican, 1976.

G.A. Erman *"Travels in Siberia"*, 1848.

G.H. Dury *"The Face of the Earth"*, Penguin Books, 1977.

Hervé Ponchelet *"Viking et les petits hommes verts"*, L'Express, 28 de juny de 1976.

Hermen Kahn *"On Thermonuclear War"*, Princenton University, Press 1960.

Hesiodo *"Teogonía"*.

Heim & Gausser *"The Throne of the Gods, an account of the First Swiss Expedition to the Himalaya"*, 1939.

Historia Universal, Tomo I, *"Los orígenes"*, Salvat Editores, 2004.

H. Kahn, W. Brown & L. Martel *"The next 200 years"*,

Sphere Books, 1978.

Isaac Asimov *"Of Time and Space and Other Things"*, Doubleday 1965.

Isaac Asimov *"The Solar System and Back"*, Doubleday 1970.

Isaac Asimov, *"The Stars in their Courses"*, Ace Books 1972.

Isaac Asimov *"Introducción a la Ciencia"*, Tomo I, Plaza & Janés, 1973.

Igor Chafarévitch *"Le Phénoméne Socialiste"*, Le Seuil, 1977.

Janos Szentagothai, Semmelweis University Medical School, Budapest *"Modules of the Brain"*, Proceedings of the Royal Society of London, 1978.

Jacqueline Mouillé *"L'idée de Centre dans les Mondes Antiques"*, Association Archéologique Kergal, Etudes et Travaux nº 3, abril de 1978.

Jaquetta Hawkes *"The First Great Civilizations"*, Pelican, 1977.

Jean-Philippe Lauer *"Les vrais mystéres des Pirámides"*, Document Paris-Match, 1 de desembre de 1988.

John Gribbin *"Our Changing Planet"*, Sphere Books, London 1979.

John G. Sclaten & Christopher Tapscott *"The History of the Atlantic"*, Scientific America, Juny 1979.

Joseph Veverka, *"Fobos y Deimos"*, Investigación y Ciencia, N°7 Abril 1977.

John Wahr *"Les variations de la rotation de la Terre"*, La Recherche n° 181, Volume 17, octubre 1986.

John Gribbin *"The Climatic Threat"*, Fontana/Collins 1978.

John Sparks & Arthur Bourne *"Planet Earth"*, Aldus/Júpiter, 1975.

John Taylor *"Black Holes"*, Fontana/Collins, 1977.

J. Mellart *"Çatal Hüyük, Una ciudad neolítica en*

Anatolia".

J.H. Brennan *"An Occult History of the World"* Futura Publications, London 1976.

Kurt Mendelssohn *"The Riddle of the Pyramids"*, Sphere Books, 1977.

Louis Lliboutry *"Courants de convection et dynamique des plaques"*, Traité de Géophysique Interne, Masson, 1976.

"L'Apocryphe de Jean", Histoire et Arqueologie, n⁰ 70, febrer 1983. *El llibre secret de Joan* forma part de 13 volums que contenen 55 tractats coptes, la major part gnòstics, descoberts al desembre de 1945 a Nag Hammadi, a uns seixanta quilòmetres de Luxor. Amb el descobriment dels manuscrits del Mar Mort al 1947, constitueix la major troballa del segle XX en matèria de textos antics. "Por primer cop els estudiosos es trobaven en possessió d'una biblioteca gnòstica composta por traduccions en llengua copta d'escrits originals gnòstics. Fins aquell moment només havien pogut estudiar la Gnosis a partir dels escrits dels Pares de l'Església o de alguns rars manuscrits gnòstics aïllats"

Le Pichon *"Introduction sommaire à la tectonique des plaques"*.

"Le Livre d'Énoch", Robert Laffont, 1975. Versión francesa abad Migne según Traducción inglesa del Dr. Laurence, 1821. (preferiblement)

"Le Maha-Bharata", T. F. L. Ballin-Leroux, Paris, 1955.

Louis J. Battan *"El tiempo atmosférico"*, Ediciones Omega, 1976.

Lucien Lévy-Bruhl *"L'ànima primitiva"*, Edicions 62, 1985.

L. Giles *"A Gallery of Chinese Immortals"*, John Murray, Londres, 1948.

Lewis & Lobban *"Dissociation of Diurnal Rythms in Human Subjects on Abnormal Time Routines"*, Quarterly Journal of Experimental Physiology, 1957.

Louis Pauwels & Jacques Bergier *"El retorno de los*

Brujos", Plaza y Janés, 1970.

Margueritte-Marie Thiollier *"Dictionnaire des Religions"*, Les Nouvelles Éditions Marabout, 1982.

M. Mauttauer *"Las Deformaciones de los Materiales de la Corteza Terrestre"*, Ediciones Omega, 1976.

Michel Ashley *"The Seven Wonders of the Word"*, Fontana 1980.

M. Jackson, B.V. Ford-Lloid, M.L. Parry *"Climatic Change and Plant Genetic Resources"*, Belhaven Press, 1990.

Motoo Kimura *"The Neutral Theory of Molecular Evolution"*, Scientific. American, noviembre. 1979.

Paul Davies *"El universo desbocado"*, Salvat, 1994.

Paul Dominique *"L'hydrogène pour l'avion de demain"*, Le Libre Belgique, 3 d'abril de 1989.

Paule-Émile Victor *"Pôle Nord – Pôle Sud"*, Librerie Hachette, 1967.

Pierre Thonon, *"Ingénierie génétique et biotechnologie"*, Pour quoi pas ?, 26 de setembre de 1984.

Platón *"Timeo o de la naturaleza"*.

Poltack & Chapman, *"The Flow of Heat from the Earth's Interior"*, Scientific American. Agost 1977.

Raymond Jeanloz *"The Earth's Core"*, Scientific American, setiembre 1983, volumen 249.

René Dubos *"Une medicine si humaine"*, L'Express, 3 de novembre de 1979.

Richard Mooney *"Colony: Earth"*, Granada Publishing 1977.

R.A. Daly *"Our Mobile Earth"*, 1926.

R.B. Dixon *"Oceanic Mythology"*, 1916.

R.H. Lowle *"Shoshonean Tales"*, Journal of American Folklore, 1924.

Raymond Siever *"The Dynamic Earth"*, Scientific American, Setembre 1983.

Robert Charroux *"Le livre des Maîtres de Monde"*,

Robert Lafont, 1967.

Roger Rapoport *"The Great American Bomb Machina"*, Ballantine, 1972.

"Sagrada Biblia", versión directa de las lenguas originales, Eliono Nacar Fuster y Alberto Colunga Cueto O.P. Biblioteca de Autores Cristianos, Madrid, 1986.

Sergio Donadoni *"El Hombre Egipcio"*, Alianza Editorial, 1991.

"Traduction Ecuménique de la Bible" (T.O.B.), Les Editions du Cerf, Paris 1976.

Thorkild Jacobsen *"The Sumerian King List"*, The Oriental Institute of the University of Chicago, 1973.

Wallace S. Broecker *"The Ocean"*, Scientific American, setembre 1983, volum 249.

W. S. Hillman *"Injury of Tomato Plants by Continuous light and unfavourable Photoperiodic Cycles"*, American Journal of Botany, 1956.

Weidenfeld & Nicholson *"A personal account of the discovery of the structure of DNA"*, Penguin Books, 1976.

ALTRES OBRES D'ALBERT SALVADÓ

Si heu gaudit amb la lectura, potser us interessi conèixer altres obres d'Albert Salvadó, totes disponibles també en format de llibre electrònic.

OBRE ELS ULLS I DESPERTA

Gairebé a mitjans del segle XVII, Václav Hus, un savi que viu a Praga, rep la visita d'un jove rodamón de Pisa anomenat Tolino Salerno. El jove li pregunta si coneix alguna cosa de l'existència d'una llegenda que parla de la Rosa de Jade. Václav decideix confiar en el seu visitant i li explica que es tracta d'un cristall tallat en forma de rosa que amaga el secret de la bellesa eterna, que va desaparèixer de la tomba de Marco Polo i ningú sap on és. I encara li explica moltes més coses, però, a canvi, li demana que li digui on ha sentit a parlar d'aquesta llegenda que coneix ben poca gent.

Llavors, Tolino li explica el que va passar a Pisa, durant l'època en la qual va tenir lloc a Roma el judici contra Galileu Galilei per part de l'Església. Aquí va conèixer un misteriós personatge anomenat Fredo el Boig, exprofessor de la universitat i amic de Galileu, a qui va defensar amb vehemència. Per aquesta raó esdevingué un proscrit, per enfrontar-se a un món acadèmic immobilista i a una jerarquia eclesiàstica que ho volia dominar tot. Aquest home, geni de les matemàtiques, de la física i de la filosofia, obre un món nou als ulls de Tolino i li mostra una interpretació de la vida i de tot l'univers que desborda la imaginació i els sentits fins a tal punt que traspassa la frontera de l'espai i del temps i l'obliga a obrir els ulls i despertar a la realitat.

Les noves amistats de Tolino el duen a haver de fugir de Pisa per tal de no perdre la vida, però amb la ferma voluntat de tornar, perquè allà ha deixat el seu gran amor.

Tanmateix, el més sorprenent d'aquesta història és que, si els pensaments de Fredo el Boig s'apliquessin avui dia, serien perfectament coherents i d'acord amb els nostres temps.

Qui hagi llegit «L'informe Phaeton» potser necessita llegir «Obre els ulls i desperta». I qui no hagi llegit «L'informe Phaeton», possiblement ho farà en acabar el relat de Tolino Salerno.

UN VOT PER L'ESPERANÇA

Segons les profecies de Sant Malaquies, Benet XVI, el papa actual, és el penúltim. El pròxim serà l'últim.

«Un vot per l'esperança» comença just quan acaba de morir el pontífex, el conclave s'ha reunit per triar el successor i, de sobte, a la plaça de Sant Pere s'alcen veus que criden «Fumata blanca, fumata blanca!». Entre la multitud, Mario Darino, periodista que creu dominar els amagatalls del Vaticà, es queda petrificat en conèixer el nom que ha triat el nou papa: Pere II. En vint segles, cap altre papa s'havia atrevit a adoptar-lo.

A partir d'aquest instant Mario Darino viu una experiència increïble. La seva vida fa un gir de cent vuitanta graus i es veu immers en una perillosa trama d'interessos polítics i econòmics a la que no són alienes les intrigues que s'alimenten darrere dels mateixos murs del Vaticà, on sovint l'afany de poder s'amaga sota un mantell de religiositat.

La història està infestada d'exemples, i tot es precipitarà quan comenci a prendre cos la profecia de sant Malaquies, que vaticina que l'últim papa tindrà per divisa Petrus Romanus, portarà per nom Pere II i durant el seu pontificat tindrà lloc el judici final.

L'ENIGMA DE CONSTANTÍ EL GRAN

L'emperador Constantí el Gran és una de les figures més impressionants i controvertides de la història universal.

Les seves decisions són un vertader enigma que aquesta obra desvela magistralment. La seva vida és una infinitat de lluites i conquestes, amistats i odis, amors i desamors, grandeses i misèries, nobleses i crims, enganys i traïcions. I ell, des de la humilitat de l'home que s'enfronta a la seva mort, fa balanç de tot.

Va ser l'últim dels grans emperadors. Fill bastard de Constanci Clor, va unificar l'Imperi romà per última vegada, va concedir la llibertat als cristians, va crear el primer exèrcit mòbil, va instituir la moneda única (el Solidus, vertader precursor de l'Euro), va fundar Constantinople, va assassinar amb les seves pròpies mans... i va viure un gran amor amb Minervina, la seva primera esposa.

Submergir-se en la vida de Constantí és reviure una època increïble i descobrir el gran misteri de les seves decisions, aparentment absurdes i contradictòries i, malgrat tot, carregades d'una lògica sorprenent i implacable que Albert Salvadó ens dibuixa amb pols ferm i mà mestra. Una obra que mai s'oblida i que va merèixer ser finalista en el I Premi Néstor Luján de Novel·la Històrica.

ELS ULLS D'ANNÍBAL

Obra guanyadora del «PREMI CARLEMANY 2002»,

A la Roma dels primers temps la dona no tenia cap dret: era considerada una propietat i el matrimoni només era un contracte per tenir fills. Tot i així, en privat, la dona esdevingué el suport de l'home i el centre d'un poder silenciós i secret que va influir en les grans decisions.

Aquesta és la història d'Ariadna, una dona d'ulls foscos i misteriosos com la nit, i de Sinesi, el filòsof que era capaç de llegir als ulls dels altres i despullar les ànimes i que va descobrir que Ariadna guardava al seu interior tot un univers, ocult darrere del misteri de la seva mirada.

Una història en què l'amor amb majúscules s'uneix a les quatre derrotes consecutives, també amb majúscules, que Roma va patir a les mans del gran Anníbal. I tot per causa d'uns ulls.

També és la història de Publi Corneli Escipió, que esdevindrà el més gran dels generals romans, que va aprendre que els ulls són la porta que ens permet contemplar l'ànima i atrapar els sentiments de qualsevol.

El nom d'Anníbal ha passat a la història de la mà dels elefants, però un cop hagueu llegit aquesta obra, és possible que substituïu els paquiderms per alguna cosa molt més petita i infinitament més poderosa.

L'ANELL D'ÀTILA

Obra guanyadora del Premi Fiter i Rossell del Cercle de les Arts i les Lletres.

En ple segle V, Constantinople i Roma contemplen amb preocupació com totes les terres entre el Rin, el Danuvi, el Volga i el mar Bàltic rendeixen homenatge al nou emperador dels huns, com es fa dir Àtila.

I la preocupació es converteix en pànic quan comença a circular la llegenda que parla d'un home que està per damunt dels altres mortals, perquè ha rebut de mans dels déus l'espasa de Mart.

Sever Antoni Brauli Teodosi, general, ambaixador i

senador, viurà una vida sencera per descobrir que som els homes que aixequem els imperis i, també som nosaltres, els qui els esfondrem.

Mentre tot l'Imperi cau al seu voltant, ell, des de la seva vila de Tarraco, relata al seu amic Pau Orosi, que va escriure la història d'aquells dies, els seus records, els d'una època increïble, en la que l'aparició d'un home irrepetible, el gran Àtila, es va aplegar a una altra figura que va marcar el final absolut de l'Imperi Romà d'Occident: Gal·la Placídia. Néta, filla, germanastra, esposa i mare d'emperadors, es va asseure durant trenta anys a la cadira imperial.

El gran Sever, espectador privilegiat pels càrrecs que va ocupar, crida: «Mai, en tota la història, va haver-hi una dona tan predestinada!» I relata amb tots els detalls com Gal·la Placídia va enfrontar els millors generals de Roma entre si, va impulsar Àtila a atacar un Imperi debilitat i ofegat per la corrupció, la traïció, la cobdícia i el vici, i va deixar al tron al seu fill Valentinià, un vertader monstre.

El resultat no podia ser un altre, i la història ha fet justícia.

EL RELAT DE GÜNTER PSARRIS

Els que l'han llegit diuen que es tracta d'un relat dur, però que és, al mateix temps, el més tendre i humà que ha escrit Albert Salvadó.

En una cabanya en meitat dels Pirineus, tres homes troben el cadàver d'un pastor, la fotografia d'un oficial nazi i un manuscrit.

Aquesta és l'apassionant història de Günter Psarris, a qui el món va convertir en assassí, malgrat que ell mai va deixar de ser una gran persona. Va viure durant la Segona Guerra mundial, a l'Alemanya de la bogeria, va ser tancat al camp de Mauthausen i va sobreviure. No obstant això, el preu que va pagar per això va ser molt elevat.

Aquesta és també la història d'algú que va estimar amb bogeria, que va ser deportat i que el món, lluny de casa seva, el va tractar amb duresa i li va robar tot el que tenia. Fins i tot l'amor. I aquesta és una història plena d'esperança i de lliçons, d'un episodi recent de la humanitat que ha quedat marcat per la violència, la brutalitat, el salvatgisme i el menyspreu absolut per tot allò que és sagrat: la vida humana. No obstant això, Günter Psarris sap que la vida contínua i que l'amor és etern. I això ningú l'hi pot robar.